越境

border
crossing
Bunji Sunakawa

砂川文次

文藝春秋

越境

装丁　中川真吾

目次

1　墜落

旧釧路空港エプロンの北側林内で眩い光が、一瞬煌めく。空港の周囲は大小の丘と木々に覆われていて、上空から見るとさながら陸地にめり込んだ空母のようでもあった。十年前の紛争により、今は朽ち果て、かつて空港との境界をなしていたフェンスは赤茶けて錆び、あちこちで寸断している。空港から市外へと伸びる道路にも倒壊したターミナルにも弾道ミサイルによって穴だらけとなった滑走路にも、今は緑が点在していた。

エプロンには、胴体が中ほどで割れ、ちょうど「へ」の字にその巨軀を折る旅客機が一機と、双発の輸送ヘリ――CH-47――が四機、ローターの回転数を落として駐機している。いずれの機体も、後部ハッチを開け、パレットの上に乗った山積みの段ボール――救援物資――を卸下《しやが》していた。機体の周囲には、小銃を手に警戒に当たる陸自隊員と、受け取った物資を軽トラックやハイエースやダンプなどの種々雑多な車両に積み込む現地人がいた。

そこから少し離れた林の中で、突然に閃光が走ったのだ。

次いで一発の飛翔体が白い尾を引きながら、ＣＨに吸い込まれていく。飛翔体は北側から発射され、その目標と思われる先頭のＣＨは、機首をまさにその北側に向けていたから必然的に弾着は操縦士が搭乗する位置になる。

入木《いりき》２尉は、僚機の対戦車ヘリ――ＡＨ－１Ｓ――とともに警戒任務に従事していた。救援物資卸下地点を中心に低速で旋回をしているとき、林内での発光を目撃し、「あっ」と声を上げた時には、もう飛翔体はＣＨの体内に取り込まれてしまっていた。発射された飛翔体は、あたかもＣＨのコックピットから伸びる見えない糸に引き寄せられているかのようだった。着弾と同時に、ＣＨの巨軀は一瞬身震いをする。オレンジ色の閃光。四散するプロペラや航空機の破片。機体の前方は大きく抉《えぐ》られ、炎を噴き上げる。その上部についていたローターの軸だけが虚しく回転を続ける。爆発の衝撃で、後ろ側の回転面が大きく前方に傾くと自身のローターで機体の胴部を切り裂き始め、直後に二回目の小爆発が機体後部のエンジン部から巻き起こる。爆発の度に破片が周囲に吹き飛び、気が付くと、今やＣＨは燃え盛る胴体のみとなっていて、その胴体もちょうど中央部から二つに折れていた。二度目の小爆発の時、折れたローターブレードが、回転時の勢いのまま後続のＣＨに飛んでいき、前側の回転面を直撃した。とたんに前後に配置されていたタンデムローターのリズムが崩れ、回転面を形成するローターが前後左右と不規則に乱れ、ついに互いにぶつかり合う形となった。衝突すると、あっという間に前後のローターブレードは折れて吹き飛んだ。紙細工のようだった。エンジン部からは灰色と白の煙が吹き上がっている。

飛翔体の発射から二機の輸送ヘリが爆発する一連の惨劇は、多分一分にも満たない間に起きた。訓練を受けていようがいまいが、なすすべもない。秋晴れの空の下、蔦や雑草がたくましく伸びる荒廃した空港で起きる爆発でイリキが感じたことは、恐慌や怒りではなく、なぜだか寂寥感だった。対応の暇《いとま》など一切なかった。航空機はただ破壊され、周囲にいた隊員は爆風で吹き飛ばされ、飛んでくる破片に身体を切り刻まれている。

たぶん、個人携帯のロケットかミサイルによる攻撃だろう。そういう認識がふっとイリキの頭に浮かんだのと同時に、無線が堰を切ったように騒がしくなり混線した。「退避しろ」、「負傷者を収容、遺体は可能な限り収容、できない場合は残置」、「あいつらを下げろ」、「けん制しろ」、「支援を出せ」、等々といった地上部隊の混乱が電波に乗ってやってくる。

後続の二機は、幸いにして前方にいた二機の破壊に巻き込まれることはなかった。周囲に散らばる破片が、ローターによって生じる風圧《ダウンウオッシュ》で吹き飛ばされていく。エンジンカウリングと呼ばれる機体の隔壁や丸みを帯びたキャビンの窓、ローターの破片、誰かのヘルメットといったものが飛ばされていくのを見ると、どうやらCHは二機ともエンジンとローターの回転数を上げて離脱にかかっているらしい。地上でチカチカとオレンジ色の光が煌めく。隊員が、救援物資を取りに来ていた現地人に向けて発砲しているようだった。

現地人は北海道方面で起きた紛争後すぐに釧路復興協議会というNPO法人を立ち上げて残留道民、ロシア人難民に向けた人道支援活動を行っていて、今空港にいるのもその一員だ。彼らが無辜《むこ》の民でも希代の人道主義者でもないことをイリキも地上部隊も派遣任務前の事前教育で知っていた。内実は、反社会的勢力だ。困っている人を助けるのにAK小銃《も》も短機関銃——スコーピオン——もいらない。この攻撃も、あるいは彼らが手引きをしたのかもしれない。イリキがそう考えたのが先か、あるいは地上部隊の交戦を見てそういう考えが浮かび上がったのかは分からない。

ただ、地上部隊の発砲で何人もの協議会職員が倒れ、そして協議会の側も応射して隊員にも損害が出ているのは事実だった。二機目のＣＨから、操縦士や整備員、物資投下をすべく乗り込んでいた隊員らが脱出して後方の機体へと駆けていくのが見える。砲撃で破壊されたわけではないので、キャビンは無事だったらしい。自機の風防を通して、地上がどういう混乱に見舞われているかは見て取れる。だが音は全て自機のエンジンとローターの爆音によってかき消されてしまうので、その分だけ現実感をそぎ落としている気がした。地上との物理的な距離がそのまま心理的な距離になるのかもしれない。離陸に移ろうとする残りの二機から、重機関銃《ブローニングM2》の銃身が、小動物を思わせる機敏さですっと顔を出し、暫時ののち物資を取りに来ていたトラックや協議会の連中に向けて火を噴いた。命中するとまるで内側から爆発をしたかのように血をまき散らしているのが、旋回する機上からでも鮮明に見えた。ぱっと噴霧するその様子は、ちょうど水風船が破裂するような感じだった。動ける車は、仲間がいるのも構わず猛然と駆け出し、取り残された男たちは慌ててその後を追う。

「北東から不審車両四両接近中」

ＦＭ無線を通じて情報が伝達される。

「古在《ふるあり》さん」

イリキは、前席に搭乗する機長たる古在1尉に指示を請うた。機内での会話はインカムによって行われる。発声はそのままリップマイクが拾うために特段スイッチ操作はいらない。

古在が指示を出す前に、「各機脅威に対処せよ」と指揮官の搭乗する長機から無線が飛んできた。

「このままの高度・速度・旋回率を維持しろ」

次いで古在からの指示。機内通話にも雑音が混じる。

「了解」

本当に戦うのか、とイリキは自問した。眼下には燃え盛るCHがあるにも拘わらず、生身の人が銃火を交えているにも拘わらず、なお実感が持てなかった。四十ノット、対地高度三百フィート、バンク角概ね五度で左旋回をしている。先ほどまで、ちょうど真左にCHの列が見えていたが、徐々にそれが正面へと移ってくる。実際は自分の操縦によって機体が旋回しているのであるが、飛行中はむしろ世界の方が動いているような印象だ。空港のターミナルは、一部は大きく崩れ、原形をとどめているところも火災の跡だろう、黒ずんでいた。四周や屋上にうっすらと生い茂るのは苔か雑草か。当然のことながら人気《ひとけ》はない。十年前、ロシアからの弾道ミサイル攻撃によって道内の重要施設は破壊された。釧路空港もまたその標的の一つで、ターミナルのみならず、滑走路にもいくつも穴が穿《うが》たれている。そのターミナルの向こう側から、確かに四両の車両が接近していた。SUV、軽トラ、トラック、バンと車種はばらばらだった。脱兎のごとく逃げ出した協議会のものとも違う。視界の隅に長機のAHが見える。機首部分を白煙が覆っている。20㎜機関砲だ。巨大な薬莢がばらばらと地表に落下していた。機関砲が放った砲弾は、白い線を中空に曳きながら例の車列めがけて飛んでいく。砲声は、自機のローター音やエンジン音をも突き抜けてこちらにやってくるけれども、そのテンポは先の光景より少し後になってからだ。

それまで見えていた古在のヘルメットが唐突に消える。彼もまた長機に倣って射撃に移行するつもりなのだろう。ガナー席も兼ねている前席には、TSUと呼ばれる装置が備わっていた。これは機首部にある光学機器が捉える映像と機関砲の照準が連動したもので、射撃に際して使用する。見た目の上では、例えば観光地の山の頂上や高いビルやタワーの展望台に据えられている望遠鏡に似ているかもしれない。ＴＳＵで照準を付けようとすると、使用者は必ず前傾姿勢になるため、後席からはそれまで視界にあったその姿が消えたように見えるのだ。長機の放った砲弾が、接近する車両の周囲で炸裂するのが確認できた。弾着と同時に小爆発が発生し、コンクリートと土が地上に噴き上げられる。が、四両は止まらない。車両は、空港に至る道路をひたすら一列になって行進していた。こちらの射撃を確認したからだろう、四両は廃墟となっているターミナルの影に隠れるように移動した。機上からは、建物が障害物になって確認ができない。

どうやら地上の戦闘は小康状態に入ったらしく、今は双方の死体が転がっているだけだった。炎上するＣＨの周囲にも、倒れたきり動かなくなった隊員が何名かいた。後続の二機の後部開閉ドアや機側に設けられたドアから小銃を片手にぱらぱらと隊員が飛び降り、救助に向かう様子が見える。

機内に充満するコンプレッサー洗浄液の残滓と操縦桿やラダーペダルやシート、この機体を構成するありとあらゆるものが、恐怖とか苦痛とかおよそ人間らしい、大げさに言えばヒューマニズムみたいなものの存在を許さないように、不意に感ぜられた。搭乗員である自分もまたそうした装置の一つであるから、許さないというよりもそれらが顔を出す余地がまるでないと換言してもいいかもしれない。そこにあるのはただ機能だけで、目の前で構築されている脅威は、確かに脅威である一方で、機能としての自分と自機はそれに対して恐れたり怒ったりするのではなく、ただ淡々と対処をするしかない。こういう心境ないしは状態は、一秒にも満たない間にイリキの内側で組みあがり、組みあがったそばから身体に溶けていく。先ほどまで消えていた古在の後頭部――もちろんそれは航空ヘルメットであるのだが――が再び持ち上がるが早いか、「お前武装のスイッチ、スタンバイにしてねえか」と機内通話で怒号が飛んでくる。肝が冷えた理由は、怒鳴られたことにではなく、自分の機能がまだ不十分だったことによるかもしれない。機能不全は、即ち死に直結することを、感情ではなく仕組みとして、事実としてイリキは理解している。イリキは左手をコレクティブから膝頭付近に備え付けられているアーマメントパネルに伸ばす。トグルスイッチを〝ＳＴＢＹ〟から〝ＡＲＭＤ〟に切り替える。「アームドＯＫです」、と言うと、古在はもはや返事も何もせずにまたイリキの視界からふっと消えた。すぐに機体に猛烈な振動が巻き起こる。機関砲の発射音、そこはかとない硝煙の、甘い匂いが立ち込める。機体は緩やかに旋回をしていて、機首方向は南向き《サウスバンド》だ。反動が左からやってきたということは、やはり古在は敵方へ向かって射撃をしたのであろう。イリキは射撃方向へ視線を走らせる。すでに崩壊しているターミナルに着弾する。小爆発が連続して起こり、天井の一部が崩れる。敵からの撃ち返しはない。相変わらずエプロンに散開している隊員は負傷者や遺体の収容に努めているようだった。ＣＨは、すでに二機とも地面からわずかに離れていて離陸態勢に移行していた。そんなところへ、ターミナルから閃光が巻き起こる。自機も長機も、武装は沈黙している。続いて新たな閃光がぱっと煌めき、また消えるということが二度続き、エプロン付近で爆発が生じる。発射されたミサイルないしロケットは計三発。一発は三番機と四番機の間をすり抜けてエプロンで炸裂する。コンクリートが粉々になり、地表が顔を覗かせる。衝撃で前後でホバリングをしていたＣＨは揺すられ、何名かの隊員が機体から振り落とされた。残りの二発は、それぞれの機体胴部に命中した。発射地点へ向けて長機が機関砲を撃ち、古在もう一度射撃を行った。機体はちょうどターミナルを正面に捉えている。二機のAHから発射される砲弾がターミナルの各所で次々に着弾する。

「60《ロクマル》、60、アタッカー1、釧路空港にて敵の奇襲を受けた。CH四機破壊」

無線。すぐに、「アタッカー1、こちら60、状況再送」と返答があった。長機機長――つまりこのAH分隊分隊長西村1尉――と、帯広にある指揮所とがやりとりをしているようだった。

こちらの方はクリアな音声だったが、警戒態勢のために高度を落としているから、ひょっとすると帯広までは電波がしっかりと届いていないのかもしれなかった。周囲にある丘陵の背は低いが、電波は直線でしか到達しないから、多分釧勝《せんしょう》峠の裾野のあたりに遮られているのだろう。嫌な緊張が広がり、額にじんわりと広がる汗がヘルメットのクッションに吸われていくのが分かった。

動揺は全身に広がり、機体姿勢が若干不安定になりだした。前後に不規則に揺れ、揺れを抑えようとサイクリックを操作すると、舵圧が大きいのか、より一層安定性を欠く。そんなことを繰り返していると、今度はターミナルから断続的な光が起きた。頼りない白線が幾筋もターミナルから伸び、中途で風に消えていく。なんだろう、というような疑問が浮かぶことはない。発射された弾丸がどういう口径であれいかなる破壊力を持つにせよ、その物理的速度は人体が持つ思考の速度よりずっと早いからだ。イリキの目は、ただその現実を映し出すレンズとして以外なんの役割も持たない。

「繰り返す、釧路」

分隊長の声が、無線が途切れる。

イリキは、ここに至ってようやく思い出したように左右を見渡す。

何を撃ってきた？　いや、そんなことはどうだっていい。敵だ、そう、敵なんだ。

先ほどの発火と飛行機雲を思わせる弾丸の曳行は、幸いにしてイリキの乗る機体ではなく、長機を狙ったものだった。イリキはただただ眼前の光景に目を奪われた。角ばった、いかにも古めかしい装いのＡＨにいくつもの弾が撃ち込まれていた。イリキが目にしたとき、すでに自力で飛行する力はなくなっていた。ローターブレードは、回転はしていたけれどもみるみるその速度を落としていた。エンジンカウリングが機体から剝がれ落ちて地上へ向かう。テール部分は、落ちていくさなかに胴部から折れて別々の部品になり、風防やスタブウィングも弾着のあった部分は大きく抉られていた。今やばらばらになった長機は、旋回時の速度を維持したまま一直線に地面に落ちていくだけだ。滑走路に叩きつけられる長機に見入っていると、不意に機体ががくんと前につんのめる。シートに身体が押し付けられた。風防の向こう側には滑走路がある。撃たれたのか？　計器に異常はない。なんで地表が目の前にある？　思考と疑問と身体に染み付いた操縦士としての習性が体内で錯綜する。機体がほとんど直角に降下を始めていた。姿勢指示器は、ほとんど逆転しそうなほどだ。一瞬の間に噴出した疑問は、自機がなんら計器上の異常を示していないことと、自身の右手で握るサイクリックの舵圧によって溶解していく。

古在が操縦を代わったのだ。

いつの間にか、がくんとコレクティブが下げられている。

「離せ、離脱するぞ」と古在は怒鳴った。

イリキは、両手を上げて「You have, sir」と応える。両足の間でサイクリックが前後左右に大きく動いている。機体は水平に戻ったかと思うと、今度は右へ急旋回をした。速度はいつの間にか百ノットに達しようとしている。そう、多分さっきの急降下は位置エネルギーを使って一挙に機体を加速させるための操作だったのだ。先ほどまでは右手にあった丘陵が、旋回によって機体がほとんど真横になっているために、今は頭の上に移動している。ターミナルにいる敵はケツの下だ。このまま旋回を続けて、丘陵の向こう側へと回り込むことができれば、それが遮蔽物となってひとまず敵火からは逃れることができる。距離と速度、旋回率と敵の位置を頭の中で思い描き、計算を試みるがうまくいかない。単位が自分の中で統一できない。生き延びられる、という感情が湧き起こると急に鼓動が早くなった。ヘリの機動によってではなく、精神によって、思考によって血が逆流するようだった。呼吸が早くなり、リップマイクが自分の呼吸音を拾っている。走り回ったあとの犬のような呼吸音だ。丘が目に見えて大きくなる。バンク角が緩み、丘は頭上から目の前に移ってきている。ターミナルが機体の斜め後方にあり、イリキは振り返り、見届けようとしたところで、古在の座る前席が爆ぜた。ローター音もエンジン音も風を切る音もヘルメットの内側で常時唸る空電雑音も、すべてが吹き飛んだ。と同時に全身が後方へと押し付けられる。

視界はない。怖い。初めてそう思った。自分が誰で、今どこで何をしているのかとか、なんのためにとかそういう意味も機体の部品もろとも全て吹き飛ばされてしまった。生身の自分が顕われた。狭くて圧迫感のある機内や安全のために着用しているシートベルト、きつくて重い航空ヘルメット等々は、意味がなくなると自分を縛り付ける枷《かせ》以外の何物でもなく、また恐怖を増長させる。視界がなく、自分が目を閉じているのか開けているのかも分からなかった。全てを投げ出してここから飛び降りてしまいたかった。この衝動は、索漠とした暗闇の中で燦然と輝く誘惑だった。その誘惑にはパニックという名前が付いている。なぜか怒りも噴出してきた。次第に音が戻りはじめ、はじめにメインローターの回転する爆音、エンジンの鋭い金属音、最後に風の音だ。あまりに凄まじい風圧は、空気の束というよりも濁流を一身に受けているようだった。その濁流に紛れて装薬特有の若干あまみを伴ったにおいとプラスチックをいぶしたようなにおいとが鼻腔を突く。目はやはり開いていて、ちかちかと白い粒子が飛び回っていたが、徐々にその数を減らしていき視界が開けてくる。風圧のせいで、今まで正面からのみ圧を受けているのかと思ったが違った。頭が左の方へ、自分の意思とは関係なく傾いている。Gだ。完全に視界が戻ってきた。機内はめちゃくちゃになっている。照準のためにあるHUDは粉々に砕けて今や台座だけになっており、風防にも無数の傷がついていた。前席の風防にいたってはなくなってしまっている。撃たれたのだ。何に、誰に、どんな火器に、という問いは無意味だ。遮るもののない機外の景色は、一面地表だった。機体が右に傾いている。傾きが加速度的にきつくなっていくのは、誰も操縦桿を握っていないからだ。イリキは、ほとんど無意識のうちに三舵――サイクリック、コレクティブ、ペダル――を自分の意思の下に置いて機体姿勢を立て直した。意識が混濁していたのは、多分ほんの数秒だったのだろう。もしそうでなければ今頃この機体は地面に叩きつけられているはずだ。とはいえ、そのほんの数秒も、高度を失うには十分な時間だった。まず機体を水平に立て直して、速度を維持したまま、周囲を見渡す。目が痛かった。乾いている。今更のように、イリキは風防が消滅して直接外気にさらされていることを思い出した。今まで百ノット前後で飛んでいる航空機から顔を出した経験などなかったから、なぜ痛かったのか分からなかった。バイザーをおろすと、風圧はかなり遮断された。右手に丘陵、正面には太平洋、惨事が繰り広げられた空港はもう視界にない。急いで離脱しろ、と頭の中で警報が鳴り響く。あの丘の向こうに隠れるんだ。古在さんが、古在さんがここまで連れて来てくれた。イリキは、丘の裾野をなめるように右に旋回する。左右には針葉樹林を抱える丘があり、イリキはちょうどその谷部を飛行する形だ。敵の射線を遮る丘が、天然の盾が一挙に安堵感をもたらす。後席は被弾しなかったが、運悪く前席は直撃弾を受けた。イリキの左右、上部にある風防にも亀裂が入っていて、飛行するうちにぱらぱらと剝離した。

旧式の機体で、風防はもちろん操縦席にもろくな防弾装備はない。エンジン部と座席の一部にセラミック製のプレートを後付けすることができるだけだ。これが役に立ったとは思えない。なぜなら、古在の座っていた前席は、構造具材が露出していて、計器や照準装置《TSU》からは白とオレンジ色の閃光がぱちぱちと飛び散り、黄色や赤や青の電線がむき出しになっていたからだ。これは小銃弾とかそういうちゃちな口径のものではなくて、機関砲とかそれに近しい弾丸によると思われた。そんなものに数ミリの防弾板で対抗しようとするのは、突進するブルドーザーを段ボールで止めようとするくらいばかばかしいことだ。

イリキは、一瞬膝のあたりに視線を落とした。航空服と呼ばれる操縦士用のフライトスーツには、左腿の辺りに、中に針金の入った黒い合成皮の留め金があり、地図や空港周辺のチャートをさしはさめるようになっていた。あまり飛ばない空域であったので、自分が今どこにいるかを特定しようと思ったのだ。が、二十五万分の一の縮尺地図では地形の陰影が読み取りづらく、この谷がどこへ通じているのか分からなかった。はたと、ガーミンのハンディGPSを機内に持ち込んでいることを思い出した。記憶がおぼつかなく、持ち込んだことは覚えていたが、どこに設置したのかが分からなかった。対地高度計のカウントがみるみる減っていく。高度が落ちているのか？　視線を移して気圧高度計を見るが、こちらは変わらない。慌てて外景を見てみると、谷はいつの間にか途切れて、山間の稜線になっていた。

まずい。

イリキは思った。完全に自分がどこを飛んでいるのか分からなくなっていた。帯広までの一般方向は分かる。概ねそちらの方向へ飛べばきっと平野に出るはずだ。でも今高度を上げたら、また射撃が来るんじゃないのか？　あいつらの火器はなんだ？　ここまで届くのか？　思考が途切れるのは、生まれて初めて誰かの殺意を自身が引き受けたからだ。前席に座る、ついさっきまで会話を交わしていた大先輩ががっくりとうなだれたまま、機体の振動に応じてしか動かなくなっているからだ。ローターの爆音が、息苦しいまでの風圧が、自分が生きているということに伴う知覚全てが思考の邪魔になっていた。

そう、古在1尉だ。

「古在さん」

声を張り上げるが、返事はない。機内通話がだめなのか。

イリキは今一度、古在さん、と声を張り上げるが返事はなかった。マイクの音は自分の声をしっかりと拾っていてヘルメットを通じて自分の耳に届いていた。

焦燥。コーションパネルに視線を移す。普段目にしないコーションが点灯している。緊急手順を実施しなければならないはずだが、その手順が出てこない。飛行はまだできているのだから、致命的なものではないはずだが、こんな状態でいくらも飛んでいられるとも思えない。気が付くとマスターコーションのボタンを押してリセットしていた。赤い、いかにも危機感を煽る灯りは消えたが、指を離すとまた点灯した。何かがおかしい。トルク計、エンジン計器、速度、姿勢、どれも問題ないように思える。谷はさらに狭まっている。

「古在さん」

イリキは、応答しないことは分かっていたが、どうすればいいかもわからなくなっていた。心拍が上がる。自分が飛ぶべき経路は、自分の意思ではなく山々によって定められているようだった。場所が分からないから、空港からどれだけ離れたかも分からない。身体を乗り出して左右を見下ろす。着陸できそうなスペースはまったくといっていいほどなかった。急峻な斜面で、山道一本ない。仮にこんなところに落ちたら、と思うとまた焦燥が募った。無線のことを思い出したイリキは周波数を確認し、サイクリックのてっぺんにつけられたスイッチを親指でもって押し込む。

「60、60、アタッカー2」

ボタンを押している間、川の流れを思わせる、さーっというノイズが背後で響く。返事はない。今一度呼びかけをしたが、やはり同じだった。コーションがまた一つ増えた気がする。できることをできる範囲でしなければならない。決意というよりも、半ばあきらめに近かった。武装のスイッチを切り、目を皿にして外景と機内のパネルとを監視する。とにかく北西方向へ離脱、平野が見えたならば速やかに着陸する。それしかなかった。

操舵感覚に違和感が出てきた。舵圧が妙に重い。パネルを見るたびに違和感が大きくなり、不安に変じていく。何かがおかしい。あっ、と気が付いたのはまず燃料計だった。秒針のように、燃料計の針が減じている。漏れていた。N2、NR回転計も上下に振れている。ただ単に上下に振れているのではなく、上下に振れると一段下の部分に基点を移動させて、また上下に振れるといったように、規則的に下降している。TGT——turbine gas temperature——も徐々に下がっている。機体胴部のどこかに被弾したのだ。被弾したのだ！　あとどれくらい持つかは未知数だし、その事実はイリキをほとんど完全に打ちのめしたと言ってよかった。操縦桿がより重くなっているように感ぜられた。スロットルを確認するが、やはりフルオープンになっていて燃料系統に問題があるわけではなさそうだ。左右にそそり立つ山々が、自機を、自分を閉じ込める檻のように思えた。高度を上げると、視界の三分の二ほどを占めていた緑が薄らいでいく。北側は険しいが、南側——太平洋側——は目に見えてなだらかな丘陵地帯になっている。着陸適地を探した。手頃な空間はいくつかあったが、このあたりはまだ多分危険地帯で、不法移民だの難民だのの支配領域だろう。飛べるところまでは飛ぶべきだ。晴天の下、連なる山々の向こうに、平野らしきものが見えた。十勝平野だ。さらに高度を上げようとコレクティブをゆっくりと引き上げたところで、急に上から圧が加わった。見えない巨大な手が機体を押し込んだような感じだった。心臓が締め付けられる。高度がぐっと下がり、視界に捉えていた平野部がまた山々に飲み込まれる。さらに高度が落ちていく。外が原因じゃない。高度計がゆっくりと沈降していく。舵圧がさらに重くなった。サイクリックは根でも張っているみたいで、相当な力をかけないと動かない。慌ててエマージェンシーハイドロをONにして、ふっと力が軽くなった。1か2、どちらかの油圧系統も損傷を受けているに違いない。コーションパネルがまたふつふつと点灯しはじめ、次いで明らかに異常を知らせる警報が鳴り響くに及び、エンジン回転がすでに飛行を維持できない部分にまで低下していることが明らかになった。高度が加速度的に失われていく。これ以上の飛行は不可能だ。そう判断したイリキはスロットルを引き絞ってコレクティブを目いっぱい下げた。緊急操作だ。知覚はとかく鋭敏になっていて、あたりの景色はいつになくゆっくり流れている。近づいてくる針葉樹林が恐ろしいまでに鮮明に見える。速度を八十ノットに維持し、機体をオートローテーションに入れる。右手に開けた空間があった。波打つ山地にあって、のっぺりと黒々とした口を開けているその空間はダムだった。他にも不時着適地はあったのかもしれないが、迷いは死を意味した。向かい風で距離が伸びない。下方からの空気流入が多いのか、エンジンはダメになっているにも拘わらずローター回転が高くなっていたのでコレクティブをわずかに当てて調整する。サイクリックを若干前に押し込む。訓練のように失敗したからといってリトライはできない。自由落下ではないが、機体の姿勢を前傾にするということは、速度が上がり、高度を損失することだったたから恐怖が芽生えた。が、この恐怖は平時の恐怖だ。速度を落とせば、もはや下方からの空気をローターの回転に還元することもできずたちまち自由落下してしまう。着陸に失敗すればどのみち死ぬ。であれば、できることを最大限するしかない。機体がぐっと前に出た気がする。四周の景色がさらに沈み込み、山肌が近付いてくる。先程まで自分のいた空は、もうずいぶん遠い。速度を維持する。高度がさらに下がる。地表の流れが目で追えるほどになっている。まだ腹の下は山だ。この速度で接触すれば機体はばらばらになる。抜けろ、抜けろ、とイリキはほとんど祈るようにして操縦桿を握る。開けた空間に出たという安堵感と地表が近いという恐怖がほとんど同時に去来した。イリキはここぞとばかりにサイクリックを手前に引きつける。機首が持ち上がり、吹き飛んだ前席の風防の先に真っ青な空が一挙に広がる。ブランコと同じだ。てっぺん近くになると速度がゆるやかになり、そしてまた後ろに落ちていく。イリキは、機体の物理的動静を見極め、あたかも時間が止まったかのように感じられるその一瞬を待ち構えた。上へ上へと向かおうとしていた力がふっと完全に喪失し、早く降りてこいと意地悪く引っ張る重力との力が釣り合うその瞬間を。

今だ、とそのタイミングを捉えたイリキは、ほとんど股間に押し付けんまでにしていたサイクリックを今一度前へ押し出す。空から山へ、それから湖面へという風に、万華鏡のように景色が変転する。地表はすぐそこだ。最後にコレクティブを目いっぱい引き上げる。メインローターの空気流入量を最大にして抵抗を増大させるためだ。そうすることにより、落下の衝撃が、ちょうど空気がクッションのような役割を果たして和らぐのだ。でもこれは理論の話だ。

おれは生き残りたい。

イリキの思いはただそれだけだった。機体の姿勢を、つとめて湖面と水平にする。着陸の衝撃を和らげるだって？　とんでもない衝撃じゃないか。はじめに、両肩と腰と腹部とに強烈な痛みが生じた。もはや人体では抑えきれないくらいの力がイリキの身体をもみくちゃにし、頭が前方に突き出される。計器パネルとヘルメットがぶつかり、意識が遠のいた。

2　帯広

「今回の物資空輸任務について、初めて境界以東に飛行する者も多いと思うので念のため補足する」

ブリーフィングルームと呼ばれる広い部屋に、明日の救援物資空輸任務に赴く十名の操縦士、四名の機上整備員、ＦＡＲＰ《燃料弾薬再補給点》展開時の指揮官である整備幹部一名、物資投下時警戒に当たる小隊長及び小隊陸曹、計十七名の他に、支援飛行隊本部から五名の隊員が集う。

支援飛行隊本部訓練班所属の、中年の３佐が、パワーポイントのスライドが映写されているスクリーンの前に立ち全体に対して任務概要の説明をし、全員を見渡して一呼吸置く。そこはかとなく滞留する緊張は、任務のためか飛行隊長という指揮官を面前に置いているためかは不分明だ。プロジェクターを使用しているために部屋は薄暗い。飛行隊の隊舎は三階建てで、ブリーフィングルームはその三階にあった。窓側のブラインドも全て降ろされている。時折離着陸訓練をしているであろうヘリのローター音が響き、窓を揺らした。

「基本的に、帯広に戻ってくる方法は空路以外にない。空路による帰投が難しい場合、次の三地点のみが回収または越境可能な場所になる」

　訓練班長の3佐は長身痩軀の橋爪という、東方航空隊から転属してきた、爬虫類顔の男だ。

　支援飛行隊長以下、本部要員の五名はスクリーン横に、ブリーフィングを受ける隊員十七名は、扇状に配置されたパイプ椅子に座っている。イリキも、左端の後方に機長の古在と隣り合うようにして座っていた。

　橋爪は、映写されているパワーポイントを一枚スライドさせる。画面には、北海道全体の地図が表示されていた。赤い点線が、白糠《しらぬか》あたりから、山地の裾野に沿うようにして足寄《あしよろ》、南富良野町、次いで谷部をなぞるように滝川まで伸びている。橋爪は、手に持っているレーザーポインターでもってその線をなぞりながら説明を続ける。

「周知のとおり、この赤い点線が境界になっている。この線より東ないしは北方向では支援は受けられず、先ほどまでの説明通り基本的に武装勢力の支配下に置かれている」

　PCと連動されているのだろう、橋爪がポインターのボタンを押下すると、地図上に青い丸が二つ出てきた。

「まず一点。旧釧路空港での物資投下をH時とし、Hマイナス一時間からHプラス三時間までの計四時間のみ、浦幌《うらほろ》の哨所から陸路での通過が可能になる」

　聞きつつ、イリキは動揺した。が、他の操縦士はむしろ失笑といった具合で、これに合わせてちょっとした私語が短いながらも飛び交う。

「空港から直線で二十マイル以上ある距離を歩けってか」「ケーサツの馬鹿どもはいつでもおれ

らを通せよ」「大体空路がムリって、全機墜落ってことかよ」等々。

橋爪も、頰を引きつらせるみたいな苦笑をして、視線を足元に落とし、「とにかく」、と声を上げて全員の注意を集める。

「公然の秘密というやつだが、特作が海路から釧路に潜入、離脱時に浦幌で警備隊と友軍相撃をした事故があった」

「事故じゃないでしょうが」

操縦士の中から、野太い抗議の声が上がる。橋爪は片手で制しつつ聞き流す。それでもなお野次を飛ばす隊員がちらほらいた。

分かってる、分かってる、と橋爪はポインターを持っていない、空いている方の手を上下させながら応じる。

「一応な、これも特定秘密扱いだから、」と言いかけたところで、また誰かが「ケーサツが不祥事を隠したいだけなんじゃないっすか」と声を上げると、また小さな笑いが広がった。

「いや、そうだとはおれも思う。いずれにしても、有人の哨所は、道東では浦幌が最前線になり、もう一か所は足寄で、いずれも決められた時間、決められた要員の通過しか許されない。例外はなく、仮にそれが自衛官だろうとなんだろうと撃たれるということを肝に銘じてくれ」

結局ケーサツは身内以外全員テロリストだと思ってるんだろ、と声が上がったが、橋爪も他の隊員ももう付き合わなかった。

何年か前、釧路に潜入した特殊作戦群が浦幌を通過して陸路で帰還しようとしたところ、警察の警備隊が発砲をし、越境を拒否した事件があった。警備隊側は十二名が死亡、特作の隊員は八名全員が射殺された。越境前に、陸上総隊から警察庁に対して通告があったが、どういうわけか現地には届かなかった。一方的な攻撃を受けたため、やむなく応射をしたところ、警備隊側は装甲車や機関砲、重機関銃などを用いて徹底して攻撃を加えた。戦闘の経過から鑑みて、明らかに警備隊側は途中から自分たちが誰と対敵しているか分かっていたはずだったが、攻撃をやめなかった。この浦幌事件以来、警察は積極的な情報開示や協力ではなく、越境時の厳格さを強化することでその対処方法とした。陸自側も、ほとんど独断専行的に潜入を行い、警察や関係機関に対する事前通告も情報共有もなかったという落ち度から、警察の言い分を飲まざるを得なかった。

「浦幌から足寄《あしよろ》に至る道路並びに境界線上の山地は無人機による警戒や地雷等の障害が構築されているから基本的に進入はできないと考えてほしい。ビーコンを持たないものは人もクマも鹿も区別なく撃たれるし、そもそも山間の地雷原を突破するのは至難だから、哨所が封鎖された場合は、もう一点の緊急集合点に、Hプラス四十八時間以内に集合してくれ」

橋爪が、もう一点、庶路《しょろ》川河口から北へ二十キロほどいった地点をポインターで示す。中空で小さな円を描くようにしてくるくると回すと、スクリーン上の、ポインターから照射された赤い電光も同調した。

「先ほど各人から疑義のあったとおり、旧釧路空港から浦幌の哨所まで直線距離で約二十二マイル、陸路しか選択肢がないということは航空機が運用できないということなので、徒歩での移動になる。任務開始から三時間で浦幌に徒歩でたどり着くのは不可能であるから、まずこの緊急集合点に集まるようにされたい。大体二百メートル四方の開豁《かいかつ》地があり、CHによる離着陸も可能であるから不測事態発生時はこちらで収容を実施する。四十八時間を経過した場合は、」

ポインターが道東から一挙に西へ移る。

「滝川の調整所まで前進。こちらは常時開設されていて通行が可能である」

もはや誰も何も言わなかった。その距離は、あまりに現実離れしていた。直線にして約二百キロ。無人機や地雷原、現地の武装勢力や境界を守る警察を避けての移動となると、実際は十勝平野をぐるりと迂回して、途中、大雪山系を越えて芦別から滝川へ出る形となり、総距離は三百キロにも四百キロにもなり得る。警戒がゆるいとは噂されている富良野あたりから帰ってくるという方法もないではないかもしれないが、いずれにしても山越えは避けられず、何よりも道東、道北には日系、ロシア系、日ロ混成の武装集団が入り乱れていて、水産資源、利権をめぐってわざわざ内地から出向いてきた反社連中もいるというのだから、そういう脅威下から無傷で生還するというのはやはり不可能に思えた。それゆえの無言だった。

「滝川ではさすがの警察もふざけた真似はできないだろうし、そこまでいけばこちらに照会が入るから越境はできるだろう。以上、質問」

橋爪は、長細い、吊り上がった目でもって居並ぶ面々を一通り眺めまわした後、質問がないことを確認すると「副隊長、指導お願いします」と、後ろを振り返りつつ言う。

本部要員の五名のうち、空席の一つは無論今スクリーン横に立っている橋爪のもので、副隊長は右側から一つずれた席に腰をおろしている、小太りに眼鏡をかけているこれまた中年で、自衛官というよりかは町工場の工場長とか市役所の中間管理職のような風貌をしていた。隊長と副隊長の二名のみ、回転式のオフィスチェアで、それぞれひじ掛けがついている。

副隊長は、「特になし、隊長に」、と軽く手を振るだけだった。

「隊長、よろしくお願いします」

橋爪は、隊長に正対するなり、不動の姿勢になって指示を仰ぐ。

飛行隊長も軽く手を上げて、橋爪をいったん制する。橋爪は、その場ですぐに休めの姿勢をとった。航空科に限らず、往々にして幹部自衛官という人種は、第一線部隊から離れて本部や司令部、行政系に近づけば近づくほどに自衛官らしさよりも役人らしさを強めていき、であれば気を付けや休めの姿勢などもおざなりにしがちであるのだけれども、橋爪はまるで新隊員のようにきびきびと基本教練を体現している。

「去年の任務で飛んだものはいるか」

隊長は、その場でゆっくりと立ち上がりながら全体を見渡す。居並ぶ操縦士の中でちらほらと手が上がった。

「うん、下げろ。そうだな、見てのとおり釧路方面の飛行を経験した操縦士は少ない」

隊長は、いったん区切ってから、「事案以前に道東で飛行経験のある者はいるか」と今一度質問をしたが、今度は誰も手を上げなかった。


今からおよそ十年前、日本とロシアとの間で戦闘があった。イリキは当時高校生だった。当然、テレビもネットも騒然となり、連日報道は過熱した。ロシアから発射された弾道ミサイルが道内の重要施設に数多降り注ぎ、主要な幹線道路も攻撃を受け、部隊の展開も住民の避難もおぼつかなくなった。空挺、ヘリボーン、民間船の徴発等を事前に行っていたロシア軍は、日本側の抵抗らしい抵抗も受けずに難なく上陸し、橋頭堡を確保した。道内には、海自の基地らしい基地はほとんど存在しなかったが、大湊の総隊はミサイル攻撃直後に臨戦態勢を整えていたし、空自の基地がある千歳は早急には復旧不能なダメージを受けていたけれども、三沢の方は海自同様万全の態勢を取った。ただ、誰も指示をしなかった。イリキは、どうなるのだろう、とある時は尋常ならざる興奮を感じ、またある時は心底どうでもいいことだと冷めてみたり、千々に乱れた精神状態だった。何もこれはイリキ特有のことかといえばそうではなく、ある時は大規模なデモや抗議行動が都心で、地方都市で行われ、国会や地方議会では紛争の早期終結を求める決議が採択され、街宣車がのべつ幕無しにスピーカーでロシアに対する罵詈雑言《ばりぞうごん》を喚き散らしながら幹線道路を行き、いかにも理知・理性的という風にどこかのネットメディアで学者と著名人のトークショーが催され、平和に対するアピールが若年層を中心にSNSで盛り上がったが、このどれもが平穏な日常の下でなされていた。いかなる主張を抱こうとも、日常だけは頑なに守られていたのだ。イリキも例外ではなく、であれば平穏な日常の下、左右されるのは精神状態以外には何も残されていないと言ってよかった。これは、函館以南に共通の、一つの態度だった。

実際に地上戦が始まったのは、弾道ミサイルによる攻撃からかなり経っていて、音威子府《おといねっぷ》と釧路とで最初で最後の戦闘があった。どちらも日本側の大敗といってよかった。空自は、思い出したように釧路で空爆と空中戦とを繰り広げ、国際社会は制裁に動き出し、アメリカもようやく重い腰を上げる態度を示し始めた頃、ロシアが突然、現在極東で起きている不幸な事態は「指揮系統を逸脱した勢力によってなされたものだ」と宣言した。この「宣言」直後、ロシア国内の反政府勢力は次々と粛清された。圧倒的優位に立っていた北海道侵攻軍は、クーデターや反乱勢力というレッテルを張り付けられ、そのまま身動きがとれなくなってしまった。この暴挙を裏で手引きしたとして、ロシア政府と軍の高官が大勢処刑され、その累が侵攻軍の根拠地である極東ロシアにも及び始めていた。大規模なパージは軍人や官僚、地方議員にとどまらず、その親類縁者にまで拡大された。侵攻軍は、わずか数日のうちに広がる母国での惨劇を、オホーツク海を隔てた北海道から、指をくわえてみていることしかできず、そしてこの用意周到な事件は、まさに彼らが国内においてはガン細胞であり火種であり不穏分子と目されていたからこそ、厄介払いという意味で計画されたものだったのだと悟った。侵攻軍司令官は、本国の「反乱宣言」に対抗する形で「難民宣言」をし、道内における武力行使の完全な停止、北海道の領有権は日本にあることを内外に発表するとともに、夥《おびただ》しい血を流すロシア本国を口汚くののしり、人権侵害を誹《そし》り、最後に係累へ向けて「脱ロシア」を呼びかけた。これをきっかけに、侵攻軍に次いで、非武装の侵攻軍の親類、少数民族、ロシア反政府分子といったものが空路海路で大挙して渡ってきた。

ロシア本国のごたごたに巻き込まれたということで、日本こそいい面の皮だった。海自の護衛艦隊は、本当に戦闘が終結したのか分からず、恐る恐る周辺海域で警戒任務に当たり、甲板にまで人があふれかえる商船の上陸を阻止しようとした。ただ、難民が大挙して押し寄せるという想定で訓練をしてこなかった海保も海自も、場当たり的な対処しかできず、一貫性はなかった。

当時イリキも、そうしたニュース映像を浴びるように見せられ、感情が揺さぶられた。デフォルメされた猫のキャラクターのアップリケが縫い付けられた黄色い子供用のリュックが日本海側の砂浜に漂着したことを取り上げて、ウラジオストクから出国した難民船が転覆したという報道を、現地のアナウンサーが興奮気味に伝える、そういう類の映像だ。漁師にインタビューをし、ぶよぶよになってしまった女児の水死体やそれを引き上げる時の様子を聞き出し、しかしその日的は何を誰がどうするということにではなく、ただ視聴者の感情を揺さぶることのみにあった。時の政権も多くの日本人も、何をすればいいのか全く分からなかった。荒れた日本海を渡るのにあまりに不適切な船が多数北海道へ向けて出港し、大勢が死んだ。筋骨隆々の軍人や狂信的テロリストではない人々の死が積み重なるほどに対応は難しくなった。日本政府も対応を「検討する」ばかりで具体的な指示は弾道ミサイル攻撃から一切なく、結局なし崩し的に未認定難民の受け入れを余儀なくされた。

この一件を「戦争」と言わないのは、国家意思に基づく闘争であれば日本と同盟関係にある米国の、特に欧州方面における立場が危うくなってしまうということ、戦争放棄を謳う日本の国是が瓦解してしまうということがあった。侵攻があった年の瀬には新型コロナウイルスの蔓延という、国際社会を揺るがす新たな事件も起き、世界経済への波及も懸念され、国際社会が制裁等の経済的リスク要因をあらかじめ排除しておきたいという思惑もあったという。

いずれにせよ、領土問題には発展せず、この極東事案は、あくまでもロシア一国内の問題、日本国内の難民受け入れの是非、法整備の不備という風に矮小化された。北海道の領有と施政権は引き続き当然に日本政府にあるという、当の日本からすれば当たり前のことを米ロから引き出すことでこの地域紛争は幕を閉じた。

日本政府は、この北方事案は国家間の衝突ではないとする国際社会における建前を堅持すべく、法律上の整合性をとった。これは日本的粛清というべきものだった。

根拠無き行動をとった北部方面隊をはじめとする、三自衛隊関係者の処分、北海道における武器使用、土地の接収、住民の避難は、正当防衛、緊急避難の範囲内においてのみ用いられるべきものであり、そうでないものは、不当または違法な恐れがあるとして、任務に従事していた自衛官等を国内法で処罰すると発表し、難民についても武装解除に応じない限り難民認定は行わないとし、またこの認定も国内法を厳正に適用するとした。侵攻軍は、人権上の懸念から武装解除には応じず、旭川に入市するとともに、各地に分散していた兵力をここに集中した。

旭川に駐屯する第2師団は、大規模な市街戦に発展するのを避けるため侵攻軍をも含む多数の難民を受け入れることを旭川市と共同で発表し、国内に波紋を広げた。当初、防衛に当たった自衛隊に同情的だった世論もこの無血開城事件を機に北方自衛隊批判に傾き、道東においても迂回部隊対処のために展開していた第6連隊が戦闘停止命令を無視し、釧路市内に残留するロシア軍の残敵と戦端を開き、血みどろの市街戦を演じたことで、北方に駐屯する自衛隊は本州以南の自衛隊とは別物とする、奇妙な認識が形成された。釧路での市街戦では、避難に間に合わなかった住民や、支援のために来ていた国内外のボランティアが多数巻き込まれた。戦闘が長期化すると民間人の中からも戦闘に加入する勢力が出現し、またロシアから流れ着いた難民にも同様の傾向が出るにつけ、いよいよ混迷を極めるようになった。

ＵＮＤＰやＵＮＨＣＲは、北海道、特に道東における人道上の危機、懸念を表明するとともに日本政府に事態の鎮静化を申し入れ、アメリカや欧州も同様の勧告をした。ただ、四面環海の日本でこれまで他民族が入り乱れて血みどろの抗争が生起したことなどなく、そうであればもちろんこれを治める方法も手段も分からず、その醜聞が国内外に漏れ聞こえないようにすることが日本政府の最初の対応だった。情報を遮断して次の一手のための時間を獲得するという政策は、すぐに情報の遮断が何にも増して優先されるべき政策であるという風に簡単に倒錯した。日本政府は感染症を理由に、北海道への渡航を厳しく制限するようになった。

本州以南でも、日本がこれまで想定してこなかった問題が噴出していた。心身に傷を負いながらも戦闘を生き延びた自衛官や道東で戦闘に加入した義勇兵の取り扱い、内地へ避難をしてきた元道民の存在などがそれだ。戦闘によって身体的、精神的な傷を負った人々に対する支援はほとんどなかった。当たり前のことだが、戦闘がどういうもので何をもたらすのかを真剣に考えてこなかった政府と国民にそういう制度は用意できなかった。戦闘に従事した自衛官の中には、支援どころか懲戒免職や刑事罰を受けたものも多数いた。戦闘行為を想定して組織された防衛省・自衛隊からして、その経験を反省や改善に用いるのではなく、〝追放〟という形で対応したのだ。空爆や砲撃で手足を失った自衛官や市民、戦闘に起因する精神障害で日常生活すらままならない人々に対して一切の支援がないということの意味は、自衛隊のみならず、日本社会全体が寛容と包摂ではなく打擲《ちょうちゃく》と追放で対応するという意志表明に他ならなかった。辛い経験を理由に就労や納税をせずに、行政から補償と称した金銭をせびるのは甘えだ、というような言説もささやかれることすらあった。

居住地を失った道民は、仕事も住処も定まらず、社会・経済的に不安定な立場に置かれ、そうすると都市部では元隊員、元道民による犯罪が頻発した。仮設住宅も満足に整備されずに、多くの道民が路頭に迷った。実際のところ、犯罪に手を染めるのはごく一部だったが、「北海道のような過酷な気候は、協調を基とする従来の日本人とは全く違う民族性を生む」というようなとんでもない言説が多くの日本人によって支持された。「道産子」は、今や蔑称だった。蔑称が、それこそ病原菌のように蔓延しだすと、当の道民の方がかえって差別を恐れて口をつぐみ、ますますそうした空気が醸成されるようになった。

　こうした流れの中、命を賭して戦った元隊員の中には、政府や日本人に対して恨みを抱き、北海道から密輸した小火器を用い、防衛省本省を襲撃する凶行に至る者もいた。同情や共感が生まれる余地はほとんどなく、埋めがたい溝が戦闘を経験した日本人と、そうでない日本人との間にできた。建設的な意見や冷静な分析は、憎悪によって簡単に踏みつぶされた。日本人による日本へのテロ行為は、規模の大小といった差はあれど、その後も散発した。治安と経済成長と内閣支持率に相関関係があることが分かると、正当性があるか否かではなく世論に勢いがあることを理由に、政府は武装難民が実効支配する道東、道北への渡航をほとんど不可能にするとともに戦火から逃れようとする日本人も難民も、強制的に排除するようになった。

　仮に帯広や札幌といった、日本政府の施政下の地域に脱出した者がいれば、ほとんど強制収容所にも見紛う、臨時出入域管理事務所という、渡航制限を機に設立された法務省管轄の施設に移送され、ほんのわずかな間に形成された蔑視と憎悪の風潮と日本に対するテロ行為という過去がために、収容者はそうした内地における集団心理を、熾烈な虐待という形で一身に受けなければならなかった。職員は治安維持と正義の名のもと、復讐の名のもとに難民資格検査と称される暴力をふるった。こうした時代錯誤な行為が時たまリークされ表面化すると、主に国外で批判の声が高まり、国際社会の介入も取りざたされたが、かつて東アジア地域で摩擦の原因ともなっていた中国やロシアが「内政上の問題」として日本を擁護する、奇妙な形になった。日本人は、ほとんどの領域でひどく国際社会の反応を気に掛けるくせに、ある部分、たとえば捕鯨や歴史認識といった領域では驚くほど無頓着で、そしてこうした虐待、差別行為もその領域に属することが今次の事案で白日の下にさらされた。選挙時に政府や政権与党の不利になるような報道をする会社は記者クラブから放逐され、北海道における無法行為は、その責めが旭川にいる侵攻軍や第２師団、あるいは反社会的勢力やその他武装勢力に帰せられるときのみ報じられた。

ロシアは、日本が武装難民と称するかつて自軍の一員だった面々が、ロシア本国で影響力を持つほどに強大になることは望まなかったが、あっという間に日本の施政下に飲み込まれることもまた望まず、人道支援の名のもとに、たびたび船や航空機で物資の輸送を行っていた。戦略的縦深《じゅうしん》というロシア的戦略観が、専門家によって紹介されることが増えた。要は、自軍が展開するまでの時間を地理的空間によって確保するというもので、その空間が親ロ的であるかどうかは問題ではなく、その空間が敵――北海道の例に置き換えれば、自衛隊と米軍になる――の進軍を遅らせられればよいというものだった。

日本政府は、事態を複雑化させている、とロシアに抗議を申し入れていた。支援物資の中に武器、弾薬も含まれていることは公然の秘密だった。

日本も道北、道東といった地域でロシアの影響力拡大を防ぐべく、不定期に物資の輸送を自衛隊に行わせた。度々攻撃に遭うこともあったが、旭川を除けば、他の地域は組織的な抵抗力を有する集団ではないので継戦能力はなく、襲撃も次第に小規模、散発的になった。

当初、こうした任務は陸自が中心となって行っていたが、防衛省襲撃事件や頻発するテロを機に、権限は警察にシフトしていった。日本の安全にとって最も信頼できるのは警察と米軍である、というような認識が政権内でも世論でも大勢を占めるようになったのも、このような政策転換を後押しした。こうして警察法の緊急事態条項を根拠にして警察庁に長官直轄組織の北方特別警備隊が発足し、真駒内、帯広に駐屯していた陸自の師・旅団と入れ替わるようにして重武装の警察部隊が駐屯するようになった。

　イリキが所属する支援飛行隊は、陸自がかつて実施していた支援活動の名残で、真駒内、帯広を根拠地とし、第一、第二派遣隊という臨時部隊を組織して道北、道東で支援活動をし、支援飛行隊もまた第一、第二という風にそれぞれの部隊にアタッチされる形で、用途廃止待ちだった旧式の装備品をかき集めて創設されたものだった。今や地上部隊の主力は警察にとってかわられ、有名無実と化した派遣隊のうち、今もなお空中部隊だけが残っている形となっている。


「すでにみんな知っているとは思うが」

　誰一人挙手することのない面々を眺めてから隊長が言う。

「支援飛行任務は縮小されつつある。ここ数年は脅威度も低減しており、妨害行為や敵対行動は確認されていない。旭川市も、釧路のことは関知しないと明言しているから、国の方でも当初こちらからの制圧を企図しているとも聞く」

　隊長は、胸を膨らませて大きく一呼吸する。

「だからこそ、かえって一部勢力が過激な行動に移らないとも限らない。昨日、昨年起きていないというのは、明日、明後日何もないことの保証にはならない。各人、そのことを胸に明日の飛行任務に従事してほしい。以上、おわり」

　橋爪は、例によって端正な回れ右をするや否や「部隊気を付け」の号令をかける。

　居並ぶ面々は一斉に席を立ち、不動の姿勢を取る。

「飛行隊長に敬礼」

ＣＨ、ＡＨ、地上部隊指揮官それぞれが「頭《かしら》の敬礼」を命じ、隊長の答礼、再度指揮官の「直れ」の号令をもってブリーフィングが終わった。

隊長、副隊長が部屋を後にすると、個別に疑義のある隊員が本部要員の元へ前進した。古在はそうした一団にはなく、片手に配布された資料を早速丸めて、「行こかい」、とイリキに声をかける。

飛行時間は二千時間を超えていて、ほとんどベテランの領域に足を踏み入れていると言ってもいいような、今年四十二になるという古在の風采は、背が低く小太りだったが、だらしないわけではなくて筋肉質で、どちらかといえばラガーマンのような印象を人に与える。鷹揚な態度は、例えば今回の任務で分隊長を務める西村１尉の、何か棘のある物言いやそうでないときは不機嫌そうに押し黙っているのとは好対照だ。イリキは古在に付き従い、ブリーフィングルームを後にした。

ブリーフィングルームと、イリキら操縦士の定位置たる飛行班の部屋は隣り合っている。北方で実任務に就く飛行部隊にのみ貸与される、ＯＤ《オリーブドラブ》色という、濃緑一色のつなぎのような飛行服の後ろの襟首にはキャリングハンドルという、緊急時に別の誰かが引っ張るための取っ手のようなものがついていて、イリキは自分の目線より低いところにある古在のそれをぼんやりと眺めていた。敵対的な集団ではありませんよ、という配慮から新調された服制で、人道支援任務に従事している自衛隊の部隊は、装備品も含めてできるものはその一切がＯＤ色に統一されたのだった。こういう象徴的行為が現実にどれだけ効果を発揮したのかは誰も精査しないし、興味もなかった。

イリキにしても同様で、ただ内地にいた時に使っていた迷彩柄の飛行服と違って上下がつながっているつなぎ式の飛行服は、海上・航空の飛行服と似ていて、本物の操縦士感がある気がして、またそれが災害派遣以外の実任務に従事したことの一つの勲章として見る向きがあったから、そのことをどこかで誇らしく思ってもいた。

この隊舎の来歴は古く、昭和の終わりから平成の初めにかけて建てられたもので、であればブリーフィングルームや飛行班——本来は『幹部室』という名称が付されているのだが、ここに詰めている隊員は専ら飛行班所属の幹部操縦士であったため、部屋の名前にもそのまま所属名が冠されている——のみならず、建物全体が古びていて、経年によるひび割れもそこここにあった。二人はそんな古ぼけた飛行班へと入っていく。

飛行班には、ロッカーと事務机、段ボールや書棚が所狭しと並べてある。三つの事務机が向かい合うようにして一つの島を形成し、そんな島が二つと、通路を隔ててその二つの島を見渡せるような位置に一つずつ、もう一回り大きな事務机と袖机が置かれている。ブリーフィングルーム側のものがAH飛行班長でもある西村のものであり、もう一つが航空安全幹部という役職をも持つ古在の席だった。古在は、配布された資料を自席の上に放ると、「もうメシでも行くか」と振り返りざまに言った。イリキは腕時計に一瞥をくれてやり、まだ十二時になっていないのを認めたが、そうですね、と応えて自分もまた資料を自席に置いて古在に付いていった。

およそ入隊前に自衛隊らしくないと思っていたこと、あるいはそもそもやらなくていいのではないかとすら考えていた事柄、要するに事務作業の方こそ幹部自衛官のなすべき隊務の主たる部分を占めていることを知って辟易した。学校教育中は言うまでもなく、ここ何年かは、内地の部隊も勤務時間や行政文書の取り扱い等の事務について口うるさく通達を出してきていたが、北海道には、まだ古い自衛隊の体質が残っていた。例えばこういう時間に対するルーズさなどがそうだ。

隊舎を出ると、十勝晴れとでもいうべき晴天が広がっていた。十月までは時たま気温が上がるときもあったが、十一月ともなると一挙に空気が鋭く、冷たくなるのが分かった。

その空の下、出動服という濃紺の作業着のようなものに身を包んだ警備隊の一団が二列縦隊で駆け足をしていた。訓練中であるのだろう、プロテクターやジュラルミン製の盾、透明のフェイスシールドがついたヘルメットといったものを装備している。フェイスシールドは引き上げられていて、ちょうどつば付きの帽子のようになっていたから彼らの表情もよく見えた。

イチッニッイチッニッ、と声を張り上げて走る集団とすれ違う際、そのうちの一人と視線が交わる。敵愾心《てきがいしん》のような、見張られているような、にらみつけるようなその目線に、イリキは不快感を覚えた。

掛け声が遠のき、一瞬後ろを振り返ってだいぶ距離が空いたのを確認してから、なんか感じ悪いですよねあいつら、とイリキは言った。

「まあここ何年かは特になあ」、と古在は別段気にする様子はなく、相変わらず寛大だ。

帯広駐屯地は、もともと北部方面隊の第5旅団や方面直轄部隊のいくつかが駐屯していたが、事案の時に第5旅団はほぼ全滅し、一時は武装勢力支配下との境界を警備するために内地の師・旅団が輪番で駐屯していたが、警察の警備隊の創設、北部方面隊の縮小改編に伴い、今この駐屯地の主は警官で、自衛隊は、飛行場地区と呼ばれる駐屯地の端の方を間借りしている、居候状態だった。居心地の悪さはこれにも起因していた。

「イリキは何年入隊だっけ？」

「二四年入隊っす」

「んじゃもう事案のあとだ？」

「そっすね。古在さんは何年でしたっけ？」

「おれは〇五《マルゴー》だよ」

答える古在は、なぜか照れ臭そうだった。

駐屯地は、正門から飛行場まで道幅の広いメインストリートがあって、その左右に諸々の隊舎が立ち並ぶ形になっている。飛行場地区は一番奥にあり、食堂や厚生センターまではそれなりに距離があった。道中、モータープールに濃紺の塗装を施した装輪装甲車《WAPC》や機動戦闘車《MCV》が相当数並び、重武装の警備隊員が整列しているのが見えた。20式小銃に、抗弾プレートを挿入する方式の防弾チョッキ、その腹回りや腰の辺りには無数のポーチ、拳銃のホルスター、先ほどすれ違った駆け足の一団と同様にフェイスシールド付きのヘルメットに肘、膝にプロテクターと物々しい。ほとんど黒に近い紺色の出動服を着ている。旧式かつ陸自からのお下がりとはいえ、巨大なコンバットタイヤを八つも備える角ばった形状の装甲車両群は威圧感があった。

先ほどまでの話題は途切れ、横目でそんな光景を眺めつつ、なんかあるんですかね、とイリキが言う。

「なんかあるのかもしんないけど、言ってくれないからな」

道すがら、制服姿の警官が四人、連れ立ってこちらに向かって歩いてきた。制帽の下で陰になっていた眼光は鋭く、何も言わなかったけれども、暗に道を開けろと命じているようだった。自衛隊と警察の数が拮抗していた頃は小競り合いもあったが、今や気勢をそがれた自衛隊にそんな余力はなく、道をそっと譲るだけだ。イリキは口惜しかった。

厚生センターにはいくつかの食堂と飲食スペース、床屋やコンビニなどが入っている。平屋ではあったけれども敷地はそれなりに広く、小ぎれいな村役場のように見えなくもない。

派遣隊は、国際貢献やPKOと同趣旨の部隊で、要は時限式であったから、イリキが着任した半年前の四月は、すっかり警察がこの地の主となって久しく、今眼前にあるのと同様であったけれども、一昔前や事案以前は、自衛隊関連のグッズを取り扱うPXや保険屋、駐屯地に起居する隊員で賑わっていた、ということを古在から聞いた。

二人はコンビニでカップ麺とおにぎり、お茶を買って、ちょうど施設の中央あたりにある飲食スペースにやってきた。ホール状のこの空間は、小ぶりではあったが、ちょうどアウトレットや映画館のフードコートを思わせる。片一方の壁に大型の液晶テレビがあり、ソファ席もあるあたりは、デパートなんかよりかは上等かもしれない。まだ昼前ということもあり、警備隊員の姿は少なかった。二人はテレビに程近い、四人掛けのソファ席に陣取った。テレビの左右には、雑誌や漫画がずらりと並んでいるが、どれもこれも色褪せて黄ばんでいた。

ここに来る前は変に張り合わないで仲良くやればいいじゃんとか思ってましたけど、実際見てみるとやっぱ違うっすね、とイリキは先ほどの会話の続きをした。

「なんも言ってくれないってこと?」

ええ、まあ。

「昔はさ、つっても北海道がこうなる前だけど、現場は比較的うまくやってたんだよ」

古在が割りばしを割る。イリキも思い出したようにビニール袋から割りばしを取り出した。蓋を開けると湯気が立ち上った。

古在は、「まあおれが見てきた限りだけどね」、と補足するのを忘れていない。

「イリキちゃんってAグループでしょ?」

そうっすね。

「んじゃまぁ偉くなるんだから、なんとなく覚えておいた方がいいと思うけど」

古在はいったん区切って、ラーメンをすすった。

「こうなる前から、もともと内局とか本省とかの上の方じゃ色々あったらしいよ。当時の隊長とか、内勤したことある人らが言ってたけどさ」

そのことは、イリキもなんとなく聞いたことがあった。内調だの国家安全保障会議だので、警察と防衛省との間で権力闘争があって、当然のことながら防衛方面では防衛省に軍配が上がったが、他の分野では公安を含む警察系が主流派となった。彼らにしてみれば、国家に仇《あだ》なす連中というのは、左翼ばかりでなく右翼はもちろん、行政機関内においてもあまねく散らばっており、中でも自衛隊はその最たるものと目していたのだ。戦前も戦後もなく、警察には一貫して国家体制と治安を維持してきたのは自分たちだという自負があった。

「あいつらを敵に回すと面倒」、というのは出向経験のある佐官がよく口にしていた。「怖い」、と言わずに「面倒」と言ったのは、権力闘争というどこか男根主義的イメージとは一転、その内幕は大体にして事務的な嫌がらせや足の引っ張り合い、根回しと相手の評判を貶めるような姑息な手段が主立っていたからだ。

「イリキちゃんは知らないかもしれんけど、昔さ、宗教団体が毒ガスを地下鉄にばらまいたことがあって、その時、これも今はもうなくなっちゃったんだけど、4対戦って部隊がさ、その団体が山梨に毒ガス工場を持ってて、これの制圧をするのに待機したことがあったんだよね。もちろん非公式だけどさ。まあ結局その時も機動隊が突入して自衛隊が出ることはなかったんだけど、なんだろうな、やっぱり警察ってどっかで自分たちが〝正義の味方〟だっていう矜持があるんだよね、多分。変な話さ、おれたち自衛隊もよその国の軍隊もさ、結局戦ってみるまで勝ち負けなんて分かんないわけじゃない。勝ち負けが分かんないもんだからどんだけ正義の戦いだって意気込んでみても、その実いっつも半身は敗者を抱えちゃってんのよね。法律と正義の執行にはさ、そういう迷いみたいなのがないのよね」

イリキは、まずいな、と思った。古在は、人柄がよい。操縦も教示方法も適当で、むやみやたらに怒鳴ったり殴ったりする古手の操縦士とは違う。操縦以外における後輩の面倒見もいいが、とかく話が長い。スイッチが入ったらしばらく話が止まらない傾向があった。

なんとなくわかります、とイリキは話が途切れるような続くようなあいまいな返事をするだけにとどめた。

「ずっと日陰モンだったからさ。やっぱ新潟と東日本の地震の時くらいからかね、風向きかわったのは。それまではさ、営門の外で憲法九条とか市民を脅すなとかいうのぼり背負ったじじいどもがわんさかヤジ飛ばしてて、親父もよく愚痴ってたから覚えてるよ」

あ、古在さんってカンピンなんですか。イリキは、話が途切れることを狙って別の話題の切り口と思われる部分に踏み込んだ。官品《カンピン》とは、自衛隊から隊員に支給される物品のことで、親も自衛官である隊員のことを支給品になぞらえてそういうのだった。

「うん？　あ、そうだよ。36連隊の陸曹だったんだよ。もうなくなっちゃったけど、親父もソーガク、おれもソーガクなんだ。一般曹候補学生っつって、無試験で3曹までパスしちゃう区分なんだけど、親と同じ業界に入るなんて珍しくなんかないさな。まあいいや、とにかくさ、関西圏とかってすごかったんだよ」

イリキの小賢しい手練手管もむなしく、古在はカップ麺を食べ、喋る、ということを交互にノンストップで始めた。

「ここ何年かまた息吹き返しちゃったみたいなところあるかもしんないけど、それでもまだマシな方でさ、阪神のときだって災派で出た部隊の周りにまでわざわざ出向いてヤジる連中だっていたんだから。信じらんないだろ。そのときまだ小一か二かそんくらいでさ、官舎住まいだったんだけど、朝方な、地震直後に着替えてすっ飛んでったな、親父は。で、もうそのまま何週間も出たっきりでさ。家はめちゃくちゃで、当時はまだ地連っつって、そこと父母会とかその辺と協力して官舎周りで救助いったり瓦礫の片付けしたり大変だったな。それでも変な空気っつーか、照れに近かったかな、お互い。親父が自衛隊で、官舎住んでりゃそりゃ周りの同級生もみんな自衛官の子供でさ、でも遠出すりゃ、兵庫なんて結構革新勢力が強くて、自衛官っつったら、場所によっちゃあ親の仇みたいに言われることもあったし、郊外に戸建買った人なんかで、ずいぶん肩身の狭い思いした人もいたって聞いたっけな。まぁでもさすがにデカい地震だったから、被災地での反対派の運動なんて、あたりまえだけど盛り上がらなかったみたいだな。こっちもそんなの気にしちゃいなかったし。ガキだったのもあるから全部が全部見たままってわけじゃないだろうけどさ。だからっていうのもおかしな話なんだけど、阪神の時はさ、一気にこの仕事の見る目が変わったって感じはまだ全然なくて、自衛隊の方もやたらめったら感謝されるのに慣れてないし、日がな一日批判してた連中も、なんだ、日本征服をたくらむ悪党じゃないんだって分かったみたいで、だからお互い慣れない感謝のやりとりをしてたんだよ、それこそ仲直りしたてのガキみたいな感じだな、で、おかしくなったのがさっき言ったみたいに新潟と東日本だな、おかしいったら語弊があるんだけどさ、なんていうかな、自衛隊さんのこと悪く言うたらあかんよ、みたいな空気が出てきて、でもこちとら創隊以来悪口ばっかの日陰モンだろ、慣れてないんだよな、どういう反応したらいいか。元々自衛隊が大好きな奴は変なオタクばっかで、嫌いな連中はコチコチの左翼で、要するにそれまではずっとニュートラルに任務に徹してればよかったんだけどさ、好意っつーのは分からんね、別におれが直接受けてたわけじゃないにしてもさ、やっぱり要務だ任務だで遠方いったりするときとか、途中のパーキングだコンビニだでの注意事項とかが変わってくんのよ、それまでは批判的な人たちの目があるからちゃんとしろとか用がなければ車から降りるなとか指揮官が言うんだけどさ、ある時から国民の信頼を裏切っちゃいけないっちゅー風に変わるもんだから、もうそういう空気の中で入ってきた新隊員なんかは違和感なんかないだろうけどさ、おれはカンピンだし入隊したての時の世間の雰囲気みたいなのもなんとなく覚えてるから、ぞわぞわするっつーかさ、組織全体がそんな感じだったよな、今にして思うと。募集のポスターとかも妙なアニメの絵とか使ったりさ、変に媚び出して、別に誰にってわけじゃないんだけど、それこそ高校デビューみたいな痛々しさみたいなのに似てたかもな。その点警察はある意味創設以来一貫してるからな、嫌われようが好かれようが、連中の方が何に仕えてるのかはっきり自覚してんだわ。まあイリキちゃんには分かんないかもしんないけどね」

イリキは、うん、とかへえ、とかそうなんですか、とかいう風に合間合間で相槌や反応を示しつつ、自分の時はどうだったかな、と昔を思い起こしていた。

確かに、古在のいうような、一種の傾向が事案の前にはあったかもしれない、とも思う。自衛隊はとてもすばらしい組織でバラエティ番組でも取り上げられて、仮に不祥事があっても、大きい組織だから中にはそういう手合いもいるというように同情的で。北方事案で、蓋を開けてみれば大した実力はない張子の虎というのが露呈し、それでもはじめのうちは政治が原因で本領を発揮できなかったのだという擁護もあったが、帰還兵や道民の問題が内地にも波及すると、批判的な言葉は明らかに増えた。

イリキは、正直なところ母国に矛先を向ける元隊員の気持ちが分からなくはなかった。この組織は、少なくとも陸上自衛隊という組織は、国家や国土や国民を守るという理念を達成するために、現実における隊員相互のつながりを強固にせざるを得ない。そのつながりの規模は、時に陸上自衛隊という組織全体を覆うこともあるが、例えば中隊や小隊、飛行隊という風に細分化されることもあって、その場合、小隊の団結は中隊の理念を上回り、連隊の決心は国家戦略を易々と踏み越えた。現実にそのような行動をとるか否かは別にして、〝部隊〟という場所は観念された組織に対して反旗を翻しかねない素地が予め縫い込まれているのだ。

事案の後、危険を顧みず戦った隊員や部隊は国に切り捨てられた。法律の解釈、米国に対する配慮、国民感情への同調など様々な要因が掛け合わされた末に出来《しゅったい》した事態だったが、大部分の陸自隊員は、そうしたロジックよりも先に、身内が切られたという風に捉えたのはだから全くの倒錯でもない。理念を守るためには現実の強いつながりが必要で、そのつながりに対する攻撃には必ず防御をしなければならず、仮にそれが本来守るべき対象であった母国からのものであってもそうなってしまう一団が出てくることはやむを得ないことでもあったのだ、とイリキはその心情を理解していた。どういう原理かは分からないが、あるいは警察は、このような転倒が起きないような組織づくりをしているのかもしれず、そしてこのような武装集団特有の欠陥を見抜いていたからこそ、自衛隊を敵視しているのだろう。

そんなことを考えていると、段々と古在の周囲が溶けていくような、靄《もや》がかったような具合に変じていくのに気が付いた。気が付くと同時に、なんだか喉のあたりに異物感が生じて息苦しくなる。

今見ているものは〝今〟じゃないぞ、という声が耳の外というより、内側から響いている。呼びかける声と考える自分は、しかし別物で、そんな声を背後に置きながらもなおこの息苦しさはどこから来るのだろうか、と考えた。イリキは、テーブルの向こうで喋り続ける古在に焦点を合わせるが、その輪郭ははっきりしない。古在の声が次第に遠のき、ぱくぱくと口を開けて、時たま身振り手振りで何かを伝えようとしている。テーブルの上にあるカップ麵はほとんど空だった。ちぎれて短くなった麵やネギがカップの底にへばりついている。この次の日、確か自分は古在と並んで、格納庫前のエプロンで飛行隊長の点検を受け、見送られた。機体に乗り込む折、古在は防弾ベストを若い整備員に手渡し、「落とされたらこんなもの着てたって意味ねえや」と笑っていた。AHの機内はひどく狭い。古在の言う通り、飛行時はベスト単体ですら着たくなくて、あまつさえそれに予備の弾倉だとか救急品袋だとか携行食だとかが腹回りにベルクロでくくりつけられているのでたまったものではなくて、本当は自分も古在のように、地上に置いていきたかった。脅威度が高いということで、もともと操縦士の個人装備は拳銃だけだったが、これまた厄介な９㎜機関拳銃という、拳銃よりも一回り大きい短機関銃を持たねばならず、実弾も装塡しているものだから取り扱いに気を遣うし、仮に地上で戦わねばならないような状況があれば、いくら装弾数と射程とが拳銃よりも優れているといっても、小銃なんかとは比較にならないし、やっぱり持っていたってしょうがない代物だった。

イリキは、いや、と何を否定するのかも分からずに首を左右に振る。違う、この息苦しさはそういう観念的なものでなくて、もっとずっと手触りのあるものだ。ぱっと光が舞い戻ってきて、目を開くと染みた。ぎゅっと目を瞑り、両手で拭い今一度目を開けるとやはり痛んだ。自分の身体が、自分の意思とは別にゆらめいているのを感じて、意を決してもう一度目を開けると、目に映るものの像すべてが柔らかくなってぼやけていた。目が痛い。きらきらと陽光が乱反射している。赤いものが、水に溶かした絵の具のようにゆらめき、ある部分は濃く、ある部分は薄くなっている。苦しい、という思いと落ちた、という理解が同時に去来し、大量に水を吸い込んで息苦しくなってすぐに上へと這い上がろうとしたけれどもショルダーハーネスが自分の身体をシートに固定していてパニックに陥った。

早くこの狭い操縦士席から脱出しなければならない。でもその手順がすっかり頭から抜け落ちている。

水の中だ、水の中だ、水の中だ、とさらに混乱が襲ってきた。何がどうなったかは分からないし、もはやイリキにそのことを思い出す余裕はなかった。記憶や思考や精神などではなく、ほとんど身体の神経と習性と呼ぶ部分に頼るような形で、シートベルトを手順通りにはずし、それから武装スイッチの左上の方にある、キャノピーリムーバルの取っ手を握り、ひねり、引っ張った。キャノピーの骨組み部分に組み込まれている火薬が発破されたが、水中であるため、無論音はなかった。無数の水泡が視界を覆って真っ白になる。どこが上で下なのか分からなかった。ただ無我夢中で手足を動かして、あらんかぎりの力であがいた。視覚や聴覚とは別の、もっと違う部分で、水面に出ることができたと分かった。目いっぱい息を吸ったが、その途中で誰かに引っ張られるみたいに身体がまた水面下に沈み、水を飲み込んだ。銃を含む装備品の重さのせいで常に手足をばたつかせていなければみるみるうちに身体は沈んでいった。目に映るものに、ようやく意味が帰ってきた。ダムだ。ダムに着水したのだ。周囲は山地で、このダムだけがそんな空間の中にあって、ぽっかりと口を開けているように上空からは見えた。泳ぐというより、半ば暴れるようにして水面を行く。秋口だったが、本州のように真っ赤な紅葉ではなく、緑と赤茶とが点々と混在している、そんな山並みだった。どこへいくべきかはいうまでもなくわからなかった。ただただ手足をばたつかせて、知覚とは違う場所が命じるままに進む。いつの間にか、つま先が何かを捉え、なぜだか安堵よりも恐怖が腰の辺りからうなじにかけて走っていった。つま先立ちの姿勢でさらに前へ進むと、水面が下がっていった。

目の前には、四、五十メートル前後の小さな砂地が広がっている。砂浜というには、あまりに汚い見た目だった。流木はもちろん、ペットボトルやビニールといったゴミが散乱している。水面が、胸元から腰、膝から足首というように下がっていく。水を吸い込んだ身体も装備品も、より一層の重さを感じさせる。イリキは、砂地に膝を折り、両手をついた。肩で息をし、まだ足りないのか、呼吸はさらに早く、浅くなっていく。四つん這いになって、小さく前進をした。頭が重い。膝を折り畳み、正座のような姿勢になって襟元を無意味に開く。装備品と服によって圧迫されている気がした。手の甲が航空ヘルメットの顎紐にこすれて、ようやくこれが原因だと気が付いて外した。砂地にヘルメットを放り、今一度両手を地に付ける。痛む額から水滴と血が滴る。四つん這いになってさらに前に進んだところで、身体を仰向けにして倒れた。晴天がどこまでも広がっている。目を閉じ、深々と息を吸い込む。遠くでちぴちぴと鳥が鳴き、風が木々を揺らす音がする。眠りたかった。寒さで震えが止まらない。そのおかげというべきか、額の痛みは、ゆっくりとではあるが早くも遠のいている。腹の上で手袋を外し、そっと額に指を這わせると、明らかに裂傷があった。苦痛を押しのけて今一度上体を引き起こすと、湖面にメインローターの断片と思われるものや緑色の部品、フライト関連の資料が浮遊していた。水面は穏やかだった。陽光を反射して、ある部分では煌めき、岸辺では落ち葉や流木が滞留して濁っていた。右手に、今は朽ち果てた山道が稜線に沿って走っている。事案ののち、ほとんど誰も使わなかったのだろう、ところどころ土砂と思われるものが山をなしてガードレールをダムに突き落としていた。左手も山地で、正面にコンクリートの人工物が見えるが、多分あれがダムだ。地図にこんな場所があっただろうか。

イリキは思い出そうとしたが、痛みに思考も記憶もとぎれとぎれになり、次いでこの砂地もこのダムも、開けていることに今更思い当たり、ずぶぬれになっているのとは別の寒気が襲ってきた。這う這うの体で立ち上がり、よろめきながら湖面から遠ざかる。あまりにも遅い歩みだった。

砂地は唐突に途切れ、その先は斜度のきつい山地に針葉樹林が立ち並ぶ。気が重かった。木と木の間は、チシマザサが生い茂り、中には腰ほどの高さにまで伸びているものもあって、秋口というのに憎たらしいまでに緑が深く、この砂地から一歩も先へ進ませないための鉄条網のようにも思えた。当然、足元を見通すこともままならず、一歩踏み出しただけでさっそく木の根に躓き、また地面に転がる羽目になった。どこへ行けばいいか分からなかったが、落ちた機体の側にいつまでも寝転んでいるのは、死に近づく行為であるように思えた。

立ち上がりつつ、今更になって装備品の確認を始めた。着ていたって無意味だ、と古在が帯広に置いてきた防弾ベストを、イリキは着ていた。ぱたぱたと胸元、腹回りを、勘定に際し財布を忘れた時みたいに探る。何も脱落はしていなかった。脇腹のあたりに、ベルクロで固定していた短機関銃も幸いにして、あった。馬鹿馬鹿しい話だが、非常時に際して身を守る最低限の武器があったことよりも、武器を紛失して部隊の信用を失墜せずに済んだ、ということの方により重きが置かれていた。イリキはほとんど移動もしていないにも拘わらず、また両膝を地面につき、短機関銃を手にした。この銃は拳銃よりも一回り大きく、小銃のような銃床を持たない。銃把と呼ばれる持ち手が機関部の中央と消炎制退器の真下に二つついていて、両手で保持して反動を抑える構造になっていた。銃把は、弾倉を挿入するため機関部側が太く、銃口側のものが細くなっている。

イリキは膝立ちの姿勢のまま、短機関銃をいったん地面と水平になるように横に向け、安全装置がかかっていることを確認すると、機関部上部後方の照門と前方の照星との間にある槓桿《こうかん》を手前に引っ張る。機関部の中にあるバネがかちっと音を立てて、槓桿が固定される。弾倉を装塡すると同時にバネが反発し、槓桿が音を立てて戻り薬室に弾丸が装填される。金属音が周囲に谺《こだま》する。しばらく間延びしていた音が木々に、地面に、空気中に溶解していく。

気が動転していたのか？　していたのだろう、とイリキは自問自答した。撃たれ、落ち、脱出して今に至るまで、空港で殺された仲間やダムに沈んでしまった古在のことを全く思い出さなかった。視線の先の砂地に、脱いだままにしてある航空ヘルメットと手袋が転がっている。自分が生きてヘリから脱出した証拠になってしまうのではないか、と危惧したが身体が動かなかった。ほんの数メートル先で木々が途切れ、陽光が絶え間なく降り注ぐあの開けた場所は、もしかすると自分の死地になるかもしれない。そういう恐怖が皮膚の下で蠢動《しゅんどう》していた。ダムの端の上や左右の山地から小銃を構える敵がこちらを狙っていて、木々の間から飛び出した瞬間に、そいつらの照門と照星と自分の身体とが一直線上に並び、その瞬間に自分は撃ち倒されてしまうのではないか、という恐怖だ。さっきまで悠長に仰向けに転がったり四つん這いになったりしていたあの場所で、そんなことが起きる可能性はほとんどないと言って良かったが、恐怖は消えなかった。理性や因果関係とか推察とか、そういうもので恐怖は消えないことが、イリキには初めて分かった。だからというべきなのか、まだ前席に座っているであろう古在に対しても、なんの感傷も湧いてこなかった。上空で死んで、死体が水中に没した場合も水死体になるのだろうか、というどうでもいい疑問が頭をかすめる。それから水死に関する古い記憶が呼び起こされる。事案の後、ゴムボートや木造船や観光船で無謀にも日本海に繰り出したロシア人難民たちが大勢死んだことがあって、日本海沿岸には無残な遺体がいくつも漂着した。ＳＮＳや動画サイトなどに個人が撮影した水死体の画像や動画がアップロードされ管理者が削除をするという鼬《いたち》ごっこが繰り広げられて、当時高校生だったイリキは興味本位でその動画や写真を見たことがあった。岩場に打ち付けられた遺体は女児のもので、どれほどの日数漂流していたのかはわからないが、いたるところを魚に食い破られていた。衣服はぼろぼろで、ただそれが同情よりも先に嫌悪感を催したのはその状態のせいだった。露出した身体は、紺色とも青とも緑とも紫ともいえないような、そのどれにも当てはまるような色をしていて、皮膚は脱皮をしたみたいに剝離していた。学校でもそのことが話題になることがあり、ＳＮＳにアップされたものを露悪的に見せびらかすバカもいた。その女児の母親という人物は、乗っていた船が転覆した直後に、付近を通りかかった日本の漁船に救助されたが、すぐさま入管が強制送還をしてしまったためロシア本国で極刑に処された、という後日談がついてきた。もっとも、その頃子供を失ってしまった親やその逆、侵攻軍に所属する父親は北海道の戦闘で死んでいた、北海道にやってくるはずの両親が沈没船に乗っていた、というエピソードは山のようにあったし、飛び交う情報はいつも真実とフェイクが混交していた。ただ、身の回りで生起する出来事のうち何が本当で何が紛いものであるかはあまり問題ではなかった。そうした世界と自分の住んでいる世界が完全に切り離されてしまっていると思っていたから、その真偽を確かめる意味がそもそもなかったのかもしれない。自衛隊に入ったのは、北海道の一件が大きなきっかけだった。投資や起業で億ることを目指すのも堅実に勤めるのも合わない、とイリキは思っていた。堅実に勤めようが投資に励もうが、そのいずれにも、ふわふわした、手触りのない、何か得体のしれないものが時に夢や自己実現やＦＩＲＥというような名札をぶらさげてちらついてきたから、もっとリジッドなものを自分の傍らに置いておきたいと思ったのだ。戦闘という単語に強く魅かれた。生きるということがどういうことなのか分かる気がした。でも、とイリキは思わざるを得ない。入隊してからも北海道へ派遣が決まってからも、ブリーフィングを受けているときも、実際に武装勢力が支配する地域を飛行しているときもなお、結局おれは一度もその実感を携えることはなかった。今生きている、と思うのは、空港で同僚が殺されたからでも先輩が水没したからでもなく、今眼前に広がる木々の向こうに、敵がいるかもしれない、誰かがおれを狙っているかもしれない、おれは殺されるかもしれない、と認識したからだった。おれは殺される。誰でもいい、誰しもがおれを殺すことができる、という事実を、このブッシュに身を潜める中でおれは初めて認識したのだ。それは街中で、駐屯地の中で、実家で殺されないことの裏返しじゃない。おれはいつでもどこにいても殺される可能性があったのに、その可能性を一度だって顧みたことはないという絶望的な事実だった。しかし、ここにきて初めて生きているということがどういうことなのかが分かった気がした。生きているということは、ただもうその事実だけが目的なのだ。この達成感はすさまじかった。昇給したり誰かに褒められたり何かの試験に合格したり新しい肩書や階級やステータスがどこかから、誰かからもたらされるのとは全然違って、生存はまさに自分のためだけに、自分によって獲得されてしまうもので、だから他の誰にも自慢も共有もできるものではなく一瞬一瞬で噛み締めることしかできない。初めての感覚だった。おれは生きている、と生まれてはじめてイリキは感じた。生きよう、と思った。イリキは今一度振り返って、どこへ行くべきか皆目見当もつかなかったが、とにかく斜面を登っていくことにした。笹をかき分け、白樺の木を支えにして急峻な斜面をよじ登った。日差しは遮られていたが、枝葉の間隙を突き抜けて、水たまりのように陽だまりが揺らめいていた。足元は見えない。一歩一歩と進み、時折小枝を踏みしめた時に、焚火で木炭が爆ぜるみたいなぱきっという音がした。半長靴の中で水がぐずぐず言っている。斜度がきつい部分を避けようと歩いているうちに、どこへ向かっているかは端から分からなかったけれども、ついにどこから来たかも分からなくなってしまった。なぜか、焦りは起きなかった。一分一秒がおそろしく長く感じられることがあった。しかし気が付くと、脱出して山地に逃げ込んでからかれこれ二時間近く歩き回っていることを知る。ひどく疲れていて、全身が濡れていたせいもあり、蒸れた靴の中で足の親指の付け根に鋭い痛みが生じるようになっていた。立ち止まり、一瞬火を起こすべきか思い悩んだが、やめた。煙とにおいで、自分の居場所を悟られる気がした。ブリーフィングのことを思い出し、とにかく庶路川河口から北側二十キロ地点の開豁地《かいかっち》まで出ればなんとかなる、と自分を励ました。自分の居場所さえわかれば、自分の居場所さえわかればきっとたどり着けるはずだ。イリキはそう自分に言い聞かせた。そのためには、まずとにかく山頂か、でなくても見晴らしの良い場所に行き、概ねの地点標定を行って、自分が進むべき方向を決めなければならない。足も額も痛んだが、頭の傷の血は止まった。傷口が熱を持っている。それよりも何よりも今はこの寒さが耐え難い。登っているときはまだしも、下りや平坦、立ち止まった途端に突き抜けるような寒さが襲ってきた。芯から冷えるというのがどういうことなのかよくわかった。変わり映えのしない景色のせいで、同じところをぐるぐる回っているのではないか、墜落地点にあのまま動かずにいた方がよかったのではないか、などと考えたりもした。答えは無論出なかった。思考までもが堂々巡りを始め、痛みも遠のき、視界も変に靄がかってきた。日はまだ高いが、林内は薄暗く、その分だけ気温も低かった。四十八時間だって？　持たない、とイリキは思った。いつの間にか高いところへ行くという目的すら失い、開けた場所、人工物、獣道を求めていた。腕時計はデジタルで、曜日と月日と二十四時間表記とで時間が表示されるものだったが、ＴＵＥもアラビア数字も、全てが意味を失っていた。死ぬ。比喩でもなんでもない。水は低きに流れ、火は熱いのと同じくらい、死という事象が実感を伴って忍び寄っているのを感じる。恐怖が起きないのは、もう怖いという感情を引き起こす力が残されていないからかもしれない。藪の背が低くなり、木々の間隔が広がっている。首筋に落ちる陽光が心地よい。気が付くと、沢に出ていた。十メートル四方もあるかないかという、緩斜面の開けた場所だった。こんなところにＣＨなんていうバカでかい航空機が着陸できるはずはない、と頭では理解していても、ここが目的地なのではないかという錯覚を押しとどめることがどうしてもできなかった。空は褐色を帯び、陽が傾き始める。とぼとぼと、空を見上げながらゆっくりと歩く。葉がこすりあわさり枝を踏みしめる音が正面から聞こえてきて、視線をゆっくりと移すとキタキツネと視線があった。きりっとした表情で、微動だにしない。顎を引いたような姿勢で、しっかりとこちらを見つめている。どれほどそうしていたか分からない、向こうの方が思い出したみたいにぷいと顔をそらしたかと思うと、見事な跳躍とともに藪の中へ逃げ込んだ。羨ましかった。誘われるようにキツネのいた方に一歩踏み出したところで、金属音が鼓膜に届く。右足に違和感があって、うまく歩けず、前のめりに転んだ。わけがわからず、立ち上がろうとしたところで右足首に激痛が走り、また地面に倒れこむなり悲鳴を上げた。そう、悲鳴を上げたとイリキは思った。しかしその声は自分でも驚くほどに頼りないもので、ほとんど飲まず食わずで数時間歩き回ったためか、かすれきっていて、実際は悲鳴でも大声でもなんでもなく、乱れた呼気でしかなかった。寝転んだ姿勢のまま大腿部を押さえ、足元を見やる。金属製のかんじきのようなものが、真ん中から二つに重なり合わさるみたいに自分の足首を挟み込んでいた。罠だ。何か野生の動物を捕らえるための罠だ。本当に動物が標的なのかは知らない。それとも浦幌と本別の間、境界線近くまで来たとでもいうのだろうか。いや、まだ日も落ち切っていないにもかかわらずそんなところまで歩けるわけはない。考えが最初に止んで、次に寒気が全身を包んだ。震えが止まらず、奥歯が意図せずにがちがちと鳴った。身体を温めろ。しかし身体を少しでも動かそうとすると右足の痛みが稲妻のように走り、静止せざるを得ず、朦朧とする意識は、自分が身に着けているベストのポケットにサバイバルキットが入れ込んであるところにまでは到達せず、ただ死に近づくのを眺めることしかできなかった。横向きのまま大腿部を押さえる手の力は弱まっていく。草と土のあたたかみのあるにおいが口腔に広がっていた。おれは、誰にも知られずに死んでいく。沈みゆくAHの後席にあのまま座っていれば、あるいはどこでいつどのように死んだのか、誰かが見つけてくれたかもしれない。罠があるということは、誰かが仕掛けたことは確からしいが、それがいつなのか分からなければ無意味だ。昨日なのか先週なのか、はたまた十年前なのか。おれの肉が部隊に帰ることは、多分ない。であれば家族の元にももちろん戻らず、ただここで朽ちていく。虫に食われ、さっきのキツネもその食事に参加するかもしれない。水死体のことを考えていた時の陰惨さは、どうしてか感じられない。生まれてはじめて生死を意識した数時間は、ずぶぬれの服と体力の消耗とちっぽけな罠でもって幕を閉じそうだったが、悪い気はしなかった。視界が黒いのは、瞼を閉じているせいか、はたまた意識が遠のいているためか。生きたい。

イリキは、最後に確かにそのように思って意識を失った。

3　小屋

真っ黒な髪は後頭部できつく結われていて、くっきりとした生え際は、時代劇のかつらみたいだった。イリキが意識を取り戻すなり目にしたのは、そういう容貌の人物だった。黒い目とのっぺりとした顔の造形、卵型の輪郭はどれをとっても、自分と近しいところにある民族であることを感じさせたが、なぜだかそのあまりにも深く黒い瞳と髪は、エスニックな印象をも湧き立たせた。

「起きたっ」

年のころは分からない。三十代にはなっていないだろうが、十代後半のようにも、二十代後半のようにも見える。北米アウトドアブランドのフリースに、中は赤いチェック柄のウール地のネルシャツ、ジーンズを穿いた目の前の女は、見るからに飾り気とも色気とも程遠いところにいる。

おれは今どこにいるんだ、と緊張感がどこからともなく降ってきてイリキを襲った。上体を起こすと、掛布団と毛布とが腹のあたりまでずり下がってきた。小さな部屋にいた。十畳かそこいらしかないだろう。はじめ、あまりの狭さに部屋だと思ったがそれは誤りで、この部屋を囲う四辺のうち三つには窓が、一つにはドアがついていることからこの部屋こそがこの建物の全てなのだ、と分かった。機敏に動いているつもりだったが、意思と身体の働きがちぐはぐで、寝起きであることを差し引いてもなお緩慢な所作だった。イリキは、部屋の一角を占めるベッドにいた。どれほど粗末なベッドなのか、動くたびに軋んだ。

女は、もう一度「起きた」、と先ほどよりもいくらか声を落として言うなり、木製の丸椅子から立ち上がって小屋から駆け出して行った。

落ちた。そう、落ちたんだ。イリキは、とめどなくあふれる記憶に戸惑った。いくつものソフトウェアを起動して処理できない電子機器みたいに、固まってしまった。木とかびと何かすえたにおいが部屋に充満している。ベッドは部屋の角に置いてある。枕が、ちょうどこの小屋の角にくるような位置関係で、今は上半身を起こしているから、目線の先にはいまだ布団に隠れるつま先と、これまた木製で不格好でささくれ立った、腰ほどの高さくらいの棚にカセットコンロが置かれていて、多分あれが台所ということになるのだろう。そのすぐ横に、四角い小さな机と背もたれのついた椅子が向かい合うようにして置かれている。そのどちらも、やはり木でできていた。部屋が狭いので、その一組の机と椅子に大人が座れば、多分コンロとは反対側の角にまで達してしまうだろう。残るもう一角のところに、薪ストーブが置かれている。煙突が壁を伝い、天井から外へと伸びていた。ストーブの前には、これまたお手製と思しき粗末なロッキングチェアが一つある。この小屋の主がくつろぐためか。壁際には何着かのコートがかけられている。さっきの女が飛び出したドアの隣には、銃架らしきラックが備えられているが、銃はない。

捕まったのか、あの女はマフィアか何かかテロリストか、という疑問が浮かぶ。疑問は、新渡道者教育という新たに北海道へ派遣された隊員に対して行われる説明の記憶を呼び起こした。釧路は、いくつかの武装集団が時に争い、時に協力してある種無法者のサンクチュアリとなっていた。

ロシアンマフィア、暴力団、旧第5旅団の生き残りと義勇兵と残留住民の一部で構成された独立第5旅団というテロ集団、他にも日本各地、アジアから流れ着いたアウトローや難民の小集団といった具合に人種も利益も目的も入り乱れたカオスを形成していた。

そんな地域でも、時たま使命感に駆られて越境してくるフリージャーナリストやあるいはただ物見遊山にきたお調子者が、そういう集団に拘束されて身代金を要求される事件が起こった。ただ、極限状況に置かれた地域では、拘束された者の運命は相手方の要求を呑むか呑まないかのただ一点にかかっていた。越境の目的に社会的意義が備わっているか否か、馬鹿か利口かという、被拘束者の性質は結果を左右せず、要求が通らなければ、誰でも簡単に殺された。

違法薬物や銃器の流入防止、防疫上の観点から日本政府はこの地域への渡航を特に厳しく制限していた。国は、大抵の場合そうした指示に従わず、自ら危地に陥った人々を救わなかった。救済の基準は恣意的で、渡航の目的はもちろんのこと、助けを求める人々に手を差し伸べることがかえって政府の無能をさらけ出すおそれのあるとき、彼らはあっけなく見捨てられた。

道東で不当な暴力が横行し、食糧は尽き果て、人々の尊厳は踏みにじられた。こういう無政府地帯に、日本という国家がなんの策をも講じえないという事実が国際社会に漏れ聞こえるのを防ぐのが渡航制限の本当の目的であることは言うまでもない。この政府指示の効果は大きく、国に見捨てられることの方を重くみる報道機関や多くの日本人は誰に指示されるでもなく自ら耳目を塞いだし、それと意見を異にするものを平然と排除した。

いや、しかし自分は捕まったのではない、と周囲を観察したイリキは思い直した。枕元、ベッドの脇に自分の航空服とベストと短機関銃がぞんざいに置かれていて、さらには弾倉が入ったままになっていたからだ。人質にするのに手足を縛り上げず、武器も手の届く範囲に置く間抜けはどこにもいないはずだ。

両手で身体を支えつつ、臀部を軸にしてくるりと身体を回して両足をベッドから下ろす。掛布団と毛布が床に落ちた。茶褐色の毛布は長期間使っていたのだろう、絨毯みたいに固いものだった。見覚えのない、黒いジャージを着ていた。渇きと飢えが溢れかえってくる。妙な感覚だった。身体はだるくて重いのに、すっからかんの胃袋の軽さが感じられる。

イリキは、老衰した年寄りのような速度でベッドから降りたが、右足に鋭い痛みが走って、立ち上がるつもりがその場にくずおれた。短い悲鳴を上げる。罠にかかった、ということを思い出す。はずしたのか？　だれが？　あの女だろうか？　痛みが引いてから、考えをめぐらすが、答えは出なかった。ベストをたぐりよせ、ベルクロで留められた、握りこぶし大のポーチから、携帯糧食を取り出した。銀色の包みをやぶり、中から棒状の、茶色のバーが顔を覗かせる。市販されている、チョコレート味のカロリーメイトと同じ味だった。かみ砕き、口中で粉状のものが広がって、いがらっぽく喉につかえてせき込んだ。喉の渇きが一層増し、軽い痛みすら伴った。ハイドレーションがあったはずだ、と思い出して、またもベストを漁った。背中に、二リットルのハイドレーションと、肩口に沿って伸びる給水口を見つけてしゃぶりつく。ぬるく、どぶのようなにおいが口腔から鼻腔へ抜ける。しかし飲むことをやめられなかった。

「おい、あんまり動き回るんじゃねえぞ」

イリキは、はたと顔を上げ、声のした方をみやる。トレッキングシューズにジーンズ、首元までしっかりとしめられた黒のマウンテンパーカーを着こんだ男が扉を開けたままの姿勢でこちらを見下ろしている。身長は高くも低くもない。無精ひげが口元を覆っている。ぼんぼんのついた、耳元まで覆われるタイプのニット帽を被っていた。右肩に掛かるスリングはライフルと繋がっていた。右手はそのスリングをつかんでいて、ちょうど吊れ銃の姿勢だ。一瞬緊張が走るが、すぐに波のように引いていく。敵意がないことが、なぜだか分かったからだ。ただ、返事はできなかった。男の足元から、狸みたいな顔立ちの犬がすっと中に入ってきた。耳が立っていて頭頂部から鼻先までがコヨーテブラウンで、口周りと頬と腹下が白い。柴犬のような色味だが、柴犬よりも首回りと足回りが太く、強そうだ。細めたような目は、どこか思慮深そうな印象を与える。男の足元を抜けると、犬は足先から頭に抜けるように身震いをした。背中や毛と毛の間に入っていた雪が振り落とされる。

「こら、中でするなっつってるだろ」

犬は、男の方を振り返る。それから向き直り、少ししょんぼりした様子でストーブの前へ移動して、伏せた。しばらくの間首と頭をすっくと伸ばして男のほうを見ていたが、男も両肩を払って雪を落とし、それから手袋を外したのを見届けると、前足に顎を乗せて休息の体勢に入る。

胸中がざわついた。雪？

イリキは、それまでうずくまるようにして携行食をむさぼっていたが、不意に立ち上がり、台所とベッドの間にある窓へ向かって駆けた。駆けた、というのはイリキなりの意識で、ほとんど飲まず食わずだったその様は、はたから見ると相変わらず老人か病人のそれだった。

四角い窓枠は木で、ところどころにささくれが目立つ。カギは、さび付いた金属のフック状のものだった。さらに小さな四角い木枠が、大きな窓枠の中に納まっている、そんな見た目だった。外を見ると、どうやらこの小屋は若干開けたところに建てられているらしく、十数メートル先に林があり、周りは背の低い藪に囲われていた。一面が、うっすらと白くなっている。上空には、鉛色の雲が低く垂れ込めている。腕時計を見た。目を疑った。墜落から二日経っていた。イリキは、またどっと打ち寄せる疲れと絶望とから、力が抜けていくのが分かった。ゆっくりとそのまま腰を下ろして、壁に寄り掛かった。男は、つまらなそうにこちらを眺め、ライフルを置いたり上着を脱いだりしていた。男は、やかんを手にしていったん外に出、すぐにまた戻ってくると、手に持っていたやかんを薪ストーブの上へと置いた。

イリキは膝を折り、両肘を両膝の上へと乗せて、手で顔を覆った。もう何も考えたくなかった。額を、身に覚えのない布状のものがぐるりと一周しているのに気が付いた。

「寝覚めが悪いからな」

イリキは、目を覆っていた手をわずかに下げ、男の方を見やる。

「おれが仕掛けたわけじゃねえが、みすみす置いていくのは気が引けてな」

やはり、この男がおれを助けたのだろうか。

何かを言おうとしたが、最初にいた女が戻ってきて、何を言おうとしたのか忘れた。

「死ななかったな。死ななかったな、よかったなヤマガタ」

女は、屈託のない笑みを浮かべながら男の肩をばんばんと叩く。かなり年の差があるようだが、フランクに接する女の方に気兼ねや遠慮みたいなものはない。小屋は、大の大人が三人と、犬一匹でおそろしく狭くなった。

ヤマガタと呼ばれた男は、迷惑そうな表情をしていたが、嫌悪は感じられない。二人はそのまま、小さな机に向かい合って座った。

「ヤマガタだ。秋田生まれだがヤマガタだ」

イリキとヤマガタは、無表情のままお互いの顔を見やった。

「笑わないのか?」

鉄板ネタの自己紹介なのか何か知らないが、言っている当人が笑いもしないのだからこちらが笑えるはずもなく、第一、来るはずの救援を逃してしまっている今この瞬間に、笑える余裕は微塵もなかった。

「こっちは」

ヤマガタは、女の方へ顎を突き出すようにして、「アンナだ」と言った。それから、「罠をしかけた張本人だ」と付け加えた。

「仕掛けてない、落とした」

「そのままにするやつがあるか」

「他にも罠を持ってたし、藪が深かった。私も踏むかもしれない」

「落としたことを言わなかったしな」

「おまえが訊かなかった」

「減らず口ききやがって」

「ヘラズグチ?」

そんなやりとりをしながら、ヤマガタは、台所と呼ぶことすら憚られるコンロの上の棚からステンレス製のマグカップを三つと、ドリップ式のコーヒーを取り出してテーブルに置き、ストーブの上に置いていたやかんを持ってきた。

「イリキ君、君もなんか飲むかい」

なんでおれの名前を、と疑問が浮かび、口に出すよりも先に、ヤマガタは自分の右胸の辺りを人差し指で叩くしぐさをした。

「服にな、名札ついてたから。イリキ2尉殿」

ヤマガタは、にやっと笑った。

「おい、ヘラズグチはなんだ」

アンナの、甲高いキンキン声が部屋に響く。

その後、二人はイリキを気遣ってかは知らないが、ほとんどいない者のようにして扱った。二人の関係性をその会話の中から知ることはできなかった。アンナのイントネーションは、具体的にどこがと言うことは難しかったが、おかしかった。文法もあいまいで、特に助詞の使い方をよく間違えていた。

二人で唐突に外に出たかと思うと、すぐに戻ってきたり犬に餌をやったりしていた。イリキはと言えば、どうすべきかをベッドの上で思案していた。というよりも完全に救援の機を逸したという事実に打ちひしがれていたと言ってよかった。二人は、気を遣ったのではなく、話しかけられない雰囲気をイリキから感じ取っただけかもしれなかった。

「食えよ」

ヤマガタの声が、それまでよりも少しばかり大きくなったような気がして、イリキは顔を上げた。あの小さな机の上に、楕円形の銀色の器がいくつか並んでいる。イリキが何も言わないでいると、「口がきけなくなっちまったか」と、ヤマガタは鼻で笑うように言った。

イリキは、それでも返事をしないで、ただおもむろに机の方に向かって、丸椅子に腰を下ろした。飯盒とフライパンがそのまま食器として使われている。フライパンの上には何か見慣れない肉と、これまた見慣れない山菜が湯気を立てていた。プラスチック製のフォークのみが手前に置かれている。食欲が湧いた。

イリキは合掌するや否や、フォークを手に取って肉を口にねじ込んだ。味付けは塩だけだった。喉から鼻にかけて、むっとする獣臭が抜けていくのが分かったが、かえってそれが食欲をそそった。細長い、ぎざぎざの葉をつけた山菜の舌触りは爽快で、ネギのようなミントのような風味を持っていて獣臭をやわらげる。イリキは、途中から味について吟味するのをやめた。肉と米とを交互に口に詰め、咀嚼をしながらもまたさらに皿と口の間でフォークを往復させた。なぜか、頬から涙が伝い、堰を切ったようにあふれて止まらなくなった。悲しいわけではなかった。身体と気持ちが壊れてしまったのだろう、とイリキは思った。

部屋の隅で、アンナは何も敷かずに足を伸ばして壁によりかかり、犬の頭を撫でていた。

イリキは、さらに四日間茫然自失として過ごした。

この小屋は、元々北海道電力の送電線監視のために建てられた山小屋だったが、事案なんかよりもずっと前に打ち捨てられていたらしい。山縣《やまがた》は釧路市街戦を経てからここを拠点にしたという。アンナは、驚くべきことにロシアからやって来た難民だった。日本人とも東洋人ともいえぬ顔立ちの彼女は、サハ共和国という、ロシア連邦の一つをなすところの出身だった。兄が侵攻軍に参加していたということと、本国での取り締まりが激しさを増していたから家族総出で北海道へ逃れようとしたのだそうだ。難民の乗った小さな漁船は早々に沈み、彼女一人だけが生きて北海道に辿り着いた。稚内へ上陸した彼女は何も持たず、身分証明を要する旭川への入居は認められず、であれば侵攻軍に参加していた兄を頼ろうと道内各地を移動しているところを日本人医師に拾われた。これが、ちょうど紛争直後の出来事だった。

　日本人医師は森という五十がらみの男で、森には第６普通科連隊で戦闘に参加していた一人息子がいた。

　釧路での戦闘は、主に第５旅団《５Ｂ》隷下の戦闘団によって戦われたのだが、ロシア軍の空爆によって上級部隊諸共殲滅されてしまった。６連は、元々５Ｂの反転攻勢が行われた際に逐次に戦闘に加入する予定だったが、27ＣＴが防御をしている間は迂回部隊対処のため、戦闘地域よりも北側の地域に展開していた。紛争が終結したのち、５Ｂや北方隊員の処分が次々と発表される中で、６連隊内の有志が釧路へ回頭し、独自に戦端を開いた。釧路町における侵攻軍との衝突は釧路の戦闘、６連隊によるゲリラ戦は釧路市街戦と呼ばれている。釧路の戦闘直後、ロシア軍の空爆に対抗するように三沢の空自も空爆を行い、ロシア軍にも一定の損害を与えることに成功したが、そのすぐ後にロシア本国の政争となし崩し的な停戦がやってきた。北海道に取り残された侵攻軍は、混乱をきたしながらも本国からやってくる難民受け入れのため、道北への集結を当面の方針とするも、こちらもやはり指揮系統を逸脱した一部の部隊がそのまま釧路市街へと前進した。不首尾に終わった住民避難のせいで市内にはまだ多数の市民が残っており、また一時的に釧路を離れていた人々も戦闘停止を機に、帰還を支援するボランティア団体やＮＰＯ法人などとともに市内に戻りはじめていた。

６連が、独自に戦端を開いたのはまさにこのようなタイミングだったのだ。統制のとれた侵攻軍の一部は旭川へ撤収したが、好戦的な部隊はなおも残り、６連隊と血みどろの抗争を繰り広げた。日本人避難民、ロシア人難民もこれに巻き込まれ、一帯は地獄と化した。ロシア政府も日本政府も、政府の停戦指示に従わない現地部隊に責任を押し付けたが、両国とも自国の影響力が拡大するように陰に陽に物的支援のみは怠らず、こうして無法地帯が出来上がると今度は両国の反社会的勢力が乗り込み、縄張り争いを行うようになった。

森とアンナが釧路に着いた時、血で血を洗う日ロ両部隊の戦闘は止んでいたが、日ロ両国から乗り込んできたヤクザやマフィアによる犯罪行為が横行していた。アンナは兄の遺体を見つけることができたが、森はついに息子の消息を知ることはできず、当地で延々と捜索を続けていたという。

山縣は、かつては第６連隊本部の情報小隊に所属する陸曹だった。Ｍ24という狙撃銃を手に、彼もまた釧路市街戦に参加した。最初の数日で組織的戦闘はなしえなくなり、山縣は戦線を離脱して山中で狩猟生活に入った。森とアンナと知り合ったのもこの頃で、市内で元６連隊の隊員に聞き取りを行う中で山縣にたどり着いた、という話だ。

イリキがこの四日で聞き出したのは、概ねその程度だった。

イリキの意識が戻ったその翌日、アンナは釧路市へと帰り、山縣は引き続き山中で狩りにいそしみ、イリキは何も言われなかったので、相も変わらず小屋に残り続けたのだった。

死んでしまった古在や西村や他の隊員のことを考えない日はなかった。切りの良い時間には、あるいは救援隊が来るのではないか、と期待したが、一日、また一日と過ぎていく中でそんな希望も薄れた。癒しは、山縣が狩ってくる鹿の肉だった。鹿がウサギやエゾライチョウになることもあった。味付けはいつも塩だった。多分、それ以外の調味料はないか、あってもきわめて貴重なのだろう。昼食は、ある時もあればないときもあった。雪は、あれから一度も降っていない。額の傷も塞がり包帯も取れた。罠にかかった足も、幸いにして傷は浅く、歩行になんの支障もなかった。ただ、一切の気力が自分の内側から消え去っていた。用を足すのと妙に小屋が息苦しくなったときくらいしか小屋から出なかった。

得体のしれない四十代と一つ屋根の下で過ごす不気味さはあったが、小屋の外は魔窟だということを、イリキは身をもって知ってしまった。狩猟用の罠ならまだしも、救援の望みは薄く、釧路周辺は危険で、さらに徒歩で滝川まで歩ききれるわけがないという諦めが、イリキを小屋に縛り付けた。

山縣は、基本的に人当たりがよくこちらが返事をしないでも一人で話していることも多く、こちらの精神状況が芳しくなく会話すらままならないときは話し相手を犬に切り替えた。ただ、どういった瞬間にそうなるのかは分からないが、山縣には表情も感情も全てが無くなってしまったみたいになるときがあって、殺気とでもいうべきものが湯気のように見えるのではないかとすら思われ、そういう時、イリキは用を足すのを装い、小屋の外で時間をつぶした。

目が覚めた。自分の身体の調子と外の様子から、なんとなく日の出前だろう、ということを悟った。覚醒した直接の原因は、多分山縣だ。山縣は、ランタンを足元に置き、ロッキングチェアに揺られながら膝の上でナイフを研いでいた。異様な光景だった。犬は、寝る直前に見た時と同じくストーブの前で伏せの姿勢を取っていたが、首と頭をすっくと前脚からは離して主人を一心に見つめている。この生き物も何かを悟っているのだろうと思われた。

規則的なリズムで刃物を研ぐ音が部屋に響いている。ゲレンデを滑走する時のスキーの音に似ていた。手前にランタンが置かれているからだろう、山縣の奥にある壁、天井に投射されるその影は巨大で、研ぐ動作、ロッキングチェアの揺れを実態以上に感じさせる。威圧感があった。山縣は、いつも通り、トレッキングシューズにジーンズという出で立ちで、上着は戦闘外衣だった。イリキが知っている現行のものではなく、どうやら一世代前のものと思われ、階級章は胸の中央ではなく両襟に縫い付けるタイプのものだ。迷彩パターンは現行のものと同様、陸自迷彩をベースとしつつも、茶色が深くなっている。

山縣は、時折研ぐ手を止めて、顔の前にナイフの刃先を持ってきて、ゆっくりと表裏の具合を確かめていた。

おれが起きたのは、とイリキは思った。この音でもランタンの灯りでもなく、山縣の存在そのもののせいだ。犬ですら緊張感を強いられるこの張り詰めた雰囲気が自分を眠りから引きずり出したのだ。仲間が死に、山中にたった一人取り残されたのだって、自分にしてみれば相当な経験だったが、この男はそれよりもずっと重い何かを背負っているのを感じさせた。

山縣の動きがぴたりと止まり、黒板消しみたいな砥石をそっと足元に置いた。山縣は前屈みになり、例えばバスケットボールでベンチの選手とか監督とかが動きのあまりない試合を見ているときみたいに両肘を両膝の上に乗っける姿勢でこちらを凝視していた。右手に握られたナイフは、両膝の間に、刃先を下に向けた形になっている。

イリキは、気が付かないうちにベッドから起き上がってその上であぐらをかいていた。背筋をぴんと張って、足元はあぐらではあったけれども、座禅みたいな厳《おごそ》かさを備えていた。いや、備えなければならない何かが、この空間には漂っていた。時折吹き降ろす山風が、窓枠をかたかたと揺らす。思い出したように、犬が短いため息をついた。

山縣は、そのままの姿勢でナイフの刃先だけをゆっくりとイリキの方へと向け、「お前は死ぬ」と言った。

イリキは何も言えなかった。

「おれが殺すんじゃない。誰もお前を殺さない。お前がお前を殺すんだ」

一呼吸というにはあまりにも長い時間が流れた。

「ここでこのまま過ごせば、もう何日もしないうちにお前は出ていく。出ていかざるを得ない状況に陥る。それでおしまいだ。お前は死ぬ。お前は助けが来るのを諦めたんじゃない、生きるのを諦めたんだ。お前はここに来てから一度も適応していない。お前が感じている居心地のよさは諦めだ。隷従だ」

「選べ」、と言った山縣は、ナイフをさらに前へ突き出した。それなりに距離はあったが、イリキはその切っ先が眉間に刺さるのではないかと思った。

「おれと今から山へ行くか、死ぬかを選べ」

声の出し方を忘れた。口の中がからからになって唾液はねばつき、嚥下《えんげ》しようとするとむせそうになったが、なぜだかそういう個人的な反応は全部押し込まなければいけない気がした。

イリキは、言葉で返事ができない代わりに動作で示した。ジャージを即座に脱ぎ捨て航空服に着替え、その上から航空ジャンパーを着、半長靴を履いた。

「荷物を持て。緑の方だ」

山縣が、またもやナイフで部屋の一角を指し示す。ストーブとベッドの間に、リュックが二つ壁に立てかけられていた。一つは黒で、一つは緑だ。いずれも名前を聞いたことのあるアウトドアブランドだったが、メーカーは別々で、どちらともひどく傷《いた》んでいた。登山用のリュックなのだろう、縦に長く、底の方にはウレタンマットが丸めて二本のベルクロで留められている。イリキは、急ぎつつも極めて滑らかにリュックを背負った。重かった。確実に十キロはありそうだ。

イリキはその動作の間、頼りないランタンの灯りを頼りにして山縣のものと思しき荷物にも一瞥を落とす。黒いリュックの側面には、柄の長い山刀がくくりつけられていた。見慣れない形状の鞘に納められているそれは、持ち手と刀身の幅にかなりの差があった。片手で使うものなのだろう、持ち手は握りこぶし二つほどの長さで、刀身は文庫本くらいの幅がありそうだった。多分、マチェットとかマチェーテとか言われるものだ。

山縣は立ち上がり、右腰のあたりにある鞘に、ようやくナイフを収めた。イリキが緑のリュックを背負うのを見届けると、残りの一つを背負い、玄関横にある銃架からM24を取り出す。ランタンとストーブの吸気口を閉めて消火する。太陽は上がっていなかったが、空は若干白んでいた。山縣の背負うライフルには、銃床と銃身部分にのみ迷彩色でメッシュ地のテーピングが施されていた。出入口のドアも窓も鍵ではなく閂《かんぬき》だった。山縣が先頭に立ってそれを外し、ドアを開ける。冷気がどっと部屋に入ってきた。

毛糸の手袋と帽子を、出がけに山縣から手渡された。あれから一度も降雪はなかったが、気温が低いため、そこかしこに雪が残っていた。

山縣の言う通りだ。おれはどこかで生きるのを諦めていた。意識して小屋を出て、初めて本当に外の世界がどうなっているのかを目にした気がした。小屋は険しい山と山の間にあった。谷部というべきはずの場所だが、小屋の周りだけがあたかも小さな盆地のようになっている。地面が凍っていて、踏みしめると音がした。前を行く山縣のリュックが規則的に上下に揺れている。犬は、ぴたりと横にくっついて歩いていた。空は白んでいたが、まだ紺色の方が多く、今日はすっきりと晴れそうだった。ということは、夜は放射冷却でかなり冷え込むはずだ。空模様から概ねの方角が分かった。今、山縣は北東へ向かって歩いている。南へずっと行けば太平洋に出るはずで、であれば無論南の標高が低く、北側が山地という形になる。真東へ行けば釧路で、北東は、自信はないけれどもたぶん阿寒とかそちらの方だろうが、どれだけ道が険しくなるのかは未知数だ。

山に取り囲まれている、と思ったが、山縣が切り開いたのか、人ひとりがようやく通ることができる獣道のようなところがあった。木々の間が若干広くなっているところを、縫うようにして進む。木々の根本の方から、フキだの笹だのが飛び出していて、おれ一人じゃ絶対にこの道を見つけられない、とイリキは思った。いや、仮に見つけだせたとしても、その道を進み続けるのも至難の業だ。道は下り基調で、比較的歩きやすかった。そんな道をしばらく進むうちに、日が出てきた。視線を上げる。緑を残すマツ科と思しき木々は末に広がっているから、上の方は明るく、根本に近くなるほど枝葉で陽光が遮られる形になった。うまい具合にそれらを避けて地表に届く陽光は、ところどころで光のカーテンを作っている。北方特有の植生のためか、冬を目前に控えていても、山の中に緑が点在している。

山並み全体が、妙に丸みを帯びている。木々の間隔があいまいで、ジャングルとか密林とかそういうイメージとはもちろん違うが、かといって内地にある山々のような尖った感じもしない。刺すような冷気は今歩いている道も山も、その一帯全てをぎゅっと引き締めるが、自然が牙を剝くという感じは不思議と受けない。抱かれる、というのが適切かもしれず、自然の持つ神聖さみたいなものを頭ではないところでほんの少しだけ分かった気がした。谷部に出ると、木々の密度がさらにほどかれた。木々が見切れる部分もあって、右手と左手に小高い山があり、本当に谷間にいるのだ、と実感する。山縣は谷沿いを歩いた。経路はいつの間にか下り基調からアップダウンのある山らしい道に変わっていた。枝葉も土も水分を含んでいたが、そのいずれもがこの気温のために凍っていて、日の光を浴びているところはきらきらと光っていた。犬は、時々ひきつるみたいにびくっと反応をし、山縣が「まだだ」、と短く言い聞かせるとそれまでのように斜め右後ろについて歩いた。尻尾が腰の辺りまで丸まっているので、先を歩く犬の肛門がくっきりと見える。大体犬が反応したすぐ後に、小動物が藪から藪へと横ざまに飛んでいった。それはキツネだったりイタチのような動物だったり野兎だったりした。航空服の中がじんわりと湿ってくる。

歩きやすかった道は小屋の周囲だけで、今や前へ進むには起伏や木の根などと戦わねばならなかった。特にリュックが接する肩と背中は空気がこもって熱を持っているのがよく分かった。二人と一匹は極力上りがない道を選定しているようだったが、林内は林内だった。右側が急峻な斜面になり比較的足場のはっきりした場所を進む。木の根や倒木が行く手を遮ることがあった。左手は、ある部分は緩やかに谷へ落ち込み、またある部分は断崖といっていいような様相でぽっかりと斜面に口を開けていた。そういうところは見通しが利き、隣の山が見えた。どこか柔らかい装いの山々ではあるが、中身はしっかりと山だった。

また犬が止まり、頭をわずかにあげる。口を引き締めて鼻をひくつかせた。山縣は、またしても「まだだ」と言うだけだ。足元から見通すことができる沢地を、牡鹿が飛ぶようにして渡って、反対斜面の林内に消えていくのが見えた。

「小休止だ」

山縣が、ようやく犬にではなくイリキに話しかけた瞬間だった。陽はかなり高くなっていた。時間の流れが今までと違う気がした。それはこの数日間という意味だけでなく、それまで経験したことのある時間の流れすべてと違っていた。二人は、小屋を出たすぐ後にぶつかった一つ目の山をくるりと回り込んでいた。山縣が小休止場所として指定したのは、斜面の一部が横穴的に崩落しているところで、部分的に木々が根こそぎなくなっていることから、多分荒天にやられたものと思われた。斜面の一部からは水脈が顔を出していて、水たまりを作っていた。この行進の合間で、イリキは寒さを避けるべく立てていた襟を元に戻し、毛糸の帽子はジャンパーのポケットに詰め込み、ファスナーも胸元まで下ろしていた。

リュックを降ろし、座る。開けていいものかと若干悩んだが、渇きと空腹から、リュックを開けた。リュックには、二リットルのペットボトルが二本と水筒が入っていた。食料らしきものは見当たらず、底の方にシュラフと思しきものの他に、防寒具やビニールシートなどがある。水筒は円筒形のステンレス製で、蓋を開けて飲んでみると味はなく、ぬるかった。おいしい、という感覚は味だけに起因しないということが分かった。ぬるかろうが、若干水筒のにおいを含んで鉄くさかろうが、全身に染み渡っていくのが分かる。

「食え」

目の前に、ウッドチップのような、木炭のようなものを差し出される。イリキは訝《いぶか》しんでいて、取ろうとする手の動きは緩慢だ。

「ただの乾燥肉だ」と山縣が補足する。

なんてことはない、山縣の言う通りジャーキーだった。ただ、塩味が異常に強い。コンビニかスーパーで売っている既製品より歯ごたえも臭みもある。一噛みで噛み切れるわけもなく、奥歯をすりあわせるみたいにして噛む。唾液が自然と広がって、肉が徐々に柔らかくなる。犬は、山縣の足元で寝そべり、前脚で乾燥肉を押さえ、頭を横にして一生懸命肉を食べている。柔らかくなった肉を咀嚼すると、咀嚼するたびに塩気と臭気が漏れ出し、より一層唾液が出てくる。このにおいには覚えがある。鹿だ。また喉が渇いてきたが、食べるのをやめられない。身体が求めていた。止まって腰を下ろしたばかりの時、尻の方が湿って、汗で蒸れていた背中が外気によって急速に冷やされて寒気を覚えだした。食べると、寒さをほんの少しだけ忘れられた。何よりも身体が求めているのが分かった。山縣がリュックを置くだけで座らないのは、多分身体を冷やさないためでもあるのだろう。派遣隊に転属してから、演習らしい演習はほとんどなかった。行軍も、幹部候補生学校でやったっきりだ。体力錬成はしていたけれども、久々の山歩きは応え、座らずに休むのは今のイリキには難しかった。

二本の乾燥肉とぬるい水、三十分少々の休止だけでずいぶん回復した気がした。

「行くぞ」

声をかけた山縣は、すでにリュックを背負っている。イリキもあわてて準備を整えて後に続いた。

すぐに、それまでの山道ですら平坦に感じられるような本物の上りに入った。行き慣れた道であるのか、山縣の足取りは確かなものだった。低山とはいえ、山は山だ。それも、機械力で切り開かれたわけではないから、手を使わずには登ることはできなかった。白樺や松の幹に手をかけ、次に出すべき足をほんの数十センチだけ前に出す。足元がゆるければ、地団駄のようにしてそこから左右どちらかに足をずらした。回復した、と思った体力が急速に萎《しぼ》んでいくのが分かる。引いたはずの汗がまた噴き出してきた。袖口で額を拭った。どれほど登っただろうか、と振り返ると、まだ十数メートルほどしか登っておらず、この山道に入ったときの入口を見下ろすことができた。登る直前、なんとなく道らしきものを見定めることができたが、見下ろすと結構な斜度をなしていた。上からと下からでは眺めも体感も違うのだろう。山縣はぐんぐんと先へ進み、犬は斜面をじぐざぐと登っている。羨ましかった。いっそ自分も四つん這いで登った方が早く登れるかもしれない、と思ったりもした。派遣隊に来て、まさか登山をするとは、とイリキは心中自嘲した。おれは今打ちひしがれているだろうか。山道は険しく、呼吸は荒く、胸の内側は即物的な意味で熱っぽかった。火の粉が肺の内側で散っているような、そんな感じだ。イリキが感じたのは、しかし清々しさだった。ずっと何かに追い立てられているような気がしていた。進学と就職とカネと社会的なステータス。他にもいろいろあっただろうが、自衛隊に入ったのは、あるいはそういったものから逃げるためだったのかもしれない。だけど、逃げ切れなかった。いや、むしろ心の奥底でそういうものを求めている自分がいた。派遣隊に転属が決まったとき、やった、と思った。これまで自分が忌避していたものから本当に離れられる、と思ったからではない。派遣隊という非日常での経験が今後の日常における一つの箔になるだろうという風に捉えていたのだ。自分は心のどこかで、危険を冒《おか》すことに対して、社会的な評価という対価を求めていた。今はもうそんなことは本当にどうでもいい。

木々の間隔が徐々にまばらになっている。いつ終わるとも知れない斜面が、明らかに途切れていた。すでに山縣も犬の姿も見えなくなっていた。急げ。イリキは自分を叱咤する。草木を踏みしめる音、風の音、自分の心音と呼吸音だけがあたりに響く。自分の身体が熱くなる分だけ、外気の冷たさが身に染みる。

山頂の景色は、思っていたものとは全然違った。どこまでも開けた景色が広がっているのかと思いきや、四方にも山があり、そのうちのいくつかは遠方までの視界を遮るようにしてそそり立っている。ひょっとすると太平洋方面を望めるのではないか、という期待も先ほどと同様の理由で打ち砕かれていた。山頂という単語は、例えば三角形の頂点とか家の屋根みたいに、一番高いところというイメージを持っていたが、実際はそこまではっきりとした形状とか特徴を備えているわけではなかった。この辺りは、平地とまではいわないまでも、比較的なだらかな地形だった。

山頂であるということもあってか、樹木が少なく見通しが利く。もちろんその見通しはずっと遠くまでという意味ではなく、反対斜面とか尾根とか、そういう意味だ。イリキは、初めて尾根を歩いた。

そんな山道の中で山縣は、不意に片膝をついてライフルの点検をしだす。銃床を肩に押し付け、スコープを覗きこむ。スコープに備え付けられているダイヤルを左手で調整して、もう一度頬付けをして照準を確かめる、という動作を繰り返していた。イリキは、細かなアップダウンによって上がった呼吸を整えようとした。

ある程度落ち着いたところで、イリキはリュックから水筒を取り出し、飲んだ。山縣も同じく、水筒を取り出して水分補給を行っていた。足元に置かれたリュックから、縁の高いプラスチック製の皿を取り出し、そこに水を灌《そそ》ぐ。山縣が「よし」と言うと、犬はゆっくりと同じペースで飲んだ。優雅とは違うが、もちろんがっつくような感じではない。この後、自分が何をすべきかということをわきまえているような感じだ。

きっとこいつは、死んでも犬用ケーキなんかは食わないだろうな、と思った。

この装いは、例えばどっちが飼い主なのかさっぱり分からない、都市部で散歩をしている小型犬なんかとは全然違う。言うことをよく聞く賢い犬というわけでもない。この二人は、信頼で繋がっているのだ、とイリキは思った。犬を家族とうそぶき、過剰な保護の下に置くのでも、スポーツカーとかインテリアの一つみたいに見せびらかすのでもない、動物との共生の形を垣間見た気がした。この関係は、多分動物愛護とかいう観点とは全然違うところに存在している。欲しても誰かに教示されても手に入れることのできない、そういうものだと思った。

次に出発するとき、山縣の両手はライフルにあった。それまで肩にかけていたスリングは、首に移っていて、視線は全周に、まんべんなく向けられているようだった。自然、イリキにも緊張感がみなぎってきた。山縣とわずかに距離を置いた。自分が思い出せるのは、せいぜい戦闘訓練の断片的な記憶でしかなく、各人の距離を適切に開くということくらいしか、それらしい行動を思いつかなかった。この男は何をするのだろうか、という疑問は起きない。狩りに出るのだ。この四日間、自分が貪《むさぼ》っていた肉がどのようにして得られたものなのか、教えるつもりでいるのだ。尾根は、上りも下りも、多少は歩きやすかった。山縣は、時々急にしゃがみこみ、土の上にできたくぼみに指を這わせてぶつぶつと独り言を言った。距離を置いていたから、何を言っているのかは聞き取れない。犬の頭を撫でながら言うこともあったし、無言のままのときもあった。山縣が止まるのと同時に犬が止まり、それを見てからイリキが止まる、という具合で行進をしていた。山縣と犬が歩きだし、イリキは山縣が立ち止まっていたところをそれとなく見てみると、やはり動物の足跡らしきものがあった。土の上に踏みつけられたその跡の大きさはさまざまで、イリキには何がなんの足跡かさっぱり分からなかった。ただ、なんとなく想像がつくのは、それが一匹なのか複数なのか、ということくらいだ。まばらなものもあったし、明らかに複数のものと思われるものもあった。また、山縣は動物のフンがある場所でも立ち止まっていた。こちらにしても、そのフンが何の動物種のものなのかなど、皆目見当もつかなかった。尾根を歩き始めてから、二度小休止があった。最初と同じ、ジャーキーと水のみの休止だったが、どちらも最初の時と同じくらいおいしかった。

時計を一瞥し、すでに十四時を過ぎていることに気が付いて驚いた。山に入ってから、もうあと数時間で半日になろうとしていたからだ。

長い下り道に入った。谷部のほうは開けていて、小川が流れていた。沢というものだろう。せせらぎが聞こえる。小さな音であるはずだが、山が静かなせいか、あたりによく響いている気がした。山に生い茂る木々と沢の切れ目から、鹿が飛び出してきた。十メートル前後先だろうか、ぬっと首を伸ばしてこちらを見つめている鹿の黒々とした目は生気に満ち満ちている。沢を隔てて、互いに何かを確かめるように視線を交わす。短毛で、毛の色は灰色と茶色が混じったような単色だった。凛々しい顔だちで、耳は大きい。どれほどそうしていただろうか、鹿の耳がピクつき、視線が外れるとゆっくりと小川へと歩いていく。直後、またブッシュをかき分ける音がすると、それよりも一回り小さい鹿が出てきた。子供と思われた。それまで気が付かなかったが、尻の辺りの毛は真っ白で、後ろから見るとどことなくハートの形に似ていた。

「ああやって」

こちらはまだ立ち止まっていた。鹿を見届けながら、山縣は言う。

「脅威度を判定してるんだ」

鹿は、親子で水を飲み、母親の方はちょっとした物音がしただけでもすぐに水を飲むのをやめて、最初に目を合わせた時と同じようにすっくと首を伸ばして警戒していた。自分の中にあった、弱肉強食という言葉とその意味が分解された気がした。

「もう少しだ」

山縣は、言うなりまた歩みを進めた。

山の数え方を知らず、また距離の感覚もあやふやなので、イリキが持ちうる尺度は時間しかなかった。相変わらず上りは苦しかったが、尾根伝いに歩くのはただの斜面を歩くよりも幾分か楽であることを知った。また、見通しのよさは獲物を見つけるのに適しているということも。

山縣は、たびたび地面にしゃがみ込んでは手袋を外して地面のくぼみを確かめていた。違うのは、それまでよりも時間が長かったということだ。手でその足跡を確かめ、左右を見渡す。そういうことを何度か繰り返したのち、指を鳴らして犬を呼び寄せた。イリキは、空気が変わったのを感じた。犬が鼻先を足跡に突っ込みひくつかせる。山縣が「行け」と言うと、駆け出した。尾根伝いではなく、さっそく斜面を駆け下りていったのである。山縣は立ち上がり、概ねの方向を目で追っていた。犬の姿はあっという間に見えなくなっている。左下の斜面は、これまでのものと見分けはつかず、うっそうと茂っているフキとか笹とかで足元はおぼつかなく、まっすぐと伸びる木々とその枝葉によって暗がりに包まれていた。山縣は、ゆっくりと木の幹を伝って斜面を降りて行く。見つけた足跡を見失わないようにしていたから、ブッシュが深かろうとなんだろうと、歩きやすい場所を選んで降りるというようなやり方はできなかった。人が進むのが難しそうなところに来ると、山縣はリュックの横から山刀を抜き取り、薙いだ。イリキは、途中何度か足を踏み外して斜面を数メートルほど滑落することがあった。立っているときには気が付かなかったが、寝転ぶことで、地面を覆いつくす草木の中にも、真の獣道と呼ぶべきようなものがあって、トンネル状のものが林内を駆け巡っているのを見つけた。動物の体高に合わせたようなその道を、立っている人間が見つけるのはほとんど不可能だ。山縣は、イリキが元の道に戻るまで待ってはくれたが、決して助けようとはしなかった。自分が滑り落ちた部分は、枝が中途から折れたり葉が不自然にすりつぶされたりして軌跡となっていた。仮にそういうものがなければ、どこをどう登ればいいか、きっと分からなかった。

山の裾野近くになると、またいつぞやに見たときのような開豁地に出た。遮るもののない陽光が降り注ぐ沢地では小川が流れ、反射によって全体が煌めいている。冬間近ということもあって、うっとうしい羽虫も気色の悪い節足動物も少なく、空気は澄んでいてとにかく爽やかだった。

山縣は木を盾にするように、半身になって眼下の沢をうかがっているようだった。右手は、銃床とグリップが一体になった銃把に、そして銃口は地面に向けられている。山縣は、視線をそのままに左手を後ろに突き出し、手のひらをイリキの方へ向ける。止まれということだろう、と捉え、見様見真似でその場にしゃがんだ。どこからか犬の鳴き声が聞こえてくる。短く、断続的に鳴く声が山中に谺《こだま》していた。鳴き声にかぶさるように、林内で枝葉を踏みしめ、かき分ける音が小さく聞こえる。イリキは、反対側の斜面とその木々を凝視していた。何が出てくるんだ、と身構えた。はじめ、ブッシュが震えた。それが次第に大きくなったところで、林から一頭の鹿が飛び出してきた。大きい。少し前に見た親子とは違い、こちらの方は全体的に薄茶色の体毛をしていた。耳の少し後ろの方からは、末広がりになった長く太い角が生えている。根元の方では、それよりも細くて短いが、鋭い角が枝分かれをしていた。鹿は、はじめこちらの方を向いていたが、すぐに向きを変えて、自分が出てきた林の方に頭を向けた。前足を折り、そのいかにも狂暴そうな角を構えている。頭を左右に短く振っては、馬のような、ぶるるっという口唇を震わせる音を鳴らす。前足の一本は、短く何度か地面を蹴る。怒っている。あいつは、何かに苛立っているのだ。しばらくそんな動作を続けていたかと思うと、今度は林内から横ざまに犬が飛び出してきた。四肢は泥で汚れていた。遠目からみると、それはちょうど靴下を履いているように見えた。犬が吠え立て、鹿が頭を振るということを繰り返していた。イリキは、その光景に呑まれていた。自分が誰なのか、どうしてこの場にいるのかということを忘れてしまった。この光景に意味はなかった。

はたと思い出したように山縣の方に視線を移すと、彼は先ほどの姿勢のまま、銃口を鹿の方へと向けている。身じろぎ一つしないその射撃姿勢に目を見張った。犬と鹿の格闘、山縣の照準という光景が、向かい合った山の裾野、その間に小さく広がる沢との間で広がっている。時間が止まったような感じがした。

鳥の鳴き声が近くから聞こえ、時間が再び動きだす。が、その音は鳥ではなく、山縣の鳴らした口笛だったことに、すぐ後に気が付く。口笛に反応した鹿はそれまでの動作を全て取りやめ、後方へ飛び退《しさ》ると同時に首をすっくと伸び上げて音のする方、つまりはこちらの方に視線を向ける。犬は、もう追い立てることも吠え付くこともしない。また時間が止まりかかる直前で、乾いた、重苦しい銃声があたりに響き渡る。どこからともなく鳥の群れが鳴きながら上空に羽ばたいていき、はらはらと小枝と葉が舞い落ちてくる。鹿は、撃たれたというよりも、目に見えないロープか何かで首をくくられて、それを強い力で引っ張られたみたいになった。横向きに倒れた鹿は、全ての足を数度動かしたが、むなしく虚空を掻くに終わった。危機の察知がわずかに遅れただけだが、そのわずかが命取りとなったのだ。鹿は横向きに倒れているから、右目は地面に、左目はあの晴天に注がれているはずだ。イリキは、ゆっくりと立ち上がった。多分、あの鹿の意識はまだ生き残りをかけて争っていて、だからこそ地面を蹴って危地を脱しようとし、そのために足が動いたのだろう。しかし身体は思うように動かず、生命の灯は急速に失われていく。すぐにぱったりとそういう動作がやんで、完全に息絶えたであろうことが見て取れた。犬は、わっと飛び出して、半円を描くようにして鹿の後ろに回り込み、後ろ脚に短く嚙みつき、反応がないことを見て取るとすぐに離れた。山縣を先頭に、木陰から沢に出、落ち始めた夕陽を浴びた。心地よかった。外気温は一桁だろう。しかし身体の内側が異様に熱かった。熱い気がしただけかもしれないが、でもその感じは嘘じゃない。陽が、冬にもかかわらず首筋を焼くように思える。大きさの違う石がごろごろと転がる沢を行き、ついに鹿にたどり着く。巨大だった。

山縣は、鹿の頭の方に立ち、しばらくの間無言のまま見下ろしていた。スリングを調整し、銃を肩にかける。山縣はしゃがみこみ、鹿の頭をそっと撫でた。自分が射抜いたわけでもないのに、捕った、という感慨や勝った、という思いを抱いた自分をイリキは恥じた。

山縣もこの犬も、これまで自分が見聞きし経験してきたルールと、まったく別の方式で駆動している。肌の色とか生殖器の形とか生まれた地域とか信じる神が違うということよりもっとずっと手前にある、何か根本的なものが、彼らと自分の間を隔てている。そしてこの根本的な差を理解するためには、おそらく論理や思想ではだめなのだ。イリキは、たった一回、たったの十数時間の道のりを経ただけだったが、なぜだか自分の元いた場所に帰ることができるだろうという思いが去来し、と同時に、そうであればいたいだけここにいてもいいだろうという風に考えていた。

山縣はまずリュックを下ろし、銃口が地面に付かないようにライフルをその上に置いた。横たわる鹿の元へと戻り、出発前に研いでいたナイフを取り出すなり首のつけ根の辺りを一突きし、すぐに引き抜く。山縣は立ち上がり、しばらく血が流れ切るのを待っていた。山の音が、静かなのににぎやかだった。

「手伝え」

振り返るなり命じる山縣の表情は、この数日の中で一番透き通っていた。

山縣は、鹿が飛び出してきた方の山へ分け入り、また山登りをするのかとイリキはいぶかしんだが、さにあらず、木の根元に落ちる枯れ葉や小枝を集めていた。イリキも手伝いを命じられた手前、見様見真似でそれらしい、手ごろな長さと太さの枝を集めた。

鹿のすぐ近くに、山縣が枝葉を置き、それに続こうとしたところで「おい」と呼び止められる。

「お前コレ湿ってるぞ」

え？　イリキは山縣の顔と集めた枝を見比べる。山縣は困ったような表情をしていた。

「見ても持ってもわかるだろ」

見ても持ってもわからなかった。

「太けりゃいいってわけじゃねえんだ」

イリキは、両手で抱えるようにして枝葉を持っていて、山縣はそのままの状態で選別を始めた。軽く持っただけで何かが分かるようで、お眼鏡にかなわないものはまた山へ投げ捨てられた。山縣が近くに来ると、におった。スポーツジムとか脱衣所とか、そういうところで嗅ぐ男特有の汗臭さも含まれていたが、もっと生き物に近いにおいだ。汗だけじゃなく、ブッシュをかき分けたときに嗅いだ山と土のにおい、草木をいぶした煙のにおい、硝煙のあまい香り、そういうものが混ざり合ったにおいだった。不快だが、顔をそむけたくなるような感じはなぜかしなかった。今更ながら、自分も墜落してからこの方、風呂になど入っていないことを思い出した。起きがけがピークで、痒さとにおいとべたつく肌とでどうにかなりそうだったが、それを過ぎるとそうしたものはすっと消えていった。汚れ自体が自分の身体の一部のようになじんだのだ。

「松っつーのはらくだみてえにたらふく水をたくわえてるからな、くべると爆《は》ぜるしくせえしけむたいしでいいことがねえ」

一通りの選別がすんだのか、山縣はそう言うと、今度は周囲から石をかき集めて、それを積んだり並べたりして半円を描く。その内側を足で踏みつけて平らにし、今しがた集めた草木を敷き詰める。手際がよく、燃えにくいものから順に置いていった。最後にススキの葉をその上に散らした。山縣はしゃがみ込むと、ポケットから親指大の、銀色の円筒状のものを取り出し、イリキはそれが何か分からずぼんやりと山縣の背中を眺めるだけだったが、すぐに金属がこすり合わさる音と火のにおいがやってきたことでそれが火打石だということが分かった。たった一回でつくことに舌を巻いた。燃え広がるのを確かめ、素手のまま並べた木の具合を調整し、また鹿のところに戻っていく。

なんとなく、自分もそうした方がいいだろうと思ってイリキも付き従った。

鹿の首筋から流れる血だまりは相当な量になっていた。沢地は若干傾斜が付いていたので、血は溜まってもいたが、重力に従ってゆるやかに石と石の隙間から下方へ流れてもいた。幾筋にも分かれたその血の道は、模様のようだった。

山縣は見慣れているのか、そんな光景は歯牙にもかけずに鹿の左前脚と後ろ脚を持って仰向けにした。

「ここを開きながら持ってろ」、と顎で以て後ろの両脚を指し示す。言われるがまま、イリキはしゃがみ込んで鹿の足首のあたりを恐る恐るつかんだ。獣臭がした。濡れた犬を数日そのままにしておいたら多分こんなにおいがするだろう。脚はまだ生暖かく、硬い毛はたわしのようでも絨毯のようでもある不思議な感触がした。またすぐに起き上がって、蹴とばされるのではないかと思った。知らず知らずのうちにその恐怖がにじみ出て手から力が抜ける。脚が腹の方へ縮んでいく。

「ちゃんと持ってろっつったべや」

あ、はい、と今度は意識して強く握りしめ、手前に引っ張る。気を抜くと、鹿の後ろ脚はすぐに蛙みたいに縮こまってしまう。

山縣はナイフの柄や峰で、脚の付け根や恥骨や、身体の屈曲部あたりにしるしをつけていた。柄を押し付けた部分は毛がかき分けられてすぐにそれと分かった。

「ケジメを入れるっつーんだよ」

そう言い、山縣はしるしを目安にしてへそと思しきくぼみから前脚の間の辺りまでナイフを滑らせる。もっと血が噴き出るものかと緊張したが、あっさりと開腹されただけだった。ほとんど切っ先というくらいに浅い部分でしか切らなかったからかもしれない。

「山のお作法みてーなもんだ」

切り開かれた腹には、まだ白濁した薄い膜のようなものが残っていた。

「山に入ってから知り合った猟師に教えてもらったんだよ。さっきみたいにしるしをつけて刃を入れる場所と順番を確かめて、そんで心の準備をしながら山に感謝すんだ」

山縣は、声に出してそういうことを言ったが、話しかけるというような感じは備わっていない。自分で自分に言うような、何か思い出していることをそのまま口に出したような具合で、だからもちろん視線は常に手元にあった。言いながらも解体は進んでいて、恥骨周りに刃が入っている。時に枝を踏みしめるようなぱきっという音がしたり、激しい接吻の時みたいな、湿った卑猥な音がしたりした。

「オスの小便はにおいがキツいからよ、さっさととっちまうんだ」

慣れた手つきで皮が剝がされ、ペニスや膀胱と思しき袋状の物がそっくり取り除かれたが、白く細長い線が何本か、まだ胴体とつながっていた。

「はじめのころはよくわからないで適当に切って、肉も皮もダメにしちゃったな。小便がかかった肉は食えたもんじゃないんだ。焼いてもありゃだめだ」

腸のひだがゆっくりと動いていた。山縣の手とナイフはすっかり血に染まっている。胸元の解体は、どうも肋骨あたりを目安にして行っているらしく、殊にスムーズだった。痙攣のように未だにピクつく心臓を切り分け、その近くにある、ピンクとも赤とも灰色とも言えない妙な臓器を切り取る。山縣は、おもむろに立ち上がるなり心臓でない方の臓器はぺっと林内に投げ込んでしまった。そのまま火元の方へ向かった山縣は、しばらく足元を見やりながら何かを探していた。火元から少し離れたところで目当てのものを見つけたらしく、早速その場にしゃがみ込んで手にしていた心臓をその上に置く。どうやら、平らでそれなりに広さのある石を探していたようだった。まな板代わりなのだろう、山縣は石の上に置いた心臓に何度か刃を入れる。イリキもとい、鹿のところへ戻ってきたとき、山縣の手にはナイフだけが握られていた。

解体を再開し、次いで消化器系と思しきものに山縣は手を入れる。もう、腸の蠕動《ぜんどう》は止まっていた。刃が軽く触れると、例の薄い膜が押されて展張したが、すぐに切り裂かれて皺《しわ》になった。

スーパーのモモ肉にも、これと似たような薄い膜状の皮がついていたな、とイリキはふと思い出した。心臓を取り出したときに、すでに胴体と消化器系のつながりは断たれていたらしく、胃袋や腸はあっけなく取り除かれた。赤茶けた臓器の中で、ひときわ色の濃い部分があって、山縣はその部分を慎重に切り離した。日を置いたマグロの赤身みたいな色をしていた。

山縣は手を止め、自分の足元を二、三度見渡し、拳大よりほんのわずかに大きいその肉片を石の上に置いた。奥から手前へ、その場で細かく切り分ける。山縣はその一片を人差し指と親指でもってつまみ、イリキの目の前に差し出してきた。

「いるか?」

食べるってことですか?

「ちげえよ、なんか細長い白いやつとか異物とか、そういうのがいるかってことだよ」

寄生虫のことだろうか、と思いながら、イリキは観察をし、やはり腐ったマグロのような色だ、と思った。小さく数度首を横に振る。

山縣も慎重に肉を検分し、「腹壊すじゃすまねえときがあるからな」と言ってまた石の上にそっと置く。山縣は残りの肉片にも刃先を入れて、中身を一つ一つ確かめる。それから空いている方の手を何度か振り、手についている血を飛ばし、先ほどの一つをつまんで口に放り込む。何も言わずに、もう一つまみしてイリキの目の前に先ほどと同じように差し出し、イリキは、いないです、と言うと山縣は苦笑しながら「ちげえよ」と言った。

「口あけろ」

視線が、鹿の両脚を握る両手と差し出された肉の間で行き来する。

イリキは、逡巡し、少し開けて、すぐに閉じた。

「もう大丈夫だ、いねえから」

そう諭されても生肉である、イリキは少し悩み、それから意を決して目をぎゅっと閉じて斜め上方に向かって口を開く。異物感が口中に広がる。生暖かい。鉄臭い。血の味だ。柔らかい、豆腐みたいな、でも嚙むとそれなりの歯ごたえがあり、もう一度嚙むと苦味とも甘みともつかぬ妙な味が広がった。おいしいとは違う。でもこれがおそらく生き物の味というものなのだ。目を開く。赤らんだ空が広がり、一羽のオジロワシが悠然と飛んでいる。嚥下すると、血なまぐささも多幸感を掻き立てるあの味もすっと消えて行ってしまった。

山縣は、イリキに食わせるだけ食わせて、それを見届けることもせずにまた消化器系をいじくりまわしていた。左手で切断面を持ち、右手を軽く握って腸を引き延ばした。体内に収まっているとき、それはまだ生き物を構成する一部だった。つながりを失い、一つ一つ分解されていくと生き物であることをやめる。でも、この一つ一つは、確かに生命だったのだ。悲しいような、感慨深いような、得も言われぬ感覚が湧いてきた。

「クソだよ」

え？

「腸のクソをケツの方に押し出してやるんだ」

切断面を結わえて、手早く恥骨部に刃を入れると、きれいに消化器系が喉元から肛門まで切除された。

「小便つきの肉も食えたもんじゃないが、クソ付きはもっと悪い」

イリキは小さく笑った。年齢は違うが、親子ほどというわけではない。ただ、なぜか山縣を父親のようだ、と思った。それから自分の本当の父親に思いを馳せた。家族は心配しているだろうか、と自問するも答えは出なかった。

鹿の解体の仕方とか食える山菜の見つけ方とか、おれは本当はこういうことを父親から教わりたかったのかもしれない。本当の生きる力を教えてほしかったのだ。でも、自分がそれを欲していることは自分でも分からなかった。分からないなりに出てきた答えが金銭だった。どうでもいいと嘯《うそぶ》きながら、金銭に執着していた。操縦士として稼ぐ。北海道という危険地域で勤務することで手当をもらう。事案以来、経済的な二極化の進むこの国で生き残る術は金銭にほかならないと、そういうふうに考えた。自分は、生きる力と可処分所得をどこかで混同していたのだ。この山に放り出されて、ある程度食いつないでいけることの方が、ヘリを操縦したりテクニカル指標を使って株式を売買したり携帯で撮った動画をインターネットにアップロードするよりよっぽどためになる。でもあちらの世界にいるとそのことを忘れてしまう。本業の他に、それこそテクニカル指標を使わなければいけないのではないか、動画を撮って再生回数を上げなければいけないのではないか、SNSでフォロワーの数を増やさなければいけないのではないか、と強迫的に感じる。本業でしこたま稼ぎ、そうでなければ副業で所得を増やす。これが生存率を上げる唯一の方法なのだ、と誰もそう明言はしないが、そういう風潮がいたるところで蔓延し、失敗したものやできないものやはじめからそれを避けたものは一方的に落伍者の烙印を押される。でも避けようが推奨される行いに邁進しようが、その人が本当に何をしたいのかは本人すらよくわかっていない。うっすらと思い当たる部分はあるが、そこと向き合うのではなくてメディアやネットを主戦場にする影響力を持つ個人に、それを言い当ててもらおうとする。自分もほとんどその一味だった。その行為は養殖場のブリと同じだ。自分に必要なものを自分の判断と行動で獲得できない生き物は、養殖場のブリと同じだ。誕生から死まで、連綿と与えられる餌を貪《むさぼ》り続けてそれを次の世代へ受け継いでいく生き方はブリだ。父親は証券マンで、時代錯誤的とも言いうる衝動で入った自衛隊ではあったが、自分はその持続可能な養殖世襲制度に嫌気がさしていたのに、これを言語化することすらできなかった。何に反発したいのか、しっかりと目を見開いていれば気が付けるものを見過ごしていた。だから入隊してからも無様な不安に苛《さいな》まれ続けていた。二十八年間も生きていながら獲物の追い方を知らず、山菜の見分けもつかない生き物は、都市部の人間と愛玩動物くらいなものだ。誰も、野生の動物は追いかけて捕まえることができる存在なのだ、と教えてはくれなかった。山縣が一体どこからこの鹿の存在を捉えていたのかは分からないが、足跡を追い、犬と協力して獲物を捕らえたという事実は驚きだった。そしてその獲物には生で食える部分もあって、その味は不思議で、自分の身体の一部になったと感じられるもので、おれはこういうことをしたかったのだ、とやっと気づいた。あの世界にいると、本当に体得したいことや本能的機能といったものがあっという間に情報の濁流に押し流されてしまうものだから四六時中不安に苛まれることになる。不安の正体は自分で自分の耳目を塞いでしまっているからだ。

イリキが想起と想念に身を浸していたほんのわずかな間にも、山縣は解体を手際よく進めていて、食用に適さぬであろう消化器とかペニスとかいった部位をそっくり切り取り、鹿の頭の方へ放った。鹿の目は、白濁し始めていて、もはや夕焼けも何も照り返さない物体になっている。山縣は、手が血で濡れているために、肘に近い部分で額と口元を拭った。

「ちょっと待ってろ」

　言うなりその場を離れ、リュックからジップロックとロープを持ってきた。山縣はそれらを脇に置き、最後の仕上げに取り掛かった。腹から下肢にかけて左右対称に刃を入れ、手早く皮を剝ぐ。自然、イリキはその進路をふさぐ形になってしまうので後ろ脚から手を離さざるを得なかったが、どういうわけか、もうその両脚が腹の方に巻き戻るようなことはなかった。イリキは数歩後ずさって顚末を見守った。山縣はぐるりと鹿を一周しながら皮を剝ぎ、首を切り落とし、次いで角を根本からきれいにそぎ落とし、四肢を切断した。それなりに時間がかかったが、切り分けられた肉はジップロックに入れられ、入りきらない足などはさらに真っ二つに分けられ、ポリ袋に密閉された。角はロープで縛られ、ほとんど骨と皮だけになった鹿の軀《からだ》がそこには転がっている。どうするのだろうか、と思っていると、頭や臓器はまた山の方へ散らされ、四往復目でそこに骨も加わり、鹿が倒れていた場所には血だまりだけが残った。すぐに、林内からは騒々しい鳥の声が響き渡った。山縣は、戻ってくるときにそれなりに長さのある小枝を何本か手にしていた。焚火の周りにそれを乱雑に放ると沢の方へと歩みを進める。

　袖をたくし上げてナイフと手を洗った。

「ちべてえ」、とひとりごちていた。

　イリキも、入れ替わるようにしてその水たまりに手を突っ込んだが、すでにそこは血で濁っていた。

　先ほど包まなかった肉は、焚き火の近くに置かれている。

「水だせや」

イリキは言われるがまま、リュックからペットボトルを取り出した。山縣はそれを受け取ると米を炊く用意をはじめた。それから、ゆっくりとにじりよる犬に一瞥をくれて、笑いかけていた。

「わあってるよ、お前の取り分だ」

山縣はそう言ってから、包まずにおいた肉の一部をぺっと犬に投げ与えた。

キャンプとは違う。キャンプにはカッコいいＳＵＶと北米ブランドのウェアやギアが必須で、獲物の追跡もライフルも血もいらないからだ。あれは活きのいいブリを作るための活性剤みたいなものだ。

三つに切り分けられたうちの一つは犬に、残りの二つは先ほど山縣が拾ってきた小枝で串刺しにして火であぶられている。橋げたのように積み上げられた石の上に置かれた飯盒の蓋が、白い煙を吐きながら揺れていた。手頃な大きさの石を、山縣はそっと上に置く。

なんとなく、山縣と犬の間に割って入るのに気が引け、少し離れた自分のリュックのところで、無意味に辺りを見回したり、水筒に水を補充したりしていた。

「イリキ君もこっちで食えや」

呼びかけられ、おずおずと、手ごろな石の上に腰かけた。山縣はさっそく焼けた心臓を差し出してきた。受け取り、口に入れると、さっき生のまま口にした肉よりずっと強い血の香りが口中から鼻へ抜けていった。

「レバーもそうだが」

山縣は大げさなくらいに口をもぐつかせながら喋る。

「手負いで逃げ回ってるやつはこうはいかねえんだ」

歯ごたえもあった。レバーよりも肉という感じが、心なしか強い気もする。

「味が悪くなるんだな、どういうわけか」

ジップロックに入りきらなかった肉は、その場で焼いて、米と一緒に食べた。塩をかけただけなのに、ひどくおいしかった。脂分が少なく、たんぱくな味わいだった。意外にも獣臭が後を引くこともない。米は、どうやらヒエだかアワだかが入っていたらしく、硬いところがあった。

「ずっとこうやって生活してるんですか」

イリキは、手元の葉をちぎっては焚火にくべながら、そんなことを訊いた。

「いや、実は制限が色々できる前に一回家に帰ったんだよ」

「秋田でしたっけ」

「ん、ああ」

山縣はそこで少し黙って、後頭部のあたりを掻いた。

「残留してた連中は勝手に停戦命令を無視して戦ったってんで、ロクな補償も受けられなかっただろ」

イリキは目を伏せるようにしてうなずいた。日本とロシアが衝突してから十年近く経ち、しかも当時は高校生だったので、もうあいまいにしか覚えていない。

「いつだってあいまいなんだよな。停戦をしろっていう命令と適切な行動を取れっていう二つの指示が市ヶ谷から総隊、総隊から方面っていう具合に飛んでくるんだよ。もちろん6連の連中は、まあおれも含めてだけど、弔い合戦だって息巻いてたのは事実だけど、やっぱり組織のケツ持ちがなきゃあんなことはしなかったさ。ハシゴ外されちゃったんだよな。結局国がオーソライズしてない武器使用は違法だから処分とか訴追の対象になるとかそういう脅しが上級部隊からあって、で、家族もいたし、色々あったけど帰ったよ。最初は支援者っていって、弁護士とか団体とかも付いてくれたんだけど、内地でゴタゴタがあっただろ」

イリキも、その〝ゴタゴタ〟については何となく覚えている。北海道から密輸した自動小銃で防衛省を襲撃したり、内地に引き上げた元隊員や道民が窃盗や強盗を働いたり、という一連の事件のことだ。

「風向きが変わったな。支援者なんてはじめからいなかったみたいにすーって消えてってさ。気が付きゃおれの勤務歴も部隊も全然なくなってて。地本《地方協力本部》に連絡してもなしのつぶてだよ」

眉をしかめ、何か言葉をかけようかと思案していたところ、山縣は「でも」、とさらに深いため息をついて話をつづけた。

「一番ひどかったのはおれなんだよ。秋田の片田舎だぜ、知ってる連中ばっかりで、それも大概が老人だよ、そんな奴でもこっちの気が立ってるときは、どっからともなく銃とか刃物を取り出すんじゃねえかとか、三、四日興奮して寝れなくって女房子供をビビらせたりさ。もう戦闘は終わってるって、頭じゃ分かってるのに、そうじゃない部分が収まらないんだな。スコープ越しにぶっ殺した連中の倒れるさまが何回も、起きてるときも寝てるときも見えるときがあってさ。分かるか、小高いブッシュの中にずっと隠れて、指揮系統も何もない、誰のためになんのために戦ってるかこっちも相手もなんにも分からないんだよ、小便とかクソは分けて入れるんだ、一緒にするとメタンで爆発しちまうから、だからポリタンクに、寝ながら小便をして、名前も知らない黒くて楕円形の虫が手の甲とか首筋を這ってきても指でそっとつまんで、目だけは正面の崩壊した市街地から離さないようにして、ロシア兵の連中が見えたらスコープを覗くんだよ。連中も、もう釧路を占領するとかそういう目的なんてないから、ただその日を生きてるだけだよ、装備品なんてあってないようなもんでさ、迷彩服は上だけだったり下だけだったり、上下ユニクロで、チェストリグだけ付けて小銃を持ってるやつなんかもいたな、おれはそいつらを狙って、引き金をゆっくりと引き絞るんだ」

山縣は、自分の目の前にゆっくりと手を出して、本当にゆっくりと人差し指を引き落とすジェスチャーをしてみせながらそんなことを言った。

「分かるか、ガク引きで銃口がブレるから、まっすぐ九十度に人差し指を落とすんだ。音よりも先に肩に衝撃が来て、それから銃口が少し上に上がって、スコープの中がぐらぐらって揺れて、レティクルの向こうに見える壊れた家とかその近くでたむろしてるロシア兵とかの像が揺れて、そういう動揺を肩と両手と頰で抑えて、すぐに槓桿を引いて次弾を装塡して、もう一度見てみると、四人いたうちの一人の首のあたりからぷっと血の霧みたいなのが噴き出てるのが見えるわけだよ。他の三人もそうだけど、撃たれたそいつ自身もまだ何が起きてるのかよくわかってないみたいで、歩いてるときに撃たれたもんだから、まだ足を前に出そうとしてるのにうまくいかなくて、そのまま倒れるんだ。他の連中が慌てる前にもう一発撃って、で、そうすると向こうにも銃声が届くからあわてて物陰に隠れたりしてるんだけど、どこから撃たれたか分からないから、一人はこっちにケツを向けるみたいにして車の陰にしゃがみ込んで、おれがいる方とは反対側をゆっくりと覗き込んでてよ、おれはまたそいつの頭をブチ抜くわけよ。もう一人はどっかに走って逃げちまってるから、おれもブッシュからすぐに離れたんだけど、とにかくそういう映像が四六時中見えちゃうんだよ。少しばかりバイトだの職安だのにいったりしてもダメでさ」

焚火が爆《は》ぜ、犬の耳がピクつく。遠くで鳥が鳴き、風が吹いて木々がざわめく。空は赤みから暗がりに移りつつあった。気温がさらにぐっと下がった気がする。火に当たっている膝とか腹とか顎とかは暖かかったが、その落差がためか、背中や首筋が異様に寒さを感じ取る。

「うまくいえないんだけど、仕組みが違うんだよな。釧路じゃ単純明快に見えてたことが、あっちじゃ複雑怪奇に捉えられていて、あっちで単純に思われてたことが釧路じゃ複雑でさ。でももしかしたら戦争とか紛争っていうのはもともとそういうものなのかもな」

この国の安全保障政策はこうなっています、こういう関連法があって、この法律が適用されるとき、部隊はこういう行動をとります、条約はこうなっており、関係各国はこのような手続きをしてこういう行動をとることが予想されます、という事案ののちに噴出したコメンテーターの解説やSNSの議論のことをイリキは思い出した。戦闘員の要件とか武器使用と武力行使の違いとか、そういうことだ。「戦争だ」といえば、専門家やその道のプロがどこからともなくすっ飛んできて「その解釈は誤っている」と指摘し、縷々《るる》説明を始める、そういう狂騒のことだ。多分、山縣はそういう複雑な解釈とか手続きを踏んでいない。銃で人を撃つと死ぬ、そしてそれは殺人で、その連続が戦闘であり紛争であり戦争なのだ。法律にこういう風に規定されていて、戦闘とはこういうもので、あなたはその規定の中で戦闘を行ったのではないから、あなたのトラウマは戦闘に起因したものではないんですと言われても納得なんてきっとできない。巨大な主語に覆われた、誰かを銃で撃つことも撃たれることもない場所にいると、国家とか組織とかに還元できない個人の経験は死んでいて、だから大きな主語の方の条文の解釈とかその運用とかの方に不思議と重みが置かれてしまい、それはちょうど夢の中のおかしなルールが疑問をさしはさむ余地がないほどにリジッドなものに思えているんだけど、目が覚めてみるとなんてばかばかしいんだと興ざめする感じと似ていた。目が覚めたのは、任務が失敗してこの地に落っこちて、山縣に助けられたからだった。ブリーフィングの時も離陸の瞬間も任務の時も、そのことに気が付けなかった。撃たれて初めて気が付いた。対戦車ヘリコプターに搭乗中、対空機関砲で撃墜されることを、おれは戦争と呼ぶことにする、とイリキは決めた。紛争地は複雑で単純だ。その立場は、でも紛争地じゃないところでは入れ替わってしまう。おれも、もし向こうに帰ったらずっとその時差ボケみたいな陥穽に落ち込んでしまうのだろうか、という疑問がよぎった。答えは出なかった。

山縣は自らの両膝をポンと叩いて、「ぼちぼち行くか」と言いながら立ち上がった。二人とも片づけをし、リュックを背負った。山縣のリュックから、袋に包まれた脚が飛び出している。イリキのものにも肉と角が詰め込まれていたから、水が減っているにも拘わらず重さは変わらなかった。生き物の重みだった。山縣は、出発直前に焚き火に足を突っ込んで何度も踏みつけて火を消した。踏みつけるたびに火の粉が舞った。

答えの出ない疑問を、すでに経験した山縣なら答えられるかもしれないと思い、そのフラッシュバックみたいなのって消せるんすか、と訊いてみた。

「山にいると消えるよ。大体な」

山縣は振り返りざまに答えた。火が消え、寒さが一挙に、目に見えるみたいにして降ってきた気がした。山縣は無表情で、火の手は消えたが火の粉は高く立ち上っている。山縣の顔が赤く染められていた。山は、でも答えじゃないだろう、とイリキは思った。ここの仕組みはシンプルだ。

戦争も、ある部分はとてもシンプルだ。大きな主語がこさえた制度という薄氷を破ってそのシンプルさを垣間見た人間は、その氷に対する信頼を完全に喪失してしまって、しかもその氷の向こうに何があるかを知っているから、怖くて二度と制度の上を歩けなくなってしまう。山縣がさっき長々と話したのは、多分そういうことだ。で、おれが聞きたいのは、氷の上を再び歩けるのかどうかということだったのだが、山縣はただ「山にいればいい」と答えた。シンプルに過ごせというのが答えだった。イリキは、その答えに落ち込むべきなのか喜ぶべきなのかよくわからなかった。

「少し行ってからビバークしよう。ここはだめだ」

山縣は歩きだした。夜が近い。

「ここじゃダメなんすか」

山縣は小さく首を振り、ちょうど二人がこの沢に降りてきたあたりの山の入口のようなところを指さした。その先には、朽ち果てた倒木が沢に向かって転がっていた。

「ああいう木があるところは昔土砂が山から流れ落ちてきたってことだからそういう場所は避けるんだ」

歩きつつ、さらに山縣はその指を足元にやって、「そんでこういう石ころがあるところとか沢地は水があるから危ない」、と付け加えた。二人は、来た時と同じ道を引き返し始める。山中は、もはや夜のように暗く、足元がおぼつかない。

暗がりの中でも、時間がたつにつれて徐々に目が慣れてきた。しばらく進むと、陽が完全に沈んだ。枝葉の向こうにかすかに見える空は、しかしまだ光を帯びていた。空気が澄んでいる。星の輪郭がはっきりとしている。

二人は、傾斜が途切れて若干平坦になっている地点を宿営場所に決めた。

テントと呼ぶにはあまりにも粗末なものだった。一本のポールと五本の杭、ブルーシートだけで作られた一夜限りの宿だ。幹候校の百キロ行軍で、鳥越に宿営したとき、似たような仮小屋を作った。大きさは、かつてのそれより目の前の物の方が大きい。長方形の短い方の一辺の中央にポールを立て、四隅とポールの反対側に杭を打ち込み、ウレタンマットを並べて敷いて、リュックを枕にする、それだけだ。

「ずっと狩りしてたんすか」

行軍で設営した仮小屋より広いとはいえ、ブルーシートで作っただけのものだから天井は低い。寝袋に入り、リュックに頭を乗せると自分の呼吸が跳ね返ってきた。イリキは、床に入ってからすぐにそんなことを訊いた。犬は、山縣とイリキの間に入り込んで寝ている。

「いや、教えてもらったんだ。前に少し話しただろ、アンナの保護者がわりになってる森さんって医者のこと」

「医者が猟師やってたんすか」

「いや、ちょっと前までもう一人連れがいたんだよ、川瀬さんって人が」

イリキは続きを待ったが、「明日も早いからもう寝ろ」と言われ、会話は終わった。体感だが、多分まだ二十時にはなっていないだろう、と思った。部隊はおれのことを捜索しているだろうか。内地ではニュースになっているかもしれない。でもそんなことはもうどうでもよくなっていた。

この男といれば、とイリキは思った。しばらく生きながらえることができる。山道で酷使した身体、初めて見た狩りは肉体的にも精神的にも想像以上の疲れをイリキの身体に刻み込んでいて、興奮を携えているにもかかわらず、引きずり込まれるようにして眠りに落ちた。次に目が覚めた時、全く寝た気がせず、しかし身体の疲れが幾分かましになっていて奇妙な気分を味わった。目を閉じ、もう一度開けた時に空が白み始めていたので何かの見間違いかと思ったほどだった。

「起床ラッパでも鳴らしてやろうか」と山縣は笑いながら寝床の撤収をしていた。イリキも慌てて寝袋から這い出して荷物を片付けた。尾根に出ると、山の裾野のあたりに霧状のものが滞留していた。風はなく、空気がただただ冷たかった。昨日とは一転、空はどんよりと鉛色の雲が一面を覆っている。

上りの時、会話はほとんどなかった。荒い吐息とブッシュをかき分ける音、そういったものだけが鼓膜に届いた。それから歩きやすい尾根に出た時、話をするのはもっぱら山縣だった。山に入ると戦闘のフラッシュバックが収まるということ、言い訳がましいかもしれないがと前置きしたうえで、戦闘以来急に黙り込んだり話が止まらなくなったりする、おれはお前を内地に送り届けることはできないがそれなりに手伝うことはできる、とそういうことを話し続けていた。

「滝川ですよね」

そうだな、と山縣。

「遠いですね」

「だな」

手伝い、とはこの狩りのことだろうか。ここで技術を身に着けて、装備を整えて単身北海道を縦断して歩いて滝川まで行けということだろうか。

「旭川まで走る定期便がある」

えっ？

「日本とロシア両方から物資の補給を受けてるが、そういうのは大体反社だのテロリストだのマフィアだのがかすめ取って下には降りてこないし足りない。現地民はみんな薬物とか武器とか密漁でカネを作るか物々交換をしてる。元締めみたいなのが標茶《しべちゃ》にいて、そいつがその全部の集団から上納金をかすめとってて、旭川ともつながりがあって、時々トラックが走ってるからそこに乗っけてもらう」

ある程度覚悟を決めかけていたから、拍子抜けした。

小屋に戻るまでの間、山縣からひとしきり釧路のことを聞いた。内地にいては知ることができないような情報だったが、内地にいたら関心を持たないような情報でもあった。釧路は無法地帯だ。そのことは入隊前から報道などで概ね知っていて、派遣隊にきてからの研修でも教わった。でも無法地帯だからといってルールが何一つないわけでも治安を維持する組織がいないわけでもない。独立第5旅団と呼ばれる民族主義的日本人テロ集団とロシアンマフィア、ヤクザと難民と元からいた市民集団、国内外からの流れ者で釧路は形成されていて、それぞれ棲み分けがされていた。主な産業は違法薬物や武器の製造、売春、臓器・人身売買、日ロから海路運ばれてくる盗品の仕分けや解体、密漁と農業と酪農だった。両国の治安機関が介入してこないため、釧路はそうした非合法集団の培養地であるとともに重要な資金源となっていたのだった。ロシア本国や内地では抗争を繰り広げるマフィアやヤクザも、このフロンティアにおいては呉越同舟、協力をしていた。棲み分けがなされていても、時折衝突や暴動じみたことが起きるが、そういう荒くれた仕事は専ら旅団の連中が対処にあたり、それでも御しきれないときは、標茶にいるノモトという男が率いる一団が出っ張ってくるという。この連中の頭が、山縣がはじめに言った元締めだった。モスクワとも永田町ともパイプがあると言われていて、釧路の秩序を維持するのに必要不可欠な人物であるらしいが、謎の多い男で、直接に会ったことのある者は少ない。しかし、山縣はなぜかツテがあるとのことだった。山で獲った獲物は、市内にある交易所と呼ばれるところで物々交換できるので、山縣は小屋暮らしで物が不足した時は山を下り、補充をしてくるらしい。あまり楽しい場所ではない、とも付け加えた。

往路と同じ場所で休憩を挟み、小屋についた。夕暮れが迫っていた。藪を抜け、開豁地にぽつんと立つ小屋を見つけた時、言い知れぬ喜びが湧いてきた。この感じだ、山縣はきっとこの感覚に助けられているのだ、とイリキは思った。そしてこの感じは、内地にいては決して味わうことはできない。

小屋に近づきつつ、ふとその裏手に一か所だけ人為的に盛られた土の山に目がいった。こぶ状になった山が二つあって、一つは大きく、今一つは小さかった。逗留している間も、出発のときも気が付かなかった。小屋の入口まで来た時、イリキは立ち止まってその方向を眺め、山縣は一足先にドアノブに手をかけて中に入ろうとしていた。犬がそのすぐ後ろにつき、イリキと同じく土の山の方を眺めている。

「川瀬さんだよ」

何かあったのだろう、とは思っていたが、こんなすぐ近くで死んでいるとは思いもよらず、イリキは自分のふがいなさと、山縣とそれなりにかかわりがあったであろう人物の死という事実そのものからくるやるせなさに言葉を失った。

「熊にやられちゃったんだよ」、と山縣は言った。イリキの心中などよそに、どこか朗らかですらあった。

「人に慣れたりエサをもらったりしてる生き物は、あの戦争のあとみんな死んじまって、人も動物もみんな死んじゃうんじゃないかって思ったけど、あいつらはさすがに動物だな、すぐに勘を取りもどして賢くなって。川瀬さんもすごい猟師だったんだけどな、相手が悪かった」

ドアの前に立つ山縣の目に、今までみたことのないような光が灯っている気がした。

「目を撃ち抜いたのに、角度が悪かったのか死ななくてな。そのままやられちゃったんだよ。相棒のさ、こいつの親父なんだけど」、と山縣は足元にいる犬に視線をやった。

「デカいオスの、マルっていう北海道犬もそいつにやられて。おっきい山が川瀬さんで、ちっちゃいほうがマルの墓だよ」

小屋に入り、肉を仕分けたり着替えたりライフルの清掃をしたりしながら、山縣はその続きを物語った。釧路市街戦の後、うまく社会に溶け込めず、北海道に戻ってきたときから話を始めた。

「地元に帰ると決めたくせに、もうどっかで自分がまたここに戻ってくるだろうことはなんとなく想像してたんだな」と山縣は言った。

現代戦は補給戦だ。残留ロシア軍も回頭した6連隊も、大規模な戦闘はほとんど一回だけだった。装甲車も砲迫もあっという間に使い物にならなくなり、寸断された通信は部隊の指揮を困難にし、戦うものが戦い、逃げるものは逃げ、どちらをも選択せずに道内で適当に暮らすやつが出てきた。居残る者にも居残る者なりの理由があった。

侵攻軍は母国で粛清があり、自衛隊側も、ロシアのように字義の通りの処刑が行われることはないにせよ、逮捕や行政処分という日本なりの粛清があったし、いくつかのテロ事件などの後には、元隊員であることや北海道帰りというだけで露骨な差別にも見舞われた。とにかく北海道という場所はいつしか日陰者にとっての聖域となりつつあったのだ。

釧路周辺に散在する日ロ両軍は、国内外からはただ武装勢力と呼ばれる集団になっており、もはやどちらも戦うことが馬鹿馬鹿しくなっていた。山縣が帰ると決めたのもその頃だった。ちょうどこの小屋を見つけていたので、装備品を地中に埋めて地元へ帰り、うまくやれずに結局北海道へ戻ってきた。その未練がましい行動が、もう内地じゃうまくやれないことの端緒だったというようなことを山縣は自嘲気味に語った。戻ってきても、もちろんもう日本人もロシア人も戦闘なんてしておらず、香港からも東南アジアからも密航者が大勢来ていて、そのうちそういう連中を取り仕切る集団が出てきた。

「のし上がるぞって息巻いてるやつもいたな、元隊員だったり内地で何かに失敗した連中だったり。でも結局そういうのが張り切れる空間っつーのかね、そういうのも結局社会なんだよな。交易所ができて盗品だろうが薬物だろうが、ちゃんと製造ルートと販売ルートができて、みたいなさ。うまくやれるやつは、わかんないけどそれが電気自動車でも家電製品でもうまく売れるんじゃねえかな。おれはだめだった」

山縣がだめだったエピソードがいくつか差しはさまれ、「だから山に入った」と言い、それから森とアンナと川瀬が山縣の小屋に唐突に訪れてきた。三人が来た時、すでにアンナの家族は全員死亡したのが確認されていたが、森は依然として息子の消息を各地で訪ね歩いていた。元隊員が山にいる、ということで三人はやってきたわけだったが、川瀬はその道中、標茶のあたりで知り合ったということだった。元々独り身だったし、人助けをしたい、と自ら名乗り出たらしい。

「川瀬さんも、ご家族を、その……」

イリキは、疑問を投げかけようとしたが、言葉に詰まった。

「ん？」

二人は、一通りの片づけを終えて机を挟んで向かい合うようにして座っている。イリキはもはや何もすることはなかったが、山縣のほうは、M24狙撃銃をばらばらにし、その一つ一つの煤をウェスでふき取っていた。手を止めてイリキの顔をみやり、話の続きを待っていた。

「いや、独り身ってことは、その、事案で」

山縣は豪快に笑った。

「いや、あの人は全然違うよ。信じられないだろうが、あの人は東京生まれ東京育ち、高校卒業してこっちにきて、夏場は農家とか牧場の手伝いをしながら猟を始めて、段々その比重が変わってきて、気が付いたらずっと山籠もりをするようになったたっつー、要するに変人だ」

懇意にしていた牧場主が、元々猟師出身で、川瀬のことを他人と思えず、住居や狩猟、ライフルの許可やその保管場所の手配をしていた。手配といっても、実際のところその猟師の家の隣に掘っ立て小屋を建てて、そこに住まうことを許しただけとのことだった。もっとも、川瀬は人里に降りてくる日数など数えるほどしかなかったらしい。イリキは、「人里に降りてくる」という表現が妙に動物じみていて笑ってしまった。山縣も笑いながら話していた。釧路や音威子府《おといねっぷ》で戦闘があったときも、山に入っていたからそのことすら知らず、シカ猟が解禁される十月前後、手続きのために下山をしたときはじめてその異常事態に気が付いたという始末だった。川瀬には、インフラはもともと不要だった。手続きがなくなったのであれば、なくなったように生き、それから森とアンナがやってきて、二人の手助けをするうちに山縣のところへとたどり着いたとのことだ。

「おれは一人で生きていけると思ってたし、実際そうしてたつもりだった」

山縣は、組み上げたライフルを肩付けし、ベッドの方へ狙いを定める。槓桿を何度も操作し、その度に金属音が鳴った。

「ウサギも鹿も捕ってたけど、なんだか気になったんだろうな、森の息子さんのことは知らないっつって、二人は帰ったがあの人はここに残るって、猟についてきたんだよ。総髪にひげ面で、ちょっと小太りで背もそんなに高くなくて、なんだかうだつのあがらねえおっさんだなと思ったよ。こちとら空挺もやってるしレンジャーも取ってるし狙撃課程もやってるから一流の気概で、なんならこのおっさんに猟を教えてやろうくらいの気持ちでいたな。それが不思議なことに、山に入るとあの人は全然音も雰囲気も変わっちゃうんだよ。なんていうか、木みたいなところがあってさ。その時は妙な雰囲気だなって思ったくらいだったんだけど」

その行程で、山縣は鹿を一頭撃ち、解体し、食べた。それを見て川瀬は激昂した。山縣の猟は行き当たりばったりで、狙ったものを撃つのではなく、出会ったものを撃ち、食い散らかしているだけだと罵倒した。肝臓も心臓も皮も、食べられる部分も使える部分も全てムダにしていて、そういう行動は野人のすることだと怒り狂った。生き物は馬鹿じゃない、惨殺された同族が打ち捨てられていれば必ずそこを避けるようになる、そんな蛮行をしていくうちに必ず獲物はいなくなる、君は実際どんどん猟場を遠くにしているんじゃないか、と山縣に詰め寄った。

「その通りだったね」

山縣は、ライフルを銃架にかけながら言った。

「おれは食いつないでただけだった」

そしてそれから川瀬と二人で猟に出ることになったのだが、「君にライフルは百年早い」と銃を取り上げられ、山縣はただ川瀬の後を追うだけだった。川瀬は、足跡や糞から、その動物がどこで何をしているのかを見て取った。ちょうど昨日今日の山縣がそうしていたように。追跡にしても猟にしても、川瀬は空気のようにとらえどころがなかったらしい。動物は、特に殺気を敏感に感じ取るから、ましてや相手の間合いにそういう殺気を持ち込もうものなら即座に逃げられてしまう、というのが川瀬の教えの一つだった。解体も手際がよく、無駄がなかった。寄生虫の見分け方からどこからどう割いていくのか、食べきれないものは塩漬けにして乾燥肉とすることでほとんど半永久的に食べられるとか、そういうことを山縣に教えた。

「あの人はそういうことを一度も口にしなかったが」

山縣は席に戻り、天井の方に視線をやったが、焦点はそれよりももっと遠くに向けられているような感じで口を開き、一呼吸置いた。

「ホントは人とのつながりも得意だったのかもな」

こうした山縣と川瀬の共同生活は数年に及び、弾丸や薬や酒、猟犬の調達など、どうしても自給自足が困難な時のみ町へ降りた。毛皮や肉、角などがそっくりそのまま物と交換できる世の中は、社会としては退行というべきものかもしれなかったが、二人は何の違和感もなくそれに適応した。

川瀬は、かつて猟犬を何頭か育てたこともあったらしい。最高の猟犬との出会いは一生に一度あるかないか、が口癖で、マルは最高の一頭だ、と言っていたとのことだ。マルの子供のうち一頭は山縣のもとに渡り、残りは標茶の牧場で飼われていて、山縣の一頭の名前は川瀬と一緒につける予定だったが、熊にやられて、ついぞ名無しのまま今に至っている。山縣は、この犬に名前をつけることができず、ついに「おい」とか「こっちだ」とか「イヌ」と呼ぶと来るようになってしまった。

銃声に驚き、尻尾を丸めて全く動けなくなるとか猟犬として働けなくなってしまうことをガンシャイといい、マルの方は慣れていたが、イヌにその性質があるかないかも分からなかったから、山縣とイヌはいつも狩りを遠くから見守っていた。だから熊狩りに赴くとき、山縣は山刀と双眼鏡だけを手にしていた。

「あの人、絶対に巻きはやらなかったんだ」

「マキってなんですか?」

「巻き狩りのことだよ。何人かで獲物を追い込んで狩ることなんだけど、川瀬さんが若い頃、猟友会が駆除ってんで、死んだ熊に何発も撃ち込んでるのを見てからやめたっつってたな。『一対一で、負けたら野山に打ち捨てろ』っていうのが口癖でさ。分かりましたとは言ったけど、実際あんなの見たらな」

熊の痕跡を見つけた川瀬とマルは先行し、山縣と、当時まだ子犬だったイヌは距離を置いてその後を追った。はじめ、谺となった山中に響き渡る銃声を耳にし、見通しの利く山腹の張り出したところに山縣は駆け、音の方向に双眼鏡をやった。沢地に、動物の胴体が横たわっているのが見えて絶句した。双眼鏡の倍率を上げると、少し離れたところにマルの頭部が転がっていて、歯をむき出しにして口に熊の耳を咥《くわ》えていた。次いで、林内から川瀬が吹き飛んできた。山縣は最初、不発弾か何かそういうものに巻き込まれたことを考えたらしい。それが生き物によってなされたとは、どうしても思えなかった。迫撃砲や空爆の不発弾、地雷といったものは道東各地にあったからその一つかと思ったが、違った。河原に叩きつけられた川瀬は微動だにせず、じんわりと血だまりが広がっていくのを、山縣はただ眺めるしかできなかったという。

林内からぬっと出てきた熊は、右耳をマルに食いちぎられ、川瀬に撃たれた右目から血を流していたが足取りははっきりとしていた。

山縣は、しばらく間を置いて目の色を変え、だから、と口を開く。

「片耳隻眼の熊を見つけたらおれに教えろ」

山縣は、それ以上何も語らず、夕食の準備を始めた。

4　釧路

車のエンジン音で目が覚めた。夕食前、山縣の語った話が忘れられず、興奮を引きずっていたのも手伝いすぐに目が覚めた。山縣がライフルを手に取って壁を背にし、窓の向こうをうかがっているのを見、イリキもすかさず枕元の短機関銃を手にストーブの横まで飛びのいた。窓の向こうで、ちらちらと白いヘッドライトらしき光が動いている。

小屋は、台地状になっている部分にあるから、必然、車両で来るにはスラロームになっている山道を登ってくることになる。光の動きはそれに沿ったものらしい。エンジン音が近づいてくる。電気自動車や水素自動車のような一定の音域が常に鳴っているのではなく、息継ぎのようにあえぐ、懐かしい響きさえあるガソリンエンジンのものだ。あるいは、ミッション車であるのかもしれない、とイリキは音を聞きながら思った。目も、次第に暗がりに慣れてきた。寝起きであることもあって、喉が異常に渇いた。イリキは短機関銃の槓桿《こうかん》を手前に引いて、薬室に弾丸を送り込んだ。右手の親指あたりにある、スライド式の切り替え軸を「タ」に押し込んで安全装置を外す。

人差し指を用心金へ当てたまま、両手をぎゅっと握りなおす。ゆっくりと鼻で呼吸をした。心音が高鳴っている。イヌが、ドアのあたりで低く唸っていた。窓が、先ほどよりも眩《まばゆ》く光っている。車がすぐこの壁一枚隔てた向こうで止まったのが分かる。

山縣がさらに身を乗り出して窓の向こうを確認したところで、端から見てふっと力が抜けるのが分かった。それまで下向き安全姿勢で構えられていたライフルがだらりと下げられ、と同時にイリキの背後にいたイヌの唸り声はハッハッハッという、いつもの呼吸音に変わった。振り返ってみると、はにかむような感じで舌を出し、心なしか緊張が和らいでいるようだった。尻尾がしきりに左右に振られている。知り合いだろうか、とイリキがいぶかしみ、再度短機関銃に安全装置をかけ、弾倉を引き抜いて槓桿を手前に引っ張った。バネの縮み切る感触と金属音が鳴るのと同時に9㎜弾が排莢《はいきょう》される。弧を描き頂点から地面へ向かうところで、イリキは左手で以てさっとその一発を掴み取る。

山縣は銃架にライフルを戻し、テーブルの上に置いてあるガスランタンに火を点けた。

部屋が明るくなるのと、勢いよくドアが開かれるのとアンナが飛び込んで来たのはほぼ同時だった。最後に会った時と同じ服装のアンナは、明らかに憔悴しきっていた。下方から照らし出されたその容貌は、どこか不気味な感じがした。イヌが、足元で無邪気にじゃれついている。

はじめ、笑いかけていた山縣ではあったが彼もまたアンナの様子を見るなり真顔になって、近づいて両肩に手を添えた。山縣が話しかけるよりも先にアンナは、「森がいなくなった。子供が見つかった。森が出てった」、とまくし立てるように言った。イリキには、アンナの物言いが焦りのためか、はたまた日本語が不自由であるためか分からなかった。

その後も身振り手振りで、いなくなったのは夜、どこにいったかは分からない、誰かから情報をもらったらしいこと、追いかけた方がいいと思うということ、手伝ってほしい、ということをひとしきり喋った。

「まず落ち着け、まずは座れ」と山縣は促し、お湯を沸かし始めた。イリキは森という人物のことを聞いてはいたし関係性も知っていたが、二人ほどに緊張感を一身に受けているわけではなく、ベッドに腰かけ、かといって今更寝る気にもなれず、相手にされずにしょげかえったイヌの頭を撫でたりしてぼんやりとしていた。

アンナは座ってからもそわそわしていて、唐突に手紙を山縣に手渡した。

「手紙。森が残した」

山縣は、黙読する。すぐにアンナにそれを返し、「これだけじゃわからん」と言った。

山縣と視線が合ったため、「なんて?」とイリキは訊く。

「探してた人が見つかって、もしかすると戻れなくなるかもしれない、付いてこなくていい、申し訳ないって内容だ」

確かに、それだけではイリキにも何も言えなかった。

「他に手がかりはないのか?」

「ない。最近森はヘンだった。帰りも遅かった。それだけ。何も言わなかった」

黙っていると、アンナは「私探し行く」と言った。

「見当なんてないだろ。どこを探すんだ?」

「北海道は島だ。絶対いる。私、兄見つけた。森も見つかる」

「北海道は広いぞ」

「サハより狭い」

山縣は苦笑した。

山縣の視線は、最初アンナに、次いでイリキへ向けられた。

「準備しろ。本当は明日以降ゆっくりお前を帰す算段をつけるつもりでいたが、そうもならんらしい」


準備が終わったのは明け方近くなってからだった。朝焼けがかえって眠気を誘った。元々物の少ない小屋だったが、盗まれてもいいようなものだけを残して、小屋はほとんどもぬけの殻になった。テーブルの上に、家主がいる旨、山縣が日本語で書置きをし、次いでアンナがその横にキリル文字を書きつけた。多分、翻訳なのだろう。

アンナが乗ってきた、古びたピックアップトラックに各々荷物を積み込んだ。

山縣が、ボンネットの上に北海道全図を開く。イリキとアンナがやってきて、それを覗きこんだ。

「まず釧路の交易所でガソリンを調達する」

山縣が、太平洋沿いの国道に指を這わせる。

「そこから国道391号沿いに北上して、ノモトのところへ行く。ここで手がかりがなければ」

山縣はいったん区切り、間を置く。暫時の後、「あきらめろ」と付け加えた。

長い沈黙が三人の間に広がる。朝焼けが、厚い雲を抜けてちらちらとあたりに落ちてくる。光のカーテンが遠くに見えた。

アンナは、自分の中でなんらかの折り合いがついたのか、不満げに「わかった」と言った。

ツードアのその車は、ピックアップトラックの形状ではあったが車高が低く、マッドガードのあたりはへこんだり錆びたりしていた。全体的に角ばっていて、あるいは二〇〇〇年より前の年式かもしれなかった。ナンバープレートはついていない。運転席と助手席の後ろに、マイクロバスの補助席みたいな簡素なイスがあり、三人が乗り込もうとしたところ、いの一番にイヌがそそくさと運転席の後ろに陣取った。もう一方には荷物が満載されていた。三人は顔を見合わせたが、運転席には山縣が、助手席にはアンナが乗り込み、イリキはむきだしの荷台に乗る形になった。

平板なテールゲートを開けるとき、持ち手の右側に「TACOMA」の字が見えた。かなり古い年式のこの国産車は、ひょっとするとロシアから逆輸入的に流れてきたものかもしれない、とイリキは思った。

進行方向を背にする形で腰を下ろし、山縣から借りた色褪せた、ODのフィールドジャケットを羽織る。自衛隊のものでもロシア軍のものでもなく、多分どこかの古着屋にある米軍物のレプリカだろう。ライナーと呼ばれるキルト地が暖かい。フードは、ヘルメットをかぶっていても干渉しないように大きく作られていた。縁にはやせ細り歯抜け状のファーが、申し訳程度についている。

イリキは、矩形の窓を軽く裏拳で叩いて準備が完了したことを知らせた。短いクラクションが鳴り、ゆっくりと車が動き出す。荷台には、昨日獲った鹿や雑毛布にくるまれたライフル、中身は分からないがトラッドボックス、木箱、ボストンバッグといったものが転がっている。風が冷たかった。

路面状況の悪い道だった。道幅も狭く、ミラーや車体がブッシュをかきわけ、小枝を折る音が度々聞こえ、頭上から葉が降ってくることもあった。右に左にと車体は大きく揺られ、イリキは両手で身体を支えなければならず、これが存外疲れた。足先に、曲がりくねった轍《わだち》が見える。道は悪いが、平坦ではあった。左手に小高い山が連なり、途中林が見切れたことで、川があることが知れた。もちろん、川向こうも山である。ようやく舗装路に出られた、と思ったがそれは橋で、川を渡るとすぐにまた元の岨道《そばみち》になった。

今度こそ本当に舗装路に出た時、イリキは思わず声を上げた。橋を渡る度に、右へ左へと場所を変えていた川は、イリキの墜落地点につながっていたのだった。運転席側に背をもたせかけ、足をテールゲートに向かって伸ばしていたイリキは、ダムの全容が明らかになるにつれて身体を起こし、最後には立ち上がって、両手を屋根の上に乗せて視線の方向を車の進路と一致させた。湖面に、千切れたオレンジ色のブイが浮遊している。管理する者が十年以上不在であったからだろう、ダムへ至る舗装路のいたるところに倒木や土砂の流入があり、踏み越えるにはいちいち速度を落とさなければならなかった。

イリキは、自機がどのあたりに沈んでいるのか見定めようとした。墜落の瞬間を思い出す。鳴り響くアラート音とローター音。明滅するコーションランプに割れた風防から吹き込む外気。焦げ臭さ。上空から見たダムは、ちっぽけなフィヨルドみたいに丘の一角が湖に食い込んでいて、途中から二股になっていた。片方は長く、片一方は短い。イリキが降りたのは、後者だった。航空機の部品らしき浮遊物を見た気がしたが、あるいは流木だったかもしれない。車は止まったり進んだりしながらダムを離れていく。イリキはダムに正対していたから、自然、元のように車体後部に視線が向いた。古在《ふるあり》も西村も死んでしまった。自分が生きて内地に帰って、彼らの死を伝えようというような気概みたいなものはまるで湧いてこなかった。いっそおれも死んでしまえばよかった、と投げやりな気持ちになって、荷台に腰を下ろして毛布を手元に引き寄せた。泣きたい気分だったが、涙は出なかった。

山のにおいが薄れ、次いで潮の香がほのかに漂うようになった。見慣れた山々が遠ざかっていき、忽然と巨大な平面駐車場が出現した。駐車場にほとんど車はなく、停まっているものも動きそうにない。ドアは開け放たれるかむしり取られるかしていて、ぽっかりと空いたボンネットの内側は空っぽだ。そこから何本か、ホース状の部品が死んだ生き物の舌みたいにべろりと垂れ下がっている。中には、黒焦げになっているものもあった。少し行くと、それがどうやら何か工場に併設した駐車場であることが知れた。看板は斜めになり、工場の建屋も朽ち果てている。沿道の電柱が倒れて建物にめり込んでいた。車は、いつの間にか集落らしきところに入っていた。イリキは気になって、再び立ち上がって進行方向を見据えた。顔に当たる風が冷たい。

この街だけではなく、日本からもロシアからも見捨てられたこの辺りは、ずっと時間が止まっている。軍隊だけではなく、インフラも整備や補給が生命線なのだ、と当たり前のことに今更思い当たる。寒さが厳しい北方、殊に海にも面したこの辺りは特に自然環境による浸食が著しいのだろう、建ち並ぶ家々のほとんどは雪の重みか何かで潰《つい》えていたしガードレールや自動販売機や信号機といった、目につく金属製のものは赤茶けた錆が目立つ。道路の脇の電柱は、倒れたり斜めになったりしていて、電線は無論寸断されて地面に落ちているかたわんでいる。青地に白い矢印、ゴシック体の漢字とローマ字とが記された青看板が支柱ごと道路に倒れ込み、その角の部分がコンクリートに突き刺さっていた。斜めになった看板には、あと三百メートルで交差点にぶつかるということ、右へ行くと帯広、白糠《しらぬか》町市街へ、左へ行くと釧路、大楽毛《おたのしけ》であり、それらをつなぐ道路が国道38号であるということを示している。跨線橋を渡ると、標識が示していた通り、国道にぶつかった。交差点で、何人かの薄汚い子供が遊んでいた。髪は長くごわごわしていて、男か女か分からなかった。着ぶくれした女が縁石に腰かけ、その様子を眺めている。車が通りかかったのを認めるとこちらに一瞥をくれたが、いかにも興味がないというように視線をまたもとに戻した。ファストファッションブランドと思しきフリースとへたったダウンを着こんだその姿は、タイヤメーカーのイメージキャラクターをイリキに想起させた。

この土地は無法地帯だ。ただ、法が無いだけで人がいないわけでも生活がないわけでもないことをまざまざと見せつけられた瞬間だった。視線の先で子供たちの姿が小さくなり、ついに見えなくなった。

小さな町を抜けてから、車はどこまでも続くように思える国道を走った。信号もなく、速度は一定だったがエンジンに限界があるらしく、早くも遅くもなかった。遠くに釧路市街が見える。どす黒い煤煙が立ち上り、鉛色の雲とその境界もあいまいにして交わっている。路傍の工場や民家は朽ちていたが、大規模なソーラーパネルだけは手入れがされているようで、その近くで作業員らしきアジア人の集団が工事か何かをしていた。海からの風は穏やかだった。潮の香と魚の生臭さが流れてくる。山縣は、路肩に放置された車両、道路上に転がる動物の死骸を避けるときを除いて、進路を維持した。すれ違った車の数は少なく、その車もまたおそろしく古いトラックで、助手席のドアがそっくりなくなっていて走っているのが不思議なくらいだった。

車はゆっくりと速度を落とし、国道をそれて海岸へ進路をとった。再びひどい揺れがイリキを襲ったが、車はすぐに停止した。両ドアが開き、「ほら行け」と山縣の声がし、イリキも荷台の縁に手をかけて飛び降りた。目の前には、どこまでも広がる太平洋があった。打ち寄せる波の音があたりを支配している。心地よいとは感じられなかった。市街に近づくにつれて、強烈な生臭さが潮の香りを圧倒し、今や悪臭となっていたからだ。車から飛び降りたイヌが海岸線を走り回り、唐突に止まったかと思うと屈みこんで用を足していた。また駆け出し、砂浜で何かを見つけては口を突っ込み、吐き出すといったことを繰り返す。あいつは鼻の利く犬のくせにこのにおいに耐えられるのだろうか、と疑問に思う。

イリキがぼんやりと煤煙立ち上る市街の方を眺めていると、「魚の加工工場だ」といつの間にか隣に来ていた山縣が教えてくれた。

「禁漁期間も漁業組合もロシアの沿岸警備隊も海上保安庁もなんもないからな。釧路に買い出しに来て、ぬけぬけと内地で水揚げするやつもいるくらいだ」

北海道沿岸、殊にオホーツク方面での密漁は深刻だったが、誰も取り締まるものがいなかった。テレビクルーが漁港の漁師を取材して、どこで獲ったのかと訊いて怒鳴り返されるというようなニュース特集が一か月に一回くらい、夕方のテレビで流れた。海は広く、漁船の数は多いが取り締まる船の数は少ない。密漁だけではなく、この海こそが世界の紛争地や無法地帯と北海道を繋いでいたのだ。

「ここは無法地帯のわりにそれなりに実入りのいい仕事があって、治安もまあ良かないが他のスラムとか紛争地帯と比べりゃまだマシな方で、だから意外と人口は多いんだ。いってみりゃ、世界で最も寒くて豊かで安全なスラムだな」

それから山縣は年季の入ったコッヘルとシングルバーナーで米を炊き、鹿肉とギョウジャニンニクを炒め、塩を振っただけの昼食を用意した。

「交易所ってどんなところなんです？」

食べ終わり、海水で食器類を洗いながら山縣に訊く。生臭さのせいで箸の進みは悪かった。

「スタンドの跡地にありゃ油脂類を取り扱ってるし、モールの跡地に立ってりゃ日用品から雑貨までが商品だし、食いモンとか銃とかクスリとか、大体店ごとに専売みたいなのがあるんだよ。とにかく行きゃあわかる」

山縣は面倒くさそうに話を切り上げ、洗い終わった道具をリュックに詰めている。二人は片付けた荷物を車へ運んだ。

「悪党がやってる。自分たちの国があるのにここにきてる。弱い人から奪ってる」

アンナが割って入ってきた。

「どういうこと？」

作業の手を止め、荷台の横でアンナに問い返す。

「ここは税金ない。だから偉い悪いやつがきて、子分をたくさん連れてきて悪い仕事を始めてただ暮らしてる人から奪う。食べ物とか道具とか」

「ノモトって人も悪い人なの？」

「悪い」とアンナは強い口調で断言した。それから「中国人だ」と付け加える。

「それはお前らが言ってるだけだろ」

運転席に乗り込んだ山縣が、顔だけ出して訂正する。

「みんな言ってる。戦争の前ウラジオストクにいた」

「だからそういう風に言ってるのはロシア人だけだって」

イリキは目をことさらに大きくして山縣を見つめる。口にこそ出さなかったが、説明を求めたのだった。

「急に出てきたんだよ。よくわからんが戦争の後、気が付いたら標茶にいて、親族の家だって言い張ってたんだが、居残った住民の中でノモトなんてやつは誰も知らなくて、そのうちロシア人の連中がウラジオストクにいたリーっていうビジネスマンに似てるって言いだして、そういう噂が立ったんだ。おれも詳しくは知らんが、資源開発とか生産管理とかを生業にしてたけど、事業拡大のためには賄賂とか地元のマフィアを雇ったりとか手段を選ばなかったらしい。そのやり方とこっちでのやり方が似てるのもあってこういうことを言いだすやつが出てきたんだ」

「でもあれは中国人だ」

山縣は小さく首を振り、「いいから乗れ」と二人を促した。次いで、口笛を吹くと、それまでぶらぶらしていたイヌが駆け出し、さっと山縣の後ろに納まった。

全員が乗ったのを確認すると、山縣は車を出した。イリキは手近にあった雑巾のようなタオルで鼻と口を覆うようにして巻いた。漁港特有のにおいが多少は遮られたが、完全にその侵入を防ぐことはできなかった。荒れた道から国道へ入り、車は釧路市街へ進路を取る。高い山もビルもない光景は、空を広く、近く感じさせる。

出発してから何分もしないうちに、速度がぐんと落ちた。イリキはいぶかしみ、車の屋根に手をかけて立ち上がった。国道は、片側二車線でかなり幅もあった。高速道路のように左右は土手となっていて、道路は周囲よりも若干高いところに位置している。イリキは、離陸前のブリーフィングや釧路の地図を思い描きながら、多分これが外環というやつだろう、と見当をつけた。

「少し揺れるぞ」

山縣だった。ウィンドウを下げ、右ひじを突き出して身体を支えるようにして顔を出している。

「どこ行くんですか」

イリキが訊くも、山縣はすでに車内に引っ込んでいて、出した手で行く先を指さすだけだ。中央分離帯、反対車線、そのさらに向こう側の、側道へ至るスロープ状の小道を指さしている。車はゆっくりと進みながら、まず中央分離帯の縁石を踏み越え、次いで反対車線に入った。既にワイヤーのちぎれたガードレールを横切って土手を斜めに下る。イリキはもう立ってはおらず、大の字に身体を突っ張って揺れに耐えた。なんでこんなわけのわからない道を選ぶんだ、という疑問が浮かんだがすぐに何か理由があるのだろうと一人合点する。実際、山縣の運転にはどこか慣れたものがあった。車が斜面を下り、足元に転がっていた荷物が滑るようにして車体側へ流れてきた。サスペンションが傷んでいるのか、下から突き上げるような衝撃が車体を通して伝わってくる。車はそれから路面に出、また少し進むと広い国道に出た。

イリキは、なるほど、と思った。先ほど走っていた道は外環で、釧路市街を取り囲むようにして東へ伸びており、ちょうど今しがた入ってきた国道をまたぐようにして橋がかかっていたがそこが崩落していたのだ。橋の継ぎ目からは鉄骨が何本も伸びている。国道に入ると速度が上がり、車線も元の左に移った。

しばらく進むと、ついに市街に入った。とはいえ、このあたりはまだ全体的にのっぺりとした印象の方が強く、建造物は戸建ての方が目立った。国道沿いということもあり、左右にはガソリンスタンドや郵便局や工具の専門店などが建ち並ぶ。言うまでもなく全て無人だ。一転、それまでの海岸線のように人や車がほとんどいないというわけではなく、空き地などでは煙が立ち上っていて、それまで建物の陰になっていて見えなかったけれども、横を通り過ぎる折などにドラム缶で焚き火をして暖を取っている人々が見えた。車も、少し前にすれ違ったトラックや今乗っているものと同様古くぼろぼろなものばかりだったが、それなりの数を目にするようになった。

イリキはかぶっていた毛布を押しのけ、荷台に立ち上がった。知らず知らずのうちに、興奮していた。歩道に、連れ立って歩く二人組の男がいた。肩には小銃がかけてある。広大な空き地にはバラックが立ち並び、なぜか既存の住宅に人はあまり見当たらなかった。すれ違う車や前を行くトラックはどこへ行くのだろうかという疑問は、市街に近づくにつれおおよその推察という形で氷解していく。この釧路という場所は、多分とても単純な仕組みで駆動しているのだ。

集団とそれを維持するための物資、その二つを繋ぐ道と車。行動とその理由と方法が全部イコールでつながってしまう場所がここだった。窓ガラスが割れ放題の路線バスが、大勢の人間を詰め込んで走っているのも見かけた。バラック群にも大小があって、ホームセンターとか運送会社の駐車場に拠点を置く集団のものは比較的小さく、工場跡地やただ単純に広い空き地などに陣取る集団のものは大きかった。最初は好き勝手に建てているように見えたそれらも、狭いが一本の道路らしきものがあり、戸口は必ずその側にあり、つぎはぎだらけの屋根や壁も、しかし諸外国のスラム街のように木の板とかウレタンとかばかりではなく、近隣の家やビルからむしりとってきたであろうドアとか建材を使っているので、雨風をしのぐ以上の住環境を提供してくれるものと思われた。凹凸だらけの屋根からは雑草みたいに幾本もの煙突が伸びていて、ある意味壮観だった。

車の流れが悪くなった。前後左右をピックアップトラックや、なぜかロシア人が運転しているぼろぼろになった陸自のパジェロ、軽トラックなどに挟まれる。そんな往来の中にはさらにリヤカーや自転車や原付が縦横無尽に走り回っているのがその原因と思われた。かつて歩道だった場所には所狭しと出店が立ち並んでいる。車両関連のパーツや油脂類や本や缶詰や武器や衣服や生魚が陳列されている。脈絡がない。巨大な交差点だったが、無論信号も警官も存在せず、踏み固められてずたずたになった標識には「星が浦５」と記されてあった。四隅が錆びていて、虫食いのような小さな穴が無数に空いていた。交通整理や人の動きを統制するものが何もないので、人や車の密度が局所的に上がるらしかった。交差点の一角に、自動車専門店の建物があった。地方らしい、巨大な平面駐車場と真四角の建物、屋上にはこれまた大型の看板という建物だったが、どうもその建造物は今や娼館に鞍替えをしたようで、人種の入り乱れた無数の女どもが民兵風の男や襤褸《ぼろ》をまとう男の手を引いている。クラクション、唸るようなエンジン音、魚によってもたらされる悪臭と煤煙、誰かが喚く声という喧噪の中、乾いた、何かが破裂する音が辺りに響き渡り、一瞬時間が止まった。往来にいた何人かの人々は地面に突っ伏していた。銃声だ。あれは明らかに銃声だった。イリキも身を低くしたが、続いて音が鳴るようなことはなく、周囲も日常を取りもどす。娼館のはす向かいの中央分離帯に人だかりができていた。車はゆっくりと交差点に進入し、右折をした。イリキがそこを観察していると、一人また一人とその人だかりから離れていき、ついに丸裸にされた醜い、ぶよぶよに太った人間の死体が露わとなった。集まっていた連中は、死体からみぐるみを剝いでいたのだった。すぐ後に、咥《くわ》えたばこをしながらＡＫで武装した男がゆっくりとやってきて、死体を見下ろしていた。足先で死体の腰のあたりを蹴転がしてあおむけにし、振り返って銃を持っていない方の手で誰かを呼ばわっているところで、後続の大型トラックに視界が遮られる。

車は、星が浦西通と名の付く道路に入った。国道から逸れ、南下する小川に沿って進む側道だが、北海道らしい片側二車線の広い道路だった。港湾部であるからか、辺りにある土地や建物はどれも武骨で大きい。倉庫らしきものは、人々がひしめくところもあれば、見るからに廃墟となっているものもあったし、何もない空き地だったり巨大な集住地帯となっているところなどさまざまだった。何かしらのルールがあるのか、先ほどと違って出店はほとんど見かけなかった。

紛争前もこの一帯は工業地帯であることがその様相から見て取れたが、戦後も一貫して工業地帯であるようで、道行く人々や車にある種の統一感のようなものが見受けられた。全員が全員統制のとれた制服や作業服というわけでは無論ないが、つなぎ状の服装だったり、ジーンズやワークパンツという動きやすい身なりをしており、男が多かった。トラックの荷台に満載される人々は、労働を終えたか、はたまた新たな現場へ向かう集団だろう。環境政策や労働政策みたいな規制が一切ない地域だから、ロシアから入ってくる大量の化石燃料を死ぬほど燃やし、内地や近隣諸国で居場所を失った人々を捕まえては働かせているのだ、とイリキはなんの感慨もなくそういう光景をぼんやりと眺めた。自分にできることはなにもないのだ、という諦念とともに。彼らは敗残者なのだろうか。分からない。自己責任を声高に叫ぶ社会やそれを支え、良しとする人々にとってはそう映るのだろう。自分もその一味だった。

　再生可能エネルギーの使用を義務付ける各種の法律や増税、投資やＡＩなどの新技術の活用といったシステムが大挙して押し寄せ、人々をふるいにかける。それについていけない者は容赦なく下層社会に押し込まれた。北海道という無法地帯ができたことで、表立ってそういうことはいわないけれども、国や自治体や治安と生活環境を重視する人々にとってこのゴミ箱のような地域は実際ありがたかったはずだ。片方の手には人道というプラカード、もう一方はムチで彼らを追い立て、彼らがあたかも自ら北へ出ていったようにふるまう。無料低額宿泊所は釧路の玄関口と言われて久しい。自称保守派や自称民族派とかいう連中は北海道全道を日本の施政下に復帰させることが悲願と口では言うけれども、その実彼らを始め、内地の人々こそ安心安全な生活圏のために、落伍者を囲い込む広大な場所を欲していたのだ。文句を言わず犯罪に手を染めない従順な低賃金労働者のみを内地に置いておきたいのだ。

　トラックの荷台で、悠々と紫煙をくゆらせる、同世代と思しき男と目が合った気がした。長い髪を後ろで束ね、無精ひげに覆われたその顔は、しかしどこか悠然としていて、あるいは貴族のようですらあった。眩く照り映える頭髪は皮脂のためか。イリキは、自分が見聞きしていた世界がひどく矮小なものに感ぜられた。

　港湾部沿いの道路は代わり映えがしなかった。無法の工業地帯だ。何を製造しているのかは皆目見当もつかないが、自動小銃や短機関銃を持つ警備員を置いているところを見るに、少なくともベビーカーや洗濯機などではないだろうことは知れた。

建物の一角が火災で焼失した、巨大なパチンコ屋とそこに併設する駐車場に車が入っていく。すでに相当数の車両が並んでいた。コンクリート上の白線はほとんど消えている。駐車すると同時にエンジンが止まった。

「お前は残れ」

山縣は、降りるなりそう言った。イリキは、ちょうど荷台から飛び降りたところだった。

「おれとコイツで交易所まで荷物を運んでくるから、車とか荷物を見ててくれ。銃はあるだろ？」

イリキは困惑した。表情にも出たのかもしれない、すぐに山縣が呆れたようにうつむき、小さく首を振る。

「周りをみてみろ」

言われるがまま、イリキは周囲を見渡す。車の数は多いが、人のいないところは少なかった。人がいない車は廃車か、廃車同然で荷物らしい荷物も無い。多分、盗まれるということなのだろう。あからさまに、目をぎらつかせながら車と車の間をすり抜け、物色している輩《やから》までいた。小銃で本格的に武装をしている男から、ダクトテープで木の棒と包丁を固定して槍にしている者までさまざまだったが、とにかく誰かが張り付いているということ自体が抑止になるらしい。理由が分かってもなお、若干のためらいがあった。武器を手にすることのためらいだ。武器を手にするということが、銃弾を発射するということがどういうことなのか、ここにきてようやく実際的な意味で理解したからかもしれない。この事実は極めて単純で衝撃的だ。躊躇するだけでは足りないくらいに自分に緊張を引き起こすが、現実と向き合うというのは、本当はそういうひりつく感覚を伴うはずなのだ。20㎜機関砲を備える対戦車ヘリコプターを操縦していた時も、小銃射撃のときもそんな感情を抱いたことは一度もなかった。国家のあり方とか有事法制やその権限の下でいかなる行動を部隊、出動自衛官がなしうるか考えることの方が重要だと思っていた。

覚悟ができた。

誰かを殺すかもしれないという覚悟は、死ぬことに対する覚悟でもあった。それからイリキは、山縣から借りているコートのファスナーを下まで下ろし、短機関銃を取り出そうとしたところ、すかさず山縣の手が飛んできてコートの襟のあたりを摑む。

「馬鹿か。言わなかったおれも悪いけどよ、そんな見るからに自衛隊の操縦士ですみたいな格好は少しでも隠しとけ。殺されるぞ」

はっとした。ここは敵の勢力下なのだった。覚悟をしたと思った矢先にこの失態をしでかす自分が情けなかった。

「いやだ、いきたくない」

少し離れたところから女の声が聞こえた。三人の間で一瞬会話が止まり、全員が全員警戒感を備える。どこからだ、とイリキはゆっくりと視線を左右に走らせる。三人の車は、ちょうど駐車場の真ん中あたりに停まっている。周囲は乱雑に停められた車で埋め尽くされていて、高さのある車両もあったことから死角も多かった。口論ではなく、誰かが誰かを説得する感じの声音だった。離れているためか、会話の中身までは聞き取れない。

「おい、いいか」

山縣が、途切れた会話を再開した。

「ああいうもめごとに首を突っ込むなよ」

イリキは、下唇をわずかに突き出して肩をすくめる。もとより関わり合いになるつもりはなかった。

「おい、コーディネーターは使わないのか？　私もいくのか？」

アンナが話に割り込んでくる。

「コーディネーターって？」

山縣がアンナの問いに答えようと口を開きかけたところで、イリキが訊く。山縣はいったん口を閉じ、答えようとしていたであろう発言をいったん飲み込んでから、「交易所を回って代わりに目当てのものを交換してきてくれる奴のことだよ」と教えてくれた。

「なんで」、と続けて訊こうとしたところ、言い終わる前に山縣が答えた。

「燃料は燃料を専門に扱ってるところ、食いモンなら食いモンっていう風に色々分かれてて、でも同じ専門業者でも仕入先が違えば値段が変わるだろ、鑑札持ってる店とそうじゃないところじゃ質も違うし、こういうデカい交易所は取り扱ってるモノも多いけどその時々であるものないものがあるからよ、だからコーディネーターっていう交易所に詳しいやつが店と客を繋いで、差額を取り分にしてんだよ、もういいか」

聞けば聞くほどに疑問が湧いたが、山縣は次いで「あいつらは基本的に信用できねえから使わない、そんでお前は万が一の時の通訳だ」とようやくアンナの質問に答え、すぐに「行くぞ」とライフルを肩にかけて歩き出した。

「来い」、と山縣が振り向くことなく言い、それが自分に向けられたものだろうか、いやしかしさっきは見張りをしていろと言っていたしな、などと自問自答をしていると、足元をイヌがさっと駆けていく。二人の進路上には、かつてパチンコ屋だった、箱状の建物がある。入口と思しきところには89式小銃とAKを持った二人組の民兵が警備をしている。外周にも巡回がいるようで、常に二人一組で行動していた。ここは、山縣が言うところの「デカい交易所」なのだろう。

「お姉ちゃんを助けると思って、ね」

声がひときわ大きく聞こえ、振り返ると、二人の女が車の合間からいつの間にか出てきた。二、三台ほど隣の列からだ。イリキは、荷台に戻ることなく、ボンネットのあたりで耳をそばだてた。背の高い女と低い女がいて、後者は多分まだ十五歳にも満たないように見える。ただ、どちらも髪の毛はぱさぱさでぼろきれのような服を幾重にも重ね着をしている。姉妹なのかもしれないが、距離があるために顔立ちまでは分からない。姉と思しき女が女児の手を引いて進もうとすると、妹の方は歩幅を小さくしたり、手を振り切ってその場にしゃがみこんだりといった小さな抵抗を試みた。しばらくそういう押し問答をしていると、通路を挟んだ反対側から三人の男が現れた。二人はやせ型で、一人は異様に太っていた。三人とも、ジーンズに黒のダウンジャケットを着ている。

「おい、いらねえのか」

太った男が、ジャケットの内側からジップロックを取り出し、口論をする姉妹に掲げる。中身は白い粉末だった。肩口まで伸びた髪の毛が邪魔で姉の表情は見えない。ただ、吊り上がった肩からその緊張感が伝わってきた。ゆっくりと右手を伸ばして、夢遊病者みたいな足取りで男たちに近づこうとしたところ、「ガキが先だよ」と、何かを差し出す男が命じる。しばらく観察していると、太った男の隣にいるもう一人の方と目が合い、にらみ合う形となった。眉毛を全て剃った坊主頭の、四十がらみの男だった。そいつはおもむろにダウンジャケットのファスナーを下ろすと、ベルトの間に挟んだ自動拳銃のグリップを見せつけてきた。脅しなのだろう。太った男はしばらくこちらを観察した後、視線を女に戻す。最後の一人もこちらの存在に気が付いたらしく、そいつは拳銃を手に取った。銃口は地面を向いている。

「見せモンじゃねえぞ。女が欲しいなら他をあたりな。薬が欲しいならカネを持ってこい」

三人目の男が拳銃を振り回しながらそういうことをまくし立てた。

「ね、お願い、行って」

姉は、妹の背を押すようにして三人組に突き出す。関わるな、と頭の中で自分の声が聞こえる。こいつらは一体何をしているんだ、という疑問も。いや、そんな疑問は無意味だ。ここには警察も人道も博愛も何もない。欲しいものを得るためには何かを差し出さなければならない、ただそういう単純な仕組みだけで動いている。モノだけじゃない、行為にも言動にも常に何か実体が担保になっていなければならないのだ。仮にあの二人を助けようとすれば、対峙する三人を殺さなければならない。おれにそんなことができるのか。そもそも助けるなんて言えた立場か、おれ自身が今まさに現地人に助けられている真っ最中なのに。違う、おれはあの三人組の態度が我慢ならないんだ。あの三人は、あっちの世界にもいた連中だ。自分たちのバックに何がいるのかをよくよくわきまえている顔だ。自分たちに逆らうと、どういうものが仕返しに来るのかが分かっている顔だ、彼ら自身は何もしない、そしてその態度は、ひるがえって誰も自分たちに何の危害も加えられないという傲慢と直結している。違う、それは違うぞ、とイリキは強く思っている。お前たちの背後にいる連中がどれだけ強大だろうとなんだろうと、そいつらはお前らを守りはしない。山縣と狩った鹿は、山縣に命乞いなんてしなかった。自分が何をどうすべきかを完全に理解していた。あの時、弱肉強食という言葉に違和感を感じたが、その答えが分かった気がした、弱い者には弱い者なりの生き方があるのだ、彼らは決して自分たちを屠《ほふ》るものに助けを請うたりしない、国家に保護を求めたり弱者を救済しろと声高に叫ばないし、権力者に自分の気に食わない者を告発して憂さを晴らそうともしない、鹿もウサギもキツネも、ハンターや熊にそんな要請をしない、彼らは熊やハンターの本質を見抜いているからだ、国家も権力も国民や人々を可愛い保護すべき存在などとは考えていない、自分たちの利益になるから助けるのであって、そうでなければ切り捨てるだけだ、北海道が内地から忌み嫌われる理由もきっとそこにある、ここにいる人々は切り捨てられたが、それはこの国の仕組みを、本質を見抜いたからだ、だから彼らはもう国に保護も何も求めず、奪うか認めさせるか、それだけを行うようになった、だから内地の多くの人々は国からの、ありもしない愛が損なわれてしまうのではないかと恐れ、いわば勘当された北海道をその親同様排斥することで身の安全を図ろうとしている、でも国は親じゃない、価値がなければ殺されるし見捨てられる、生き残るというのは自分が何をどうするのか自分の責任において全うすることだ、おれも含め、全て生きているやつは本当はそうやって漂流しながら自分が戦うべきか逃げるべきかの選択をしなければならないのに、間違った相手に取り入ろうとしたり寵愛を受けようとしたりありもしない理想を体現させようとしたりするが、そんなものは間違いだ、親が子に対して抱くような愛情を国や権力に求めるのは間違っている、そしてあの三人組だ、あいつらはその誤りを、ヤクザかマフィアか知らないが、そういう自分が帰属している集団に対して抱いているのだ、だからおれは我慢がならないんだ、とイリキは思った。気が付くと、首から下げていた短機関銃の槓桿を引いて、安全装置を外していた。おれは弱者だ。だが、あいつらも弱者だ。

破裂音が一発、あたりに響き渡る。銃声だ。しかしイリキは、引き金は引いていない。はたと件の一団に目をくれてやると、姉の方がコンクリートに倒れたきり、動かなくなっている。続いてまた銃声が三回すると、最初にこちらに気が付いた男が身を痙攣させるようにして後ろに倒れ込んだ。

「あんたなんか娘じゃないよ！　娘なんかじゃない！」と別の女が狂ったように叫びながら、回転式拳銃片手に集団に割って入り、女児の手を取った途端に残った二人の男が女を撃ち殺した。

イリキは、一瞬の間に繰り広げられたその光景を茫然と眺めるよりほかなかった。自分がそれまでに生まれ育った環境では考えられないことが起きていて、全く頭がついていかなかった。次に湧き起こってきたのは怒りで、しかし自分がもはや何に対して怒りを抱いているのか分からなかった。残った二人の男は自身の体をまさぐって、弾が当たっていないことを確かめているらしい。緊迫した状況だったが、二人の動作は携帯電話とか財布を忘れたことを会計の途中で思い出した人のようだった。二人の男は、本来姉と思しき女に渡すはずだったジップロックをまた懐にしまい込み、地面で呻《うめ》いている男をわずかに覗きこんだきりその場に放置した。それから、イリキと同じように立ちすくむしかない女児の手を取った。何をしているのだろう、と自分の行動に対して自分で疑問を持ったが、身体は言うことを聞かなかった。車の前から飛び出すや否や、イリキは駆け出し、二人の男と距離を詰めた。あとほんの数メートルまで来た時、イリキは大きく足を開いて短機関銃を腰だめにして撃った。先ほどの拳銃の音より、ずっと重い発砲音だった。二人は後ろに引っ張られるみたいにして吹き飛び、二度と起き上がることはなかった。

そこでようやく我に返った女児は、こちらを睨むと、一目散に逃げ出した。耳元で、例えばスズメバチとかアブとかそういう虫の羽音みたいなブブブっという音と風圧がやってきた。次いで、後方から発砲音がし、目の前のコンクリートがめくれ上がった。違う、虫じゃない、撃たれてるんだ。イリキはすぐさま横のトラックに身を隠した。直後、先ほど立っていた場所に銃弾が雨のように降り注ぎ、そのうちのいくつかは死体の肉を抉《えぐ》った。ぷっぷっと小さな噴水みたいにして血の霧がまき散らされる。タイヤに命中したのか、勢いよく空気が漏れる音、誰かの怒鳴り声、ガラスが割れる音が銃声の合間合間にやってくる。イリキは、タイミングを見計らい、半身になって短機関銃の引き金を引き絞る。反動で、下から上空に向けて銃口が上がっていく。射線にはスラヴ人民兵がいた。民兵は右手で持っている小銃を上空に向け、左手で以て弾倉を替えているところだった。路面に穴をうがち、それから男の正中線を下半身からなめるようにして9㎜弾が伸びていく。男は防弾チョッキと思しきコヨーテブラウンのベストを着こんでいたが、喉と頭に当たった時点で絶命したらしく、先ほどの二人と同じように後ろに倒れ込むとそのまま起き上がることはなかった。隣にいたもう一人は車の陰に飛びのいた。槓桿が金属音を立てて手前で止まる。イリキも陰に隠れて弾倉を交換しようとしたところ、まだ山縣から借りているジャケットを着ていたことに今更思い当たり、ファスナーを下ろして上着を捨てた。出発前、迷った末にベストを着ていくことにし、であれば弾倉も離陸前と同様、腹のあたりにポーチと一緒に納まっていたのだった。古在のことが脳裏をよぎり、持ってきてよかったでしょうが、と苦笑交じりに胸中でつぶやく。万年筆のケースみたいな長方形の弾倉を交換し、再度槓桿をスライドさせると、薬室に次弾が装填される。イリキは、車と車の間を、姿勢を低くして移動した。どこへ行くんだ、山縣に助けを求めるべきじゃないか、と一瞬悩んだが、その選択はしないと決めた。自分が自分でしたことだ、その責任は自分にある。ここまでのことをしでかしておいて今更他人に頼るなんてできない、おれはたぶん、一矢報いたかったんだ、開放的な土地におっぽりだされて、それまで二十代はこうあるべきとか五十までにはいくらの金融資産を持っていなければならないとかマルチタスクを身に着けて自由に生きろとかホームと電車の間隔が広くなっているから気をつけろとか車内マナーに気をつけろとかそういうこと細かなことにご協力お願い申し上げますとか、お願いのくせして少しでもその見えないレールから足を踏み外すと二度と元の場所には帰ってこられない仕組みに腹が立っていたのだ、怒りと自認できたのはしかもさっきで、それがまた一層の自己嫌悪を募らせる、仕組みに対して私を許してくださいい許してください、と平伏させ、まんまと受け入れられると従順に仕組みに首を垂れることが自分の勲章みたいに勘違いして、奴隷になれない人々に対して自己責任という奇妙なレッテルを貼り付けてはないがしろにする、自分もそんな奴だったのだ、だからおれは、おれが置かれている場所がどんなところなのか分かってしまったから一矢報いたいのだ、ここから逃げおおせる、そうでなければ一人でも多くを殺してやる、まずはさっきの奴だ。そんなことを考えながら、イリキは移動を続けた。足元に散らばるガラス片を踏みしめると音が鳴り、その直後に方々から弾が飛んできた。弾着と同時に、またガラスがはじけ、ドアや屋根やエンジンに弾が当たって金属音が鳴り響く。「いたぞ」と後ろから声がし、振り返ると、小銃片手に応援を呼ばわる男が少し先に立っていた。車と車の間を見て回っているようだった。イリキは、仰向けに飛びのき、背中から地面に着地すると同時に膝と膝の間から銃口を突き出し、引き金を引き絞った。相手は慌てて銃を構えようとしていたが、一足遅く、その場に頽《くずお》れる。イリキは急いで立ち上がり、その場を後にしようとした。次に視界に飛び込んできたのは、木目だった。気が付くと左右に車のドアがあり、その先に青空が広がっている。殴られたのだ、そしてあの木目はAKか何かの銃床だったのだ、と理解したのは同時だった。思い出したように立ち上がろうとしたところで、今度は靴底が顔面目掛けて飛んできて、蹴とばされた。後頭部にもにぶい衝撃が走ったが、痛みはなかった。手足をばたつかせると、何度か手ごたえがあった。視界がぼやけているのはさっき頭をうちつけたせいかもしれない、「殺せ」という声が方々から聞こえ、ベストのキャリングハンドルを誰かがつかんだ。引きずられているが視界が血で濁っている。広い通路に引き出されると、あちこちからつま先が飛んできた。一人や二人じゃない。「蹴り殺せ」という誰かの声。「おい、こいつ自衛隊じゃねえか」「この前庶路《しょろ》のダムにおっこちた生き残りじゃねえのか」「殺せ」「活きがいいんだから熊送りのオオトリで出そうや」「タナカが殺されてんだぞ」「熊にやらせたほうがいい」「おれに殺させろ」「あっちのヤク中と売人はなんなんだよ?」「スラムの連中に死体を片付けさせろ」「妹と引き換えにクスリをもらおうなんて奴ぁその辺にうっちゃっとけ」そんな会話が、真っ暗な視界の中で繰り広げられていた。意識が薄れていくが、完全に立ち消えることもなかった。激痛が鈍痛に変わり、誰かが両脇を抱えて運んでいく。外気が遮られたことで、多分車に放り込まれたであろうことがうかがい知れた。誰かが腕をねじ上げたり膝で首を押さえつけたりしたが、痛めつけられた身体はなされるがままだった。ちりちりと妙な音が聞こえた。その後、両手がすっかりくっついたきり動かなくなったことから、たぶんタイラップか拘束具かで後ろ手に縛りあげられたのだろう。車は、ずいぶん長い間走ったようにも、ほんの数百メートルだけ進んだかのようにも感じられた。ドアが開けられ、引きずり降ろされる。

頭を上げるのもつらい。どこが痛いのか、そもそも痛いのかどうかすらよく分からない。視界がぼやけていて、床が波紋のようにゆらめいて見える。蹴られたと思しき背骨の真ん中のあたりとか脇腹とか頬骨が熱い。自分のつま先が床の上を滑っている。意識がもうろうとしていて、後ろ手に縛られていることも忘れて腕を動かそうと試みるももちろん動かない。二人の男に抱えられるようにして引きずられていく。もがこうとしても意識だけが先走り、身体のどこが反応したのかも知れない。人を殺した。人を殺した。おれが、人を殺したのだ、と急に誰かが自分を問い詰める。いや、頭の中で混線する無線機みたいにして自分の声が重なっているのだ。あんな連中は死ぬべきだ。殺して正解だった。本当にそうか？　あいつらは確かにクズかもしれないが、お前には何の関係もないじゃないか。あの家族だってそうだ。女も子供も誰もお前に関係なんかしちゃいない。それなのにお前は殺したんだ。いや、いい。おれが気に入らなかった。あいつらは死ぬべきだ。もっと殺してやるべきだった。おれを脇に抱えてるこいつらも全員殺してやる。いや、それならそれでいいが、お前はずっと人を殺したってことにつきまとわれることになるんだぞ、そのことだけは肝に銘じておけよ。くだらねえ、そんなのは全部、全部物語だ。作り話だ。作り話なんかじゃない、実際お前は今こうやって、自分が殺されようとしている瞬間になった今も人を殺したことを考えているじゃないか。うるせえ。うるせえんだよ。イリキは、心中小さくつぶやいた。遠くで、がたつく引き戸が開かれる音が聞こえる。ここはどこだ、とまた疑問が浮かんだ瞬間、妙な浮遊感が一瞬全身を覆い、それから地面に叩きつけられた。ゆっくりと顔を上げると、教室のようなところに転がっていた。左手に三段のロッカーがずらりと並んでいて、そのうちのいくつかには上履き袋と思われるものが突っ込まれている。おれは、教室のようなところではなく、教室に放り込まれたのだ、とイリキは気が付いた。音がいまだ遠い。耳がイカれたんじゃねえだろうな、と不安になったが、徐々に外の歓声が大きくなってきていたのでその心配は少なそうだった。粘度の高い血が鼻と口の周りにべっとりとつき、床に顔を押し付けるように倒れ込んでいたからそこに綿埃がこびりついていた。歓声の合間を縫って、誰かがすすり泣く声が聞こえる。イリキは肩を使って体を起こしてあぐらをかいた。教室は、侵攻前のままにされていた部分と後から手が加えられたであろう部分とが一目ではっきりと区別できた。子供用の机やイスは、倒れたり脚がさび付いていたりはしたけれども当時のままで、一方窓ガラスなどには色も大きさも材質も違う鉄柵がワイヤーで留められている。要するに、ここは牢屋か何かなのだ。教室の前方、部屋の隅でうずくまって泣いている男がいた。どうやら他には誰もいないらしい。例によって、男も手を縛られているようだった。

「なあ」、とイリキは立ち上がりながら声をかけた。歩み寄ろうとしたが、全身に鈍い痛みが残っていてうまく歩けなかった。

「なあ」、ともう一度声をかけるが男は返事をしない。

窓の外は見えなかったが、この大歓声からして、スポーツとか何かそれに類した興行が催されているらしかった。泣いている男は、しゃくりあげる間隙《かんげき》で「殺される殺される」と呪文のように唱えていて不気味だった。いつまでこんなところに閉じ込められているのだろうか、山縣とアンナはもう行ってしまっただろうか、多分誰もおれを助けはしないだろう、というようなことをイリキは考えた。引き金を引き絞ってあいつらを殺す前から、自分のどこかが壊れていた気がする。墜落の時だろうか。いや、違う。おれはもっとずっと前に、自分にとって大切だった何かを、欲しくもないものと交換してしまった。その時だ、その時に壊れてしまったのだ。おれはあのヤク中の女と変わらない。一矢報いることはできただろうか。分からない。

教室の前と後ろ、両方のドアが同時に開き、民兵風の男が四人入ってきた。服装も持っている銃もばらばらで、チェストリグという腹のあたりに予備の弾倉を入れておくポーチがついている装備を身に着けているものもいれば、ぼろぼろのフリースを着ているだけのやつもいた。明らかに日本人だろうという顔立ちの男が二人と、日本人にも東南アジア人にも見える男が一人と、スラヴ人が一人という組み合わせだった。うずくまっていた男は、そいつらを見るなり、まだ何もされていないのに「いやだ、やめてくれ」と大声を出した。もう下がることなどできないにも拘わらず、それまで折りたたんでいた足をばたつかせて壁に背中を押しやっていた。外国人風の二人が泣きわめく男の方へ、日本人と思しき二人がイリキのところへと来て、両脇を抱えた。こいつらに何かを聞いたところで、答えてはくれないだろうと思い、黙って歩いた。廊下の窓ガラスは割れ放題で、ビニールや段ボールが張り付けられている部分もあれば、そのまま開きっぱなしになっているところもあった。床にはガラス片が散らばっている。寒かった。一緒に閉じ込められている男は、前を歩きながらいやだいやだと泣きわめいていた。光源はないので、向かう先と割れた窓から差し込む陽光が頼りだった。薄暗い中をしばらく進むと、昇降口にたどり着き、誘導されるがまま外に出た。それまでも大きく感じられていた歓声が、外に出ると一段と大きくなった。そしてあの、すえたにおいと魚の腐ったにおいが一挙に鼻腔を突く。いつまで経っても慣れないにおいだった。イリキは、一瞬わけが分からなかった。出てすぐ目に飛び込んできたのは広々とした砂地のグラウンドではなく、無数の鉄骨だったからだ。十メートルはないだろうが、それなりの高さの骨組みがグラウンドの端から端まで伸びている。歓声はここから発されているのだ。階段状に組まれた骨組みの上は、どうやら観覧席になっているらしい。何人もの、薄汚れた顔をした老若男女が身を乗り出すようにしてこちらを覗きこみ、大声でヤジを飛ばしていた。一体何をさせられるんだ、とようやく恐怖が芽生え始めた。先ほどからあいつが泣きわめく原因は、きっとこのひな壇の内側にあって、おれもそこに引き出されるに違いない、とイリキは息をのんだ。

「さっさと歩け」、と斜め後ろについていた民兵が固い何かで腰のあたりを小突いた。多分、銃口だろう。相も変わらず男は泣きわめいていたが、抵抗は激しくなっている。今は尻を突き出して少しでも連れていかれる時間を引き延ばそうとしているようだった。右手には校舎、左手には巨大なひな壇があって、今歩いているところは路地のように薄暗くて汚い場所だ。その合間合間に、枯れ果てた花壇とか朝顔を育てていたであろうプラスチック製の鉢植えが横倒しに点在していたりする光景はいかにも絶望的といえた。イリキはまた顔を上げると、煤か何かで顔中が黒く汚れた男と目があった。見下ろすその男は、にやりと笑うと唾を横ざまに吐いた。目の前でガラス瓶が割れた。イリキは一瞬首をすくめ、今一度視線を上げると、それまでちらほらとしかいなかった観客たちが、この狭い通路を見下ろし、一斉にはやし立てるとともに、食いさしだの空き缶だのを投げつけてきていた。前を歩く民兵の一人が上空に向かってAKを数発撃つことで、ようやくその狼藉《ろうぜき》は止まったが罵声はやまなかった。歩きながら、妙な水たまりがあることに気が付いた。砂の上に、線状の染みが点々と続いているのだ。イリキはそれをゆっくりと目で追う途中で、前を行く男が小便を漏らしたのだ、と気が付いた。まもなくこの奇妙な路地が終わろうとしている。ほんの数メートル先で影が途切れて日差しが差し込んでいる。

「お前は熊送りだよ」

右隣にいた民兵が、臭い息を吐きかけながら耳元で言った。

「殺してやる」

イリキは振り返って答えた。

「タナカを殺しやがって。内地のブタ野郎が」

「ざまあみやがれ」

民兵は、同世代にもおそろしく年上にも見えた。イリキが悪態をつくと、右手を小脇に抱えたまま、もう一方の手でしたたかに顔を打ち付けた。もはや痛いという感覚はなかった。衝撃が眉間のあたりを襲い、視界がぐらつく。

「やめねえか」

左隣の男が言い、もう一人が舌打ちをする。

ついにひな壇の内側が明らかになった。グラウンドのコース上に手組みされたひな壇は、やはり客席だった。廃材で作られているために骨組みも座席も統一感はない。薄汚い格好をした前近代的労働者や娼婦のような連中がわめきたて、足踏みをすると骨組みは軋《きし》み、砂埃が舞った。一か所、弧を描く部分のみ出入口となっていて、客席がなく、イリキと先を行く男たちは今そこに立っていた。これまた学校の備品を使ったのだろう、校門で見るような、滑車がついた横長の門が二重に備え付けられている。門を登って逃げないようにするためか、蛇腹鉄条網が外側の門のてっぺんに備え付けられていた。先のスラヴ人風の民兵が、その一つ目の門を横に動かし男の拘束具をナイフで切り落とす。「やめてくれ、やめてくれ」と男は泣きわめいて、もう一人の民兵にすがりついたが、民兵はいかにもうっとうしそうに腹のあたりに足を置き、蹴とばすというより押し出すようにして門の内側へと蹴った。男は、左右はひな壇の骨組みに、前後はスライド式の門に挟まれる形となった。

「おめえもああなるんだよ」

さっきの民兵が、また耳元でささやくが返答する気勢をそがれた。門の向こう、グラウンドの一番奥には、巨大な熊が鎖でつながれていたのだ。傍らには血だまりと肉片があり、それが人間であることはなんとなくわかった。

「熊送りだよ」

先ほどの二人のうち一人が、骨組みの下を通って伸びるロープを手に取り、ゆっくりと引っ張った。客席の下に、滑車か何かを利用した装置が備えられているのか、男が引くのに合わせ、門がゆっくりと開いた。門が開くに従い、歓声はより大きくなった。内側にいる男は涙とよだれと鼻水を垂らし、それに砂埃がこびりついて汚かった。無論、グラウンド側ではなく外へと通じる、鉄条網が括り付けられている方の門に取り付いて、「出してくれ、許してくれ」と懇願した。柱を握る指目掛けて、スラヴ人風の民兵は銃床を繰り出した。男の絶叫と銅鑼のような金属音が大歓声の合間から聞こえた。

「おら、グラウンドの中央に武器があるからそれで戦えや。全員お前に賭けてんだぞ」

民兵が男に向かって言う。

銃床で叩きつけられた指がどうなったかは分からないが、ただじゃすまないだろう。泣き叫ぶ男はつかんでいた手を離し、地面にうずくまってつぶされた指を抱えた。

「この場で撃ち殺されてえのか」

先ほどの民兵が、89式小銃の側面に備え付けられている槓桿を手前に引くと同時にそういうことを言った。銃を構え、男に狙いを定めると、男は諦めたように、ゆっくりと立ち上がりグラウンドへと進んでいった。

観客席の内側、グラウンドの奥には巨大な熊が鎖に繋がれ暴れていた。鎖は観客席の下を通って外へとつながっているらしい。多分、長さを変えることで徐々に対戦相手との距離を詰めさせるのだ。武器として置かれた鉄パイプは、研磨されているわけでもなんでもなく、本当にただのパイプだった。

「おい、閉めてくれ」

イリキの隣にいた民兵が、先ほど男の指をつぶした方に声をかける。先ほどとは反対の方にもロープがあり、民兵がそれを引っ張ると扉がゆっくりと閉まった。

「次はお前の番だ」

イリキは、今眼前で戦っている男の時と同じく、タイラップを外されると同時に扉と扉の間に押し込まれた。哀れな男は、つぶされた指が痛いのだろう、腰の辺りに握りこぶしを作ってかばうようにしながら、空いているもう一方の手でパイプを持った。奥にいる熊は、男めがけてとびかかろうとするが鎖のせいで前へ進めず、その度に自分の繋がれている脚に吠え掛かっていた。

咆哮というより、地響きとか何か古めかしい大型トラックのエンジン音の方が近い。観客席からは、先の通路のときのようにありとあらゆるゴミが投げ入れられる。

「よく見とけよ。この日のために何日もメシを食わさねえでいたんだから、一人や二人食ったってあいつの腹の虫は収まらねえからよ」

背後から、イリキの顔を打った民兵が話しかける。イリキは振り返り、「あいつを殺した後にお前を殺してやる」と言った。

民兵はにやつき、横ざまに唾を吐いた。

「タナカだったか、どいつのことを言ってるのかしらねえが、いい気味だ。そいつもヤク中だったのか?」

イリキが煽ると、「てめえ」と言いながら民兵の方が鉄柵に飛びついて手を伸ばしてきた。

「おい、誰かこの熊をなんとかしてくれ、こいつに食い殺されちまうよ」

イリキがさらに言うと、別の二人が門に取り付いていたのを引き離した。虚勢だ。おれは確実にここで死ぬ。あんな化け物に鉄パイプ一本で勝てるわけがない。あいつをからかって気を紛らわせただけだった。脚が震えている。グラウンドに視線を落とすと、パイプを持ったはいいが、男はもうそれ以上一歩も進めぬようで立ち尽くしている。熊が何度か突進を試みるも、またもや鎖が伸びきってその度に苛立たしそうに吠え立てるということを繰り返している。奥にいる誰かが鎖を緩めたのか、再度突進したとき一挙に男との距離が縮まり、男は腰を抜かして尻もちをついた。無論、パイプからは手が離れた。観客は大歓声を上げた。熊は、身を低くして手を左右に振って男をつかもうとしている。その動作はどこかおもちゃで遊ぶ猫を思わせた。熊が手を振り、それでもなお動かない男という構図は観客を苛立たせたようで、ブーイングが起こる。イリキには分かる。あいつは多分もう動けないのだ。道路に飛び出してきた動物と同じだ。ヘッドライトに照らされると身体が石のようになって、足は根を張ったみたいに動けなくなってしまうのだ。熊の左足の鎖が張り詰め、熊は腹ばいになって引きずられていく。男との距離が開いていくと、ようやく気を取り直して立ち上がった。イリキは見逃さなかった。男が立ち上がり、パイプを手にしたとき、すでに熊を繋いでいる鎖は緩んでいた。男は相変わらずつぶされた手をいたわるように、やや前かがみになって腰のあたりに隠し、パイプをだらりと下げて手に持っている。熊の動きが止まり、四つん這いになって上体を低くする。顔だけがゆっくりと動き、男の挙動を見定めていた。時間が止まったようだった。熊は四つ肢《あし》で地面を蹴る。砂塵がその後に舞い、男は何が起きたのか、はたまたこれから何が起ころうとするのか全く分からないみたいにただ先ほどと同じようにつぶされた手をかばっていた。あっという間に距離が詰まる。熊が右手を横ざまに男にぶつけると、その一振りで小石か何かのように男は吹き飛ばされた。骨組みを隠している木の板に叩き付けられた男の首はあらぬ方向にねじ曲がっている。凄まじいパワーだった。熊は全身の毛を逆立てて、前に飛んでは吠え後ろに引きさがっては吠えという行動をとり、時たま思い出したみたいに手を振って男の足を小突く。最初の突進と打撃のときと比べるべくもない力であるはずなのに、引っかかれた男の衣服は紙きれのようにやぶけ、ふくらはぎの肉をも削いだ。抵抗がないのを認めると、熊は骨まで露わになったその足に嚙みつき、死体を引きずっていく。

またゆっくりと熊が引きずられて、奥へと戻っていく。いかにもうっとうしそうに、食べる手を止めて繋がれる鎖に向かって吠えかかるも、鎖は張ったままだ。男の足が千切れて、死体がグラウンドの真ん中のあたりに残された。客席は潮が引いたように歓声を引っ込めた。グラウンドに沿って作られた客席であるから、ここには二本の直線と二つの弧がある。一方の弧には熊が、その反対にはイリキがいる。熊が繋がれている所と二本の直線部分は木の板張りだ。先ほど男が叩き付けられたのはまさにその直線部分の一辺で、そこには果物を投げつけてできた跡にも似た血しぶきだけが点々と残されている。イリキがそこを眺めていると、すぐ下の木板が開かれた。グレーのつなぎを着た二人の男がくぐるようにして抜けて出てくる。どうやらこの競技場を外と繋ぐ出入口はこの扉の他に、もう一つあるらしいことが知れた。とはいえ、外周の囲いとあの小さな扉は面一《つらいち》になっていてドアノブも何も見当たらず、中から開けることはかなり難しいだろうと思われた。先ほどの二人組は、ゴム手袋をはめながら死体の方へ近づいていた。時折、ちらちらと熊の方を見やる。無意味に、死体を運ぶ二人に向かって缶詰が飛んできた。

「おい、こっからは出られやしねえからな」

　イリキがグラウンドを見回しているのを確認してか、はじめからイリキにしつこく付きまとう民兵がまた背後から話しかけてきた。イリキは、先ほどの光景のせいで吐き気を催していて、もはや言い返す気力もなかった。

「おめえが出るのは死体になってからだよ。あそこのドアも開かねえよ。一応教えといてやるけどよ、壁の下だって通れねえ。ガキだってムリだ」

　死体が運ばれていく。二人組は、さすがに千切れた足の方を持つのを嫌ってか、両腕をつかんで引っ張っていった。血の線がグラウンドの上に引かれる。壁際に死体が置かれ、一旦二人が扉をくぐって骨組みの下に入ると、手だけが伸びてきて、死体をつかんで壁の内側に引き込んでいく。無慈悲に扉が閉められると、イリキの前の扉が開き始める。心臓がせりあがってくる感じがした。外気温は昨日も一昨日もその前もずっと変わらないはずなのに、少しも寒くなかった。全身が粟立っている。毛の一本一本にまで細かい神経が伸びているようで、背中を伝う汗も額にこびりつく髪の毛も唇にどこからともなく飛んでくる砂粒も、全てが感知できた。相変わらず生臭さが漂っているが、甘ったるいにおいや客席の熱気も混ぜ合わさっている。扉が半分ほど開いた。今もなお、ゆっくりと左に引かれる。熊は、先ほど屠った男の膝下の足にかじりつき、器用に衣服や靴を吐き出しては肉を食らっていた。意を決し、イリキは駆けだした。釧路空港であのまま撃ち落された方がマシだったか、それとも意識が戻らずダムに沈んだ方がよかったか、どちらもきっと苦しまずには死ねただろう、おれもさっきの男のように一瞬で死ねればいいのに。イリキはそういうことを考えながら、一気に鉄パイプのところまで駆け、パイプを手に取ると同時、鋭角に曲がって、死体を引きずり出した扉めがけて蹴りを入れた。びくともしなかった。鉄パイプを両手で握り、壁に打ち付けた。振動で手がしびれた。客席から笑い声が聞こえてきた。熊はなおも足にかじりついている。時折、上目でこちらを睨みつけるようにしていたが、まだ興味はないようだった。イリキは、はっとした。熊が食らいつく足が残りわずかしかないということもさることながら、熊の片目と片耳が無かったのだ。脚に食らいつく時間とこちらを睨みつける時間とが徐々に反転していく。壁を見上げる。四、五メートルほどだろうか。這い上がるのは難しいだろう。客席とグラウンドの間にはフェンスが張られている。「戦え」、「死ね」という声が方々から降ってわく。足元に目をやると、わずかな隙間があるが、やはりくぐれそうなところはない。あるいは、餌に集中している今ならひと突きにしてあいつを殺せるんじゃないか、と熊を見てみると、すでに足を平らげていた。先ほどの男が腰を抜かした理由がよくわかる。あいつは化け物だ。不意打ちもできないし、こんな棒切れで勝てるわけがない。反対側の壁の、ちょうど真ん中あたりに小さな土煙が立っているのに、不意に気が付いた。他の部分より、わずかに間隙が広い。遠目から見ても穴が広がっているのが分かるが、それでも人が通るのは難しそうだった。イリキは覚悟した。連中は、どうあれおれを一瞬で殺してしまいたいらしい。熊の鎖が、すっかりゆるんでいたのだ。振り返ると、すでに扉は固く閉め切られている。

「おいなんだあいつは」「殺せ」「どっから湧いてきやがった」「おもしれえからそのままにしとけ」

イリキは、ふと客席からの野次の毛色が若干変わっているのに気づき、客席を仰ぎ見た。大部分の視線は自分に注がれていたが一部はその反対側に向けられていて、さっと視線を移すと、そこにはぽつねんと立ち尽くす、犬がいた。イヌだ！　イリキは、捨て鉢だった覚悟を生存への執念に変じた。イヌはイリキの二、三メートル前方につくと、低く唸り熊を睨みつけている。熊も、いつの間にか四つ肢でしっかりと地面を捉え、先ほどと同じく重い体を左右に動かしながら隙を窺っていた。山縣だ。助かったとは未だ到底思えないが、それでも限りなくゼロに近い生存率がぐっと上がったのが分かる。イヌがけたたましく吠えたてながら、回り込むようにして移動すると、イリキもその後を追った。熊の方は相変わらず警戒を解いていないが、何らかの間合いがあるらしく、イヌが詰めた距離だけ後ずさった。やはり鎖は完全に伸びきっているのが分かった。熊はのそのそと壁に尻を向け、こちらを睨みつけている。イヌにもイリキにも熊にも、空き瓶やゴミが投げつけられた。が、グラウンド内にいる全員は、誰一人としてそうした雑音に気を取られなかった。一瞬だ。きっと一瞬ですべてが決まってしまう。そんな感じがした。指を切り落とされようが目をつぶされようが、この熊から意識を逸らせば、イヌともどもおれは殺される。そういう気迫が、奴から発されている。安全地帯にいる連中には分からない。動きがあるとき、本当はもうとっくに勝負はついているのだ。それでも連中が求めているのは動きなのだ。考えるな、自分の声も雑音だ。変わらぬ間合いのまま、いつの間にか、かつて熊がいた場所にイリキとイヌが、熊はグラウンドの中央のあたりに移動している。なんだ、山縣は何を考えているんだ。イヌはどうしたいんだ。

「犬を殺せ」「邪魔だ」

罵声とともに飛んでくる石とかゴミを、イリキは振り払えるだけ振り払った。イヌはおれの命綱だ。イリキが鉄パイプを振り回すと、ふと先ほどイリキを罵倒していた民兵がいつの間にかグラウンドに入ってきているのが見えた。姿勢を低くし、扉から壁に沿って歩いている。両手で保持された小銃の先はまだ地面を指向しているが、あの態勢からなら即座に射撃に移れる。イヌだ。イヌを撃ち殺す気だ。イリキは、民兵とイヌの射線に身を差し入れ、それから民兵を睨みつけて中指を立てた。民兵は苦虫をかみつぶしたような顔をし、構え始めた小銃を再び下ろした。

熊が壁沿いをうろつくので、自然熊を繋いでいる鎖も壁の近くに沿っていた。イリキから見ると、少し離れたところにイヌが、その先に鎖が伸びているような具合だった。ふと、鎖が火花とともにひとりでに爆《は》ぜた。ぱっと爆ぜ、それから金属音が響いた。歓声と野次と罵声でほとんど聞き取れなかったが、狙撃だ、とイリキはすぐに理解した。鎖が切れると、イヌはわっと前へ飛び出し、けたたましく吠えたてた。加勢しろ、とイリキは自分で自分を叱咤《しった》する。鉄パイプを地面に打ち付けながら大声を上げた。観衆が沸き立つ。熊は苛立ったようにこちらにひと吠えすると、唐突にくるりと反転して民兵に向かって駆けだした。鎖があるからと高をくくっていたがさにあらず、止まるであろうはずの位置で止まることなく、熊は民兵めがけて突進した。熊は頭頂部を民兵の胸のあたりにぶつけた。観衆は盛り上がるべきかどうかを決めあぐねていた。まだ興奮の尾を引きずってはいたけれども、興行主の手下が熊に殺され、ここまで含めての興行なのか否かを判じかねていたのだった。

イヌは今一度駆け出して熊を出入口の方へと追い立てるように吠えた。出入口側の民兵は、一枚目の扉は諦めたらしく、鉄条網が付いている方を必死に閉めている真っ最中だった。熊はまた駆け出し、扉の直前でほとんど直角に向きを変え、あろうことか骨組み部分に突進していった。

イリキは、壁に寄り掛かるようにしてこと切れる民兵を見下ろした。黄土色のチェストリグを脱がせ、ＡＫを取った。イヌが、走りつ振り返りつという風にイリキを誘導している。熊は板張りをいとも簡単に突き破り、骨組みを目茶苦茶にした。バランスを失った観客席が、前後左右に振動する。

「戻れ、戻れ」とイリキは声を張り上げる。イヌはイリキの声を聞くと、耳をぴんと立てて百八十度回頭して元の場所へと駆け戻る。振り子のように揺れる客席の動きが加速度的に増幅していき、観客たちの歓声が絶叫に変わる。あっという間に客席の一部がグラウンド側に倒れ込んできた。土煙が濛々と立ち上り、人々の絶叫が方々から聞こえる。倒壊を免れた客席でも、ついにただならぬ事態に陥っていることを把握したらしく壇上で押し合いへし合いの騒動を繰り広げ始めた。倒れた客席は、さらに隣の骨組みにもダメージを与えていたらしく、徐々に傾き始めていた。

イヌがまた駆け出し、イリキも後を追う。ばらばらになった客席は、ある部分は原形をとどめ、またある部分は粉々になっていた。その上に人が折り重なるようにうごめき、動けるものは逃げ、そうでないものはぐったりと横たわっていた。背もたれに腰を砕かれ、本来曲がらない方向に、身体をくの字にしてうめき声をあげる男がいた。

校庭を背に、イヌとイリキは走った。境界らしい境界はなく、すぐに道路に出た。後ろの喧噪はすさまじく、叫び声、怒鳴り声、それらをかき消すように熊の咆哮が轟く。

イヌは行くべき方向が分かっているのだろう、住宅地へと進んだ。住宅地といっても道路の左右にある建物の数は少なく、その間に伸びる道路も百メートルにも満たない。正面に線路が見える。左右の戸建てに人気《ひとけ》はない。窓は割れ、外壁ははがれていた。うち一軒の一階部分はまるまる潰れている。雪か何かで潰えたのかもしれない。道路が途切れ、小さな駐車場を越えると線路に入った。遠くにディーゼル機関車が横倒しになっているのが見えた。足元の砂利が跳ね、銃声が届く。イリキは振り返ってＡＫを構えて引き金に力を込めるも、弾は出なかった。安全装置の存在に思い至ったがどう操作するのかが分からず、頬付けを離さざるを得なかった。十数名の民兵がこちらに向かって駆けだし、数名が狙いをつけている。逃げろ、と頭の中で警報が鳴り、踵《きびす》を返して駆けようとしたところ、まだ宅地のあたりにいた民兵が唐突にその場に崩れ落ちた。腹を押さえてもがいている。少しして、どこからか銃声の谺が届く。民兵全員の動きが止まり、続いてもう一人が撃ち倒されると、ようやく山縣の存在に気が付いたらしく蜘蛛の子を散らしたように家々の物陰に隠れた。イリキはまたイヌのあとを追いかけた。線路を渡り切り、ＪＲの事務所らしき二階建ての建物と車庫との間にある砂利道をひた走った。単発の銃声がまた聞こえてきたが、もう訝という感じではなかった。近い、とその音からイリキは判断した。砂利道はすぐに途切れて舗装路に出たが、波打ち、ひび割れていた。線路沿いの道路は、歩道と車道の境目があいまいで白線も引かれてはいなかったが、経年によるものかもともとそうなのかイリキには分からなかった。少し行くと赤茶色のレンガ造りを装ったホテルが見えた。窓という窓はベニヤ板でふさがれており、建物の裏手にある非常階段も鎖と南京錠で固く閉ざされているところをみると、こちらの方は、あるいは事案前に使われなくなったものなのかもしれないと想像がつく。イヌが走り、建物の入口の方へと向かっていき、そこで止まった。ホテルの入口はやはりベニヤで封鎖されていたが、人ひとりが入れる程度の穴が開いている。外から内に向かって、ベニヤの残骸が四散している。当然のことながら、中は真っ暗だった。ホテルの周囲には花壇があったが、こちらも手入れなどされておらず、フキだの雑草だのが生え散らかっている。地表からビルに向かって、無数の蔦が伸びていた。イリキは花壇を盾にするように屈み、奪った小銃を観察していた。今手にしているAKは、機関部と銃床が一体型のもので木製パーツは使われていなかった。弾倉が顕著に湾曲している。右手の人差し指を用心金に添わせるように伸ばし、両手で小銃を持つ。何度か左右に傾けてみると、機関部の右側面に切り替え軸部らしきものを見つけた。握把《あくは》の上部に形成された文字の凹みがあって、弧を描くように金属の傷がその上をなぞっている。試しにそのセレクターらしきものを下げてみると、やはりその文字の上に至ったとき、指に確かなクリック感がもたらされた。さっき引き金を引いた時、弾が一発も発射されなかったことから一番上が安全装置なのだろう。思考というよりも、身体による記憶の要請ともいうべきものから、イリキは何も考えずにセレクターを安全装置に戻した。形成された文字はいずれも二字の組み合わせで、どちらにも共通しているのがよく顔文字で使われる台形状の文字で、二か所にはその前後に小文字のoと大文字のBに似た文字が付いていた。どちらかが単発で、残りが連発なのだろうが判読はできない。銃を観察していると、聞き覚えのある音が遠くからわずかに聞こえてきた。規則的に絶え間なく、ローターが空気を叩く音だ。遠くに聞こえていたそれは、徐々に大きくなっていることから近づいているものと思われた。近づくにつれて、その音が複数に折り重なっていることが分かった。かなりの数だ。二機とか三機とかではない。イリキは振り返ったが、機影は見えない。どんよりとした空が相変わらず広がっているだけだ。ホテルの隣には、白い四階建てのビルがあった。建物の最上部には四角い看板が掲げられていたが、いくつかの文字が脱落していて、また仮にすべてがそろっていたとしてもその会社の名前からどのような業種なのか見当をつけるのは難しそうだった。その向こうは大通りになっていたが、なぜか人気《ひとけ》はない。通りの左右には朽ち果てた雑居ビルとか戸建てとかが並んでいる。ちょうど線路を境にしてゴーストタウンになっている、そんな感じだった。

建物の中から、足音が反響してくる。小刻みに踏みしめる足音から、駆けているのが分かる。音が大きくなり、破られた板張りの隙間からLEDの白い光が左右に揺れているのが見えた。やはり、山縣だった。右肩にライフルを担ぎ、左手に黒くて大きさのある懐中電灯を持っていた。狩りに行ったときと同じく、ジーンズに戦闘外衣、リュックという出で立ちだった。どやされるだろう、とイリキは覚悟していたが、山縣はなぜかどこか寂しそうな顔をしていた。無言のまま、しばらくイリキの顔を見ていたがすぐにイヌに視線を移し、駆け寄るイヌの頭を両手で撫でまわす。少し遅れてアンナが出てきた。彼女の方は、出てくるや否やイリキに摑みかかった。襟首を掴み、想像以上の力でイリキを後ろに押しやった。膝立ちの姿勢をしていたのもあって、バランスを崩したイリキの上にアンナがのしかかるような形になる。

「お前は何を考えているんだ。山縣は関わるなと言った。お前のせいで車ない。これからどうやって移動する。これからどうやって森を探す。お前は何を考えてる」

その後、段々と日本語がおかしくなり、イリキにはなじみのない言語が混ざって、最後にはその言葉だけでイリキを罵倒し始めた。イリキはあっけにとられ、押し倒されたまま何もできず、ただ「すまん」としか言えなかった。

この土地は、とても単純な仕組みで駆動している。誰かがいなくなり、それに気が付いた時には、いなくなった当人はもうずっと遠くへ移動しているかもしれない。それを確かめるすべはなく、誰かに助けを請うべきか自ら探しに行くべきか考えている間も、その誰かはさらに移動しているかもしれない。助けを請おうとしても、そのためにも自ら足を動かさなければいけない。何をするにしても必ずフィードバックがあって、そのフィードバックに対して自らの行動がまた変容し、その行動が今度は相手の動きに影響を与える。物質的な不便は、ただ物事の本質をむき出しにするだけで、即時に双方向的なやりとりをする中では生じえない本来的な意味での予測がここにはある。あちらの世界に予測は存在しなかった。自分の行動も誰かの行動も、全部同じだ。思考も生活様式も程度の差でしかなく、それぞれが同じ領域の中にいることを確認することをコミュニケーションと称し、はみ出したものは異物として、穢《けが》れとして排除していたのだ。人は怒る。その意思のために怒る。自分たちと違う考えを持つものに対して怒るのではなく、もっとずっと根源的な個のパワーによって怒るのだ。イリキは、胸を張ろうと思った。おれの中の正邪を誰かにゆだねようとは、もう思わない。アンナの怒りは百も承知の上だった。でもそれに反駁しない。分かり合えないところがあるということが分かる、それだけでよかった。

「もうやめろ」

山縣がアンナの肩に手をかけて引っ張ると、アンナは肩を大げさに回してその手を振り払った。

三人と一匹の間に、奇妙な沈黙が湧いた。敵が、先ほど自分が潜り抜けてきた線路を渡って、今や車庫の裏側にまで来ているかもしれないという緊張と、ただ自分とアンナの間の関係によってもたらされる気まずさ、生き死ににがかかった戦闘と個々人のケンカというアンバランスな対比によってもたらされる、珍妙な静寂だった。

三人ともどうすればよいか分からなかったが、敵は現れず、代わりにローター音が大きくなり、次いで警報音がどこからともなく鳴り響いた。海側から聞こえるそれは、消防車のサイレンのような音程だったが、セクションのようなものはなく、鳴ったっきりいつまでも途切れることがない、遠吠えのようなサイレンだった。

イリキは何事もなかったかのように立ち上がって辺りを見回した。ローター音は遠のいている。サイレンは、津波か何かを知らせる防災放送を転用していると思われた。もちろん押し寄せてくるのは津波なんかではない。先ほどのヘリは姿こそ見えなかったがそれなりの数はあると思われ、航空作戦が地上と連動しないとも考えにくく、であればこの警報は地上部隊の突入を知らせるものに他ならない、というところまでイリキは考えた。

「警備隊だ」

山縣がつぶやくように言った。

「車があればな」

アンナがまたイリキを睨みながら話を蒸し返した。何も言い返さなかったし表情も変えなかった。

「コイツが何をしでかそうが何もしなかろうが、交易所を出てガソリンを入れて出発したって、この騒動に巻き込まれただろうよ」

「おれたちはどうすれば？」

全身に緊張がみなぎっている。人を撃ち殺したこと、熊と対峙させられたこと、背後から撃たれたことなどがフラッシュバックのようによぎる。それに輪をかけて警備隊が道東に押し寄せて、まもなくこの辺りはまたしても市街戦が繰り広げられるのだ、緊張しないわけがなかった。が、なぜか山縣は落ち着いていた。イリキの問いに、山縣はゆっくり首をかしげ、「どこかに退避してるだけでいいんじゃないか」、とずいぶん気の抜けたことを言った。

「移動しよう」

アンナはアンナで自分の目的に忠実であろうとした。

「やるだけはやってもいいが、さっきのヘリに乗ってた連中がどこに降りたかわからないし、そいつらがどう振る舞うかもわからない。無理だと思ったらおれは下りるぞ」

「じゃあおれを助けるのには確信が？　無理じゃなかった？」

イリキははたと思いついたことをそのまま口にし、かえって自分が驚き、すぐに口をつぐんだ。

「お前のためじゃない。ケジメだ」

「え？」

「仇を取っただけだ」

あの熊は、多分山縣に撃ち殺されたのだ。でもその瞬間をおれは見ていない。物事はそんなにうまくできていない。山縣の仇がおり、それが山縣によって討ち果たされる瞬間を目にできるようにはできていないのだ。知らぬ間に何かが起こり、そのことを誰かから知らされるか、はたまたどうなったかもわからず時が過ぎていく。ただそれだけだ。元々世界はいつだってそうやって回ってきたし、これからもそうやって回っていく。見聞きし、知ることがウェアラブル機器を通じてか何らかのガジェットを通じてかは知らないが、自らの望むままに見たり聞いたり知ったりするというのはしょせん幻想にすぎないのだろう。あの熊は死んだ。ただその事実があるだけだ。

「お前とはもうここでお別れかもな」

山縣はあっさりとそんなことを言った。

「あれが警備隊なら、お前を回収しない理由はないだろ」

山縣のいう通りだった。おれは撃墜され、命からがら逃げだし、そして今釧路が制圧されようとしている。警察と自衛隊の仲がどうあれ、彼らは言うまでもなく体制側であり、自分もまたその側に属している。

「二人は?」

イリキが訊くと、山縣とアンナは示し合わせたように、無表情のまま視線を交わす。

「さっき言ったように、行けるところまでは行くさ。無駄に戦わされるのもごめんだしな。こっから北上して、そこから川沿いに標茶を目指してもいいし、その時次第だ」

「ここはどうなる?」

「おれが知るかよ。本気なら制圧されるだろうし、ナメてかかってんなら撤退させられるだろうし、二つに一つだよ」

風に乗って、銃声が聞こえてきた。音からだけで、それが戦闘なのだと分かった。一方が撃ち、少し沈黙があってまたもう一方が撃つという具合に、交互に音域の違う銃声がやりとりされている。場所は分からないが、近くではなさそうだった。ふと、アンナが急に背後を振り返った。ホテルと例の白いビルの先に大通りが伸びていて、そちらを向いたのだった。イリキもそれにつられるようにアンナの視線の先を見る。すると、浮浪者と労働者がごちゃ混ぜになったような一団がぞろぞろと歩いていた。自転車の者もリヤカーを引いている者もいた。歩道にも車道にも広がって移動しているものだから、人々の間にトラックや乗用車が混ざっていても、速度を出せずにいた。一団は一様に東から西へと避難しているらしかった。

三人は、なんとなく大通りの方へと歩みを進めていく。通りに出ると、この行列がかなりの数であるらしいことが知れた。流れに逆らって、西から東へ向かう者もちらほらと目についた。やはり戦闘が起きている。東から西へと移動する集団はみな非武装で、子女や老人が多く、反対に東へ向かう連中はたいてい武器を持っていた。

「中に入れ」

山縣が、二人にそっと告げる。イリキもアンナもわけもわからぬまま、家財道具を積んだリヤカーの後ろに、隠れるように付き従った。軸が錆びているのか、一定の位置にくると金属をこすりあわせるような音が鳴った。左手には乳飲み子を抱える女がいた。緑色の毛布をマントのように羽織っていて、表情はうつろだ。肩口まで伸びた黒い髪のてかりは、トリートメントとか美容室とかとは別の世界の物であることを如実に物語っていた。

唐突に、山縣がアンナを抱き寄せるみたいに腕を引く。

「なに」、と驚くアンナが小声で訊く。山縣は顎をしゃくって、進行方向を示す。アンナは、訝しみつつも、ブルーシートのかかるリヤカーから半身を乗り出して示された方を確認する。イリキもそれに倣って前を見てみると、数台の車両が猛然とこちらに走ってきているのが見えた。先頭はピックアップトラックで、屋根に重機関銃を据え付けている。イリキははっとして今一度身を隠した。

「おれたちを追いかけてきたのか？」

緊張に震えながら、イリキは漏らすように言う。

「わからん。戦闘に向かってるのかもしれないし、とにかくこのまま流れに沿って行くしかない」

イリキは、リヤカーの荷台からはみ出るシーツと思しき小汚ない布を引っ張り出すと、隣を歩く女のように肩からそれを羽織って視線を足元にやった。

エンジン音が近づいてくる。避難する人々は大勢いたが、道路自体が広いために各人の間隔は広くとられている。空気が震えるのと連続した銃声が同時にやってくる。少しだけ視線を上げると、先ほどのピックアップトラックが避難民の先頭集団と邂逅したようだった。荷台にいる民兵が上空に発砲し、怒気を含んだ声と身振りで道を開けるよう叫ぶ。民兵の車両が徐々に団子状に膨らんでいる。避難民たちは力なく道を空け、車両群がめりこむみたいに微速で前進する。着の身着のままで逃げてきたものやリュックなどで荷物を身にまとっているものは脇に避ければすんだが、リヤカーや荷台をつけて不安定になった原付に乗っている者などは転倒したりした。先頭集団での混乱がイリキらがいるあたりにも波及し、避難民全体にうっすらと広がっていく。「なんだ？」「旅団の連中だ」「警察は本気だ」「女子供も撃たれた」「幣舞《ぬさまい》橋が警備隊に制圧されたらしい」「釧路川を挟んで東西で撃ち合ってる」、そういう会話が前後左右でささやきあうように交わされていた。

エンジンを空ぶかししながら民兵の車両が近づいてくる。とりあえず、自分を追いかけてきたわけではないことにイリキはわずかながら安堵した。唐突に、リヤカーががくんと止まった。老人が歩道に駆け出していくのが脇目に見えた。いつの間にか、眼前に件の車が迫っていた。イリキも避難民たちに交じって脇に退《の》くと、それまで盾にしていたリヤカーがあっけなく車に押しのけられた。持ち主は初老の日本人で、ファーが抜けきった茶色い革ジャンを着ていた。色の抜けたジーンズは膝の部分が破けている。車の方もダメージを受けないように、徐行しながらゆっくりとリヤカーを押しのけている。リヤカーが回頭しだし、車輪が横を向いた。車がさらに前進すると、リヤカーのスポークがゆっくりとあらぬ方向に湾曲し、軸からタイヤが外れた。荷台が傾き、台上の家財道具が散乱した。ポリ缶や飯盒やカセットガスコンロがあたりに散らばる。後続の車両はＨＩＮＯの一〇トントラックで、荷台には装備も人種もごった煮にした民兵が満載されていた。彼らと避難民との差はほとんどなく、その顔には感情や表情みたいなものは何一つ宿っていなかった。車重のあるトラックは、あっという間にリヤカーを踏みつぶして板きれと鉄くずにしてしまった。持ち主の男は肩を落とし、いつまでも自分の財産が踏みつけにされるのを茫然と眺めていた。なんとなく、避難民たちと歩く速さを合わせつつゆっくりと山縣の方へと近づいていく。

「今更なんだけど」

イリキはあたりを警戒しながら山縣に声をかけた。

「どうして市街じゃなくて港湾部に人が集中してるんです？」

「人とモノの出入りが全部海からだからだよ。海から内陸まで往復する足がないやつも多いし、第一、ああいう戸建てとかマンションだとかはインフラがなきゃクソも流せねえ。ペストが流行ったりだとか死体がごろごろあったりして、誰も寄り付かない。ボートで行き来できる川沿いにはちょいちょい人が住んでるけどな」

集団の歩く道路は広かった。片側二車線で、どこまでもまっすぐに伸びていて、向かう先には橋がかかっている。さらにその先に、赤と白の煙突が見えた。内地にはこれほどまでに道幅が広い直線道路はなかなかない。時折、道路側に倒れた電柱とか街路樹とか黒焦げの自動車とかがあったが、その広さ故に道を塞ぐという感じはなかった。

「そんなことよか」

イリキがぼんやりと歩いている人々や道路を眺めている折、山縣が口を開く。

「お前はこっちに来ていいのか？　警備隊がいるのはあっちだろ」

「ちらっと聞いたところだと、どうも向こう側じゃ無差別に撃たれるとか言ってて」

山縣は額をなであげ、後頭部をぼりぼりとかいた。

集団の合間を、金属音をけたたましく鳴らす、ホイールのゆがんだ自転車が抜けていく。時たま、小路から兵士が飛び出してきて、小走りに東へ向かった。

「妙だ」

山縣が、誰に言うでもなく、しかしこれまでとは一転、やや声音を大きくしてそんなことをつぶやいた。背後からだけでなく、銃声が徐々に大きくなってきているのが分かった。演習や実弾射撃のことを思い出し、そういう射撃音が数百メートル圏内で起きているのだろう、とイリキはおおまかな見当をつけていた。

地面が揺れ、火薬のにおいがただよい、そして小銃とか小口径の銃声とは全く違う爆発音が響いてきたとき、その山縣の感覚がイリキにもはっきりと共有することができた。妙、というよりも極めて不穏だった。決定的な究極的な破滅がすぐ近くにまでひたひたと歩み寄っているにも拘わらず、この避難民たちは銃声にも危地にも変に慣れているために、音に反応して思い出したように首をすくめたり何かを避けるように身を低くしたりすることがあったが、決して進路を変えようとはしなかった。だがこの一行が向かうべき方向を誰が決めた？　はじめは戦闘が行われている地域から離れるという明確な目的があったが、もはやその戦闘地域はすぐ近くにまで広がっているのではないか？　先の轟音や振動がそのことをはっきりと物語っていた。が、この集団の行進はやまない。

「こっちだ」と言いながら山縣が右手の歩道側に寄っていく。イリキとアンナ、それからイヌがその後を追っていく。山縣は速度をさらにゆるめて、道路沿いの建物を盾にするようにして歩いた。車道には、相変わらず人々が西へ向かっていた。なんとも物憂げな歩行者天国だ。橋に近づいていくにつれ、道路がゆるやかな斜面を形成するようになる。右手に巨大なホームセンターの平面駐車場が出てきて、遮蔽物がなくなった。開豁地《かいかつち》を進む間、山縣は小走りで移動した。交差点に差し掛かった時、傾いた標識——白地に青字で「川端町1番」と記されている——が目につく。先導する山縣は進路こそ集団と同じ方向にとっていたが、それまで歩いていた道から少し外れた区画に歩みを進めている。道路と私有地と思しき区画の境界は段差になっていて、一瞬山縣の姿が視界から消えた。再び現われた山縣の下半身は段差に隠れている。段差には、思いの外高さがあったらしい。道路に傾斜がついていた関係で、山縣が降りた区画はちょうどくぼ地のようになっていたのだった。敷地と道路との境い目には柵があったが、錆のためにあちこち歯抜けとなっている。二人も山縣の後に続いてそのくぼ地のようなところへと降り立つ。

そこは町工場と地元の名士の豪邸が合体したような奇妙な空間だった。広い敷地には、穴の空いた屋根を持つ工場らしき建物と朽ち果てた邸宅、数台の廃車といったものがあった。山縣は、二人とイヌが降りてきたのを確認すると、廃車のボンネットから屋根へと駆けあがり、道路上を確認していた。イリキもなんとなくそちらを見やる。人々の足がけだるく交錯していた。小競り合いのような会話が短く交わされることもあったが、長くは続かなかった。三方をコンクリートの壁か柵に覆われ、開放部には半壊した空き家があるので、広いとはいえ圧迫感があった。山縣は相変わらず車の屋根で膝立ちになり、目線を道路とあわせるようにして柵の隙間から外をうかがっている。その隣に、同じく軽トラックが停車していたので、イリキもそちらに移ることにした。荷台に上がると、視界が開けた。橋は湾曲していて、橋梁の中心が最も高くなるようになっているため、反対側まで見通すのは難しい。すでにかなりの人数が橋を渡っていた。港湾部からはどす黒い煙が幾筋も立ち上っている。じっとりと、背中でいやな汗が滴る。焦燥が全身を駆け巡り、頭皮を無性にかきむしりたくなった。橋の中央付近に人だかりができているのが見えた。

どうも、東から西へ移動する一団とは別に、西から東へ向かう一団が向こう岸から渡ってきているらしい。後者の方は、血相を変えていて疾走している者もいた。誰しもが危地に陥っていることを認めながらその根本へ思いを馳せることなく、ただ漫然と両隣にいる者と同じ行動をとっていた。先ほどまで行動を共にしていた集団はこの時になってようやくただならぬ事態に直面していることを認めた。イリキは、この前の狩りで出会った鹿のことを思い出していた。あいつは、じっとこちらを見つめていた。ただ漫然と茫然とこちらを眺めていたのではない。見定めていたのだ。今目の前の現象が自分にとって脅威になるか否かを。短い間だったが、あの山で見た生き物は全部そうだった。隣にいるやつが右に移動したからという理由で自分もそれに釣られる、という生き物は一匹だっていなかった。やつらの動作には必ず根拠があって判断があった。でもこいつらは違う、とイリキは道路上を右往左往する避難民を見つめた。破滅はひたひたと音もなく忍び寄ることはほとんどない。爆発音や黒煙やサイレンなど、ありとあらゆる危険のサインが方々に出ているにも拘わらず、全て見過ごし、今目の前で別の危機から逃れてきた一団と合流してもなお、それまでの行動という慣性と現実的、実際的な判断の間で揺れ動いている。視界の端で山縣がさっと身を屈めたのが見えた。なんだろうと思う間もなく、イリキの身体は宙に浮いていた。まとっていたシーツはずたずたになった。背中から地面に落ちた時、ようやく爆発音と火薬のにおいと悲鳴が五感を刺激した。砲撃だった。向こう岸から逃げてきた連中は、この砲弾を放った元凶から逃げていたのだ。

「機動戦闘車《MCV》だ」

山縣が、コンクリート壁に背中をくっつけて大声で怒鳴った。

「大丈夫か、立て、こっちにこい」

続けざまに怒鳴っている間も、まだ視界が白く明滅していた。仰向けに倒れたまま、あたかも自身の気力まで吹き飛ばされたようだった。低く蠢《うごめ》く鉛色の雲は、なんだかこの土地に覆いかぶさる蓋のように見えた。両手で拳を作っては開くということを何回か繰り返し、背中と後頭部ににぶい痛みがあるほかは異常のないことを確かめる。ただ、白い明滅がいつまでも消えてくれない。ようやく上体を起こし、顔を拭った。無数の切り傷や擦過傷が額や首にできているのに混じり、水滴が手についた。はたと見上げてみると、大粒の雪が降りはじめていた。道路上の避難民は四方八方に逃げているようで、無論イリキらのいるくぼ地上の宅地にもなだれ込んできた。イリキは立ち上がるや否や、もう一度軽トラックの荷台に駆け上って周囲の確認を行う。橋と川に沿って伸びる土手上の道との交差点にクレーターができていた。コンクリートは剝ぎ取られ、土が露出している。砲撃を受けたのであろう、膝から下を失くした女が這ってその場を離れようとしていた。一方で、四肢の欠損も何もなさそうな男はうつ伏せのままぴくりとも動かずこと切れていた。橋の上にはまだそれなりの人がいて、そのうちの何人かが手すりを飛び越えて川に身を投じた。対岸からこちらに向かってくる装甲車の砲塔部分が日の出みたいにせりあがってきた。見覚えのあるものだ。紺色の塗装に八輪の車体、全体的に鋭角なシルエットを有するのは、先ほど山縣が警告を発した通りのＭＣＶである。一両、二両と姿を現す。あっという間にここに到達するだろうことは明らかだ。主砲の横からちらちらと火花を噴いており、その度に進路上の避難民がばたばたと倒れた。同軸機銃だ。連中の目的も作戦も何も知らないが、とにかく動く者は武器を持っていようがいまいが、日本人だろうとロシア人だろうと必ず撃たれるということが分かった。飛行服を着ていても身分証明書を掲げてもきっと近づくことはできない。それが分かっただけでも十分な収穫な気がした。遅れて、機関銃の銃声が届く。

「だめだ、どこも危ない」

山縣が、元来た道を戻り始めた。姿勢を低く、常に敵方側に遮蔽物を挟むように移動した。三人が先ほどの交差点に至り、二階建ての家屋の裏手に回り込んだ時、その隣にある家が突然爆ぜた。爆発音が二度轟く。一つは間延びしていて、もう一つは短かった。MCVが撃ったのだ。隣の家に命中した、と気が付いたのは、家と家の間の道から雨どいや窓枠の破片が吹き飛んできたからだった。あの場を離れるのがわずかにでも遅かったならばどうなっていたか分からない。砲撃音、銃声、絶叫が四方八方から聞こえてくる。

「死ぬ気で走れ」

山縣が身を屈めたままの姿勢で振り返って言った。イリキは無言で頷く。アンナも、なんとなく同じような表情と心境で山縣を見つめているのだろうと思った。イリキは、それまで首から下げていたAKを背中に回し、スリングの長さを調整した。

「行け」

山縣が命じると、まずイヌが駆け出し、次いで山縣、イリキ、アンナの順で走った。

駐車場を横切り、避難民たちと歩いてきた通りと直角に交わっている別の通りに入る。反対側から白いセダンが猛スピードでこちらに向かってきていた。山縣はそれでも止まらず、「行け」と戸惑うイヌを叱咤する。セダンは、バンパーがなくなっており、右側の後部座席のドアも取れていた。悲鳴のようなブレーキ音をけたたましく鳴り響かせると、全てのドアが一斉に開け放たれ、四人の民兵が飛び降りてくる。もはや見慣れたもので、ワークパンツやジーンズにフリース、その上からナイロン製のチェストリグと小銃という装備を身に付けていた。後部座席に乗っていた二人だけが小銃を背に回していて、巨大な塩ビ管のような筒を手に持っていた。言うまでもなく、四人は四人ともイリキらとは反対へ向かって駆けていく。すれ違いざま、民兵はその円筒を引き延ばしていた。濃緑色のそれは、多分対戦車ロケットか何かだろうと想像がついた。息が上がる。胸が苦しい。冷気が肺を突き刺すようだった。それでもイヌは先頭を行き、山縣も一切速度を緩めない。走れ走れと自分を叱咤する。アンナの喘ぎ声が後ろから聞こえるが振り返る体力がなかった。彼女の声が徐々に遠くになっていることを感じる。朽ち果てた街路樹と住宅街が、視界の左右でゆるやかに流れていく。息が上がり、苦しくなればなるほど、視界が狭くなるほどに肉体ではない部分の靄《もや》は晴れ、背中の鈍痛とか頭皮の痒さとか足先の蒸れみたいなどうでもいい不快感が消えていくのが分かった。背後でロケットの発射音が二回する。炭酸のペットボトルを開けた時みたいな音だった。暫時の後、爆発音がやはり二回響き、その後は砲撃音と銃声が入り乱れた。数メートル先で街路樹の幹に穴が穿《うが》たれ、木くずが飛び散った。家々の壁にもやはり流れ弾と思しき銃弾がめり込む。見通しのよい通りを進むことに命の危機を感じた。山縣も同じ脅威を認識したのか、突然鋭角に右に進路を取った。路地のような道だった。曲がってからすぐに「こっちだ」と声を上げ、曲がり損ねたイヌがイリキの後ろから猛追してくる。民家に挟まれた小路で、路地と呼ぶには広すぎ、とはいえ整備された道路というには狭い場所だった。両隣の家屋は、やはりほとんどの窓は割れ、走りながらちらと中を一瞥すると、白骨化した死体が転がっているのが見えた。浮浪者のような数人の集団がドラム缶の焚き火を囲ってこちらを眺めている。目が白濁していて、意思というものがすっかり欠落しているように見えた。彼らは、迫りくる脅威をもはや認識できないししようともしていなかった。だらしなく開かれた口からは、つららみたいな唾液がぶらさがっている。薬物中毒者なのかもしれない。なんとなく、さっき避難していた連中も遠からずこうなるのだろうな、とイリキは思った。イリキは動き続ける身体が苦しかったが、と同時に五感以外の別のところが鋭敏になっているのを感じる。こいつらは、生物として根本的な部分が欠落している。自ら捨てたのか誰かに切除されたのか分からないが、生きることに対する執着がない。昆虫だって奴隷だって生きることに執念を持っているが、あの浮浪者もわけもわからず放浪する避難民も内地にいる連中もそれを持たない。本当は強者でもなんでもない体制なり制度なりに身を寄せることに汲々とし、それが自分にどういう結果をもたらすかも考えず、自ら進んで破滅を受け入れるゴミのような生き物。それが今の大半の日本人なのだ。おれもそうだった。おれもそうだった。おれもそうだったのだ。走れ。こいつらのようにならないためには走れ。肺が破裂しようと足が千切れようと走り続けろ。イリキは自分に言い聞かせた。

数十メートル先にトタンの板が壁のように立てつけられていて行き止まりを形成していたが、傾いているために隙間からその向こうを見通すことができた。向こう側は、空き地となっている旗竿地か、はたまた誰かの庭か、背の高い雑草がぱらぱらと伸びている。近づくにつれ、それが行き止まりではないことが知れた。右手は民家となっていたが、左手は大通りに向かって伸びていて、ちょうど今しがたイリキらが通ってきた道とを繋いで「L字」を逆さにした具合だ。三人は、その突き当りで示し合わせたように足を止め、肩で息をする。喉が焼け付くようだった。本格的な戦闘が始まったのだろう、方々で絶え間ない銃声が轟いている。

山縣が立て付けの悪いトタンをずらし、道を開いた。身体を差し入れ、向こう側から顔だけを出して手招きする。まずイヌがそそくさと歩みを進め、アンナ、イリキと続いた。山縣は全員が入ったのを確認すると、再度トタンをずらして塞いだ。

「これからどうするんだ」

アンナが山縣に訊くも、山縣は一向に意に介さず、地面にリュックを下ろすとそれまで肩がけしていた狙撃銃をリュックの側面に縛り付けた。腰のベルトに括り付けているナイロン製のホルスターから9㎜拳銃を取り出すとスライドを引き、薬室に弾丸を送り込む。

「さっきの」

片膝を地面につき、リュックを背負いながら山縣が言う。

「避難民どもの話が本当ならまっすぐ東には抜けられない。警察がどこまで出張ってきているのかは知らんが、まずこのまま市街を北進、適当な場所で渡河する他ない」

アンナは無言で頷き、イリキが次いで問いを発する。

「戦闘に参加するのか？」

「しない」

即答だった。

「しないが、不可避の場合に無抵抗でいる必要はない」

イリキは不可避か否かを峻別する方法を聞こうとして、すぐにやめた。不必要な戦いをすることも必要なときに無抵抗でいることも愚行に他ならない。しなければならないことをする。ただそれだけだ。生きるために必要な行為もその基礎となる判断もできないやつは存在していちゃいけない。

三人がいるのは奇妙な空き地だった。道路ではない。が、左右には相変わらず戸建てが背中合わせで建ち並んでいて、幅もそれなりにある。旗竿地がずっと連なって伸びている、そんな感じだった。山縣は、おもむろに立ち上がるとその空き地を一定の速度で進んでいく。銃声が近ければ左手で拳を作って頭上のあたりにゆっくりと上げ、音もなく腰を落とした。イリキも全身の器官をレーダーか何かみたいにして脅威を察知することに努めた。時間が伸び縮みを繰り返している。恐ろしく長く感じられる一秒があり、あまりにも早く過ぎる五分があった。緊張で気が触れそうだった。この最悪の市街地に取り残されているのはもはや自分たちだけで、民兵どももロシア人も不法滞在者もヤクザ者もみんな捕まるか殺されるか逃げ出したんじゃないか、と頭の中で同じ想像が環を成す。組織的な戦闘がどういうものか、幹部候補生学校でも航空学校でも教わった。過去の戦史や直近に自衛隊が経験した北海道での戦闘を題材にして。しかし、これは違う。情報が何もなく、敵対者の目的も位置も何もわからない。それは敵対者のみならずこの地を勢力下に収める連中にも言えることで、彼らに戦う気があるのかないのかもさっぱりわからない。ただなんとなく、そのどちらにも期待をしてはいけないのだろうということだけがはっきりしている。自分の身は自分で守らなければならない。

進んでは止まり、止まっては進むということをしばらく繰り返していると、連なる空き地は唐突に終わった。雑居ビルが道を塞いでいたのだ。どうもそのビルのあたりから用途地域が変わったか何かで、区画の様相が変わっているらしい。左右は相も変わらず廃屋が建っているが、建物の間隔が広いので簡単に通り抜けられそうだ。例によって三人はその場に止まって周囲を警戒した。地響きがするほどに砲声が近くに感じられる。エンジンが唸る音も聞こえてきた。

突然、目の前の廃屋から四人組の男たちが飛び出してきた。山縣は手のひらを後ろの二人に向けて突き出す。スラヴ人が二人とモンゴロイド風の顔立ちをしている二人という組み合わせだったが後者の人種までは分からない。日本人のような顔立ちのロシア少数民族のやつもいれば、ロシア少数民族のような日本人も今日一日で腐るほど見てきたからだ。

四人は四人とも防弾チョッキと自動小銃を持っていた。スラヴ人は、額からおびただしい血を流していて、右足の膝から下がなくなっていた。二人がその両手をそれぞれの首に回して、負傷した男を真ん中にして左右から支えている。残る一人は小銃を後ろに構えながら後退していた。

依然として山縣の手のひらはイリキたちに向けられている。「撃つな」という意味だろう。

四人組と一瞬視線が交わされ、緊張が走ったがすぐに消えた。相互に脅威を判定し、すぐに結論したという感じだった。一番後ろについていたスラヴ人が数発発砲し、踵《きびす》を返して抜けてきた建物に背を向けたところで、急に地面に引っ張られるみたいにして倒れ込んだ。背中から幾筋もの血が線を引いている。前を行く三人もわっと慌てて地面に伏せる。負傷した男は、やはりその場に倒れ込まざるを得ず、地面で呻きながら小さく蠢《うごめ》く。伏せた二人の男はロシア人だったらしく、こちらに向かって何かをわめきたてていた。山縣は振り返り、眉間にしわを寄せながら小さく数度首を横に振った。背中で、アンナの声を聞く。ロシア語だろうと思われた。巻き舌気味で単語と単語のつながりが異様に狭い感じがする。

「この建物の向こうに装甲車が四台と警察がいる。みんなやられたかもしれない。逃げた方がいい。戦車もいるらしい」

アンナは落ち着いていた。ロシア人民兵と交わしたやりとりを、すかさず翻訳して山縣とイリキに告げた。彼らが見たのは、多分戦車ではなくMCVだろう、と思った。警備隊の連中は履帯を持つ戦闘車両を保有していないことをイリキは知っていた。だが、足回りがタイヤだろうがキャタピラだろうが、どちらにしろ105㎜ライフル砲を備えた強力な殺人マシーンであることに変わりはなく、そんなものにAKで立ち向かうのは自殺行為以外のなにものでもない。

イリキがどうすべきかを考えあぐねていると、すぐ近くで銃声が鳴り響く。心臓が高鳴る。硝煙の匂いがここまで漂ってきた。イリキはびくっと肩を震わせる。いつの間にか山縣が両手を前方に突き出していた。無論、その手の中には拳銃が握られている。銃口からは白煙が風にたなびいていた。

「走れっ、右の建物の中から逃げろ」

言うなり山縣は駆けだす。今しがたロシア人民兵が飛び出してきた家屋の敷居を塞ぐように人の身体が横たわっている。見覚えのある装備だ。濃紺の出動服に角ばった見た目のボディーアーマー、フェイスシールド付きのヘルメット、20式小銃。警備隊だ。

先ほどのロシア人二人組は、警備隊員が飛び出してきた方向に対してありったけの弾を撃ち込んでいた。山縣は中腰になって先を行き、もぞもぞと動くだけのロシア人の近くに寄ると、手元に転がっていたAKを拾って右手の家屋へ逃げ入った。蝶番《ちょうつがい》が緩んでいて、山縣が蹴とばすと簡単に内側へ倒れ込んだ。中は薄暗かったが、窓とか壁とか家屋のいたるところにほころびがあるおかげで真っ暗というわけではない。そうした穴からも抜けきらないのか、部屋の中にはすえたにおいが漂っている。三人が抜けたドアは、裏庭とキッチンをつなぐ勝手口だったらしい。アイランド式キッチンの向こう側にリビングが広がっているが、棚という棚の引き戸が開け放たれ、物色された形跡がある。背後からロシア語の怒号と銃声が交互に聞こえる。戸建ての外壁は脆く、すぐ後ろで繰り広げられている銃撃戦の流れ弾が飛んでくると、あっけなく内側にまで入り込んできた。リビングから廊下へ、廊下から玄関へと通って三人は外へ出た。すぐ目の前に街路樹と歩道が、その先に車道が広がっている。廃車や道端に転がる廃材を盾に、民兵たちが果敢に戦闘を繰り広げている。道路上には、非武装であることが明らかな女が子供を下敷きにするようにして横たわっている。その女を中心に広がる血だまりは、すでに二人がこと切れていることを物語っていた。さらに遠方では、黒煙を噴き上げるＭＣＶと装輪装甲車《WAPC》が数両目についた。一体あいつらは何を考えていたんだ。イリキは、誰に向けるべきかも分からない怒りが自分の中を駆け巡っているのを知った。

　山縣には何か目論見でもあるのか、玄関を飛び出してからもなんら迷いなどないように通りを東進する。自分がどちらの側に属しているとか信条とか、そんなものはここでは無意味で無力だ。それまで意思を持って小銃を手に身を屈めて走る民兵が突然地面に突っ伏したっきり動かなくなり、逃げ惑う人だかりの中ほどで、まるで選ばれたみたいにしてたった一人が撃ち倒され、装甲車の爆発に巻き込まれた警備隊員がいたかと思えば味方であるはずのＭＣＶに負傷して動けなくなった隊員が踏みつぶされたりしていた。三人はそういう中を必死に駆けた。風を切る音がし、通りの向こう側に立ち並ぶコンビニに砲弾が直撃する。白い噴煙が尾を引いている。爆発音と地響きと熱風と破片がこちらにまで飛んできた。後ろを振り返ると、砲身から白煙を上げるＭＣＶが、車体を横にして砲塔のみをこちらに向けていた。雑居ビルや民家や路地に潜んでいたらしい民兵が次々にロケット弾を放つ。撃つと、周囲の砂塵が衝撃で噴き上げられて噴煙とは別の煙があたりに漂う。民兵側の一斉射撃がMCVを襲う。火球がぱっと煌めき、すぐに土埃と黒煙とがそれを覆い隠す。爆発と同時にハッチやアンテナ類が四方に飛び散り、コンバットタイヤが外れて車体が傾く。砲身が地面にめり込み、動かなくなった。搭乗者を救助するためか、後方にいるWAPCが間髪入れずに突入してくるなり、後部ハッチから警備隊員をどっと吐き出す。車体上部に取り付けられた重機関銃が煙の残る発射地点にめがけて弾を浴びせかける。

「止まるな、走れ」

眼前で繰り広げられる惨事に視覚のみならず全ての感覚が引きずられていた。山縣の声で現実に引き戻され、また駆け出す。交差点の手前で立ち止まり、雑居ビルを遮蔽物にして左右を窺う山縣の背中をじっと見つめる。ここは戦闘地域ではあっても、戦地ではない気がした。もっとぱきっと攻守が分かたれているのかと思ったがそうではなく、攻勢側が取り囲まれる場所もあればそうでないところもあったからだ。だから銃口を向けるべき相手と向ける方角が常に一致しているわけではない。山縣は「よし」というと駆け出し、イリキも慌ててその後をついていく。交差点を渡る折、左の方を見やると、WAPCが数両、道路を塞ぐように鎮座しているのが見えた。車体後部のハッチから降りてくる警備隊員らは周辺の建物になだれ込むように突入していく。

先を行く山縣は唐突に急反転すると、血相を変えて引き返してくる。そのままこちらに戻ってくるかと思いきや、雑居ビルの入口付近で立ち止まってイリキたちに向かって手を振った。その企図を見定める間もなく、山縣は建物の中へと吸い込まれていく。直後、その建物の陰からWAPCがゆっくりと姿を現したのを認めてイリキたちも慌てて山縣の後を追った。雑居ビルの一階部分には、かつて不動産業者か何かが入っていたらしかった。賃貸、未公開と印字された黄ばんだチラシが、割れた窓に引っかかっているのが目に入ったのだ。階段は建物の側面に備え付けられていて、内装なんてものはなく、外壁と同じ材質のコンクリートがむき出しになっている。エレベーターもない。見上げるも、すでに山縣の姿はなかった。きっとどこかのフロアに身を隠したのだろう。後ろを振り返ると、アンナが「早く行け」といわんばかりに鋭い目つきを湛えながら顎をしゃくる。やや急な階段を駆け上り、一つ目の踊り場にたどり着く。左手にあるドアは開け放たれている。イリキは念のため小銃の安全装置を外し、銃口を下に向けながらゆっくりと部屋に入っていった。何かの事務所と思しきその空間には、埃をかぶったいくつかの事務机と、角の方にパーテーションで区切られた区画がある。他にも横倒しになった複合機や千切られた電話線、ＬＡＮケーブルなどが目につく。時間が止まったままだ。給湯室にある冷蔵庫の扉も開いたまま壁に倒れかかっている。

どこからともなく、山縣がぬっと現れ、声をかけようとする二人を制して人差し指を自らの口に立てた。それからイリキを指さし、ゆっくりとその人差し指を先ほど入ってきたドアの後ろの方に動かした。あそこで敵を迎え撃てということだろう、と解釈し、イリキは厳《おご》かに一度うなずく。もうだめかもしれない、と思った。アンナは室内を一通り見渡したのち、イヌと一緒に、部屋の角にあるパーテーションの区画に身を潜めた。山縣はイリキが位置する反対側に事務机を移動させると、横倒しにして、その裏側にしゃがみ込んで身を隠した。イリキも山縣に倣いドアの裏手に移動して隠れる場所を探すも、適当な場所が見当たらず、焦りが募る。外からは唸るような装甲車のエンジン音が聞こえてきた。やむを得ず開かれたままになっているドアを遮蔽物としてそのまま使うことに決した。ドアと壁のわずかな隙間から踊り場を見据える。「行け行け行け行け。一つ一つ確認しろ」という怒声がそれに覆いかぶさった。階段から、ブーツの足音が反響して聞こえてくる。気が付けば、ドアの向こうでは黒い影が徐々に大きくなっていた。心臓が口から飛び出しそうだった。吐き気がする。両手が震えていた。警備隊員が目と鼻の先、この鉄製のドア一枚隔てた向こう側にいる。警備隊員が一歩、部屋に右足を入れる姿までを捉える。姿勢を低くし、小銃を構えている。一瞬一瞬の時間が永遠にも感じられるほど長かったが、再び動き出す時間はあまりにも早い。太い紐とかロープとかが千切れるみたいな鈍い音がしたかと思うと、「撃て」という山縣の大音声が聞こえた。イリキは意識とか意思とかそういう部分でないところで身体が動くのが分かった。銃口をドアと壁の隙間から突き出し、引き金を引き絞った。照準などしなかったが、壁の向こうからは絶叫が聞こえてきた。数発の応射があったが数は少なく、またそのいずれも当たらなかった。イリキはドアから飛びのき、身を屈めて弾倉を替えようとしたが、リリースをするスイッチとかレバーの位置が分からずまごついた。小銃と格闘している間、はたと視線を上げると山縣がマチェットを横ざまに振り払っていた。聞き慣れない音は、刃物が人間の肉に食い込むときの音だったのだ。警備隊員は一発の弾を撃つこともできず、ただ切られた首を両手で必死に押さえている。防弾チョッキとフェイスシールドのわずかな隙間を山縣は狙ったのだった。マチェットを振りぬいたとき、それに引っ張られるように警備隊員が部屋側に倒れ込んできた。とめどなくあふれる血は、腰とか脇の下とか、防弾チョッキを浸透することがないので妙なところからこぼれだしてきていた。山縣はポケットからボール状のものを取り出して階段の下に放るとドアを閉めた。直後、建物全体が揺さぶられ、埃が部屋中に舞った。凄まじい爆発音が同時にやってきて、手榴弾だ、と分かった。絶叫が下から聞こえてくる。応射は階段下からではなく、建物全体に対して行われた。大口径の銃撃が外壁をえぐって室内に闖入《ちんにゅう》してくる。着弾するたびに穴は広がっていくが、イリキらのいる部分にまでは届かない。山縣が切り倒した警備隊員は、ついさっきまでうつ伏せになっていたはずだが、いつの間にか片手で身体を支え、もう一方の手で傷口を押さえて立ち上がろうとしていた。どうやら絶命はしていなかったらしい。山縣もそのことを認めると、いまだ左手に持っているマチェットを大きく振りかぶった。警備隊員は渾身の力を振り絞って膝立ちにまで体勢を立て直し、それまで杖にしていた手を目の前に突き出した。開かれた手のひらは、明らかに「やめてくれ」と言っていた。が、山縣は表情一つ変えず、マチェットを振り下ろす。刃は警備隊員が突き出した手の、人差し指と中指の間から腕の中ほどまで食い込んだ。肘から先で、さらに腕が二つ生えているように見えた。フェイスシールドのせいで表情は読み取れず、首を切られているせいか、声もあげられない隊員ではあったが苦悶の挙動が一挙手一投足に現れていた。山縣はもう一度マチェットを振り上げ、今度は横ざまに警備隊員の首めがけて再度振るう。首を押さえている手ごと刃物がきれいにめり込んでいき、赤黒い血がほとばしった。手袋ごと指がぽろぽろと肩口から足元へと転がっていく。吐き気がした。そしてこの男が、どうして釧路に戻ってきたのか分かった気がした。どうして元の生活に戻れなかったのかも。

首を押さえていた手は、いまや手の甲より先を失い、身体は完全に弛緩して警備隊員は床に倒れ込んだ。血は、赤ではなく黒く見えた。粘性が高く、タールみたいだった。

数度、建物が崩れてしまうのではないかと思えるほどの爆発が起きて、それを境にして建物に対してなされる銃撃がぴたりと止んだ。まだ市内の各地で銃声や砲声が轟いてはいるが、潮が引いていくように散発的になっている。イリキは、ドアから少し離れたところで再度の突入があるのではないかと息をひそめていたが、緊張の糸が途切れていくのが自分でもわかり、おそるおそる窓の方へと歩みを進める。先ほどの銃撃で、床から天井まであった窓ガラスは全て粉々になり、窓枠にも壁にもこぶし大の穴が穿《うが》たれていた。ゆっくりと顔だけを窓から出して外を眺める。交差点には、この雑居ビルのクリアリングをする警備隊員を運んできたであろうＷＡＰＣが、黒煙を吐き出しながら炎に包まれていた。こちらから見えている部分には、四つの巨大なコンバットタイヤが備わっていたが、車体が斜めになっているのを見るに反対側はその全てを失ってしまっているのだろう。道路のいたるところに民兵や警備隊員や避難民の死体が転がっている。焼け焦げたものもあれば一見無傷に見えるものもあった。上体と下肢が、あらぬ方向に折れ曲がったまま、まこと切れている警備隊員の遺体が視界に入る。うつ伏せのまま尻を突き出すようにして「く」の字になった死体はどこか滑稽だったが、その見た目の滑稽さが故にかえって恐ろしくもあった。

「用心金と弾倉の間に下に押し込むレバーみたいなのがあるだろ」

山縣はいつの間にかマチェットをリュックの鞘に納め、ロシア人から奪い取ったＡＫを斜め上方に構えつつイリキに声をかけた。当のイリキは、まだ脳裏にあの死体の映像が焼き付いていて、振り返ったはいいが、しばし呆けて山縣の顔を見つめるだけだった。

「ここだよ、ここ」、と山縣は自分の小銃の引き金の辺りを人差し指で何度か叩いて示す。

「えっ、あっ、ああ」

イリキは慌てて自分の小銃を横にしたり斜めにしたりして観察をはじめた。

「おい、銃口に気をつけろ。新隊員じゃねえんだから」

「あっ、はい」

山縣の言うとおり、引き金を囲うようにして備え付けられている用心金の直下にレバー状の金属部品がついていた。下に押し込むと弾倉が緩んだ。外してみると、案の定弾丸は一発も入っていない。チェストリグから新しい弾倉を取り出し、向きを確かめながら機関部に押し込む。機関部内のバネが伸縮する感触が弾倉を通して伝わってきた。装塡と同時に槓桿《こうかん》が落ちる。

「安全装置は大丈夫かよ」

無表情のまま山縣が訊く。

イリキは小刻みに数度頭を縦に動かした。

「アンナ、もういいぞ。出るぞ」

パーテーションから顔だけをひょっこりと出したアンナもまた無表情だった。こいつらは壊れてる。イリキは、そんなことを考えた。でもそれが間違っているとか悪いとか、そういう価値判断に傾くことはなかった。事実でしかない。もしかすると、自分もこうやって段々とこの環境に慣れて壊れていくのかもしれない。いや、壊れているのはこっち側じゃなく、あっちなのかもしれない、とかつて自分がいた場所を想起した。

アンナの足元からイヌが飛び出してきた。山縣は、自分が切り伏せた警備隊員の装備品を漁っている。

「これ使えるか」

死体から小銃を取ってアンナに掲げて見せる。アンナは首を左右に振る。

「こっちを使え」

山縣は言うなり、それまで持っていたAKをアンナに放った。山縣は警備隊員が持っていた小銃と弾倉を取り、槓桿を中ほどまで引いて、薬室に弾が装塡されていること、安全装置がかかっていることを確認している。弾倉はズボンやジャケットのポケットに詰め込んでいた。

山縣は何も言わずに部屋を出、二人とイヌはその後を追う。踊り場には、呻きながら蠢く警備隊員が一人転がっていた。手榴弾の破片が背中一面に食い込んでおり、防弾チョッキも出動服も背中一面が黒焦げている。人肉が焼け付くにおいは不快極まりなかった。鼻腔の奥のほうに鋭く突き刺さるような刺激臭と、それとは反対にいつまでもねばつく生臭さが入り混じっている。臭気が目に見えるようだった。湿気のような熱気のようなものがあたりに漂っていて、皮膚につくと脂っこい。これが人間が焼けるということなのだ、とイリキは理解した。階段の下の方にも、踊り場と似たような状態の身体が二つ転がっているが、こちらは微動だにしていない。建物の出入口付近が入ってきたときよりも不自然に広がっているのは爆発のためか。階段は途中から崩れ、四周の壁や天井には、虫食いみたいな穴が方々に空いている。

外に出ると、燃え盛る装甲車の黒煙が目に染みた。通りの東側に一両の戦車が見えた。丸みを帯びた砲塔と流線形の車体は、写真でしか見たことがなかったロシア軍の戦車と思われた。車体後部や砲塔のあちこちにボストンバッグや段ボールがカーゴネットで乱雑に括り付けられている。旅団なのかマフィアなのかヤクザなのかは分からないが、いずれにせよこの土地にいる連中の持ち物であろうことは、錆びついた車体や明らかに不具合を抱えているらしい奇妙な動きから見て取れる。今目の前に黒煙を噴き上げて交差点を塞ぐWAPCを破壊したのも、おそらく、あの戦車だ。

戦闘には波がある。一挙に押し寄せたかと思うとさっと引き、また押し寄せるという風に。今、この辺りは小康状態といってよかった。頭で認識するよりも、身体がまず先にそのことを感じ取る。この感覚は伝染病的とも言えた。自分がそのように覚知するが早いか、周囲の建物や路地からぱらぱらと避難民や民兵が姿を現し始めたのだ。

「イリキ、そんなところにボサっとつったってんなよ」

山縣に注意され、思い出したように周囲を見渡す。確かにぱらぱらと人が出てきてはいるが、武装しているか否かを問わず、誰しもが必ず廃車や建物の近くに身を寄せるようにしていた。山縣とアンナも、つい今しがた出てきた雑居ビルを背にしている。

山縣はしゃがみこむとおもむろにリュックを膝の間に挟み込むようにして持ってくる。中から取り出されたのは、例の乾燥肉だった。

山縣は無言のままアンナとイリキに乾燥肉を手渡す。

塩辛い肉は相変わらずうまかったが、その分喉が渇いた。三人と一匹で一つの水筒を回し飲みしていると、西の方が騒がしくなってきた。

北海道らしい東西に伸びる道路はひたすら直線続きで道幅も広い。交差点で、駒場通と名の付く南北からの道路と交わるが、こちらは前者よりもさらに幅があって中央分離帯には植え込みがある。草木は枯れ果て、今は縁石だけとなっていたが。

前者の方の道路を、車両群が東進していたのだ。ゆっくりではあるが、こちらに向かっているらしい。南北の小路から乗用車やピックアップトラックが合流し、その数は膨れ上がっていた。

トラックの荷台に立ち上がる民兵が手招きをすると、それに呼応するように歩道にたたずむ何人かがトラックに飛び乗っていく。募兵だ。しゃがみ込んでしばしの休息を取っていた三人も、めいめい立ち上がってぼんやりとそちらの方を睨むように見つめる。

「何か始まるのかな」

イリキは、目の前で何が起きているのかを理解していても、鈍る思考は自分をその外に置いてしまう。ヤクザものにつかまって以来、この乾燥肉に至るまで常に存在の危機に瀕していたからその緊張の糸が完全に途切れてしまっていた。背中は雑居ビルであるにしても、他の三方は開けているから完全に安全が保障されているわけでもないにも拘わらず、今ここにいる場所は地球上のどこにもない安全地帯のようにも思えたし、一気に広がる疲労感は、足から見えない根を伸ばしてアスファルトに食い込み、動く気力を根こそぎ奪ってしまっている。

「反転攻勢だ」

山縣が答え、慌ててリュックに荷物を詰めだす。

「行くぞ。巻き添えはごめんだ」

さすがのアンナも疲労のためか、足取りが重い。

「あいつらの視界から離れたい」

山縣は、歩き出すなり親指を立てて自分の後ろを指し示す。その先を目で追うまでもなく、「あいつら」とはあの車両群のことであろうことは想像に難くない。陣営など関係ない。あいつらに募兵されれば、また戦わされるに決まっている。

山縣が交差点の中ほどを歩いていると、不意に足を止め、しばらく駒場通の北側を眺めていた。

イリキは、やはり疲労のために未だ動けずにいた。このまま距離がどこまでも開いてしまうのだろうか、となどと考えていたが山縣は飛び退《すさ》るようにこちらに戻ってきた。

「警備隊だ。南進してくる」

西からは反体制側が、北からは警備隊がくる。この交差点は、すぐに地獄になるだろうことが分かった。

「どうする」

再びしゃがみこむイリキは、山縣の背中に問いかける。絶望的だった。しかしイリキは、生きることを諦めたくなかった。焼け付くような空腹や口中に残る塩味、汗で湿った腋《わき》と背中、ちらつく雪が皮膚で溶ける感覚、そのすべてが生存への意思のように感じられた。山縣は何も言わない。

募兵をしながらこちらに向かう車両群は、今や目と鼻の先だ。何を思ったのか、山縣は突然その車両群の方に向かって駆けだした。先頭はクレーン付きのトラックだった。両手を上げながら敵意のないことを示しつつ、山縣はトラックの進路をふさぐ。荷台にいた、指揮官風の男が銃口を山縣に向けている。会話はここまでは聞こえなかったが、山縣が交差点の方を指し示すジェスチャーをしていることから、駒場通沿いに南進する敵の情報を伝えているのだろうと思われた。荷台の男は銃を下げると、通勤電車よろしくすし詰め状態の募兵された現地民を振り返って下車を促す。車両は、大小合わせて二十台近くあるようだった。先頭車両の様子につられるように、後続でも停止するものがあったが、その脇を縫うようにして白の国産セダンがゆっくりと交差点へと進入してきた。

車の後を「止まれ」と大声で呼びかけながら数名の民兵が両手を振って追う。

遮蔽物がなくなった途端、弾雨がやってきた。ガラスが粉々になりホイールが吹き飛び車体に次々と穴ができていく。車内に何人いたのかは不明だが、脱出する暇もないまま、砲弾によってとどめが刺された。十数メートル先で巻き起こった爆風と轟音は、無論こちらにまで及び、耳の奥に圧を感じて音が遠のいた。音叉みたいな耳鳴りがしばらく続く。視界が暗いのは、爆発から身を防ぐためにとっさに地面に突っ伏して両手で頭を覆っていたからだ。銃声はやまないが、爆発に伴う衝撃と熱波がなくなり危難が去ったことを知る。頭を上げた時、先ほどのセダンは転覆して燃えていた。立ち上がりながら振り返ると、釧路の人種構成の見本市みたいな具合で武装した連中の人だかりができていた。女も子供も老人も関係なく、武器と戦う意思があればだれでも戦えた。

「固まるな、散れ」

人の壁をかき分け、怒鳴り散らしながら先ほど荷台にいた男がこちらにやってくる。後に続くのは山縣だ。二人は、イリキとアンナの存在を一切無視してビルが見切れるぎりぎりのところまでくると通りの北側を偵察する。イリキは今この目の前にある二つの頭が途端に吹き飛んでしまうのではないか、と恐怖を感じながらそれを眺めた。その恐怖は杞憂に終わり、二人はすぐに頭を引っ込める。

「おれが確認した限り、通りの向こうにはＭＣＶが二両、ＷＡＰＣは四両あった」

男がうなずく。この街のどこにでもいる民兵風の男だ。トレッキングシューズに紺色のワークパンツと同じく鼠色がかったワークシャツ。シャツに関して言えば、元の色はあるいは白であったかもしれない。カーキ色の防弾チョッキは見慣れない、小ぶりのものだった。台形状で、腰回りの方はがら空きになっている。プレートキャリアとか呼ばれる種類のものだろう。

「一体全体、今はどういう状況なんだ」

山縣は、続けて男に問う。

「一個中隊規模のヘリボーンが幣舞《ぬさまい》に、三個大隊基幹の地上部隊が38号線沿いに越境してきたんだ。多分港湾施設の制圧が目的だと思う。地上部隊は二手に分かれて、主力は海岸線沿いにそのまま進んで、分派した連中が外環から回り込んできてる。今この通りにいる敵は北側の方の連中だと思う」

「港の方は大丈夫なのか」

「東進してきた主力は一応追い返した。大《お》楽毛《たのしけ》の方に再集結してるって連絡だが、こっちの進展次第だろう。もういいいか」

男は立ち上がり、群衆の方へと戻ろうとしたときに目が合った。若かった。自分と同世代の男に対して〝若い〟という形容はおかしいかもしれなかったが、圧倒的な存在感がそういう表現を去来させたのだった。はじめ、総髪を後頭部で結わえ、無精ひげを生やしていたのと募兵をしながらやってくるその姿から勝手にもっと年長であると思い込んでいた。

男はニッと笑い、「がんばろう」と言いつつ頷いた。

「全員固まるな、散れ、お互いの間隔を空けろ、開けた場所に出るな、建物の中を進め、連中を止めろ、追い返せ」

背後で男の大音声がこだまする。先ほどのセダンよろしく、すでに現地民の何人かは勇んで駒場通に飛び出し、その瞬間に蜂の巣にされていた。

「どのみちここは通れない、行こう」

山縣は雑居ビル裏手の路地へと進んだ。イリキは山縣の背中を見るともなく見ながら小銃の外観を点検して次の戦いに備えた。後ろを振り返るとアンナとイヌがいて、さらに路地の隙間から通りが見えた。男の姿はすでになく、蝟集《いしゅう》する烏合の衆も今やまばらになっている。あの男は弱者だ。イリキは向き直ってからふと思った。雑居ビルを抜けると細い道に出、次いで宅地の庭先に入る。民兵の連中も同じ道を進んでいるらしく、ある者はそのまま民家に上がり込んで拠点を構えようとしたり、またある者は建物を盾にして通りの北側にいる警備隊を観察したりしていた。あの男がもし仮に同い年であれば、高校のころからこんな地獄で生きていることになる。飢えと侵略者と暴力に晒されながら、それでも透き通った目をしながら人に「がんばろう」と声をかけて的確な指示を投げることができる人間が誕生することがどうしても信じられなかった。本来あの男は救済されなければならない存在だ、とも思った。宅地は区画がきれいに分かたれていた。二列の住宅が南北を背中合わせにして小路を挟み、そしてまた新たな区画が形成されるというように、一つのブロックとなっている。二十メートルほど先に、キューブ状の外壁を備えた紺色のモダンな廃屋があった、窓は全て割れている、〝シャッ〟という圧縮された空気が一挙に吐き出される音がしたかと思うと、その割れた窓から白い噴煙が立ち上る。オレンジ色の閃光がぱっと広がるのも見えた。すぐにロケット弾だと気が付いた、音はその後からやってきた、応射もすぐだった、民兵は見通しの利く二階に陣取ったのだろう、風を切るどこか間抜けな音がするのを聴覚が捉えていたがそれが身体の反応になるということはなかった、自分たちの進行方向も北側で、その住宅も北側の右手に存在していた、間抜けな音と同時にまさにその二階に弾着があり、砲弾が炸裂《さくれつ》した。片手で頭を守り、一瞬視線を足元へと向ける。爆発の音と衝撃が腹の底から身体を揺さぶる。次に視線を上げた時、件《くだん》の家は三分の一ほどが吹き飛ばされていた。火の手が上がることもなく、今やむき出しとなったツーバイフォーや雨どいや千切れた窓枠がブランコみたいに前後している。鼓動が早くなり、息が上がる。緊張のせいなのか、それともこの爆発で腹の底から突き上げるような衝撃がもたらしたものなのかよくわからなかった。さっきまで自分の状態がどうだったのかもうまく思い出せない。いっそ、駒場通に飛び出して敵と真正面から戦いたい衝動にかられた。実際、何本か小路を横断する折にそういう連中が目に入った。円筒状のロケット弾を抱える数名組の民兵もいれば、女児と思しき小汚い子供がAKを片手に通りに飛び出していくのも見た。恐怖に飲み込まれるな、と自分に何度も言い聞かせる。飲み込まれた彼らの末路は通りに転がる肉片だ。廃車の陰にまでたどり着きロケット弾を発射するために片膝をついて発射装置を操作している間にMCVの105㎜砲が廃車ごと民兵を吹き飛ばして、一人の人間を無数の肉片に変えてしまう。爆煙が風に流されて消えると、アスファルトにはクレーターができている。そうだ、おれはあの男のことを考えていたんだ。おれは十年もこんな空間で緊張と存在の危機を強いられたら、きっと狂ってしまう。でもあの男は違った。あの男のことを考え、目の前で上下する山縣の背中を見ていると狂気に呑まれずにすんだ。この二人は、やはり救われなければならない存在だ。弱者だ。にも拘わらず強靱で圧倒的な存在感がある。おれは、おれたちは所詮死に行く存在でしかないじゃないか。救うだって？　一体何から救うんだ？　死ぬことへの抵抗は生きることにしかない、生きることはカロリーコントロールとか血中酸素濃度の測定をすることじゃない、外貨を積み立てることでもない、そういうことと程遠いところにいる、縁遠いだけの人間を弱者と呼ぶな、おれは、おれたちは強者だ。イリキは喘《あえ》ぎながら恐怖に打ちのめされながら自問を繰り返し、前進した。大口径の機関銃が民家の外壁を貫通するたびに地面に伏せった。木片や凝固した塗装の破片が肩と言わず背中と言わずに降りしきり、あっという間に、雪のように積もった。立ち上がって再び前進した時にぱらぱらと舞うそれらは、本物の雪と混じり合って、すぐには見分けがつかなかった。その瞬間に、はたとかつての自分が、内地の人間が残留者や難民や民兵を憎悪する理由が分かった気がした。ここにいる人間は、その存在自体が罪であり罰であり見せしめなのだ。糞袋としての肉塊、飢餓と疫病と殺人はそのまま消滅に直結する。糖質を制限したり一週間の運動量を計測することと程遠いところにある存在は罪人だ。彼らのようになりたくなければ自ら服従を選択しなければならない。圧倒的存在感を放つ彼らを羨望する思いは憎悪に裏返され強者が弱者に転じ、排除すべき対象になる。口中に鉄の味が広がっていた。袖口で拭うと、知らず知らずのうちに噛み締めていた下唇が切れていた。血だった。銃声が大きくなっている。この騒音をくぐりぬけて響く怒声は敵のものかはたまたこちらのものか。上下する山縣の肩の先で、大きな通りが東西に伸びているのが見えた。一瞬、橙色の線が幾重にもつらなって右から左へと流れていく。視覚を通じて認識する頃には跡形もなく消えてしまう。曳光弾《えいこうだん》だ。敵が近い。敵？　敵だって？　彼らは自分が本来属している側じゃないのか？　ふっとよぎる疑問に、しかし答えは出ない。先を行く山縣が唐突に立ち止まるなりその場に片膝をついた。左手を頭の真横に掲げて握りこぶしを作る。イリキはそのジェスチャーを〝止まれ〟という指示と捉えて、同じように停止した。すでに砲声や銃声は音だけでなく振動をも伴うようになっていて、何か行動を起こさないことはそのまま死に直結する暴挙に思えるほど恐怖を掻き立てた。鼓動がうるさかった。瞬間瞬間がいちいち永遠のように長く感ぜられる。呼吸だけが徐々に落ち着き始めた時、「左だ」という山縣の怒声が去来する。身体は、その言葉の意味を咀嚼するよりも先に動いていた。視界の隅で、マズルフラッシュと射撃姿勢を取る山縣の姿、通りにいる紺色の一団を捉える。三人は住宅街の中を通る入り組んだ狭い道を進んだ。右手には民家の壁、左手には胸元ほどの高さのブロック塀が連なっていた。最上段のブロックにのみ、どこかの家紋みたいな穴があしらわれている。イリキはそのブロック塀を摑み、身体をその反対側へと転がした。背中から落ち、鈍痛がやってくる。視界がこれまでにないほどクリアだ。立ち上がろうとするや否や、ブロック塀に雨のような弾が降り注いだ。すぐにまたうつ伏せにならざるをえなかった。腹の下の小銃を目元のあたりにまで手繰り寄せ、安全装置を外す。敵の弾着は、くぐもった音がした。破片が降ってくる。身体を横ざまに倒し、腰から足元、さらにその先へと視線を向けると、やはりアンナもうつ伏せになっている。視線が合い、イリキは「下がれ」と声を上げた。本当は山縣と合流をしたかったが、激しい敵火を真正面から受けながらの捜索は不可能だと判断した。「宅地から浸透してきてる」「一軒ずつ制圧していくしかない」「負傷したものはその場に残置しろ」といったやりとりがはっきりと聞こえてくる。明瞭な日本語と指揮体系が備わっている。警備隊だ。イリキは、向きを変えることもままならず足元からゆっくりとアンナの方へ下がっていっていたが、動きを止めざるを得なかった。このブロック塀一枚隔てた向こう側に、圧倒的な火力を持つ敵がいるという事実は衝撃的だった。おれは味方だ、飛行隊の生き残りだと言って飛び出したところですぐに撃ち殺されてしまうだろうが、そうしたい衝動が明らかに強まっている。衝動が堰を切って理性を呑み込もうとしている折、銃声と悲鳴によって自分が帰ってきた。はたと思い出したように振り返ると、そこにアンナの姿がなかった。すぐさま立ち上がり、ブロック塀沿いに庭を抜けて玄関側へ向かうとアンナがいた。壁を背に、蹲踞《そんきょ》のような姿勢でＡＫを構えている。マズルからは、紫煙のような若干鼠色がかった白煙がゆらめいている。この女が連中を撃退したのだ。その足元で、イヌが臥せっていた。

「行こう。山縣を探そう」、とアンナに呼びかけた。

彼女は黒く大きな瞳でこちらを見つめている。動揺も恐れもないまっすぐな目だ。アンナは返事の代わりに大きく一度うなずいた。

「おれは土地勘がない。さっきの感じだと多分北側のどこかにいるはずだと思う。先導できる？」

今更ながら、この女とまともに会話をしたことがないことに気が付いて、イリキはちぐはぐな、命令ともお願いともいえない言い回しをした。アンナはもう一度うなずき、イヌとともに立ち上がり、駆け出した。背後から苦悶に呻く声と応射があった。二人は駒場通を背に、宅地の中の一本道を西進した。イリキは数メートルおきに据銃《きょじゅう》しながら振り返った。その行為を何度か繰り返したとき、今しがた会話をしたブロック塀から、統一された装備の一団がぬっと出てきた。頭で考えるよりも先に引き金を引き絞っていた。銃床を右肩に押し付け、見慣れぬ形状の照門と照星を見通した先に、警備隊員がいる。セレクターが単発になっていたのだろう、短い振動と乾いた銃声、ほんのりと甘い硝煙のにおいが漂ってくる。反動で銃口が上に突き上げられる。一瞬視界が上ずる。もう一度視線を先ほどの地点に戻したとき、すでに警備隊員は横ざまに倒れ込んでいた。後続の隊員だろう、手だけが小路から出てくると倒れ込んだ隊員を遮蔽物の内側へと引きずっていく。イリキはすぐに向きなおって、「隠れろ」と声を上げる。右も左も宅地だ。広い庭と駐車スペースという共通項はあれど、築年数や建物の造りに統一感はない。ある家はいかにも昭和のにおい漂う朱色の屋根を備えているかと思えば、その隣に北欧風の戸建てが建っていたりする。ただ、いずれもが今や廃墟であった。アンナは一瞬肩をびくっと震わせると、まさに今まで見てきたようなモダンな装いの家の庭に逃げ込んだ。イリキもその後を追うと同時に、敵からの応射があった。至近弾がアブとか蜂が耳元を横切るような小さな振動と風圧を携えながら頬をかすめていく。あと数センチでもずれていれば死んでいた。恐怖は、なぜかすぐさま怒りに変換されてこれまで感じたことのない力が腹の底から湧き立つのが分かった。庭先には家庭菜園といくつかの鉢植えが転がっていたが、全て枯れ果てていた。午前中のうちから降り続く小雪がうっすらと積もり始めている。窓というものは存在せず、枠やレールごと誰かに持ち去られているようで、庭に向かって口を開けた空間はそのままリビングへとつながっている。こちらも、金目か資源になりそうなものはあらかた持ち去られていて、散らばるのはゴミばかりだった。真新しい小ぶりの靴跡と動物の足跡は、アンナとイヌのものだろう。二十畳前後の広いリビングの先に対面キッチンがあった。食べ物が腐ったにおいと公衆便所のにおいが入り混じった、鼻の奥を突き抜けるような刺激臭が屋内に滞留している。キッチンの奥はそのまま勝手口になっていて、やはりこちらもドアはなくアンナの姿も見当たらないことからそのまま通り抜けたのかもしれない。イリキも、その後を追うというよりにおいと敵から逃げることを主眼に一挙に部屋の中を駆けた。勝手口を通り抜けると、卒塔婆のような木柵が連なった境界を挟んでまたしても目の前に民家の背面が立ちふさがる。迷路じみた住宅街だ、と思った。アンナは、その角のあたりで通りを窺っていた。イリキはアンナとは真逆の方へと進んで索敵をし、安全を確認してからアンナの背後に移動する。どこからともなく、黒煙が風に乗って漂ってきた。敵の砲撃か何かのせいでこの宅地のどこかで火の手が上がっているのだろう。全体を見渡すことも新たな情報がもたらされることもないから定かではないけれども、どうも戦局はこちらに優勢である気がした。この建物の向こうは、山縣と交戦した一団が往来していた通りだ。安全確認の折、ほんの少しの間だけそちらを見てみれば民兵が意気軒高とばかりに走り回っていた。少なくともこの通りに関してだけいえば、敵から取り戻したわけである。

「行こう」

イリキはアンナを追い越して小路へと歩みを進めた。すでに相当数の民兵が駒場通へと駆けている。寒冷地であるからだろう、灯油を保管するための巨大なタンクが家の外壁に併設されていた。その部分は、隣地との境界が異様に狭くなっているために身体を横にして進まねばならなかった。据銃もままならないため、もしこんなところを敵に見つかればたちまち蜂の巣にされるだろう。

家と家の間を抜け、小路に出るとそこかしこに死体の山が築かれていた。戦闘はまだ終わっていないにも拘わらず、十歳にも満たないであろう子供が一人、死体を漁っていた。麻でできたズダ袋はぱんぱんに膨れ上がっていた。警備隊よりも現地人の死体の方が圧倒的に多い。警備隊員は、ヘルメットもボディーアーマーも剝ぎ取られ、出動服だけになっている者も少なくない。イリキはそんな小路を進んだ。駒場通では、ＭＣＶが鎮座している。ただ何かしらの攻撃を受けたためか、微動だにせずハッチも開け放たれている。何人かの民兵がそれを盾にして北側に向かって射撃と遮蔽とを繰り返していた。それまでアンナの傍らにくっついてとぼとぼと歩いていたイヌが、二人を追い越して駒場通のほうへ駆け出した。動物の足の速さに舌を巻いた。通り沿いの歩道に飛び出すや否や、イヌは左へと曲がってその姿を消した。二人も駆けに駆けたが、駒場通に出たとき、イヌの姿はもうどこにも見当たらなかった。歩道も車道も広い。先ほど小路から見たMCVはやはり車体後部に人の頭ほどの穴があいていて、その周りが熱で黒ずんでいる。近くまで来てみると、無数の傷が車体のあちこちに付けられているのが分かる。小銃弾を弾いた跡かもしれない。反対側の歩道に人だかりができていた。四、五人の男たちが何かを取り囲んでいるようだった。北へ向かいながらも横目でそれを眺める。その隙間から地面に転がる紺色のものを目にした時、あの連中は死体を足蹴にしているのだ、と気が付いた。通りの向こうということもあったのでだいぶ距離もあり、本当は生きているのかもしれなかったが、仮に生きているのだとすればより絶望的な状況だ。イリキは、自分があの光景を絶望的と認めながらも、それはあくまでも事実としての認知に留まっていることに気が付き少し驚いた。なんの感傷も起きなかったのだ。あるいは、帯広の売店ですれ違った隊員であるかもしれない。そうでなくとも帯広という場所で同じ空気を吸っていたであろうことは間違いないはずであるにも拘わらず、もはや何も感じなかったのだ。自分のある部分の器官が明らかに停止している。今は感度の上がったセンサーとしての知覚と駆動する機械的な肉体があるだけだ。センサーから得られた情報を取捨選択して行動を決定する司令塔として存在することに限り、自我が許容されている。自我は肉体に指示を下してそれが行動に移る。ただそれだけだった。

少し進むと、通りがヘアピンカーブとまではいえないまでも、それなりのR値で湾曲していた。

屈曲部の頂点あたりに信号のない交差点があり、その四隅に人だかりができていた。戦闘に投げ込まれてから、特定の場所に人が集まる理由は一つしかないことをイリキは知っていた。要するにそこが安全地帯なのだ。多分、いや、確実にあの曲がった先には敵がいる。それも一人や二人ではないだろう。交差点の北西側の角は、二階建ての個人事務所らしき箱型のコンクリート建造物で、残りは民家だった。イヌは見当たらない。

「おい、手が空いてるやつはおれとこい」

後ろから、よく響く若い男の声が聞こえた。それに続いて巻き舌調で単語のつながりが分かりにくいロシア語が続く。多分、男の声を翻訳したものだろう。振り返ると、この戦闘に突入する直前に山縣と話していたあの男がいた。目が合った。男は、自分の右肩の方へ顎を寄せるようなしぐさをした。こっちに来い、と示しているように見えた。なぜだか従わなければならないような威厳を感じた。アンナは眉根を寄せて反抗的態度を取った。

「戦力の多いところにいたほうが安全だし、集団の方が見つけやすいとおもう」と、アンナにそれらしい理由を言ってみたが自信はない。本当は思考も感情もなく、ただあの男に命ぜられたから引き寄せられるようについていっただけなのかもしれない。危地にある時、具体的な指示ほど恐ろしいものはない。どういう結果になるかより、まず指示に従って、そして自分の思考を放棄してしまいたくなるからだ。多分、おれはそうしている。イリキはそう思った。

ぱらぱらと周辺から装備も人種も性別も違う集団が男の周りに集まってきた。通りに面した月極駐車場に二十人前後の民兵が、男を中心としてゆるやかな円陣を組むみたいに集う。男の隣には、Ｋ－１ファイターのごときロシア人がいた。多分、男の指示をロシア語で伝えていた通訳だろう。通訳という肩書は、しかしあまりにも不釣り合いだった。この通訳もまたチェストリグとAKで武装していて、先のとおり身長は二メートル近くあり、がっしりとした体格だったからだ。鋭い目つきで、下から睨むようにして集まってきた面々に一通り視線を走らせてから、男はまず名を名乗った。中谷《なかや》というらしい。となりにいるのはやはりロシア人で、こちらも名乗ることは名乗ったが、イリキにはその名前をはっきりと聞き取ることはできなかった。「ヴ」とか「リ」とかそういう音が入っていたかもしれないけれど、人の名前としてつながった音にはならなかった。

中谷は、それから屈曲部のあたりを指さした。

「敵はあそこから二、三百メートル先に展開している」

なるほど、カーブで団子状に固まってしまっているのは、その先にやはり敵がいるからか。イリキは納得しつつ、と同時に一つ疑問が湧いた。

「規模は？」

すぐに同じ疑問を持った民兵が、列中から質問をした。

「一個小隊。装甲車四両、人員三十名前後。そこからさらに北へ二百メートル前後、新橋大通交差点付近に敵の前衛中隊が展開してる」

中谷はそこでいったん状況説明を区切って、通訳に目配せをした。中谷の先ほどの説明がその場で翻訳される。

「こっちが押してる。敵の本隊は釧路中央ＩＣから柳橋通沿いに南下してきてる連中だ。湾岸からの侵攻は撃退したが、外環から回り込んできた方はどういうわけか止まらん。おれたちは今からこいつらを追い返す。まずは駒場通沿いの一個小隊だ。通りの左右から、宅地の中を浸透していって挟撃する。北側の方にはもう仲間が集結してる。これが終わったらすぐに出発だ。それぞれの間隔は三メートル以上あけろ。密集すると死ぬぞ。ロケットとか無反動砲を持ってるやつを守れ。そいつが死んだら使える奴が装甲車を狙え、いいな」

通訳が中谷の長広舌を翻訳している間、中谷は小銃の点検をし、それがすむとはじめの時と同じように民兵の顔を一つ一つ確認していた。目が合った時、中谷の表情が若干変わったように感じられた。一秒に満たない時間で民兵の価値を値踏みするみたいに睨んでいたが、自分の時だけその時間が少し長い気がした。理由は単純だった。おれがこの土地の人間じゃないからだ。自分には分からない。でもこの男にはなら多分分かる、おれがまとっている何かが民兵とか労働者とか廃人とか、この土地固有の人間のものとは違うのだ。それをなんとか覆い隠せているのは、しばらく山で暮らして街に出てからすぐに戦闘に投げ込まれたからだろう。要するにこの薄汚さが故だ。疑念に転じるすんでのところで、中谷は次に移った。

通訳の翻訳が終わると、「出発」と大音声で命じた。中谷を先頭に、一団はわっと駆け出して駒場通と並走する脇道の方へと進む。脇道に入る直前、中谷は小銃を上空に向け、連発して射撃をした。何人かがつられて、中谷の真似をした。あるいは、これが通りの反対側にいる仲間への合図なのかもしれない。通り沿いの建物は、宅地ばかりでなく、雑居ビルやコンビニや商店などが増えてきていて、それまでの全体的に高さの変わらないのっぺりとした市街の様相が徐々に起伏をつけていた。その一方で、一本裏手に入るとやはりあの低層住宅街が広がっている。中谷を先頭にして進む一団は、今その道を進んでいる。路地というほど狭くはないが、広くもない、そんな道だった。風雨にさらされ錆びつき、朽ち果てた軽自動車が道路の中央で横倒しになっていた。駒場通がカーブしているため、自然、裏手の道もそれに従わざるを得ない。イリキも小走りで集団についていたが、まもなく弧をなぞりきるというところで先頭を行く数人の男が糸の切れた人形みたいにして突然地面に倒れ込んだ。彼らが倒れていく軌跡は被弾した肉から迸《ほとばし》る赤い液体によって示された。敵も当然ながら通りの左右に展開していたのだ。イリキは道から逸れて、建物の中をその進路とした。人の家というやつは、どうしてこうも方向感覚を狂わせるのだろうか。ある家では勝手口からリビングに繋がっていた。またある家では一階部分に複数の部屋があったかと思えば、別の家では出入口が倒れる家具で塞がってしまっているために窓から這い出さなければならなかったりした。息が上がってくる。小銃が邪魔でしょうがない。一帯を駆け回っているうちに、敵を見失い、仲間からもはぐれてしまった。その末に辿り着いた建物は、もう民家ではなかった。通用口と思しき鉄製の扉を抜ける。左手はすぐ壁になっていて、右手にはロッカーがずらりと並んでいる。扉が開け放たれているのは誰かが盗みを働いたからか。足元に転がる衣類や靴は埃に埋もれている。廊下のような部屋のような奇妙な空間だった。多分ロッカールームか何かだと思われた。目の前にはまた次の部屋へと連なる長方形の空間が空いているが、ドアそのものは床に倒れていた。そこを抜けると、家具や水回りだとかの展示スペースが現われた。ここはかつてショールームか設計事務所だったのかもしれない。ただ今のイリキにとってそんなことはどうでもいい情報で、この建物の構造が危険極まりないということに意識が集中する。この建物は、イリキが入ってきた背面と隣接する左側はコンクリート壁となっていたものの、残りの二面は全面ガラス張りで、しかもここは駒場通に面していたのだった。引き返すかどうかを逡巡している余裕すらないまま、イリキは左手にある、まるでコンクリートから自生してきたかのような階段を駆け上った。もちろん上のフロアもこれまで見てきた廃墟の例にたがわず、足が片側二本しかないテーブル、床に散らばったガラス片、水を含んでぶよぶよになったフロアマット、鼠の死骸、千切れた配線というものが散乱していた。幸いというべきは窓が腰より上の高さであるということくらいだろうか。

イリキは姿勢を低くして窓際へと寄っていく。砲声と銃声と絶叫がすぐそばから聞こえてきて部屋の空気が振動するのは窓ガラスがないからだ。窓際でくるりと背を通り側に向けてコンクリート壁にぴったりとくっつけ、頭だけを横にしてゆっくりと外を見やる。通りの中央にあるWAPCは、いつだかに見たそれと同じようにコンバットタイヤを吹き飛ばされ、開け放たれた上部のハッチから煙が立ち上っている。煙の奥の方に赤い炎が小さく揺らめいているのが見えた。見覚えのある光景だった。戦闘はこんな風に、同じ時空間をループさせる錯覚を幾度となく惹起させてくる。イリキが見ている間に、猛スピードでWAPCがバックしてきた。車体の四方で火花が散っていた。ロケットによる攻撃が四方八方で始まると、道路上にクレーターが出現し、その爆風と振動で通り沿いの建物が倒壊したりした。着弾する時、閃光がぱっときらめいた。飛行機雲のような白い噴煙が発射地点と着弾地点とを繋ぐ。民兵たちがそこかしこの路地や廃屋からロケット砲を放っていた。イリキは壁に背を押し付けたまま、両手で頭を押さえた。爆風と噴煙がここまでやってきたのだ。一階と違ってこのフロアの左右には窓がないため、眼下の道路以外のどこに着弾したかは分からない。建物全体が揺さぶられ、天井から埃が大量に降り注ぐ。

「早くこい」

どこからか声が聞こえてくる。反響の具合からして、多分同じ建物の中からだ。

イリキははたと我に返り、頭を守るために覆っていた腕を解いて抱え込んでいたAKを手にする。

「重いんだよ」、という誰かの返事。

二人いる。遮蔽物がどこにもない。もう何も考えるな、と自分に命じ、片膝を床に、もう一方の膝は立てて、その上に左ひじを乗せて小銃を構える。イリキの位置から狙うと、ちょうど階段を登り切ったところで敵の姿が露わになる。一人を撃ち殺したら即座に階段の真上から撃ちおろす。そう算段をつけたところ、登ってきたのはジャージにダウンジャケットを羽織った坊主頭の中年の男だった。つぎはぎだらけのリュックはモザイク模様のようだった。肩からは、電動工具そっくりの短機関銃がスリングで吊り提げられている。

「あっ」と声をあげたのは二人同時だった。視線を交わしたが、互いが互いとも敵ではないと即座に認識し、イリキも銃を下ろした。

男は登ってきた階段を振り返りながら「早く来い」ともう一度怒鳴っている。

続いてやってきたのもやはり男で、とはいえ先に来た者よりもずっと若く見えた。ひょっとすると、十代中ごろとかそれより若いかもしれない。スリングを首に回して提げているのは無反動砲だ。見覚えのある形状だった。

「重いんだよ、そんなに早く動けないよ」

少年は男に急き立てられながらも窓際までやってくる。

「あんた、援護射撃してくれよ。おれの銃、集弾しないんだよ」

先に来た中年が隣にくるなり、懇願するように言う。イリキは返事をせず、うなずいただけだった。イリキはもう一度外を眺める。道路上には、警備隊員が街路樹や廃車や舞い戻ってきた自軍の装甲車を盾に戦闘を続けていた。距離は、一番遠い者でも百メートルもないだろうと思われた。どうにでもなれ。イリキは半ば自暴自棄になっていた。身体はとっくに限界を迎えている。周りがどれだけうるさかろうと、その辺に身を投げ出せばものの数十秒で眠りに落ちることができるに違いあるまい。それでもおれはこんなところにいる。あいつらに請われるがまま戦おうとしている。そして不思議なことに少しもそれを疑問に思わないでいる。戦闘は、一度始まってしまえば目的も何もかもがなくなってしまうものなのかもしれない。戦う目的なんてはじめからないのかもしれない、とすら思った。戦う目的は、きっと戦い以外ないのだ。

イリキは、気が付くと銃床をしっかりと肩に引き寄せて狙いを定めていた。引き金を引き絞ると、米粒大の紺色の人型のシルエットが地面に倒れる。あの男にスイッチか何かがついていて、その電源が落とされたような倒れ方だった。すぐに応射がやってきた。その場にいた三人ともが床に突っ伏す。隣の二人は、あわてて無反動砲をいじくりまわして、中年の方は砲弾を砲身の後ろから装塡していた。

「よしいいぞ」

男が、装塡と同時に少年の尻を二度ひっぱたくと、尻尾を踏まれた猫よろしく少年は窓にすっ飛んでいき、照準らしい照準もせずに窓際ぎりぎりで敵を探していた。

イリキは思い出したように「やめろ」と大声を上げた。

ロケット砲と違い、無反動砲の砲声はすさまじく、フロア全体の空気を押しつぶした。耳の奥が痛い。音が遠のき、噴煙で部屋が真っ白になっていた。耳目を塞がれたために、自分が今どういう姿勢でこの場所がどうなっているのかまるで分からなかった。徐々に音が返ってきたとき、最初に耳に入ったのはうめき声だった。おれはなんであの子供が撃とうとしたのを止めたんだ、と自問をするうちに、幹部候補生学校時代の記憶がよみがえり、バックブラストという単語がやってきた。そうだ、無反動砲の、発射方向の真後ろには危険区域があるんだ、ということを思い出した。砲身の後方から扇状に広がるその半径だとか距離だとかは卒業と同時にすっかり忘れ去ってしまったが、あの中年は確実にその中にいた。耳にした苦悶の声は、高熱の噴煙を一身に浴びた男のうめき声に違いない。

白い煙が消えていくと、案の定中年男は床に倒れ込み、自分がどうなっているのかもわからないままただ身体を左右に揺すっていた。ジャージの膝から下は元のままだったが、それより上は黒こげになっていた。ダウンジャケットは高熱の噴煙によって一瞬で溶けてしまい、溶けると同時に収縮したそれは今や男の肉体と完全に同化してしまっていた。どこが溶けたジャケットでどこが焼かれた皮膚なのかの区別はほとんどできない。頭の位置が分かったのは、ただシルエットによってである。頭と呼ばれていた部分は全てが炭のように黒くなっていて、男が呻いて口を開けるときにだけ口中のピンクが卑猥な感じで露わになった。おれはどうしてこんなところにいるんだ。今すぐ帰りたかった。ここでなければどこでもいい。すぐに男は何も言わず、身じろぎもしなくなった。石油製品を燃やしたときの不快なにおいに混じって、油を焦がしたような、肌にまとわりつくいやな感触とにおいがやってくる。あのにおいだ。

少年は、かつて人間だった残骸を間近で見るなり、無反動砲を投げ出して脱兎のごとく逃げ出した。制止しようとしたが、喉が燃えるように渇いていて声が出せなかった。さっきのバックブラストのせいだ。イリキも後を追って一階に降りたが、少年の姿はもうなかった。

銃声が遠いのは耳のせいではない。戦闘が遠ざかっていたのだ。通りには、彼我《ひが》入り乱れた死体がごろごろと横たわっている。

イリキは、ひりつく喉の渇きをぐっとこらえて、周囲を警戒しつつ一歩一歩通りへと近づいていく。WAPCは、通りの真ん中でまだくすぶっていた。サスペンダーと弾帯をつけている男の死体が、道路中央の縁石に覆いかぶさるようにうつ伏せに転がっているのを見つける。腰のあたりには水筒《キャンティーン》がついていた。戦闘はまだ完全には終わっていなかったが、少なくとも自分の周りの脅威は下がったように思えた。イリキは意を決して道路中央まで駆け、その民兵の死体の横で両膝を折る。弾帯に装着されている水筒のカバーをはがして、中から銀色の水筒を取り出す。亀みたいな形の、古臭い水筒だ。その重みからまだ半分程度は飲み物が入っていると思われた。すぐにキャップを回して顔を上向きにするのと同時に水筒にしゃぶりつく。カルキ臭のひどい、にがみのある水だったが構わない。後で腹を下すかもしれないとも思ったがそれも構わない。飲まないと死ぬ。そう思った。

イリキは、飲み終わってもなお口を開けて水筒を上下に振って最後の一滴まで飲もうとした。中身が完全に空になったのを認めるのに時間がかかった。水筒を投げ出し、膝立ちの姿勢から正座のような姿勢に、そこから足を崩して地面に尻をつく。もう動きたくなかった。降りしきる雪は強さを増している。死体や廃屋や打ち捨てられた小銃などに、ゆっくりと積もっていく。まだ残敵がいるかもしれないから本当はこんなところでうなだれてる場合ではないことは十二分に承知していたが、もう身体が言うことをきかず、何かものを考えるのも面倒だった。コンクリートが冷たい。体温で溶けた雪が航空服を濡らす。南の方から車の音が聞こえてくるが、それでもなお動く気にはなれなかった。顔だけをゆっくりとそちらの方に向けると、少し先に、はじめにいたカーブが見えた。思っている以上にずっと近い。通り沿いには朽ち果てた二両のＷＡＰＣと倒壊した民家が道路を半分ほどふさいでいる。街全体からのろしのように黒や白の煙が立ち上っていた。そんな道を、ゆっくりと白いバンが進む。年式の古い、角ばった形状のハイエースだ。敵ではないだろうと踏んだイリキは、いよいよ逃げる気力をなくした。

ハイエースは、破壊された装甲車とか倒壊した家屋とか横たわる電柱とかを避けるのに、縁石に乗り上げたり歩道に進入したり死体を踏みつけにしながらこちらに向かってきた。

中央分離帯の縁石を挟み、イリキの目の前に差し掛かったとき、車はなぜか止まった。

運転席側のウィンドウがゆっくりと下がる。

「イリキか？」

窓から顔を出したのは、なんと山縣だった。二人は、しばらくの間互いの顔を見合った。どれほどの時間そうしていたかは分からないが、短くはなかった。山縣が「乗れ」、と言ったところでその奇妙な沈黙は終わった。

イリキは重い腰を上げ、車に乗り込んだ。

5 標茶

運転席には山縣が、助手席にはアンナが座っていた。

イリキが乗り込むと同時に車は発進したが、道路状況は先の通り死体や障害物が山積しているために思うほど速度は出ない。

かつてこの車は商用車か何かだったのだろう、イリキが今座っている座席は一つ一つが独立しているものではなく一列に連なっており、ヘッドレストやひじ掛けも当然備わっておらずましてやリクライニングなど望むべくもなかった。段差を踏み越える際は、硬いシートを伝って突き上げるような衝撃がきた。

市街地には、民兵や避難民がまだかなりの数で混在している。道行く人々は早速にそこここにある武器や使えそうな物資を漁ってはどこかへ持ち去っていく。時折、エンジン音の隙間からこだまする銃声が届いた。戦闘は完全には終わっていない。ある部分は激流が、ある部分は静寂が支配するこの感じは水の流れに似ている、とあの戦いのさなかで感じたことをイリキは思い出す。

昂っていた神経が落ち着いてくると、どっと疲れが押し寄せて来た。イリキは、だらりとシートの真ん中あたりに半ば寝そべるようにして座っていた。窓の向こうを流れていく景色は相変わらずの廃墟群だ。

イリキは、はたと思い出したように身を起こし、後ろを振り返った。後部座席の後ろは広い荷台になっていて、そこには見覚えのあるリュックの他に、いくつかの小銃と弾倉、警備隊の物と思しき個人装備が乱雑に散らばっている。

いない。

次いで、運転席と助手席の間から頭を突き出して左右を見やる。山縣もアンナも特段反応はせず、片や運転に集中し、アンナはアンナで頬杖をついて窓の向こうをぼんやりとみているだけだった。

やはり、イヌがいない。

イリキは自分の席に戻り、今更ながらハンドルを握る山縣の両手が赤黒く血濡れているのを認めた。フロントガラスの右上のあたりには、小さな穴と蜘蛛の巣状のヒビがある。弾痕だ。イリキは、はじめ強まる風雪のためにできた氷か何かかと思ったが、違った。他にもシートや車体の少なからぬ部分にそういった穴が空いていた。

特に二人に訊きたいことはなかった。あの状況だ、何があっても不思議じゃない。人間ですらあっという間に肉塊になってしまう空間だったのだ。

イリキのそんな心中を察するように、進路を見据える山縣が「流れ弾だ」とだしぬけに言った。

「あいつがアンナを連れてきて、お前を探してるところで誰が撃ったかもわからん弾に当たったんだ」

山縣の話を聞くともなく聞いた。激しい衝突のあった場所からはそれなりに離れていて、周囲には掩蔽《えんぺい》に適したものも点在していたにもかかわらず、イヌはどこからともなく飛んできた弾を首のあたりに受け、ほとんど即死に近い状態だったということらしい。

まただ。

イリキは思った。また自分は決定的な瞬間に居合わせることができなかった。無力感に苛まれるが、かといってその場にいたからといって自分になにができたとも思えない。この十重二十重に覆いかぶさる思考がより一層自分の無力さを掻き立てる。車内に沈黙が訪れる。

車は釧路中心部から離れていっているのであろうが、廃車が横一線に並んで道路を封鎖していたり、いかにも暴力的であろうことが見て取れる武装集団がたむろしているのを避けているうちにどこを走っているのか分からなくなった。いつの間にか幹線道路らしい大通りに出た。山縣がはじめからこの道を目指していたのかは知らない。左右には背の高いマンションが建っている。都内で見かけるようなタワー状のそれではなく、幅の広い壁のような印象を受ける構造だった。そのうちの一棟、赤茶けたレンガ風のマンションの真ん中だけが黒ずみ、部分的に崩落していた。火の手も煙も上がっていないのを見ると、十年前の紛争時のものと思われた。むろん人気《ひとけ》はなく、しかし崩落部分以外は時間が止まっているようで、かつての生活の名残り——廊下に置かれた子供用の自転車、傘立て、ベビーカー等々——をとどめている。少し離れて見ているぶんには、あのマンションにずらりと並ぶドアのうちの一つが開け放たれて小学生が飛び出してきても違和感を持ち得ないほどにその当時のままの姿で放置されている。一つの建物に、何かが起きる前と後とがすっかり同居しているのは、恐ろしさよりも寂寥感の方をなぜかもっとずっと呼び起こす。

道路側に傾《かし》いでいる街路灯に張り付けられたプレートに目が留まった。どうも今走っている道路は『国道44号線』という名前らしく、この辺は海抜が0・1メートルしかないとのことだった。街路灯の根元には、道警のパトカーが突っ込んでいた。パトランプもガラスもことごとく割れている。降りしきる雪は、車内のシートをも白く塗りつぶそうとしていた。

釧路川沿いに国道を北上していくと大きな交差点にぶつかり、そこで山縣は大きくハンドルを右に切る。車は釧路川にかかる橋を渡ろうとしていたが、すぐに停止した。

「だめだ」

山縣はそう言うなり、車を後退させながらせわしなくハンドルを回し、Uターンする。

イリキはゆっくりと回転していく窓の向こうの景色を見た。橋が崩落していた。車はまた元の道に戻って川沿いをさらに北上した。

「なあ、暖房ついてる？」

車内の妙な沈黙にも寒さにも我慢しきれず、イリキは運転席と助手席の間から頭を突き出してセンターコンソールを検《あらた》めた。

「ついてるよ」

山縣がうっとうしそうに答え、「穴だらけだからあったまんねえんだ。後ろにいくつかジャケットあるからそれでしのいでくれ」と続けた。

山縣のいう通り、確かに暖房はついていた。イリキは自席に戻り、今度は背もたれから身を乗り出して荷台を物色する。小銃や手榴弾など物騒なものがそこら中に転がっていた。もちろん弾倉は抜かれていたが、忘れていた緊張が一瞬だけよみがえった。

　イリキはそうしたものの下敷きになっているジャケットを見つけて引っ張り出した。見慣れない迷彩パターンのジャケットだった。緑と黄緑で構成されるドット柄のものだ。苔のように見えなくもない。赤茶けた染みが襟のあたりについていて、ひょっとすると血痕かもしれなかったがずいぶん前についたものらしく軽く手でこすっただけでは落ちない。左肩にすり切れて色褪せたロシア国旗が縫い付けられている。

　背に腹は代えられないというのは、こういうことを言うのかもしれない、とイリキは心中苦笑する。

　歴史的にも因縁があり、かつ現在も二国間の領域の境界上で闘争を繰り広げる相手陣営の制服を、曲がりなりにも日本の国防組織の一員たる自分が身にまとうことは、本来心理的な抵抗が惹起されてしかるべきだった。ただ、そういう国家システム由来の潔癖性は現実の寒さの前には毛ほどの価値も持たないことを、今まさに身をもって知った。いや、毛ですら寒さを遮る力がわずかばかりはあるのだから、国家の理念というやつは少なくとも積雪寒冷地ではクソの役にも立たないのだろう。

　イリキはそう思いながら袖に腕を通した。さすがロシア軍謹製というべきか、相当くたびれているジャケットではあったが着てみるとかなり保温性が高かった。キルティング風のインナーが気密性を保っているらしい。首元のファーはへたっていて、乾いた雑巾みたいな肌触りだった。

　暖を取ってから、イリキは誰に言われるでもなく足元に転がっていたダクトテープでもって車内の穴を塞いだ。

緊張が疲労に転じ、いつの間にか疲労は奇妙な平安に変じた。それでもまだ自分の中で自分がばらばらになった感じがしている。駐車場や雑居ビルで人を殺したときの映像が幾度となく繰り返されているが、まだそれについて何も感じられない。感じる瞬間が訪れることを思うと怖かった。

「お前に会えたし仇も取った、だいじょうぶ」

倒壊していない橋を見つけ、それを渡ると丘陵地帯に宅地が現れた。徐々に家々の間隔が開けてくると、周囲の景色は山野に変わった。車内の静けさがより一層際立ってから、アンナが唐突にそんなことを言った。

「なんのことだ?」

「イヌだ」

山縣は深いため息をつき、「ああ」、と返事をする。後部座席からでは表情は分からない。

「コイツ、バカな行動した。二回もだからだけど」

アンナはだしぬけに、またあの話題をめちゃくちゃな語順の日本語で蒸し返す。

「おれは」

イリキはとっさに口を開いたが、言うべき言葉が見つからずにまた押し黙り、外の景色に視線を移した。雪が積もり始めている。上空の雲はどす黒いまでになっていて、当分はやみそうになかった。この調子でいけば、この辺りの景色はすっかり白一色になってしまうだろう。

おれは本当にバカなことをした。

イリキは思った。すぐ後にそれを打ち消すように、おれは正しいことをした、と反駁するが自分自身でそれを信じ抜けない。

「クスリと引き換えに子供を売ろうとするのが許せなかった」

ようやくひねり出した言い訳がこれだった。

「欲しいものと大切なものを交換するやつはクズだ。そんな奴、関わっても無駄。山縣は関わるなと言った」

アンナはすぐさま強い言葉でそうかぶせてきた。

二人はあの時あの場にいなかった。子供を売り飛ばそうとした女を殺したのはおれじゃない。さっきの言葉でいうところの許せない対象だった女は、自分が行動を起こしたときすでに殺されていた。おれは、本当は何かにあぐらをかいている連中が許せなかったのだ。おれはあいつらの中に自分を見たのだ。そこまで考えた時、本来死ぬべきは自分だったのではないか、とイリキは気が付いて言葉を失った。欲しいものと大切なものを等価だと見なしているというアンナの叱責は、薬物と家族を交換しようとした女に対してのみならず、自分にもまた通用する。譲れない何かを別の集団に体現してもらおうとしていた自分、きっとそういう体質であったであろうあいつらに向けられた怒りの発露は恐ろしく空虚だ。大切な自分を国家だの暴力集団だの別の何かに体現してもらおうなんて、薬物に溺れているのと変わらない。おれが取り戻すべきはおれ自身なのだ。

「犬には仇も何もないだろ」

二人のやりとりなど歯牙にもかけないで、山縣は軽く受け流す。

「そんなことない。鹿も犬もライチョウも自分の仇を知ってる」

山縣は鼻で笑い、「こいつを食おうとした熊は恨みつらみなんて微塵も考えていなかっただろうよ」と言って後部座席を親指で指し示す。

「だろ?」

ここへきて初めて、山縣がこちらを振り向く。想像していたよりもずっと快活な表情だった。努めてイヌの死を気に留めないようにしている風にも見えなくはない。

イリキは、図体の割に小さな頭と口を持つあの毛むくじゃらの怪物のことを想起し、身震いした。細長い口が開け放たれ、ねばつく唾液をまき散らしながら咆哮するあいつは、熊なんかという生き物の種別の名前はそぐわない。紛うことなきモンスターだった。あいつは山縣のいう通り多分記憶と連結した感情なんて持たず、もっと別の仕組みで動いていた。ただその線でいくと、いつぞやの山で屠《ほふ》った鹿もまたそういう仕組みの下に置かれている気がしてくる。そうすると、確かにアンナの言うように生き物は人間とは違う仕組みで憎しみや世界を認識している可能性もあるのかもしれない。

「違う、ティヤタアギィを縛り付けてひどい見世物をしてたからああなったんだ」

アンナはイリキの思案などよそに言葉を続ける。

「あいつはあいつの仇を持ってた。だからコイツもイヌも殺さなかった」

「なんだって?」

「グラウンドで、山縣が鎖を撃った。それから熊が襲った。それはサルダートだった。コイツじゃない。イヌじゃない。サルダートだった。だから熊は熊の敵を知ってた。違うか?」

「いや、そうじゃなくて、ティなんとかって、なんて言った?」

「日本語で名前知らない。森の者、みたいな。サハは、森の中でクマのことをクマと呼ばない。そういう風に呼ぶ」

それからアンナは続けてサハ時代の思い出話をいくつかしてくれた。サハでは女を狩りに連れていくことはないが、一度だけ父親に連れられてコビャイにある森に入ったときのことだ。父親は森に入る前に焚き火をしてウォッカを、まだ陽の昇り切らない空に向かって掲げた。何をしているのかと訊くと、バィアナイに祈ったと答えた。それからクェレクフマスに祝福をして狩りに出た。すぐに巨大なヘラジカを仕留めて帰ってきた、という話だった。

アンナが話をしているうちに闇夜が深まり、街灯なんてもちろんないので山縣はヘッドライトを点けたが、どういうわけか片一方しか点かなかった。ライトの光が吹きすさぶ雪の中で四方に拡散して、かえって前は見づらくなった。

そういう道中であっても、さすがに狩りのこととなると山縣はいくらか関心を抱いたようで、「なんかよくわからない単語があったが」ともう一度アンナに水を向けた。

「狩りのボスに祈って、森に入る前は、」

アンナは一度そこで空気を呑み込み、思案するように首をかしげる。ぼそぼそと一人で確かめるように日本語とどこかの国の言葉をつぶやいている。

「森に入る前は、神さまの木に祝福をするんだ」と得意げに言った。ひょっとすると彼女なりにこの翻訳に満足しているのかもしれない。

「お前、それ作り話か？」

反問する山縣の声音はなぜか重い。

「なんでそんなこと言う」

　アンナはむっとした。

「ほとんど似たような話を昔川瀬さんから聞いたんだよ。適当コいてそれっぽい話をしたんじゃねえかって」

「なに？」

　アンナは目を丸くしてやや驚いているようだった。

「教えろ。その似た話。私が確かめる」

「いや、これも川瀬さん本人の話じゃなくて、平取《びらとり》の老人から」

「いいから」とアンナは遮ってせかした。

「いや、だからな、平取の方にいたアイヌの老人のこれまた昔話だから、それこそ昭和の頭の方の話だろうけどさ、狩りのために山に入ってすぐ、きれいなミズキがあったから、狩りがうまくいったらこの木でイナウを作って送ります、獲らせてくださいって祈って、そしたら狩りがうまくいったっていう話だよ」

「ミズキとイナウってなんだ？　それと神様がなんで関係ある？」

「おれもアイヌじゃねえからよくは知らねえよ。イナウっつーのは神様がもらってうれしい贈り物で、ミズキの木で作ったイナウは、神の国に行くとゴールドになるとかそんな話だったな。川瀬さんと山に行くと、必ずそれらしい木に目印をつけて黙ってるときがあったから、多分あれはあれで祈ってたかなんかしてたんだろうな」

「あんまり似てないだろ」

アンナは一通り聞き終わってから、やはりむくれた。

二人はその後もしばらくその二つの昔話が似ているか似ていないかの水掛け論を繰り広げた。イリキは、考えるのをやめようと決めた。この民族説話が環境への適応について共鳴的なエピソードを離れた場所、民族にもたらしたのだとか、翻って現代ではこうした伝承の中に埋め込まれた適応のヒントが科学技術の進展によって没却されて、しかしかえってそれがごくごく単純な自然の摂理に足を掬われるのだとかいう教訓を引き出そうとし始めていたからだ。多分、やっている当人たちにとってそういう信仰なり行為なりに教訓の意味は込められていない。行為そのものがそのまま目的になるような、そういう場所に彼らはいる。意味から逃れたいと思い、そしてその思いが鎌首をもたげること自体、すでに自分が意味にとらわれていることの証左なのだ。だから共鳴を観察したり教訓を分析したりする行為を重ねれば重ねるほど、平取なりコビャイなりに住まう人々から遠ざかっていく。

だからもう考えまい、とイリキは決めたのだった。ロシア軍のジャケットは、ヘルメットをつけたままでもかぶれるようにかなり大ぶりなフードがついていて、かぶると鼻の辺りまで下りてきた。車の振動と二人の会話が溶け合い、イリキはしばらくの間まどろんだ。会話は音となって耳に届きはしたが、何を話しているかまでは意識に上らない、そんな具合だった。

「おい、起きろ」

寝てはいないつもりだったが、車が停止していることにイリキは全く気が付かなかった。イリキを揺さぶる山縣の手が肩におかれている。エンジンはまだ駆動している。冷気が車内になだれ込んできた。

「手伝え。来い」

イリキはあくびを嚙み殺し、小さく伸びをしてから車を降りた。車は通りから逸れ、山中に入り込んでいた。とはいえ、かなり奥というわけではなく、後ろを見てみると暗がりの中でかすかに舗装路らしきものが見える。未舗装の山道は、電線の点検か山の整備のためか、ちょうど車一台分の轍《わだち》があった。その形状に合わせて雪も積もっている。左右の木々は常緑針葉樹で、枝葉が降雪を遮っていた。そのためか、木の根元のあたりには茶色の部分がまだら模様に残っている。

「誘導してくれ」

山縣にそう言われてもなお、イリキは辺りをぼんやりと見渡していた。空は、木々に遮られて見通せない。

「なにを？」

「車だ」

「どこに？」

「見えるか」

山縣は、隻眼のヘッドライトが照らす先を指さす。イリキは目を細め、少しだけ前に進んだ。うっすらと、木と木の間隔が開けている部分があった。

「あそこに車を隠す。今日は車中泊だ」

イリキは指し示された方へとゆっくり向かっていく。ジャケットのおかげで上半身は暖かかったが、それ以外の部分は水に浸かっているのではないかというほどに冷たい。雪は柔らかく、まだ足の甲程度にまでしか積もっていなかったので歩くのにさほど支障はなかった。ただ、道路上の木の根や穴などをも塞いでしまうから躓《つまず》くことがあった。

しばらく行くと山縣の言う通り、なんとか車が入れそうな空間があった。イリキは地面を確かめるべくその中へ入っていく。天然の駐車場ともいうべき空間は、切り株などの障害もなく、地面も比較的平坦だった。開けているということは、降雪を遮る枝葉も薄くなっているということで、ここだけ他よりも雪の嵩がある。少し道から外れるだけで、車のエンジン音がほとんど遮られることに驚いた。ヘッドライトの光源は頼りない。イリキは恐怖から急いで道に戻り、両手を振った。イリキを認めたのだろう、山縣は車に乗り込んではゆっくりと前進させる。ぼろぼろのハイエースは、一旦イリキのところを通り過ぎると停止し、ブレーキランプが二つ、ぱっと点灯する。後を追うように白いランプを点けた車はバックを始めた。タイヤが雪を踏みしめる音は、軋むベッドを彷彿とさせる。イリキは木の間隔を確かめながら車を誘導した。予めこの車のために用意されていたかのようにすっぽりと収まった。

車から降りた山縣は、そのまま車体後方に回り込み、後部ドアを開けて荷室からシャベルとAKを取り出した。

「二時間交代で見張りと雪かきだ。最初はおれがやるよ」

「雪かき？」

「車の出入口のあたりと今来た道と、あとはマフラーのところだな。雪で詰まったら一酸化炭素中毒になっちまうからな」

ああ、とイリキは分かったような分からないようなあいまいな返事をした。

それを察したのか、山縣は「ここだ、ここを掘るんだ」と車の後ろに行って、シャベルを地面に突き刺した。排気ガスを出す円筒が小刻みに震えている。

「今はまだかぶさってないけどさ、この調子だとすぐにおっかぶさるだろうから、早め早めにな。あと出入口と道路は無理しなくていい」

「わかった」

「寝てていいぞ、時間になったら起こす。荷台にいくつか銃があっから、手元に置いとけ」

「わかった」

イリキはスライドドアを開けて再び定位置に戻った。背中で、「こりゃ本降りだな」とぼやく山縣の声を聞いた。


仮眠と警戒と食事や用足しと雪かきを三人交代で行い、六時から撤収を開始した。雪は止むことなく、朝になってもなお降り続いていた。辺りの景色は一変していた。

三人で国道にまで至る道を横一線になって雪をどけ、踏み固めていく。

「そういえばさ」

イリキは、雪かきが存外重労働であることを身に染みて感じながら会話を切り出す。

「これから行く、誰だっけ、そのヤバい奴、まだいるのかな、標茶《しべちゃ》に」

「行ってみないとわからん」

山縣はそっけない。アンナは無言だった。

「なんで面識あるんだ？」

「ノモトは牧場をやってて、おれは熊を駆除するのを手伝っただけだよ。森は医者だったからよく子飼いの連中を手当てしてやってたり、森の助手も兼ねてアンナも出入りしてたから、多少はな」

へえ、とイリキは応じるが、釈然としなかった。出発前にアンナが示した反感もよくわからないし、牧場をやっているだけの人物が大悪党であるとも思えなかった。

「こんくらいでいいか。スタックしたら二人で押してくれ」

山縣は車を発進させ、狭く雪深い未舗装路を徐行してやってくる。運転席の山縣は、若干腰を浮かせて左右の轍を確認しながら車を繰っていた。

一度後輪が溝にはまったが、灌木をタイヤと雪面の間に噛ませ、アンナと二人で車を押しながら進めることで脱することができた。

予期していた通りというべきか、国道も一面雪で覆われていた。川から山へ向かって、道路を横切る形で何か動物の足跡がついているくらいで、人の痕跡はこれっぽっちもない。

「この分じゃ今夜か明日には」

二人が乗り込むと同時に車を発進させ、山縣は口火を切る。

「車は走れんな」

事実、車は幾度となく雪に足を取られた。除雪など当然されていなかったから、雪深いところにぶつかると車の前面には山ができた。できるたびに三人は下りて雪をどけた。

そんな調子で車を進めていくと、国道の脇にちらほらと民家やサイロが見えるようになってきた。人が住んでいると思しきところは、部分的に除雪がされていた。そうでないところは建物の形状をなぞった雪像となっている。時たま現れる道路上の雪山は車か何かが埋まったものだろう。

「標茶には、釧路みたいに人がいるのか？」

「人はいるが釧路とは違う」

山縣の説明によると、これまで見てきたとおり釧路は銃器や違法薬物の一大生産地になっていて、日ロ両政府は自国の影響力拡大を狙って、制圧よりもむしろ補給を行うことで勢力争いを水面下で行っていた。それをいいことに両国のみならず東南アジアやはるばる南米からも海路釧路を目指す連中がおり、違法な物資や金品のやりとりがされているとのことで、一転標茶はこの紛争地における数少ない食糧供給地ということもあってそういった危険な取引が成立しようがなく、であればそうした集団も存在せず、よしんばよからぬ意図をもって侵入する者がいたとしてもたちまちノモトの一団に駆逐されるらしい。

一通りの解説の後、山縣はしかし「つっても昨日の一件で色々事情が変わったと思うけどな。なんで警察があんなことしたのやら」と付け加えるのを忘れなかった。

集落を過ぎると、またのっぺりとした雪原が現れ、遠くに丘陵が望める。なだらかに起伏のついた雪原は放牧地か。

車は、段々と標茶に近づいていると思われた。集落や国道の脇に点在していた家々の間隔が徐々に狭まってきていたのだ。また、雪に覆われた部分にも人の足跡や轍が刻まれている。一車線のみではあるが、主要な交通路と思しき部分は除雪もされていて、歩道に小さな雪壁が連なっていた。山縣の言うように、釧路ほどに荒《すさ》んでいる印象は受けない。大型スーパーやドラッグストアやガソリンスタンドなどは無論無人であったけれども、略奪や火の手があがった形跡は見当たらず、ただただ時間と過酷な環境によってのみ洗われているらしい。先のとおり、人が住まう家には除雪だとか煙突から立ち上る煙だとかが目印になっていて、そうでないところは雪に沈むにまかされている。

とはいえ、ここも釧路と同じ理由であるかは定かではないが、集住している地域は中心部よりも縁辺部や川沿いであるようで、車は市街地の真ん中で停止せざるを得なくなった。

「もう行けない？」

アンナが運転席に向かって問う。

山縣は力なく首を左右に振った。

「こっから歩けるのか？」

イリキはその間から身を乗り出すようにして二人を交互に見た。

「歩けないことはない」

山縣は答え、「荷物を持って準備しろ」と言いながら車を降りた。

スライドドアを開けて標茶の地に降り立つ。脛《すね》の当たりまで雪に沈んだ。

市街、と言っても三階建てより高い建物はほとんど見当たらず、飲食店も理髪店も民家を改装したであろうものが数軒、かつてそうであったらしい痕跡を残すばかりだ。背の高い建物は、大体が倉庫か大型トラクターとか工作機のための車庫だった。

音がない。

近くに自分たち以外に誰もいないという理由だけではない。山縣と狩りをしていた山は、もっとにぎやかだった。雪によって完全に環境が変わった、とイリキは改めて思った。

山縣は荷台に上がると、二人にスノーシューや手袋や靴下などを次々に放った。

「陽が落ちる前には着きたい。ノモトがもういなくなってたらまたここに戻ってこなきゃいけなくなる。天候も読めない」

「そんなに遠いのか？」

「雪だ」

山縣の答えは、問題は距離ではないという意味だった。

イリキは靴下を二重に履いた。それから脚絆を半長靴と航空服の裾を覆うように装着し、最後に樹脂製の巨大な中敷きみたいなスノーシューを靴につけた。

山縣は荷台の上であぐらをかきながら、リュックの荷物を入れ替えていた。例の黒いリュックからプラスチック製の底の深い皿が出てきた。イヌに水を入れてやる時に使っていたものだった。山縣の動きが一瞬止まったが、何も言わずただそれを取り出してそっと脇によけていた。

「もしもの時のために一応持ってけ」

山縣はそう言いながら小銃と、ナイロン製でOD色のチェストリグを寄越す。競技場で民兵から奪ったものとは違うものだったが、頭と腕を通す場所が変わるわけではない。肩甲骨のあたりでタスキ状にベルトが交差し、胸元のポーチ類を支える。それとは別に胴を一周するようにばたつき防止のためのストラップもついている。みぞおちのあたりに四つのポーチがついていて、ボタンをはずして開けてみると弾倉が入っていた。一つ一つに実弾が込められているかを確認した。見覚えのある登山用リュックを背負い込み、最後に小銃を手に取った。昨日初めて手にしたAKの使い方は、もう知っている。弾倉は外されているが、安全装置がかかっていることを確認し、上空に向かって構えて、機関部を下から覗きこむ。弾は装填されていない。このあたりは、身体に染み付いた習性と言ってよかった。

ＡＫのスリングを首から下げる。

山縣もアンナも雪中行軍の準備を終えていた。

「行こう」

先頭は、やはり山縣だった。

雪に沈み行く街は、ただの雪原よりもいっそうの虚無を際立たせる。雪面から伸びる標識、街灯、信号機、電柱。宅地と歩道と車道の起伏に応じて積もっていく白。固く閉ざされた雨戸やドアの向こうには灯りもにおいもない。

前を行く山縣の黒いリュックが規則的に上下している。ラッセルというほどに大仰《おおぎょう》なものではなかったが、歩きにくいことは確かだった。出発してから十分ほどしか歩いていなかったが、航空服の内側に熱がこもっているのが分かる。フードを外して首元目いっぱいまで引き上げていたファスナーを下ろす。この降雪だ、当然氷点下なのだろうが、それが程よく身体を冷却してくれる。

三人は、一列縦隊で建物と歩道の境界ぎりぎりを歩いていた。はじめイリキはどこを歩いても同じだろうと思っていたが、違った。冬型の北西風はもちろん雪の運び方をも北西からにする。風上に建物があると、吹き曝しの歩道や車道よりも積雪が少なかったのだ。知恵だ。イリキは思った。ただしこの知恵は文字通りゴーストタウンになった雪国でしか生きえないものなのだろうが。

大きな交差点に出た。今まで歩いていた通りは国道３９１号で、交わっているそれは２７４号であることを、標識を見かけたイリキは知っている。

山縣はコースを西側へと取った。交差点を背にして西進していくと、すぐに市街は途切れた。吹き曝しの国道は、雪深かった。道路の境界を示す矢羽根が等間隔に設置されていなかったら、いくら国道といえども除雪もしていないのだから道自体を見失っていたかもしれない。緩いカーブとなだらかな起伏の続く道だった。いつの間にか、雪面は膝にまで達している。

山縣もアンナも無駄な会話を一切しなかった。

自然とイリキは自分の内へ内へと意識を下ろしていく。

帰れるだろうか、とこの地へ放り出されてから幾度となく想起した問いと向き合う。相変わらず自信はない。旭川から滝川、さらに札幌、そして地元のある東京まで帰り着く自分をうまく想像できなかった。理由は分からないが、今の自分にとって札幌も東京も内地も、実体の備わった場所と感じられなかった。実体を備えた、現実の場所としての東京に存在して欲しくなかったのかもしれない。おれは今や殺人犯だ。犯人という言葉は、誰もおれのことを知らず誰もおれを裁こうとはしていないから当てはまらないかもしれない。でもだからといって殺人という事実が消えるわけではない。警備隊の人間に対しても危害を加えた。かつて警察と特戦群の連中がどうして友軍相撃をしてしまったのか分かった気がした。理屈ではなく、肉体でもって分かった気がした。殺意も憎悪も、ましてや国家や思想なんてものはあの時存在しなかった。引き金を引き絞る瞬間には存在しなかった。憎悪は動機になりえるものではあるかもしれないが、実際に引き金を引くという行為となんら連結されていないようにイリキには感ぜられた。行為が行為を呼び、それがまた相手の行為として反射されて、無限にどこまでも伸びていく狂気の螺旋が構築されていく。戦闘地域を支配していたのはその空気だ。

殺意を持って人を殺したとしても、多分その殺意は充足を得ることはないんではなかろうか、とも思えた。殺意と行為の間に矛盾のない殺人犯に、おそらく罰はいらない。その人間はもう永遠に自分で自分を罰し続けることになるからだ。そういうことを縷々《るる》考えていると、ではおれは、とイリキは思わざるを得ない。

おれは殺しのために殺しを行った殺人者だ。制度がもたらす罰は、きっとこういう人間のためにこそあるのではないか、と思えてくる。

郷里に存在していて欲しくないという思いと、郷里に無事帰りつく自分がうまく想像できないのは、これときっと無関係ではない。自分の今いる場所やここでの行いが、現実として、実在として郷里と連結されてしまうことが恐ろしい。ここにいる自分もここでの行いも、郷里とは分離されていて欲しい、イリキはそう考えていたのだった。はじめて言語化できたことだったが、この感覚はかつて内地にいたとき、北海道を別の場所としてある種空想的に、実体のない場所として想定したのと似ていた。ここには何か、生活と切り離しておきたい何かがあるのだ。生活から、日常から分離しておくべき何か、不可視化しておくべき何かを内地の人々――自分も含めて――は北海道に押し込めていたのだ。今、道内に身を置く自分がむしろかつての生活を切り離したいと鏡像的に考えるのはある種の必然であるのかもしれない、と思い至るに及んでようやくイリキの思考は途切れた。

「食え。食ったらアンナに回せ」

山縣が歩きながら、後ろ手にジップロックに入ったジャーキーを差し出してきた。イリキは受け取ると同時に袋を開けようとしたが、登山用の厚手のグローブのせいでうまくジッパーを開けることができず、あやうく雪面に落としそうになった。片一方のグローブを外すことで、ようやく中から一枚のジャーキーを取り出すことができた。

狩りの時とは違い、休息らしい休息はなかった。一定時間、ペースが緩まることがあったが、五分くらいだろうか、身体が底冷えしてきて関節にしびれのような違和を覚えた。ひょっとすると、寒冷地で動きを止めることはかえってよくないものなのかもしれない。

国道の左右に開けた平原が見えたかと思えば、防風林と思しき木々が現れて視界を遮ることもあった。もちろん、車も人も見かけない。時たま思い出したように後ろを振り返った。もうすでに標茶の市街は見えず、ただ茫漠と広がる一面の白と上空の灰色だけがそこにはあった。

山縣は無言のまま、進路を国道から分かれる小道へと変えた。三叉路と思しき地点には金属製のさび付いた支柱が、一方向にのみうろこ状の雪をまとって起立している。イリキはなんだろう、と訝《いぶか》しんで通りすがりざまに一瞥をくれてやると、その支柱のてっぺんには本来道路名を冠した標示があったのではないかとはたと思い当たった。本来あるべきものがなくなってしまった今、これから行く道が道道か国道か町道なのかは分からないが、いずれにせよ今歩いている274号よりも小さな道であることは確からしい。というのも、例の道路の境界を示す矢羽根が、この道にはなかったからだ。イリキは手袋を外し、片一方ずつに呼気を送り込んで温め、これは難儀しそうだ、と思った。

三叉路——といっても実際は一面雪原であるから、道路の境界を示す矢羽根と標識の残骸だけでそれと推定するしかないのだが——を曲がってすぐに、山縣は歩みを止めた。リュックを下ろし、それまで例によって側面にくくりつけていたライフルとそのカバーを外すと、立ち姿のまま銃床に頬付けをしてスコープを覗きこんでいる。イリキも何かを悟って、肩から下げていたスリングを手繰り寄せてＡＫを持っては、弾倉を挿し込む。いくら目をこらしてみても何も見当たらなかった。白いなだらかな凹凸が方々に広がっているだけだ。雪は小降りになっていたけれども遠方まで見通すことはできない。

どれだけの時間そうしていたかは分からないが、山縣はライフルを肩から外すとリュックを背負い、また出発した。ただもう銃をしまうことはしなかった。

今進んでいる道が果たして本当に道路上なのかは分からない。確かなことは、山縣の足取りに迷いがないということだけだ。この道が、実はゆっくりと旋回をしていて先ほどの国道に戻っていたとしても自分は多分それと気付くことはできないだろう。

時間の感覚がかなり狂っていた。時計を頼りにして何分進んだ、というような尺度はここではあまり意味がない。周囲の景色も空模様もほとんど代わり映えがしないからだ。そういう時、イリキは後ろを振り返ってこれまでのラッセルの跡を確かめてみることにした。時間の変化が自分たちにどういう変化を及ぼすのかではなく、自分たちの行動で以て時間の変遷を確かめることの方が、ここの空間にあっては確実だったからだ。今のイリキにとって、自分たちの足跡が秒針であり時計で、時計の数字が距離だった。

振り返るとき、アンナと視線が合うこともあったし合わないこともあった。こちらから無意味な笑みを投げかけるようなことはしない。アンナも何も言わない。今日の目的は、ただノモトの家にたどり着くことだけである。今日の天気がどうとか弱音とかお互いの気持ちの確認なんていうのは、目的に対するアプローチとして何の役にも立たない。

空腹がひどい。が、渇きはそれほどではなかった。三人はめいめいのタイミングでリュックから水筒を取り出して水分を補給した。キャンティーンの水は凍ってしまっていて、振るとからからと氷を打ち鳴らす音がした。これ以上気温が下がるようなら、たちまち水筒の中身は氷塊となってしまうだろう。もっとも、そんな状況になればこんな薄着同然の装備では身体の方が先に凍り付いてしまうと思われた。なんにせよ、今日は夜中まで歩き続けることはないのだ。

ないのだ、というのは事実の確認ではなく自分に対する祈りだった。実際のところ、現地に誰もいなければ夜っぴて標茶まで引き返さなければならないわけで、そうなればやはり氷塊と化した水筒との格闘が待ち受けているわけで。山縣ならばそのあたりのこともすでに想定をしているのかもしれないが。

においが冷たい。北方の冬の、降雪下の空気は無臭だ。どこまでも透き通っていて棘《とげ》がある。その冷気そのものがにおいとなって鼻腔を通り、肺に、腹に刺さる。これが冷たいにおいの正体だ。転じて、寒さが高じてファスナーを引き上げ、ジャケットを口元までひっぱりあげていると自分の呼気がいかにひどいにおいであるかを思い知る。息を吐くときに生暖かさをも伴っていたからにおいについては我慢せざるを得ない。しばらくそれを続けると水蒸気がジャケットの内側に広がり、すぐに冷やされて不快感の原因になる。呼吸も、吐くときはいいが吸うと、たまった水蒸気と相まって冷気が倍加される。そういうことを繰り返して寒さで体が縮み上がりそうになると、イリキはわざと山縣と距離をあけ、しばらくしたところで歩速を上げて追いかけるということをした。スノーシューで走ろうとすると、長さも幅もあるから膝を大きく上げなければならず、身体に負荷がかかって息が上がり、身体が温まるのだ。それも体力のあるうちにのみできることだから、あとどれだけこうして寒さから逃れることができるのかは分からない。

雪を漕いで進んでいたので気が付かなかったが、いつの間にか三人はそれなりに高さのある台状の地形に出ていた。

イリキは、例によって自分の軌跡を確かめることで時間を計ろうと振り返る。背後には、自分たちがこれまで歩いてきた跡が延々と伸びている。

山縣は、少し進んだところで久方ぶりに歩みを止めた。山縣の肩口のさらに向こうに、雪が下ろされている牧場らしき建物群が見通せた。

助かった。

イリキは思った。

小ぶりな林と広大な雪原に囲われた地域がノモトの住処だった。山縣から直接に「ここがノモトの家だ」と言われたわけではなかったけれども、これだけの時間歩いたのだからそうであってもらわなければ困る、と思った。

林を背にしてサイロが一つ、牛舎と思われる三角屋根の木造の建物が四つ並んでいる。雪山が、それこそちょっとした建物くらいの大きさで牛舎の横に築かれていた。巨大な四本のタイヤを持つ黄色いホイールローダーがその山の手前でバケットを地面に寝かせて鎮座している。

そこから少し離れたところにモダンな戸建てが建っている。遠目からでも、それなりの大きさであることがうかがえる。無計画な増改築を繰り返しているようで、明らかに建物本体と統一性を欠いている区画があった。

敷地自体がかなり広大だった。牧草地と無耕作地とただの平原が今や雪に覆われてしまっているからどこからどこまでがノモトの敷地であるかは定かではない。だからというべきか、想像以上に広く感じられる。そういう緩やかな起伏が連なる広大な雪原に、ノモトのものと思しき邸宅や牛舎の他に、なんのために用いるかは不分明であるけれども、いくつもの丸木小屋が建っていた。

点在する丸木小屋を別にすれば、とはいえ基本的に邸宅と牛舎とサイロは一塊の場所として認識することができた。そこから少し離れたところに、牛舎とも丸木小屋とも趣の違う建物が二つあった。木造ばかりの建造物のある中で、この二つだけが鉄骨と思しき構造具材を用いており、シャッターを固く閉ざしていた。片流れの屋根を持つそれは車庫のようにも倉庫のようにも見えたが、牛舎と同じかそれよりも大きいところを見るとただの車庫や倉庫ではなさそうだ。

山縣も建物群の観察を終えたのか、また歩き出した。

ゴールは近い、という希望はイリキの気力をよみがえらせた。

近づくにつれ、牛舎と小屋、邸宅とは除雪された道で繫がっていることが明らかとなった。通路の左右には、雪面よりも高い雪壁が築かれている。牛舎と邸宅からは煙突が伸び、煙が立ち上り灯りが漏れていた。人がいる証拠だ。目当てのノモトであるか否かは別にして、ひとまず標茶にまで歩いて引き返す可能性はぐっと減った。

気持ちが急《せ》いていた。なのに山縣は一向にスピードを上げず、じれったかった。家に近づく最中もしきりに周囲を見渡し、立ち止まることすらあった。

緩やかな坂を下りきると、人によって踏み固められた道が現れる。

道の先には邸宅があり、その門前では一人の男が雪かきをしていた。距離のせいもあって、まだ風体ははっきりしない。いかにも鈍そうな身のこなしは、着ぶくれのためか歳のためか。

黒のゴム長靴にカーキ色のワークパンツ、紺色のドカジャン、ぼんぼんの付いたニット帽、黄色い防寒手袋という出で立ちの使用人と思しき男の姿が近付くにつれて明らかとなる。はたと自分が危険地帯にいるのか東北の片田舎にでもいるのか分からなくなった。男は作業の手を止め、スコップを雪に突き刺してこちらを見ている。

空腹と疲労と安堵感から、イリキはとにかく外気を遮断できる建物の中に入りたいと思い、要すれば暖を取りたいと思い、可能であれば何かを食べたいと思い、付け加えるならばそれは温められたものであればなお良いと思っていた。

こういう気持ちが一挙に噴出したのは、やはりこの使用人風の男が寒村なり限界集落なりを彷彿とさせるような装いであったからかもしれない。

イリキの注意は、すでに男ではなくその後ろの建物に向けられていた。

遠くで見ていたよりもずっとデカい、というのがイリキの印象だった。

無節操、無計画に増築したと思しき部分は、近くで見る分にはあまり気にならなかった。今、目の前にも建物の本体らしい部分から突き出ている区画があって、二階こそなかったが海上コンテナ二つ分くらいの大きさは優にありそうである。建物からは煙突が幾本も伸びていて、それぞれから煙が立ち上っていた。近づくほどに、木炭特有のにおいがした。

男は、やはりそれなりの歳であろうことが窺えた。何も言わず、すっと手を上空に挙げる。片一方の手はスコップの柄に置いたままだ。このジェスチャーがどういう意味を持つのかは分からない。山縣は不意に立ち止まり、気持ちのはやるイリキは、あやうくそのリュックにぶつかりそうになった。

山縣は、また首を左右に振り向けながら何かを探していた。

「よく来たね、疲れたろう、早く中へ」

使用人の男は、いつの間にか手を下ろしていた。

山縣は一体何を探していたのだろうか。目の前の初老の男は、特段こちらに危害を加えようというような意思はなさそうだ。イリキは、今一度背後を振り返り、右から左へ、左から右へと視線を流す。のっぺりした雪面と、そうした中にぴょこぴょこと思い出したように起立する小さな林。木々の頭も、やはり白い帽子をかぶっている。そういう景色のあちこちで、何かが動いているのをイリキは認めた。距離は二、三百メートルほどだろうか。さらに目を凝らしてみると、その何かは人で、白一色であることが分かった。一人ではない。この一帯を取り囲むように、等間隔で白い人が配置されていたのだ。多分、警戒のためだろう。全身が白なのは雪国における迷彩だからで、距離のせいで確認はできないけれどもきっと武装をしていて、自分たちがここに来る間もしっかりとその動向を視界に捉えていたはずだ。山縣が探していたのはきっと彼らだったのだ。認めるが早いか、それまで感じていた安堵感やら欲求やらが恐怖と不安でさっと洗い流されたのが分かった。背筋に、気候によるものではない寒気が走る。

玄関は格子状の小さな曇りガラスがはめ込まれた引き戸になっていた。男は引き戸をあけながら「雪はここで落としてってって」と言う。

玄関部の土間はかなり広く、余裕はないにしても四人の大人がすんなり入ることができた。奇妙な造りの土間だった。玄関を背にして立ったとき、正面には長い廊下がリビングと思しき部屋へ向かって伸びていたが、左手にも別の部屋に通ずるらしいドアが備えられていた。外で見た、増築部分と思しき区画に繋がっているのかもしれない。

男は靴のままその部屋に入っていく。

「荷物は玄関に置いてっていいから。コートもかける場所あるでしょ、この部屋は靴のままでいいよ」

ドアの横でぽつねんと立っていた男は、三人を客間だか応接間だかよく分からない部屋に招じ入れ、全員が入るのを認めると、「少しここで待ってて。何か用意するよ」とその場を後にしようとした。

「あ、いや」

断ろうと思ったのだろう、ようやく山縣が声を上げようとすると「いいからいいから」と男は片手を上下に振るなり、部屋から出て行ってしまう。ドアが閉まり切らないうちに、今一度顔だけを差し入れて「トイレは廊下上がってすぐ右だから、その時は靴脱いで上がって」とだけ言い残し、今度こそ本当に部屋を後にした。

外から見た通り、この部屋は広かった。片面は、木製サッシのガラス張りの引き戸になっていたが、不思議と寒さはない。部屋の真ん中には折り畳み式の長机が二つ繋げて置かれていて、その上にテーブルクロスがかかっているのが不釣り合いで違和感がある。疲れてはいたが、緊張が未だ解けない。

言われるがままにゆっくりする気にもなれず、山縣とアンナはガラス戸とは反対側の方の席に一つ席を空けて隣あって座っていたが、イリキは檻の中の動物みたいに落ち着きなくうろついた。山縣とアンナの背後には、統一感のない調度品が並んでいる。小さな本棚もあったしコンポもあった。金属製のラックに工具箱らしき金属製の箱が詰め込まれているかと思えばその上の段には茶器が載っていたりする。とにかくこの部屋に置かれているものには様式や統一感のようなものは一切ない。部屋の角には薪ストーブがあり、すでに火がついていた。

夕闇が迫ってくる。今日も一日天候がすぐれなかったが、夜はいつだって夜だ。切れ目のない冬の雲海はどこまでも容赦がない。雪原の白が、遠くから鼠色に変じていた。

先刻から、イリキの脳裏にはいくつもの疑問が浮かんでは消えていた。雪原の中に点在していた人間の影、警備隊の訳の分からない制圧作戦、旧釧路空港での襲撃、自分の帰還等々についてであるが、どれもが自分の想像の埒外《らちがい》にあり、考えれば考えるほどに疎外感を深めていった。ただ、イリキは自分のうちのどこかで、もとよりこの思考は結論に至るためのプロセスではなく、思考がそのまま結論であるような倒錯した傾向があることを自覚していた。つまるところ、自分の外に意識を向けるほどに、本当に自分が向き合わなければいけない、この数日で自分がしでかした取り返しのつかない行いに意識を向けずに済むということだ。どちらも不安を惹起する要素ではあったが、より本質的で絶望的なのは後者である気がしていた。

とりとめのない思念にからめとられているうちに、窓の外はすっかり暗がりに包まれ、統一感のないこの奇妙な空間にもいよいよその黒が侵食をし始めていた。薪ストーブから漏れる暖かな、そして弱弱しい光源のみが頼りであった。

ドアノブが回され、軋む蝶番《ちょうつがい》の音を響かせながら、件《くだん》の使用人がガスランタン片手に現れた。

あっけにとられたのは、むしろその男の方で、「灯りもつけないで」と驚きとともに苦言を呈した。

同じ火ではあったが、無論ランタンの灯りの方が格段に明るい。

「まあまあ、そんなにうろつかれちゃこっちも落ち着かないから座ってくれ」という男の言葉はイリキに向けられている。

山縣はドアに近い端に座り、その一つ隣にアンナとなると自分が座るのはストーブ側の端の席とならざるを得なかった。もちろん対面の座席は全て空いてはいるが、その中央に使用人が座るのを見ていたのだから、わざわざ得体のしれない人物の隣に座る気にはなれない。

「いや、遠路はるばる大変だったね」

男はイリキが座るのを見届けてから話を切り出す。

「落とすといけないからね」

それからテーブルの端の方に置いていたランタンを中央に持ってきた。

「釧路では大変だったみたいだね」

山縣とアンナはいざ知らず、イリキはどう返答していいのか分からず押し黙っている。

「まったく、連中ときたら滝川の時から何も進歩していないとみえる」

連中とは、警備隊のことだろうか。前後の文脈から判断するに、多分そうなのだろう。

男の視線とイリキの視線が交わる。

男は、落ちくぼんだ目に大きな鼻と太い眉が特徴的で、五十代後半とみられた。毛量の多い頭髪には白いものが目立つ。皺《しわ》の深い額を見るに及び、あるいは六十代かもしれない、とイリキは見積もる。大きな口ではあるが、唇は薄い。浅黒い肌は日差しのためか年齢によるものか。日本人のようでもあり東南アジア系のようでもあり、とにかくつかみどころがないということだけは確かだった。

「ええっと、山縣くん、アンナくん、で、こちらは」

男は引き続き真顔でイリキに視線を据えている。

長い沈黙がやってきた。自分が答えるべきなのだろう。そうすべきだ。しかしなぜだか今更になって渇きを覚えて生理的にも話を切り出すのに後ろ髪をひかれる。

「イリキです。支援飛行隊所属の操縦士です」

男の眼光は鋭かった。間違った返事を許さないという色を帯びている。これは、ノモトに至るための試練か尋問なのかもしれない、とも思った。山縣の名前を知っていることに気が付いたのは、視線が外されて緊張がゆるんでからだった。

「ああ、ああ。そういえば釧路空港でも大変な騒ぎがあったらしいね。私も聞いたよ。まぁそれも釧路の後じゃかすんでしまうけどね。とにかく生存者がいたとは驚きだ。すごいことだ」

男は、誰かと話すというよりもその実自分を説得するような口ぶりだった。こちらが無言でいるのにも拘わらず、一方的に話すのは奇癖なのかもしれない。

「いや、そう、釧路のことだよ。全くはらわたが煮えくりかえるね。君たちもいたんだろう、現場に。ひどかったそうじゃないか。とはいえ、連中も手ひどく追い返されたとも聞いているが。いやはや全く、本当に滝川のことをぜひとも思い出してもらいたいものだ」

一拍置かれた会話は、イリキに転じられた視線によって再開された。

「イリキ君、と言ったかな、滝川のことは？」

「あ、いえ、ほとんど」

男は表情一つ変えず、なぜか満足そうにゆっくりと頷く。

「ニッポンの意思決定というのは独特の空気の中でされるようだね」

イリキはこれが問いかけなのか新しい会話のオープニングなのかを見極めようとした。

「これは一つの結論だよ」

後者だった。

「滝川のことを簡単に話そうか」と言った男の話は、しかし極めて長かった。その間に、女中らしいスラヴ系の太った中年女たちと民兵風の男たちが料理を運んできたあたりで、今この目の前にいる男こそがノモトなる人物なのではあるまいか、とイリキは考えるようになった。

滝川事件というある一つの事実に対し、ノモトと思しき人物はいくつもの価値判断を交えながら演説を始めた。

日ロ間での衝突が終結してからそう時日の経たないうちに、国内の世論は沸騰した。自国ですら複雑な社会状況が多層的に形成されているのだから、いわんや多民族国家たるロシアにおいてをや、というのは言を俟《ま》たないはずだったが国内は単調な、短絡的な、狭小な排外主義一点で切り結ばれ、また無抵抗でこれを受け入れた旭川の第2師団にもその矛先が向けられた。

第2師団司令部は、すでに音威子府《おといねっぷ》の戦いを経たのち、侵攻軍の戦力は極めて大であること、政府やアメリカをはじめとして増援の来着は短期間では望みえないことを把握していたために旭川市外での抵抗を企図していたが、道東・道北での戦闘の後、戦闘が停止されたため、この作戦を発動させることはなかった。ただし侵攻軍が依然として道内に駐留し、旭川を進出の目標としている公算が大きかったため、第２師団隷下の部隊を市内の各所に分散させるとともに装備品、弾薬といった類のものも隠蔽して来るべきゲリラ戦に備えた。この際、旭川市長には住民の退避を警察とともに実施して欲しい旨伝えたが不首尾に終わり、大部分の住民は残留を選択したうえに、義勇兵的に決死隊を結成しては第２師団に協力をするものまでできた。

侵攻軍は主力を入市させる段で、要塞化されている旭川市を見て武力による制圧が容易ではないことをすぐに悟った。旭川や道北は、ロシア本土から来着する難民のために無傷で手元に置いておきたいという思惑があったこともさることながら、本来侵攻軍にとっての敵手たる自衛隊も、こと道北地域の安全を担保する実力組織として、また日本とのチャンネルの確保という意味から温存しておきたいという考えのもと、暫定的に現地部隊での協力関係が出来《しゅったい》することとなった。

政府は、当然このような現地の判断を優先させるわけにはいかなかった。ただこの「いかない」という判断は、国家や政府の理念というよりも、沸騰する世論に敏感に反応するという単純な理由によっていて、突き詰めて言えば政権の延命策以外のなにものでもなかった。

政府は国会での激しい論戦、熱を帯びる世論の批判をかわして道北における民生の安定に関するいくつかの法律を制定した。また、この時に北方自衛隊の取った行動はほとんど法律の根拠なく行われたことであり処分の対象になり得るとされ、入国したロシア人たちもまた武装解除をしない限りは犯罪者として取り扱うとの方針が決まった。逮捕や不法入国者に対する処置は、当然のことながら法務省や警察庁の管轄ということになり、防衛省・自衛隊は完全に埒外に置かれることとなった。道東や道北における防御戦闘や初動対応の失敗などが、政府内において自衛隊不信の空気を醸成したということとも無関係ではなかった。これらの失敗に政治的決定の誤りが関わっていることは当然の如く無視され、全て敗者の責任になっていることについては政治も社会も個人も何一つ疑問を持たなかった。

とにかく政府は、このように世論が悪感情を抱くものを法律で取り締まったり罪を被せたりすると内閣支持率が大きく上昇するということに気付いた。事案の以前からそういう傾向はあったが、弱者やマイノリティや配慮を要する集団をパブリックエネミーとして認定し放逐してしまうやり方が横行するようになったのもこの頃からだ。

こうして淡々と滝川事件が起きる土壌が醸成された。

法律が施行されると、警視庁警備部所属の特殊部隊や現地の機動隊、入管らで構成される特別保安警備隊が組織された。

取り締まりの実施要領は微に入り細に入った。被疑者や重要参考人等の名簿、そうした人物の身柄の確保や移送の順番まで事細かに決められた。ただ一点、敵側の抵抗という視点がほとんど欠落していた。

ノモトらしき人物の評価は、ニッポンの意思決定は判断と手段と目的が混交してしまう傾向にあるのではないか、ということだった。旭川以北の道北地域が侵攻軍によって実効支配され、第2師団の一部がこれに同調をしているという現状認識に誤りはない。しかしながらこの現状認識という実際的な現象を変更するためになされるべきは実際的な行動であって法律による叙述ではない。法律は実際的手段の前提を用意するだけだ。政府も世論も、法律の制定こそが終局的にして唯一の解決手段だという風に決めつけてしまっていたから法律という名目を敷設さえすれば支配が自ずと我が方に帰ってくるというような観念を抱き、またこの観念は広く言語でもって共有されているために疑義がほとんど出てこなかった、とノモト――まだ断定はできなかったが――は断言した。

　年明けの一月から政府は行動を開始した。出撃した警備隊は、順調に小さな町々の残留者や哨戒に立つ第2師団の隊員、ロシア軍人を検挙していったが、滝川には強固な防御陣地が構築されていた。

　道北の人々は自分たちの存在を担保するものが法文ではなく、自衛隊と侵攻軍という実力組織、それから域内に存する食糧やロシアから密かに持ち込まれた油脂類であることに気付きはじめていた。

「初期バフチンのような考えだな」

　ノモトはこれについてそう評価した。

「つまり実際的なモノが道北という土地を保証する、存在を認めるっていう一種のイデオロギーになったわけだね、君は学卒だろう、バフチン、読んだかい」

　イリキは、この男の長広舌に在りし日の古在《ふるあり》を想起していたのでだしぬけの問いに肝を冷やした。眼前に並ぶ食事は、この部屋の調度品同様脈絡がなく、煎茶とおにぎりが出ているかと思えばその隣にウハーという白濁した魚のスープがあり、それに交じって麻婆豆腐もあるのだから、この男の人種を疑いたくなる気持ちは分からないでもなかった。煎茶の湯飲みとウォッカのグラスが並んでいるのはちょっと異様だった。とはいえ、温かいメシというものにここ数日ありつけなかったイリキは未就学児同然に、出されたものを手あたり次第に口に詰め込んでいたので、返事に窮していたのは「バフチン」なんて聞いたこともないということもさることながら、口に物が詰まっていたという物理的な理由もあった。イリキは首を左右に振ると、ノモトは少し寂しそうな表情になってまた話をつづけた。

この点が内地との最大の違いだ。政権与党の党利党略、政権の延命策とイデオロギー化された物象は似て非なるものだ。前者にとって議席数の増加や政権の維持というのは所与のものであり、このために物が動員されるが、後者にとっては物そのものがイデオロギーの根源になる。前者はありとあらゆる物を併呑していくが、後者は濫費されることはない、というのはバフチンの言葉かノモトの言葉かは分からない。

事実というものは時間の経過とともに形を変えていく。ある時点における事実に立脚して作られた法律が時を経るに従い、目の前のリアルと不整合的になるのは仕方のないことではある。にも拘わらず、政府や警察を始め多くの日本人は、新たな事実を目の当たりにしたとき、その寄る辺をかつての法文に求めてしまう奇怪さをその習性として持っていた。

滝川まで進出した警察部隊は、頑強なまでに抵抗陣地にへばりついて眼光鋭く警官たちを睨みつける日ロ両軍の兵士に困惑した。この陣地に配備されている部隊の任務は極めて明瞭で、要するに敵対勢力の侵入排除であった。これは、道北の実効支配という事実から立ち上がった新しい事実であるが、警察の方は、抵抗する者は検挙の対象である、という風に認知した。そしてそれを、パトカーや放水車に備え付けられた車両スピーカーで縷々《るる》述べ、かつ相手方もそれに粛々と従うであろうと認識したのがまずかった。

抵抗陣地にはロシア軍のＢＭＰや第２師団の10式戦車、一個中隊基幹の部隊がおり、到底警察力で対処しきれるものではなく、陣地にいる日ロ両軍は、これまで不当に拘束した住民の解放と当地からの撤収を淡々と命じ、従わない場合は攻撃すると伝えた。

数十台の警察車両、二百名近い警察官は、ここへきてようやく目の前の人間は自分たちと同じロジックで駆動しないことに気付いたが、全員がそうではなかった。むしろ大多数の警官は、なぜ相手は法律に従わないのだとかえって腹を立てていた。

はじめ、陸自隊員が警察車両の方へと近づき、交渉を試みようとしたところ、すぐさま警官に組み伏せられた。

それを合図に、警察車両はゆっくりと抵抗陣地へと進みだし、日ロ両軍はすかさず口頭による警告、次いで警告射撃を実施したところで、警視庁の特殊部隊から凄まじい射撃が返ってきた。

結果は火を見るよりも明らかだ。

警察側は拳銃と、せいぜいが特殊部隊のサブマシンガンで、対する陣地側は装甲戦闘車に戦車、重武装の兵士なのだから、反撃は凄惨を極めた。まず機関砲によって先頭を行くパトカーが粉々にされ、機関銃陣地からもっとも脅威度が高いと判定された警察特殊部隊の面々と彼らの車両が蜂の巣にされた。

第一撃の時点で、五十名以上の警察官が死亡した。

もちろん武装解除されたのは警察の方だった。

護送車には、道北と日本の境界に居住していた残留住民の他、日ロの兵士も交じっていたが、警察と陣地部隊で交戦が始まったときに、なぜか警察のバス内で拘束されていた二十名弱の人々は全員射殺されていた。この移送バスは車列の後方に位置していたため、陣地側の攻撃によって被害が出たわけではなく、車体にも外側からなんらかの力が加わったのではないことは明らかだった。

激昂した防御陣地指揮官は警察の武装解除に飽き足らず、彼らの防寒着と靴を没収し、手錠を全員につけるよう命じた。生き残った百五十名は、さらに腰ひもで一列につなぎ合わされ、徒歩で元来た道を帰された。

当然のことながら真冬の北海道の地を素足で行進するのは自殺行為だ。防寒らしい防寒もしていないことも相まって、何キロもしないうちに落伍者が出た。腰ひものせいで落伍者は他の者に負担を強い、一夜のうちにほとんどが凍死した。折悪しく、この日道央、道北は猛烈な寒波に見舞われていた。

生存者はわずかに五名だったうえに、生き残ったものは全員凍傷で手足をなくした。

大虐殺事件として連日大々的に報道され、これがまた実効支配された地域に対する国中の憎悪を掻き立てる結果となった。敵の存在は、判断を誤った自陣営に対する救済でもあった。

これが滝川事件の顚末で、事件発生当初から自分たちが属する側に不利な情報は伏せられて報道されていたから、イリキもこのことを知ったとき「北海道はとんでもない蛮族が支配する場所だ」と思った。どうして明文化されたルールに従わないのか理解できなかった。標茶に来るまでのたった二日間ばかりで学んだことは、明文化されたルールだけがルールではないということだった。

フリーライターのルポや週刊誌など、詳報したメディアもないではなかったが、いくら自陣営の意思決定に奇妙な慣習に起因する倒錯や顚倒が暴露されようとも、かつてのイリキがそうであったように、もともとその陥穽に落ち込んでいる人々にとってそんなことはどうでもいいことで、ただ政府が決定したルールに従わないことが理解できないという風にあっさりと黙殺された。

イリキは、ノモトの話を聞き終えてから、ふと戦術の講義を思い出した。「戦いは自由意志を有する二者間の抗争である」と、戦術教官はノモンハン事件の部隊配置図を前にして述べていた。敵も我も自由意志を持っている。そしてその意志――相手を力で屈服させ得る、もしくは相手の鏡像的意志を破砕し得る――の発露としての行動は常にお互いの行動を変容させる。戦闘、闘争、暴力というような行為は変容こそすれ、自陣営の意志が、目的が粉砕されない限りやむことはない。意志の源泉は、自陣営の勝利に対する確信だ。彼我ともに当初の計画を持っているが計画通りに推移した戦史はほとんど存在しない。敵の行動によって変容した自陣営の次なる計画と行動が敵を屈服させることもあったし、敗北を喫することもあった。ただ最悪な戦例と敗因に共通していたのは自陣営の勝利への信念と当初の計画を倒錯してこれに固執する愚行だ。この愚行を専売特許にしていたのが日本軍だった。日本軍が成功を収めたいくつかの作戦の推移は、事前に練られた計画の叙述と驚くほど合致する。その倍以上はある失敗に共通しているのが、当初の計画に固執する愚行だったわけだが、この二つは決して無関係ではない。

敵に対して対応を取るということは、現前の敵が行っている行動をフィードバックするということだ。そのフィードバックには現実をいかに認識するかという判断からどのような部隊運用を行うかというところまでの広い範囲があり、そのどこにでも自軍の自由意志を反映させ得る。計画を教条的に、教義的にまで高めてしまうことはその自由意志を削ぐことになり、また何よりも目の前の現実を覆い隠してしまうことになる。日本軍の失敗と滝川事件に共通しているのは、現実の認識に欠陥があることだ。戦闘前に策定された完璧な作戦計画も究極の法律も、相手はそれに従わない意志を持っている。これを作った人々はそれが理解できなかった。自分たちが作った文案通りに物事が推移しないことに、日本軍も警察も対応できなかったのだ。

「釧路での一件も、大局観などはなく、結局これと同じような理由で起きたんだろうと私は思っているよ」

ノモトは、イリキの心中を察するかのようにして滝川と釧路での一件について講評を述べて話を区切る。

「ところで君たちは、いったいどうしてここへ?」

だしぬけに話題は切り替えられる。

「森を探してる」、と山縣は即答した。

あれだけ長いノモトの話があったあともこうしてすぐに言葉を吐き出せるあたり、この男にとってこの部屋もこの地域も全然安全地帯という風には捉えられていないのだろう。

ノモトは山縣の返事を聞くなり、一切の表情を消した。怒っているようにも見えた。部屋中の空気が、薪ストーブで温められているにも拘わらずとてつもない冷気で締め付けられるようだった。

「なぜここだと?」

長い沈黙を経たのち、また質問を発するノモトの表情はまだない。

身を乗り出して何かを言い足そうとするアンナを、山縣は片手で制する。

「森が定期的にここに来て診察してたのは知ってる」

ノモトは顎を引き、ゆっくりと対面に座る三人の顔を順々に見つめる。

ふむ、と何かを確かめるみたいに頷くと、「山縣くん」と声をかけた。

何かが始まる。

イリキは思った。

呼びかけから少しして、「後ろのコンポの電源を入れてくれるかな」と言ったのには、三人とも拍子抜けした。

「後ろの、あるだろう」

山縣が振り返り、アンナとイリキもその動作を見守る。

山縣が壁際に並ぶサイドボードの上にあるコンポに手をあてると、「そう、それだよ。電池式だから。左上のほうにボタンがあるだろう」とノモトが促す。

衣擦れみたいな音を立ててCDが回転する。すぐにスピーカーからクラシックが流れてきた。

ノモトは、これまでの会話など一切存在しなかったみたいにしてまたゆっくりと優雅に食事を始め、時折自身のグラスにウォッカを手酌し、呷《あお》った。三人は三人とも、供された食事はとっくに平らげ、窮屈で息苦しい時間を過ごさねばならなかった。

音楽なんてまともに聴いてこなかったから、今流れている曲が誰のどういうものなのかさっぱり分からない。ぬるっと始まった序盤は、印象に残るメロディーラインがあるようなものではなく、この分からなさはそもそもこの曲が本来的に持つ特徴なのかもしれなかった。数多の楽器と合唱とが合わさって、ことによると不快感すら催しかねない曲調だったが、不快に転落するまでには至らない。

陰鬱で混沌とした前奏部分が曲の区切りとなり、新しい場面に入ったところで、またノモトの講義が始まった。

「私はね、いつもショスタコを聴くと思うんだよ、彼もまた環境に左右された一個人ではなかったかなということを。要するに一方の陣営の所有物が、対立陣営にとっても好ましいものに見えた場合、その対立陣営はその好ましいものと一方の陣営に対立軸を見出す傾向にあるのだね、わかるかい。ショスタコがいい例だとは思わないかね。つまりだね、ショスタコーヴィチはすばらしい、しかしソ連は許せない、きっとショスタコーヴィチはソ連に抑圧されていたに違いあるまい、というのが対立陣営の世界観となるわけだ。そして収容所や粛清なんていうのは、全部が全部そのままソ連と親和性が高いという寸法だ。もちろんショスタコーヴィチに限っていえば、彼の手記がためにかえってそういう風潮を強めてしまった感はあるがね。いずれにせよ、ソ連がなくなってから再評価をされた数々の文化的な功績は、そういうことでソ連と親和性がなかったのだ、もっといえばそれは西側的なものだったのだ、本来の所有者のもとに帰ってきたのだととらえたい節があったんじゃないかな、と私は思うわけだ。〝諸君の誇負《こふ》は自然に対して、自然に対してすらも、諸君の道徳、諸君の理想を指定し、呑み込ませようと欲している〟とニーチェが言っているようにね。ところでどうだろう、アンナ君はサハ人だったね？　どうだい？　そういう傾向があるとは思わないかね？」

　問われたアンナは、しかしむっつりと黙って鋭い視線をノモトに向けるだけだった。

「結構結構、そのニヒリスティックな態度がいかにもロシア的冷笑というべきものではないか」

　ノモトはグラスをテーブルに置くと、ナプキンで口元を拭《ぬぐ》うなり大げさなまでに両手を広げて再び話を続ける。

「だがね、私はこの西側的やり口こそがむしろロシア的陥穽ではないかなとも思っているんだ。我々、いや失敬彼らというべきかな、彼らはいつだって〝今〟の一つ前をコキおろしてそのさらに一つ前を評価するということを繰り返していたんじゃなかったかな。共産主義がどうのこうのと言って近代を称揚してみたり、近代にやいのやいの言っては原始的な帝国を持ち上げてみたりと。反動というやつはいつだって懐古的なものさ。新しい時代が過去のある部分を取っ払おうとするんだから、逆説的に過去のある部分を称揚することは〝今〟への批判になるからね。ただこうやって輝かしい未来へ向かっていくのに、今と過去とを一つ一つ焼き払っていったとき、私たちの手元に一体何が残るというんだ？　百年後千年後の人民のために我々はみな死すべき蛮族であらねばならないのか？」

ノモトは突然片手で机をばんばんと叩き、またグラスでウォッカを呷ってから、「断じて違う」と声を張り上げた。

山縣は眉をひそめている。そしてこちらの三人は、誰も何も言わない。

「それこそベルジャーエフが言っている通りじゃないか、過去はすでに過ぎ去ったという意味で存在せず、未来もまたまだないということで存在せず、〝現在〟は瞬く間に過去に飲み込まれていくことで足元がおぼつかなくなる、とそんな具合ではなかったかね。イリキ君、どうだろう、ベルジャーエフはおおむねそんなことを言っていたのではなかったかな？　知らない？　まあ仕方があるまい。ところで君は……」

ノモトはいったん話を区切り、眉根にしわを寄せる。ノモトの言いたいことも言っていることも、イリキには全然理解できなかった。ショスタコーヴィチは初めて聴いたし、ベルなんとかというのも書物だか人の名前だかも知らない。知らない言葉はヘリのローター音とか銃声のような雑音と同じだ。イリキは、そういうことでまた昨日の一連の出来事を思い出していた。つまりは人生で初めて人を殺してしまったという出来事のことを、である。

「どうして君はそんな真っ青な顔をしているのだね。……まるで鉈《なた》で人の頭を叩き割ってきたような顔じゃないか。いやなに、私は別に君を問い詰めようなんて思っていないよ。こういうとなんだかますます君を問い詰めているように思われてしまうかな？」

「こういう曲を聴いたことがないので」

イリキは、ひねり出すようにして答える。ノモトはどういう訳か、やや長い沈黙を挟んでから話を再開した。

「なるほど、それは混乱もするだろう。特にここで前衛がどうのとか社会主義リアリズムがどうとかを話しはしないけれど、とにかくこの曲には後年その人がどう思おうがその人の個性に加えて社会性がにじみ出てしまっているのだよ。そもそもあの時代にイデオロギーから完全に自由でいられた人間などいなかったわけだからな。今流れている曲は革命前の苦しみの時代、混沌と暗闇、次いで抵抗と諸蜂起、そしてついにやってくる十月革命と栄光という風に時代を表現しているんだ。ところで、ショスタコは幼少期にコサックが殺されるところを見たというが、真実は分からない。ただもし仮にその通りなのだとしたらどうだろう、ショスタコがコサックをどう思っていたのかによってだいぶこの曲の意味も変わってくるとは思わないかな。そう、例えば自由の象徴としてコサックが思い描かれていたのであれば、その死は自由の死になりはしないかね。チェルケス人にとっては抑圧の象徴かもしれないが。もっとも、彼が見たのはコサックの死ではなく、コサックがもたらした死という人もあるがね。いずれにせよ抑圧が別の抑圧によって打倒されるときにやってくるのは、結局大いなる抑圧ということに他ならない歴史を見るに、結局のところショスタコは新たな抑圧をこのときすでに見出していたと考えるのは、後世からの邪推なのだろうな」

ノモトの話は、それから流れるようにコサックへと移った。

コサックは部隊の名前でもなければ特定の民族を持つものでもなく、武装集団ではあったが、掟に従う限り途中から加入することもできたらしい。そういう成り立ちであるから、日露戦争において日本軍と戦ったコサックは、最初期とはほとんど別のものになってしまっている。コサックとは、ある種一つの〝状態〟という風に捉えることができるのかもしれない。

当然のことながらそういう連中というのは、荒くれているがゆえに概ね平等で、戦いの時以外に階層を設けないこともあり、必然的にそういう集団は宗教にせよ国家にせよ、ある種の権威を抱くシステムからは脅威とされてしまう。厳しい弾圧の末、帝政ロシアはコサックを東征の先鋒に据えることで解決を図った。彼らは他の民族と抗争を繰り返しながら版図を拡大していく。時に自らがその土地の民族に溶け込むこともあり、反対にその民族からコサックに加わることもあったという。

「私はね、彼らがその生地にこだわらず、ただひたすらに東、つまりボストークへ進んでいったのには方角とか距離とか土地以上の意味があったと思っているんだよ。つまりだね、コサックにとってのボストークとは、即ちそのまま、自由という意味だったんじゃないか、ということだ」

見計らったように、先ほど料理を運んできた民兵風の男たちがせわしなく出入りを始め、食卓に並ぶ食器を片付けていき、代わりにホットコーヒーが出てきた。

「もう少し話をさせてもらおうか。いいかな?」

ノモトは一同を眺めまわし、一応問いかけはするけれども、こちらが返事をする前にロシア的長広舌が始まっている。

「そういう風に捉えると、『自由よ! なおもお前を求めて』と言っているプーシキンの言葉がよりいっそう示唆的に感じられはしないかな。この捕虜が何にもましてコーカサスの、後にコサックとの不幸な出会いを遂げてしまうチェルケス人との中でこの言葉をひねり出すあたりなんか、因果を感じないわけにはいかないな。ただ一口に〝自由〟と言ってみたところで、今の時代ずいぶんこれもインフレ気味だからね、改めてその位置を定めてやることが重要とは思わんかね。私たちにしてみても、どうだろう、ニッポンでもサハでもどこでも構わないが、その中で所与のものとしてある権利の数を数えて、その多い方を〝自由〟と呼ぶ愚を犯してはいないかな? いや、もちろんその通りだ、その数だってばかにならない。だがその数多の権利も自由《リバティ》も、実は生命の躍動を縛り付ける鎖なのではないか? 私はね、このチェルケスという民族の中に自然を見ているのだよ。ただここで重要なのは、チェルケスは現代生活にうんざりした人々の憧憬《しょうけい》を一方的に押し付けられる対象としての自然や自由ではない、ということだ。これを持ち上げる連中はオリエンタリズムにどっぷり浸かっている。ファッションと歴史の違いも分からない愚か者に過ぎない。実際のところ全くの自由、無秩序というのにほとんどの人間は耐えられない。だから捕らわれたロシア人の方は無批判にそのフリーダムを受け入れる気にはなれないんだ、こうした無為な自然、始原的自由からは脱出をしたいと考えているのだよ。ただ、かといって彼が出発してきた理性的な、西欧的な、未来的な社会が持つ諸制約、そう、そうだよ、さっき私が言ったような、権利の数を指折り数えてはその数が増減することに一喜一憂するような社会にもまたプーシキンは多分失望をしていて、その対極にはコーカサス的フリーダムがあるのだけれども、これにしてもやはり彼を満足させるには至らないのだ。多分、権利の数が物を言う、そういうリバティの津波がさらっていくのはフリーダムそのものではないかということを、プーシキンはどこかで気が付いていたんじゃないかな。実際彼は後年アメリカ先住民族にさらわれた記者か誰かの手記を引用しながら、文明の光が差し込んでしまった未開社会は滅び去る運命にあると言い切っているんだからね。チェルケスはコサックを取り込んだ帝政ロシアというシステムによって徹底的に破滅させられ、そのコサックもソビエトというシステムに滅ぼされて、では対立陣営はどうかといえば、まあやはりリバティの支配が網の目状に張り巡らされているわけだ。そこのところはバフチンも何かに書き残していたね。個人主義をどれだけ称揚していようとも、その確信にみちた社会的な方向付けの由来が人格ではなく、外の体制からやってきている限りにおいて、その構造は全く社会的、経済的なもので、結局それはそういう体制が個人に投射されたものにすぎないという風にね。私はその先にこそ、プーシキンやコサックが追い求めたボストークがあるのではないかと考えているんだ。自然の持つフリーダムと理性的なリバティが止揚された次なる空間、それこそが私たちが向かうべきボストークなのではないかということだよ。そういう経験はないかい？君が幼少の頃はどうだった？」

次いで水を向けられたのはアンナだった。この部屋に入ってからというもの、アンナの表情はずっと険しい。もどかしいのだろう。森の所在を知っているかもしれない人物がいつまでもくだらないおしゃべりを続けているのが耐え難いのだろう。イリキもほとんど同感だった一方で、この話が続いている限り、自分は殺される危険性からは逃れられているという自覚もあり、加えてこの話には、ただ雑音として片付けるにはしのびない何かが隠されている気がしてもいた。

「なに？」

「君の民族の話だよ。自由を求めて立ち上がろうと思ったことは？　そうした人々はサハにはいなかったのかね？」

「民族なんて意味ない」

アンナは、先ほどと同じ怒りに満ちた表情のままはっきりと断言した。イリキは二人のやりとりを聞きつつ、「いや、そんなことはないだろう」と心中疑問をさしはさむ。コーヒーをすって、カップの縁からノモトにそれとなく一瞥を投げかけて様子を探る。また長広舌が始まってしまうのではないかと危惧しながら観察をしていたが、どうもその様子はない。

「でもそういう時代もあった」

話を引き取ったのは、アンナ自らだった。

「ソビエトがなくなってすぐに。私はその時を見てないけど。自分たちの民族を真ん中においた国を作ろうっていう人たちもいた。だけど社会主義が好きな人もいた。どうでもいいって思ってる人もいた。私の父親はどうでもいいと思ってた、私もそう思う。兄はロシアが好きだった。チェチェンで紛争があって、警察がうるさくなって、サハでもエヴェンキでもブリヤートでもそういう意見を持つ人がいっぱい捕まった。でもそういう意見を言ってる人たちはみんな大学の先生とか外国から帰ってきたような人たち。そういう人はみんな頭がいいから独立を目指すけど漁撈も狩りもアバーフのこともバカバカしく思ってる。頭のいい人たちは、言ってることとやってることが全然違う」

ノモトは斜め上を眺めながら、片手で頬と顎をさすって何かを考えているようだった。ストーブで薪が爆《は》ぜる音、カップが皿に置かれるときの音、風が窓を揺らす音、それらをかき消すようにして流れるショスタコーヴィチ。にぎやかな沈黙だった。

「アバーフとは？」

ノモトが問う。

「悪霊のことだ。死のにおいがするところにいる。大きな声で話してはいけない。アバーフがやってきてその人を不幸にする」

ノモトは、いかにも感慨深げに「ふむ」と頷いてから、「頭のいい人たちはそれを信じてはいない？」と改めて質問をした。

「馬鹿にしてる。独立しろ独立しろと騒ぐ。自分たちで全部決めろと騒ぐ。でもアバーフは信じないし馬鹿にしてる。〝本当の名前〟のこともどうでもよくて、今の名前をそのまま使えという。だから信用されない。売られる」

「どこへ？」

「民警」

「本当の名前とは？」

「サハが使う名前。ロシア名じゃない名前。だから私の名前も私の本当の名前じゃない」

「同化政策ということかい？」

アンナは一瞬だけ眉間のあたりに皺を寄せ、「その言葉を知らない」と答える。

ノモトは「ああ、いいよいいよ」と手を振り、「その後は？」と質問をかぶせた。

「知らない。でも頭のいい人たちは〝あいつらに裏切られた〟ってやっぱりあたしたちを恨む。あいつらは馬鹿だって、恨む」

ノモトは目を細め、天井の方を見つめながら感慨深そうに傾聴していた。

「なかなか面白い話だ」、と感想し、ノモトは微笑する。苦痛に顔をゆがめているようにも見えた。

「私は、ボストークが今なおあると信じている。この土地は、リバティに耐えられない人々の受け皿だというふうに思っている。とはいえ、自然が持つフリーダムはランダムで不誠実だ。良き人も悪しき人間をも、なんの規則もなく思いついたように連れ去ってしまう。だから反動的にこの地にやってくるだけではだめなのだ。それこそ〝あらゆる人格はそれぞれ一つの牢獄であり、また一つの片隅である。〟といみじくもニーチェも言っているだろう？　リバティにせよフリーダムにせよ、それが観念である限りその人間はそこに縛り付けられるのだよ」

イリキは、ここにきてからの自分の立ち居振る舞いや観念のことを想起して、歯嚙みする思いがした。自然的な生活や自由が、あたかも現今の社会に優越しているものと捉えつつあった自分を見つけたからだ。ノモトの話はほとんど分からなかったが、そういう安直な反動的行為だけでは何もうまくいかないと説教された気分になり、そしてまたノモトのいうボストークに魅かれつつもあった。

「ボストークの実現には、何か担保が必要だ」

ノモトはコーヒーをすすった。

「この土地には核がある」

飲み下し、一拍置いてからさらりとそう続ける。

イリキは耳を疑った。〝カク〟という音が「核」という単語に行き着くまでに少し時間がかかった。

「森のことも知っている。そのことは明日、君たちにも協力してもらいたい」

森の話題が出た時、アンナは腰を浮かせて席を立ちかけた。

ノモトはカップを持っていない方の手で、アンナを制し、今まではないあまりにもはっきりとした声音でもって、「明日だ」とぴしゃりと命じる。

緊張が走った。

「どこへ行くのも自由だ。フリーダムだよ。私は君たちを縛らない。ただ、森のことは明日だ。明日の朝ここにいなければ、森とは永遠に会えないだろう」

ノモトが席を立つと同時に、女中らしき中年女たちと手下の男たちがわっと入ってきて、そそくさと部屋の片づけを始めた。使い古されたシュラフとウレタンマットが三つずつ、部屋の片隅に置かれている。

「明日だ」

ノモトはそう言って、部屋を出ていった。

6　襲撃

　久しぶりの睡眠と朝食は体力を回復させたが、身体的な余裕ができた分だけ余計な思念にカロリーを費やしてもいるようで、煩わしくもあった。また暖かい部屋にいると、もう何日も風呂に入っていなかったことに今更ながら思い至って、一度そのことにとらわれると頭のてっぺんからつま先まで尋常ならざるかゆみが常時走り回ることとなった。

「そろそろ行こうか」、とノモトが声をかけてきたのは、朝食を終えてしばらく経ってからだった。起床から朝食の間、山縣に問いただしてみたところやはり使用人だと思っていたあの男こそノモトなる人物だった。どうしてそのことを教えてくれなかったのかと迫ろうとも考えたが、やめた。当時の状況を振り返ってみれば、そんな暇も余裕も、誰も持ち合わせていなかった。

　釧路を出て、ノモトのもとへとたどり着くという当初の目的は達せられた。また、その目論見通り、あの男は森に関する何かしらの情報を摑んでいるようでもあった。それには核という不穏なおまけまでついていたわけだが。

どこへ行くのも自由だと言ったノモトではあったが、森に関する続報が無く、装備も乏しいいま外に出たところで、得られるのは凍える自由でしかないわけで、三人は結局ここで夜を明かすことになった。朝食は、昨夜とは違って三人きりで摂った。

ノモトとその手下二人に「すぐに着くから」と促されて着の身着のまま外に出てみると、昨日とは一転、晴天である。ところどころ、置き去りにされた小さい雲の欠片《かけら》が青空を背景にしてさみしく流れていた。

一行が行くのは、無論雪原だ。ただ、道は開かれている。人ひとりが歩くのに十分な幅が確保された道が、だだっ広い雪原のあちこちに張り巡らされている。道だと分かるのは、除雪された際に出たであろう雪が、道の左右で雪壁を築いているからだ。雪原の中に、牛舎やサイロよりもずいぶん小ぶりな例の小屋——どれもが丸木材で高床式で、一見すると古代の食糧庫のようでもある——がぽつぽつと建っている。歩きつつ観察をしていると、どうも民兵たちの居住施設であるらしく、ぱらぱらと出てきては雪かきをしたり小屋から牛舎へ移動したりしている。

先頭を歩くのはノモトで、その隣に民兵が一人いる。山縣、アンナと続き、イリキはその後ろに付いた。最後尾にはやはりスラヴ人民兵がおり、この中で一番体格がよく、玄関にあった荷物一式は全てこの男が持っていた。ジーンズに黒のダウンジャケットというラフな出で立ちではあったが、首に回されたスリングは短機関銃——スコーピオン——とつながっている。自分たちがこれからどこに連れていかれるのか、前後の兵士は警護なのか見張りなのか、そもそも自分たちは本当に自由なのか、これから殺されるのではないかといった疑問をノモトに投げかけることは、家を出たときの雰囲気から察するに不可能であると思われた。

雪道は踏み固められていたが、だからというべきか、ところどころ滑りやすくなっているところがあり、イリキは何度かバランスを崩した。前を行くノモトらも、後ろの兵士もそういう様子は一切ないことから、こういう道での独特な歩き方というやつがあるのかもしれない、とイリキは思った。

見様見真似でただちに体得できるものではなかったけれども、両膝に均等に体重を分散させつつ、重心は常に地面と垂直になるよう意識することで多少はマシになる。

行先は、どうも牛舎であるらしい。昨日見た四つのうちのどれであるかは分からないが、今歩いている道は、牛舎まで伸びている。一行は無言のまま雪道を行き、林を背にする牛舎にたどり着いた。中で暖をとっているようで、三角屋根から伸びる煙突からは白い煙がゆらゆらと漂っていた。うち、一番左にある牛舎の煙突だけ、何も出ていないのをイリキは見て取る。そして、どうも今日の目当てはその建物のようだ。窓は全て閉ざされ、巨大なスライド式の鉄扉の前には防寒具を身にまとった民兵が二人、歩哨に立っている。ノモトらを認めると、何も言わずに巨大な鉄パイプの閂《かんぬき》を外して扉を開ける。寒空の下に、金属がこすり合わさる不快で甲高い音が聞こえてくる。隣の牛舎も同じく扉も窓も閉められているが、そちらの方は歩哨もなく、鉄扉の前にいる二人は必ずしも牛を守っているわけではなさそうだ。隣の三つからは生き物の気配がしたが、目の前からはそれが感じられない。牛の鳴き声や短く鼻を鳴らしながら息を吐き出す音、動物特有の臭気といったものが、これから入ろうとするところには一切ないのだ。そしてそのことがとにかく不気味で、背筋に怖気《おぞけ》が走る。

予期していた通り、建物の中は寒かった。建物の中央に通路があり、それと並行するように左右には矩形に区切られた鉄柵が並ぶ。本来そこにいるはずの牛は一頭も見当たらず、給餌のためのバケットも取り払われていたのでそれらの区画は今歩いている通路に対して開け放たれている形となっていた。藁だけが柵の内側にむなしく敷き詰められている。窓という窓が閉め切られていたから、中は暗かった。木造ゆえの立て付けの悪さなのか、はたまた牛舎だからそこまで精巧な作りであることを求められていないのかは分からないが、閉め切ってはいても方々から筋状の明かりが差し込んできていてあちこちに光のカーテンを作っている。それが薄らいでいったのは、等間隔に配された三角錐の照明が天井にあり、それがゆっくりと明るくなってきたからだ。

牛はいなかったが、臭いはひどい。公園に設置された古びた公衆便所のにおいを思い出す。ただ、糞尿ばかりではない。ここには藁をはじめとする飼料だとか焦げ臭さだとかむき出しの木材独特のにおいだとか埃っぽさだとかが混じっている。

前を行くノモトらの肩口から、通路の一番奥に何人かの男たちが立っているのが見えた。一人はジャージにゴム長靴、紺色のドカジャンという出で立ちで、他の男たちも浅葱色の作業着に防寒着という現場風の装いである。

一番奥にまでたどり着いた時、イリキは言葉を失った。

本来、牛が詰め込まれているはずの鉄の囲いの中に人間がいたのである。右側に三人、左側に三人の計六人がいた。みな手かせ足かせを鎖につながれている。生きているのか死んでいるのかは分からない。藁の上で六人とも力なく横たわっていたからだ。左に繋がれている三人は、紺色の出動服を着ていることから警備隊員であるらしい。右の三人はジーンズやワークパンツにチェック柄のシャツであったりジャージであったりした。

イリキは振り返った。そうしようと思ってしたのではない。身体が反応したのだ。背後には、壁のようにスラヴ人が立ちはだかっていた。息が上がってくる。逃げられるか？　自問し、今一度向き直ると同時に左右を見渡す。窓は全て閉め切られ、前後には民兵がおり、こちらは丸腰で、入ってきたときの扉の向こうにも武装した人間がいることを考えると脱出は絶望的である。おれたちもここに閉じ込められるのだろうか、そうだとすれば、少なくとも命は無事なのではないかと一縷《いちる》の希望が束の間脳裏をよぎるも、左右に居並ぶ面々の姿を見やれば無事に済まないことは明らかである。死ぬのも痛いのも嫌だ。罠にかかったときの足の痛み、墜落時の衝撃が思い出される。痛みを経験しても自信にはつながらない。もっと避けたいと思うだけだ。痛みを知らずに生きてきた自分にとって、苦痛というやつはある意味死ぬこと以上に恐ろしいことだった。

どうすべきか分からない。山縣もアンナも何もしゃべらず、いささかも動じてはいないことが唯一の救いといえば救いだった。右へ倣《なら》うことの愚かしさは従順に人に殺されることも殺すことをも意味するかもしれないが、今この二人の落ち着き払った振る舞いを視界に収めている限り、自分も度を失って混乱するまでには至らない。

ノモトが頷くと、奥にいる作業着姿の、角ばった顔の中年もまた頷き返し、一瞬視界から消えた。次に現れた時、男の手には銀色のバケツがあった。湯気が立っている。

何をするのかと思えば、一番右奥で横たわる男にそのお湯を浴びせたのだった。

すさまじい絶叫が牛舎内に響き渡り、イリキは震えが止まらなかった。あれはお湯なんていう生易しいものじゃなかった。それまで微動だにしなかった男は鎖をじゃらつかせながらのたうちまわっていた。濡れたせいで、転げまわる度に衣服や顔に藁がまとわりついていた。

旧釧路空港でも市街地でも戦いを見た。何人もの人間が死んでいくのを見た。でも今目の前で繰り広げられていることほど凄惨な場面はなかったかもしれない。イリキは考えつつ、ふと子供の頃に、庭にいたミミズに熱湯をかけた場面を思い出してしまった。今と同じように地面をのたうつミミズと、名前も年齢も分からないぼろぼろの人間がオーバーラップした。あの時、自分は気味が悪くなって家にとって返した。それからというもの、この場面を忘れることはついぞできなかった。多分、今目の前で起きていることを忘れることもできないだろうと思う。

あの男はなお生きていて、今まで見てきた幾多の死と比較しても、なぜだかこっちの方がずっと重みをもって感じられるのは、ひとえに生きていることそれ自体の重み故だろう。味方の装甲車に踏みつぶされる警備隊員も墜ちゆく航空機の中にいる操縦士も爆発するヘリに搭乗していた地上部隊も、破壊や戦闘という圧倒的な現象の前ではあまりにもちっぽけだ。本来重みのある生命がいとも簡単に蹂躙されていく様は、間近で見ていると不思議と滑稽さを伴う。実際に距離を隔てていたり、あるいは時間という間合いを取って眺めてみるとその凄惨さが浮き彫りになるのかもしれないが、当の瞬間、その場にいると戦闘や戦争という現象そのものの駆動力に圧倒されてしまうのだ。人を人と、生命を生命と思えぬ残酷さが転じて喜劇になってしまう、そういう仕組みがある。でも、あの男は生きている。圧倒的な仕組みで蹂躙されるのではなく、その行為もまた人間がなしていることに今自分は驚愕しているのだ。

永遠にも思えるほどの長い時間が経ち、ようやく男は黙って、それからすすり泣きを始めた。

「こいつは」

ノモトは山縣たちを振り返って話を始めた。能面のような顔が恐ろしい。

「旅団の連中に核の所在をバラした」

バラしたから熱湯をかけられているのか？　これは罰なのか？　見せしめなのか？　ある行為に対して、人が人を罰することは許されるのか、というとめどない、どうしようもなく深みのない疑問が噴出する。いや、そもそも旅団の連中だって今はもうノモトの配下なのではないのか？　今自分は一体全体何を見せられているんだ？

ノモトはまたくるりと反転すると、ゆっくりと件《くだん》の男のもとへと歩みを進めていく。片足を目いっぱい上げ、うずくまる男を踏みつけにする。

「こいつは」

ノモトはまた先ほどと同じような声音で言いながら、今一度膝を腹の方へと引き上げる。

「カネなんかと引き換えに」

勢いよくかかとが男の背中にぶつかる。男の嗚咽《おえつ》が、踏みつけられると同時にぴたりと止まり、くぐもった呻《うめ》き声に変わる。

「バカなテロリストどもに、」「核を引き渡しやがった、」「森のガキだ、」「見つけたら殺してやる、」「核は使えねえ兵器なんだよ、」「そんなことも分からねえで、」「あのクソガキどもは」、とノモトは発言の一つ一つを区切りながら男を踏みつけにしていた。それまで、一言一言の間隔は比較的狭かったが、後半はほとんど発言をしながら男を踏みつけにしていたせいもあってノモトの息は上がっていた。

男は身体をくの字に曲げて動かなくなった。ノモトは肩で息をしながら、ゆっくりとその囲いから出てきたが、まだ怒りが収まらないのかもはや言葉ですらない咆哮を上げると今度は駆けながら先ほどの柵に舞い戻るや折れ曲がったまま倒れ込む男の腹部めがけてゴム長靴のつま先をねじ込ませた。男は蹴られた拍子に、藁の上で大の字になった。目は、いつだかに見た鹿とそっくりに白濁しており、もはや何の色も映さないガラス玉と化している。

ノモトはまた奥の男どもに何かを意味する頷きをすると、今度は巨大な斧が出てきた。鈍色《にびいろ》の刃と使い古されててらてらと艶やかに光る木柄を備えた斧である。作業着の男がノモトにそれを恭しく渡すと、今度はその反対側にいる警備隊員の方へと歩みを進める。

イリキはうつむいた。次に何が起きるのか、もうはっきりと分かってしまったからだ。

自分のつま先だけを見つめる。耳を塞ぎたかった。岩と岩がぶつかるみたいな、それでいてその間に何かその音をやわらげるゴムか綿かそういうものが挟まっているような奇妙な音がする。もう何も見たくないし何も聞きたくなかった。眠ってしまいたかった。意識が邪魔だった。

「こいつらを全員起こせ」

ノモトの怒声が聞こえる。

イリキは目をぎゅっと瞑る。

足音と金属がぶつかる音がする。死の作業員たちが動き出したのだろう。

方々からすすり泣きと苦痛に呻く声が聞こえる。

「お前らはうちの庭で何をしてやがった」

「なんでここにいた」

「釧路に来たのは何が目的なんだ」

「全員こいつみたいに死にたいのか」

「こっちを見ろ、こっちを見ろ、おれが目的なのか、おれか、おれなのか」

ノモトは大声でわめきちらしながら暴れていた。本当は、イリキの視界は暗黒だったから暴れていたのかは分からない。ノモトの息が上がって、さっき聞いた不気味な鈍い音が不規則に会話の合間に聞こえてきたからそのように思ったのだった。事実はどうでもよかった。早くここから出してほしかった。本当に、どうして自分はここに連れてこられたんだ。疑問とも悔恨ともつかぬ台詞が喉元までこみあげてくる。

イリキは意を決して目を見開き、顔を上げた。

作業員風の男が四人、警備隊員を挟み込むようにして通路に立っている。隊員は膝を折り、正座のような姿勢で男たちの間に座らせられていた。ひょっとすると、立つことすらできないほどに衰弱しているのかもしれなかった。柵の内側にいた別の隊員は、夥《おびただ》しい量の血を流してこと切れている。ノモトの手にはあの斧が握られているが、刃の部分にはべっとりと赤黒い液体がついており、切っ先から雫がリズミカルに藁の上へと滴る。またあの牛舎特有のにおいが唐突に鋭く感ぜられ、吐き気を催した。意識で止めようと思っても、身体は言うことを聞かず、気が付くと酸っぱい液体とともに黄土色の嘔吐物を膝と膝の間に吐き散らす。二、三度その波が打ち寄せては引いていくというのを繰り返して、最後には透明で粘性の高い何かが口からわずかに漏れるだけになった。口中に広がる酸味がまた吐き気を喚起するも、もはや出すものは何もなかった。喉にまとわりつく異物感から、咳き込み、何度も唾を吐き出す。自分の鳴らす身体の音だけがあたりに響き渡っていて、その間ノモトの行為も周りの動作も全て停止していることにはたと思い当たり、あわてて上体を引き起こす。

山縣が、首をひねってこちらを見ている。アンナも。そしてノモトもその部下たちも。誰しもが無表情である。警備隊員二人だけが相変わらず地面に焦点を合わせていた。

周囲にまで漏れ聞こえてしまうのではないかと思えるほどに心臓が高鳴り、首筋と背中の真ん中あたりが熱くなっているのが分かる。身体の内側が燃えている。内側の熱は、一方で外気がどれほどまでに冷たいかを思い知らせる。言葉が出ない。出すべきなのかも分からない。この数日で、自分の知っている社会ではなしえないことを自分もしてきた。いや、してきたと思っていたが、それも違った。これまで見聞きしたこと、為したことはそのどれもが、自分の慣れ親しんできた社会と親和性を持ち得ないにせよ、少なくとも自分の許容できる範囲内のことであったに過ぎない。釧路で見た、自動車専門店を娼館に変えてしまったあの中を見たか？　見ていない。港湾沿いの工場で何が行われているのかを見たのか？　見ていない。ドラム缶の焚き火を囲んで意識を吹き飛ばしている薬物中毒者たちと同じ体験をしたのか？　していない。結局、見ようとはしていなかった。自分がなしたと思っていることはどれもこれも外側からの品評に過ぎなかった。

死が目前に迫っているかもしれないという緊張が嘔吐を招来した。血濡れた斧が自分の頭上に掲げられつつあるとはっきりと自覚したとき、足の震えがやってきた。自分の存在がいかにちっぽけで、しかしそのちっぽけなものにすがらなければ自分は自分にすらなれないということが今になってようやく分かった。誰かの死を、いくつもの死を品評したところで自分に箔は付かない。死は生の鏡にこそなれども、生そのものにはならない。一つしかない生命を、おれは最後の最後まで守り抜きたい。そう思った時、恐怖がとめどなく溢れた。大声で喚《わめ》き散らして暴れまわりたかった。

ノモトと目が合った。照明はあったけれども、牛舎内に張り巡らされた鉄の骨組みが方々で影を成しており、また照明の機能自体が悪いのか薄暗がりの中で、目がはっきりと合ったかは分からないけれども、イリキはそう感じた。ノモトの顔がこちらを向いていることだけは確かだ。

ノモトはゆっくりとイリキから視線を外し、彼の前で跪《ひざまず》かされている隊員らに向かい合った。斧は、右手からだらりと下げられている。空いている左手でもって、額を拭う。両手ともにべっとりと血でぬれているからであろう、ノモトは額を拭うときも肘の裏側を使った。その仕草だけを見れば、農作業で一息つく初老の男といった風情だ。

「ウチの庭でコソコソと何を見て回ってた？」

ノモトは斧をゆっくりと持ち上げ、隊員の顎をぐいと押し上げる。

小声で何かをぼそぼそと言うのが聞こえるが、何を言っているのかまでは分からない。「ん？」、とノモト。彼もまた聞き取れていないのかもしれない。

「偵察、偵察です」

隊員はかすれた声で再度言う。

「なんのためだ？」

「突入チームです、突入チームのための偵察です」

「規模は？」

「分からないです。こちらの情報を見てから勢力を決めます」

ノモトは斧を顎から離し、「手錠を外してやれ」と左右に立つ男たちに命じる。

隊員の右手側に立っている男が屈みこみ、後ろ手に付けている手錠を外す。解錠と同時に手錠と鎖が地面に落ちた。

「右手を出せ」

ノモトは隊員ではなく、またしても左右の男たちに命じる。すぐさま隊員は地面に押し倒された。一人は膝を隊員の首根っこに押し付けて体重をかける。先ほど手錠をはずしたもう一人が右腕を引っ張り、こちらの方もやはり膝で隊員の肩と肘に体重をかけて押さえつけている。

その間、隊員は暴れたが元々衰弱状態にあったということもあり、ほとんど抵抗らしい抵抗には見えなかった。

「やめてくれ」と連呼する隊員の目の前にしゃがみ込んだノモトは、何も言わずに軽く隊員の頬をぺちぺちと叩くだけだった。

「右手にお別れを言いな」

ノモトが斧を振り上げる。

「やめてくれ、許してくれ」

叫ぶ隊員の声とノモトの「ヨイショォ」という大音声の掛け声が重なり、斧が振り下ろされる。もっと生々しい、肉や骨を断つ音が聞こえるかと構えていたがそういったものは一切なかった。

斧が地面を打つにぶい音と隊員の絶叫だけである。

ノモトは一度大きく息を吸って吐き出した。

「おーい、で、そのチームってのは何人でくるんだ？　どこからくるんだ？」

バッターボックスに入る前の打者よろしく、ノモトは蹲踞《そんきょ》の姿勢になった。斧は地面と垂直に立てられ、右手はその天辺に置かれている。

隊員は叫ぶだけで答えられるような状況にはない。

腕を切断されていない方の隊員が暴れだした。ただ、その動作はささやかなものだった。ノモトがその存在に気が付き、立ち上がりざまに「お前は何か知ってるのか」と問う。

もう一人の隊員は必死に首を左右に振っていた。

「本当に知らないんだ。本当に。我々はただ命じられて、命じられてここにきたんだ。情報は流せていない。本当に何も知らないんだ」

前のめりになりながら答える。作業員が隊員の両肩を押さえる。

ノモトは首をぐるりと一周させ、大きなため息をついた。

「もっとよーくモノを考えろ」

その間も、腕を切断された隊員の絶叫が牛舎内に反響している。

ノモトはまたため息を一つ、天井を仰ぐ。次いで、素早く斧の柄を両手で握りしめるが早いか、右手を失ってもなお男たちに組み伏せられている隊員の頭めがけて斧を振るった。刃が隊員の後頭部に直撃するのと絶叫が止むのは同時だった。台形の刃は、頭の中ほどにまで埋まっている。

「よぉ、いいか、命令されてやりましたってのはアホのすることなんだよ。これをやったらどうなるかをよく考えてやってくれや。なあ、分かるか」

ノモトは最後の一人を見ながら言う。隊員は茫然とノモトを見上げて首を左右に振る。

「なるほど、信じよう。お前らは何にも知らずに命じられてノコノコここにきて取っ捕まったってことを。滝川のときも今回の釧路のことも、全部そうなんだろ。何か達成すべき目的があってそのアプローチとして何かを積み上げていくんではなくて、何をやっているのかもよくわからずにとりあえず命じられたことをやったってことなんだろ。で、自分がやったことの結果を見て驚いてるって。そういうことなんだろ、な?」

　隊員は、ゆっくりと、大きく一度うなずく。

「生きててもしょうがないな?」

　隊員は、「しょうがなくないです」と、言葉をひねり出す。

「いやいや、しょうがないんだよ。考えることをやめた奴は生きててもしょうがないんだ。命じられて何かを実行するなんて、バッタだってそんなことしねえんだ。経験から結果を予測することすらできない生き物はお前たち警察と政府くらいなもんだぞ。おれはな、内地にいるリベラルなバカ共よりもよっぽど現実を見ているから今この地位にあるんだ。お前らは何一つ結果を予期しない。予期し得る結果を見通すことができないんだ。イチ足すイチという問いほどにはっきりしてる問題の答えが予想できないんだ。類推や予期がおれたちに与えられた最高の能力なのにそいつを行使しないんだ。言われた通りに何かを為し、出てきた『ニ』に口を開けて驚嘆するやつはな、生きててもしょうがないんだよ。バカな連中は権力者とか政府とか警察を悪の権化みたいに舌鋒鋭く攻撃してるみたいだけど、おれの見立てじゃ違う。お前たちは悪になろうという目的すら持ってないんだ。今のお前と同じだよ。何が何だか分からないままに行為して、そして何が何だか分からないまま死んでいくんだ。な、だから生きててもしょうがないんだ。目的意識も理念も何もない、空虚な仕組みなんだ。どれだけ自由とか平等とか人権とかを叫ぼうとも、なんにも考えずにそいつを推進するだけなら、その向きが変わって女子供を皆殺しにしろ、格差は正しいってなっても、お前らは簡単にそいつに従っちまうんだ」

「しないです、そんなことは、しないです」

隊員は泣いていた。自分の寿命が残り数秒、せいぜいが数分間であることを完全に悟っていたからだ。

ノモトは力なく、ふっと息を吐くみたいにして笑う。

「いいや、するんだよ。お前たちは。事実、お前たちがやってきたことは良きも悪しきも、ぜーんぶ命ぜられてやったことなんだ。だから結果としての善政も悪政も、全部イコールなんだよ。今はどんなマイノリティだって守り抜く気概かもしれんが、それも命令があってこそなんだ。腹の奥底からの意志で発露された行動じゃねえんだ。そういうシーソーみたいな仕組みでしか動けないやつはいなくなった方がいいんだ」

ノモトは、先ほど打ち倒した隊員の頭に刺さったままの斧を取り上げると、くるりと身体を回しながら斧を横ざまに振るった。隊員の下腹部に、真一文字に刃がめり込む。左右にいた男たちはそっと離れた。ノモトは隊員の右肩に足をのせて押し出すとともに、腹にめり込んでいる斧はそれとは反対方向に引っ張った。隊員は背後に倒れ込み、斧が引き抜かれる。ピンク色の臓物がぼろぼろと腹からこぼれだす。

牛舎の奥で一連の行動を見守っていた一人の男がのそのそとやってくると、ノモトにハンドタオルを手渡した。ノモトはタオルと斧を、交換し両手を入念に拭ってからそれを地面に放る。

しばしの間辺りを眺め渡し、それからこちらをまじまじと見つめる。ゆっくりと歩きだし、イリキたち三人など初めから存在しないかのように通り過ぎて、また元来た道を引き返し始める。

一体全体、何を見せられていたのか。イリキは、今後自分がどうなるのかも分からず茫然と立ちすくんでいると、後ろにいた民兵が拳で軽く小突いてきた。歩け、ということなのだろう。この地獄のような空間から出られることはありがたかった。

先を行くノモトが鉄扉を叩くと、金属音をかき鳴らしながら扉が開かれる。

陽光によって雪原が光っている。まぶしかった。

中も寒いが、外はやはりもっと寒かった。ただ、あの一連の事件を見させられていた時、自分は明らかに寒さのことを忘れていた。今はこの刺すような冷気がかえって心地よかった。

一行はまた雪原の中を歩き出したが、向かう先は初めに訪れた家ではなく、雪原の中ほどにぽつんと建つ、いくつかある丸木小屋の一つだった。

基礎のようなものがあるのかと思ったが、近づいてみると、四つの角から太い丸太が地面に伸びているだけだった。三角屋根からはいびつに曲がりくねった煙突が伸び、白い煙を吐き出している。小屋は本体の他に、ウッドデッキと呼ぶには粗末だが、踊り場のようなものもあった。そこには座面や背もたれがナイロンで構成されたアウトドア用の折り畳み椅子が置かれていて、民兵が前かがみになって座っている。両足の間には、銃床を下にした小銃が挟みこまれていた。銃口が肩口を抜けて上方に向いている。デッキからは短い階段が地面に向かって伸びていた。

民兵は、近づいてくるノモトらを見つけると慌てて立ち上がるも、ノモトは歩きながらそれを片手で制する。

こちらの民兵はスキーウェアと思しき、全体的に膨らみのある黒のつなぎを着ていて、靴もスノーブーツである。目出し帽をかぶっているために表情は見えない。

階段の手前で立ち止まり、ノモトが見上げながら民兵に何かを尋ねる。聞き取れなかった理由は、距離のためではなく言葉のせいだった。歯の隙間から空気を吐き出すみたいな「シィ」の音やひどい巻き舌調の「ルィ」の発音などからして、自信はなかったが、ロシア語と思われた。いずれにせよ、ノモトの喋る言語が特定できたところでノモトの言っていることは分からないので意味はない。

民兵からの返事も、当然その言語によってなされる。甲高い声だった。それでいて奥行きがあって、例えばメゾソプラノの歌手とかそういうものに近い気がした。イリキも顔を上げてよく観察をしてみたが、目元しか見えないのではっきりしたことは分からない。ただ、なんとなく女であるような気がした。背は高くも低くもない。

こんな無意味な観察を繰り返すのは、きっと自分の顚末について考えたくないからだ。生存本能に近いところにある何かが、心底どうでもいい考察を繰り広げる知覚的な部位に攻撃を加えてくる。生き残るために何をすればいいのかを考えろと責め立ててくる。

ノモトは階段を駆け上がり、小屋のドアを開ける。開けただけでノモトは中には入らず、振り返って手招きをした。

「一時間後に来る。いくつか聞きたいことがあるからそれまでに整理しておいてくれ」

デッキの上で、ノモトは語りかける。抑揚も感情もない声音だった。

山縣を先頭に、おずおずと促されるがまま小屋へと入っていく。部屋は狭かった。かつて山縣と過ごした小屋よりも、あるいは狭かったかもしれない。部屋の角には丸椅子があり、白髪の男がちょこんと座っていた。

「モリ！」

アンナが感極まった声を上げると同時に、ドアが閉められた。

森は、アディダスのジャージにダッフルコートという奇妙な姿だった。ドアが開かれた時もこちらに注意を向けることはなく、アンナが呼びかけてからようやく顔を上げ、この時やっと驚きに目を瞠った。

短く刈り込まれた白髪は、禿げあがってはいないが、毛量に乏しいことが見て取れる。顔のいたるところに皺が刻み込まれていて、実年齢は不詳だ。目を丸くしたまま、口をぱくつかせるも声は出ない。アンナは駆け出し、丸椅子に座る森の前で両膝をつき両手を取って泣いた。無理からぬ反応だ、とイリキは思った。

寄る辺のない見知らぬ土地で、ましてや名目上も実態上も制度が灰燼《かいじん》に帰してしまったこの土地で十年を共に過ごしてきた仲である。

山縣はドアの前から一歩も進まずにただただその光景を見つめている。自分はといえば、ノモトが宣言した〝一時間〟というタイムリミットがどういう意味を持っているのか測りかねていて、ややもするとそれが自分の寿命ではないのかとすら思えて、しきりに時計と森とアンナとを見比べていた。

牛舎で行われた一連の処刑を自分たちに見せたのは、森から何かを聞き出せということではないのか、というのがイリキの推論だった。

二人はしばらくの間奇妙な言語で会話を繰り広げた。日本語とロシア語が入り混じった、二人だけの言語といってよかった。釧路、私、した、山縣という単語が混在する。

イリキは時計に注意しながら、山縣の方を見やる。山縣は口を引き締めつつ小さく首を振った。

時間がない。

イリキは焦り、ドアの方へと振り返ってそっと耳をそばだてて外の様子を窺うも、何も聞こえず、ただドアの隙間から闖入する冷気が頬を撫ぜるだけだった。

部屋に、内装らしい内装はない。恐ろしいほどに寂しい室内で、薪ストーブと板状の木材を繋ぎ合わせたすのこの上に敷かれたシュラフ、室内の真ん中にぽつんと置かれたガスランタンくらいしかめぼしいものはなかった。窓も何もついておらず、森がここに幽閉されていたであろうことが窺える。

「ごめん、ちょっとそろそろ……」

しびれを切らし、イリキが口を開く。

二人の会話がぴたりとやみ、視線がこちらに向けられる。かといって、次に何を言うべきかも思い当たらず、その視線を受け流してまたゆっくりと山縣の方を見た。

山縣は一度だけ大きくうなずくと、森に「牛舎に行ったか？」と訊く。

森は、牛舎という単語を聞いただけでびくっと肩を震わせた。その反応だけで十分だった。

「あいつを出し抜こうとしても無理だ」

あいつとは、ノモトのことだろう。

「何を聞かれるかはわからんが、正直に言ったところでああなる可能性は残る」

山縣はさらりと残酷なことを言ってのけた。ああなるとは、斧で頭をかち割られることに他ならない。淡白な物言いではあるが、斧でぶたれて生き残れる可能性は万に一つもなく、そんな死に方は嫌だった。イリキは両膝が震えていた。抑えようとしたところで、この衝動は意識とは別のものによって動かされているらしく、止まらない。山縣がなぜ平然としていられるのかは謎だ。

「だからとにかく、お互い知ってることを、頼む」

「私が知っていることはもう話した」

森は、しゃがれ声でゆっくりと言う。どこか諦めの色が練り込まれているようにも感じられる。

「おれたちは何も聞いてない」

山縣は諭すように応じ、続けて「それにあいつは多分おれたちに質問をしてくる」と付け加えた。

全員が黙っていると、山縣はその理由について明らかにし始める。

「あんたは信用されてないいんだ。もちろんおれたちも。処刑を見学させたのは脅しにゃ違いないが、それだけじゃない。あんたがどうしてここにいるのか、どうしてこんなことになったのか、おれたちがとっくり納得して、あいつに説明できるようになってまず第一歩なんだよ。おれたちはお互い嘘をつき合ったり出し抜いたりする理由がないだろ？　もしそんなことをしたら自分どころか、本来会うことが目的だった人間まで手にかけられるんだから。この時初めてあの最低な見学が力を持ってくるんだよ」

たすき掛けみたいに、お互いがお互いの死刑執行人の役目を負わされているのだ、とイリキは思った。悪意でも職務でもない、ただお互いを信頼することでしかこの地獄は切り抜けられない。

「でも」、とイリキ。

「仮にちゃんとノモトに説明できたとして、もちろん彼が」

イリキは森の方をちらと一瞥する。

「彼が嘘をつくとは思わないけど、そうなるとノモトは彼とおれたちから、同じ話を二度聞かされるってことだろ？　それで信じてくれるのか？」

「さあな」

「えっ」

「相手が欲しい情報を捏造しても殺される、反抗しても殺されるってのはもうお前でも分かってるだろ。一番可能性の高いところにベットするしかねえんだよ。あいつは、あいつの見たいものを欲しいんじゃない、本当のことを知りたいだけなんだ」

イリキは、ひょっとするとあの処刑はおれたちにではなく、ノモト自身にとって真実を担保するための儀式だったのかもしれないと思った。

円滑といえば、これほど円滑なことはなかった。ここにいる四人には、生存という確たる共通の利益がある。もっともイリキが持っている情報などもとよりなく、流されるがままにここにたどり着いたようなものだから黙って傾聴するより他なかったが。

森曰く、この土地にはノモトが言うようにやはり核兵器が存在していた。そして、今そのうちの一発が森の息子――克之《かつゆき》というらしい――に奪取された。

核兵器という単語には現実感が乏しい。イリキは、それゆえにあったところで使われるような気がどうしてもしなかった。

「何発あるかは知らない。ロケットの弾頭に使うようなものじゃなくて、なんとか背負って運べるような、いわゆる超小型核であるらしいことをノモトは言っていた。時間とともに劣化もしていくからいずれ使えなくなるということも」

森は思い出しながら、ゆっくりと話した。その話し方は、自分自身で改めて物事を整理しているようでもあった。

ソ連崩壊時に、行方が分からなくなった核兵器や濃縮ウランというものがあった。ただ、核兵器も所詮は機械だから個々の部品には耐久年数というものがあり、時間とともにブラックマーケットでの価値も次第に低下していき、保管にかかるコストと取引で得られる利益、取るべきリスクが釣り合わなくなっていた。使用期限が過ぎたものを再度メンテナンスを施し、実戦配備するのには設備も能力も要った。

核兵器の解説がしばらく続いたところで、山縣が「頼む、時間がないんだ。要点を頼む」と割って入った。

膝頭を見つめながらぽつりぽつりと話す森はおもむろに顔を上げて山縣を見つめる。

「さっきも言ったように、何発あるかは分からない。ただ、事案のときに泊の技術者が何人も連れ去られて今も行方が分からないままだ。明言はしていなかったが、私はこれもノモトの仕業なんだろうと考えている」

「いや、それはいいんだ。とにかく克之さんがどうしてそいつを奪ったんだ？　なんで奪えたんだ？　どうしてあんたはここにいるんだ？」

イリキは、山縣が半ば詰問するような調子で問いかけるのをしり目に、時計に視線を落とした。残り二〇分と少々しかなかった。

核兵器は戦略兵器でも戦術兵器でもない、というノモトの発言を森は回想を交えながら言う。

「核兵器は、ノモトに言わせると形而上学的兵器らしい。あることに意義があり、もっといえばあると思わせることに意義があるのだ、と」

森は説明を続ける。

実体上の破壊力、長期的な影響を考えれば、核兵器はとても戦車や軍艦のようにやすやすと運用して使えるものではない。ただ、核兵器それ自身が内包する破壊力はなくならないわけで、これは適正に管理されている限りにおいて、一つの担保になり得る。が、一方で莫大なコストがかかるという事実もある。これらを競合する二者の関係性でとらえた時、この〝破壊力〟という事実はどちらに観念されているかが重要になってくる。それは、使う側の担保には確かになるけれども、その破壊力が差し向けられる方がそのことを認識することで初めて担保たり得るということの裏返しでもある。

「ノモトは、これを逆手に取ろうとしたんだ」

つまり、相手方――例えばロシア政府なり日本政府なりに――破壊力を認識させ続けられさえすれば、実存的に核兵器が存在しようがしまいが、競合する相手はこちらに手出しはできなくなる、と。ただ、その端緒だけは本物によって担われなければならない。それ故、手元にある核兵器は、全てではないにせよ一定数を使える状態にし、かつそれを相手に引き渡すようにする、というのがノモトのプランだった。

「結局、こうすれば保管のコストを相手に負わせることができるから。ましてや大きな政府であればあるほどに政治的にも混乱を与えることができるだろう？　意思決定の混乱は、実際に存在する組織に対しても大きな影響力を持つだろうから……。正直なところ、私にはノモトの考えていることがよくわからなかったが、概ねそんなことを言っていたよ。他にもいろいろあったが」

長い前置きを経て、森はようやく核心に踏み込んだ。

要するに、この核を狙う勢力が大勢あったのだ。その筆頭が過激な日本民族主義グループの独立第五旅団だった。大部分はノモトの勢力下に置かれていたが、その中でも特に過激な一派が分派し、道内各地に散らばっていて、克之はそのメンバーになっていたとのことだった。

ノモトのグループにしても一枚岩ではなく、情報をカネで売る連中もおり、克之はこれによって道内にある一発を手中に収めたのだった。

「なんであんたが捕まんなきゃいけないんだ?」という山縣の疑問はもっともだった。

森は、唸《うな》るみたいなため息とともに、「私も暗に加担していたんだ」と打ち明けた。

森は、標茶に出入りしてはノモトも含めその手下などの専属医のような役割を担っていた。自然、ノモトの動静には詳しくなり、克之に情報を流していた連中が森に接触を図ってきた。

森はノモトの情報を渡し、その裏切り者は克之の情報を森に渡すという寸法である。裏切りを働いた連中が何よりも恐れたのは、核が実際に使われるか否かよりもノモトに勘づかれることだったのだ。森の話から、裏切りに関わった連中はほぼ全員が牛舎に詰め込まれているということも分かった。

イリキは聞きつつ、確かにあの惨状を見れば——そして裏切った連中もかつてはその一端を担っていたのだと思えばこそ——それを避けたいと思うのは当然のことだと腑に落ちた。

旅団のメンバーの作戦はいたって単純で、旭川へ移動中のコンボイを襲撃し、核を奪取するというものだった。裏切りを企図した連中はその混乱に乗じて対価を得て北海道を離れる算段をつけていたが、無論森がここにおり、牛舎に裏切り者が収容されていることに鑑《かんが》みればその作戦が失敗したことは明らかである。

襲撃時、なぜか警察の特殊部隊による襲撃も同時に行われ、三つ巴の様相を呈した。核は旅団メンバーが確保したが、警察との混戦がために行方はもちろん知れず、どこでそれを察知したのか、ノモトはロシアの沿岸警備隊ともコンタクトを取っており、裏切り者のメンバーもオホーツク沖であえなく捕らえられ、森はといえば、とにかく息子に会いたい一心で現場まで向かったけれどもその途上でやはり拘束され、標茶に移送された。ここについたのは昨日の朝だという。

「襲撃はいつだったんだ?」

山縣が食い下がる。

「一昨日になる、か」

森は首を傾げ、時折左右に小さく首を振る。自信がないのが見て取れる。

イリキは、日にちの感覚がすっかり狂っており、雪中行軍が昨日のことで、その前に釧路で戦闘に巻き込まれたことを思い出していた。意図してというよりも、半ばフラッシュバックに近いもので、そしてあまりの情報量の凄まじさに圧倒された。たった数日で、自分とその世界がめちゃくちゃにされてしまったのが分かってしまったからだ。自分が住んでいた世界、立っていた場所は空虚な伽藍《がらん》に過ぎなかったことが分かってしまったからだ。境界も組織も法も権限も、全てが画餅《がべい》に過ぎず、吹けば消し飛んでしまうものだという、せんじ詰めれば己が頭の中にある観念に過ぎないという、恐るべき事実に思い当たってしまった。一瞬で、そんな悟りに近い部分にまで自分が降りてきたとき、はたとノモトが言ったとされる〝形而上学的兵器〟という意味を、漠然とではあるけれどもその輪郭を捉えた気がした。

多分、ノモトは実体ではなく、観念の総体として君臨するシステムそのものに挑もうとしている。

「牽制だったのかもな」

山縣はしばらく黙り込み、片手で頬と顎をさするような動作を繰り返したのち、そんなことを言った。

どういうことだろうか。

口には出さず、それまでぼんやりと天井の方を眺めるともなく見つめていた視線を、先のような疑問を顔に浮かべながらふっと山縣へと向ける。

「釧路のことだ。話があまりにも出来すぎてるだろ。警察が別々に釧路の制圧と核の回収を企図してたとは思えん」

山縣に指摘されて、初めて日時と出来事が一致した。衝撃は、しかしなかった。この数日で自分の知っている世界は完全に破壊されてしまった。地球の裏側や自分の知らない場所で同時的に進行する出来事に自分は関与できない。揺るがしがたい事実であるにも拘わらず、その出来事がSNSやメディアや他人を通じてもたらされると、なぜか自分が没却されて世界そのものになってしまう。しかしそんな酩酊のようなドラッグでトリップするみたいな幻視作用は、墜落と戦闘と飢えと渇きと不快感で漂白されてしまった。これが良いことなのか悪いことなのかは分からない。誰しもがその幻覚に溺れている中、自分一人が岸にたどり着いたとして、そこから見える景色は本当に現実なのか、自分は確信が持てない。溺れている側からすれば自分の方こそ岸に一人立つ狂人なのではないか？　山縣がかつて、そして今も苦しんでいる状況はこの乖離《かいり》にこそあるんじゃないのか？　山にいると忘れられる何かは、この現実と存在の分離のことだったんじゃないのか？　存在と現実を一致させることで安寧を得られるとして、でも秋田ではやっぱり現実と世界が存在に先行していたのではないか？　自分も知らず知らずのうちにその境目に足を踏み込んでいるのだ、と思うと悟りを開いたなどとこの発見を無邪気に喜ぶ気になど到底なれず、また目の前で死んでいった幾多の人々の存在を噛み締めれば噛み締めるほどその重みに苦しめられる。

イリキは何も言わず、ゆっくりとシュラフの上に腰を下ろす。両膝で山を作って両の腕をぐるりと回してそこに顔をうずめた。

もう、疲れた。何も考えたくなかった。

「息子さんの行き先は？」

イリキが呆然自失する中でも山縣と森の会話が続けられる。

「いいや」

「目星は？」

しばしの沈黙。

「西だろう」

「目的は」、と山縣が続けて問うが、口をつぐんですぐに「爆破か」と自ら答えた。

イリキは自らの腕の中で目を閉じていたから暗闇だけがある。そんな中でも白い粒みたいなものがぱちぱちと瞼の裏で閃《ひらめ》いていた。核による爆発は、「爆破」なんて生易しい表現じゃすまないだろうと思った。

「死ぬつもりだったのか」

「分からない。でも、多分そうなんだろう」

イリキは思い出したように顔を上げて、「森さんは、止めようとしてたんですか」と口を挟んだ。

自分で言ってから慌てた。自制心が利かなくなっているのかもしれない、と思ったからだ。

三人の視線が、不貞腐れたような姿勢でいるイリキに注がれる。

「さあ、どうだろう」

森も戸惑っているようだったが、その戸惑いはしかし思わぬところから飛んできた質問に対してというよりも、自らの息子と会って何をしようかということ自体に森自身が明確な答えを用意していないかららしかった。

「止めるつもりはなかった？」

イリキは、説明しようのない怒りに身が打ち震えていることに気が付いた。森やその息子に対してか、はたまた今この状況に対してなのか自分自身に対してなのか、あるいはその全てか。ただ確かに分かるのは、寒気にも似たこの感覚が怒りであるということだけである。

森は、そんなイリキの心中など露知らず、力なく笑ってから、また先ほどと同様に「さあ、どうだろう」と同じ答えを寄越す。

「今となってみれば、そんな気がしているよ」

イリキの方を見つめたまま、続けた。

「寒さと飢えであちこち行って、彼女と会って、」と言って森はアンナの方に視線をやる。

「ここでも釧路でもひどい光景をたくさん見た。もう自分で自分がどこに立っているのか分からなくなってたんだ。克之に会えると思ったときもあいつが何をしようとしているのかを知ったときも、本当はもう何も感じなかったんだ。分からんだろう、この感じは」

森は、抑揚のないトーンでそんな話をした。

「分かるよ」

返事は山縣がした。

「ここにいる全員、その感じを知ってる。コイツもだ」

山縣は、「コイツ」のところでイリキを顎でもって示す。

「ここにいる全員が全員、自分たちが泥人形みたいなもんだって知っちゃったんだ。国だの成功だの組織理念みたいなもので泥人形を着飾ってみたけど、そういうのがあっけなく剝がされたらやっぱりおれたちは泥みたいなもんに過ぎないって知っちゃったんだよ」

否定したい。イリキはそう思った。

自分ももう、釧路からここに至るまでの間に、それまでの自分とは違う存在に脱皮してしまったのが分かっていたが、だからといって虚空に落ち込むまでに至ってはいない。いや、至っていないと思いたいからこそ否定したかった。ただその論拠が見つからないのだ。彼らが——もしくは自分自身も——沈んでいるあの虚無には恐ろしいほどの力が宿っている。家族や歴史や生活や社会とかいった、通常各々が各々の手綱として携えているものをあっけなく引きちぎってしまう力がある。自分を虚無と完全に一致させてしまったとき、自爆を引き留めるものは何もなくなる。肯定も否定も是非も善悪もなくなる。

イリキは口にこそ出さなかったが、克之の巻き添えを喰らおうがなんだろうが、森は最後のところまでいくつもりだったのだろうと判じる。ややもすると、克之がその目的を果たせなかったときは森自らがそのバトンを受け取っていたかもしれない。

イリキは未だ両膝を両腕で結んでいる。左手の角度を少しばかり手前にして時計に視線をやりながら、はたと核によって自分の世界を閉じてしまうことの強い誘惑を感じた。森に対して感じた言い知れぬ怒りを原動力にして否定しようとすればするほど、その誘引もまた比例して強くなっていった。

思考が途切れたのは、遠くから聞こえてきた乾いた発破音によってであった。連続して鳴っているそれは、銃声だ。音域の違うものが交互に起きる。方向は分からない。音だけで判断するなら、それなりに距離があるようにも思えた。

当然、部屋にいる全員がその音を聞いていたから、会話はぴたりとやみ、まるで屋根裏で駆け回る鼠の居場所を探しでもするかのように全員が全員、上を見上げてゆっくりと頭を動かしている。

音が止むと同時に、ドアが勢いよく開け放たれた。

ノモトだった。

仁王立ちするノモトは、四人を睥睨しながら口を真一文字に結んでいる。

だらりと下がる両手のうち、右手には拳銃があった。

右から左へ、左から右へと流れる視線が、森のところでぴたりと止まり、「時間がない。息子はどこにいる」と、どすの利いた重い質問が飛ぶ。

森は首を振り、力なく「分からない」と応える。

自分の鼓動がうるさい。

また遠くから乾いた銃声が響き渡る。ノモトの背後では、陽光を反射する雪原がまぶしい。

ノモトは次いで山縣の方を睨みつける。

「本当だ。知らない。西へ行ったことは確かだろう」

落ち着いた調子で山縣が応じるや否や、ノモトは斜め下の方を見て舌打ちをした。

弧を描くように顎をすばやく動かしたノモトの動作は、多分〝来い〟という意味だろう。それでもその場に固まる四人を見たノモトは目を大きく見開いて両手を広げて、四人を促《うなが》す。

処刑か解放か、二つに一つだ、とイリキは思った。

ドアの方に最も近いイリキが立ち上がって、ノモトの後に続く。

相変わらず鼓動と脈が全身を連打していて、皮膚の下でちくちくと痛痒《つうよう》を引き起こしていたが、一方思考はずっと冷静で、まだ一時間は経っていないがノモト自らここにやってきているということ、周囲で起きている戦闘らしき音からして、状況が大きく変わったのだろうと分析をしている。

先導するノモトは、すでに階段を降り始めていた。その先には、半円を描くようにしてこちらに背を向けている民兵の姿があった。十人前後だろうか。

敷居をまたぎ、ちらと左の方に視線をやるとあの女民兵がいる。銃床を肩に押し当てているが、銃口は斜め下四十五度を指向している。肩幅程度に開かれた両足を若干屈曲させているその姿勢は、よく訓練されている兵士のそれだった。

イリキもノモトの後を追って階段に足を踏み出すと同時に、それまで眼前にあったノモトの後頭部がふっと消えるのを捉える。

そこからの出来事はほんの一瞬だったが、あたかもコマ送りのように見えた。

ノモトは凍っている階段から足を滑らせ、尻もちをついた。その光景を網膜が焼き付けている間、右頬に風圧と蜂の羽音を思わせる振動が一瞬だけ感じられ、次に意識が捉えたのは、後ろで誰かが短く唸る声だった。

イリキは、首を両肩の間に引っ込めてから、こんな冬に蜂はないだろうと思った。ノモトは階段の下で苛立っていた。立ち上がるのを手伝おうとするスラヴ人民兵の手を払いのけながら何かをわめき散らしている。

床板を打ち鳴らす鈍い音とアンナの悲鳴で、時間が戻ってくる。

振り返ると、ウッドデッキと部屋の境目で倒れ込む森の姿があった。アンナは森の頭を抱え込むようにしてしゃがんでいる。

「狙撃だ」と誰かが叫ぶと、あたりにいた全員が一斉に雪原に飛び込んだ。

イリキもまたその喧噪に混じって手すりを飛び越えて雪の上に身を投じる。肩から落ち、硬く凍った地面の衝撃が鈍い痛みとともにやってくる。あたかも存在しないみたいに身体が沈んでしまうパウダー状の雪は、ショックを和らげる効果をほとんど持たなかった。

小屋の戸板に穴が穿《うが》たれる。どこから撃たれているのかは分からない。木片がぱらぱらと飛び散ってきた。

ノモトの警護のためについてきたであろう民兵らの応射が始まり、けたたましい銃声が四方八方で響き渡る。

戦闘は、人を惨めな気持ちにさせる。

ここ数日の間に何度も感じたことを、イリキは改めて頭の中で反芻する。

コートも手袋もつけずにここに来て、全身雪にまみれていたが、不思議と寒さはない。

イリキは四つん這いの姿勢で雪を漕ぎながら小屋の下に出た。

風によって運ばれてきた雪が溜まっていたけれども、小屋そのものが屋根の役割を果たしていたことから周囲よりも積雪の背が低い。

ほんのわずかな間、両手で雪をかき分けていただけだったがもう真っ赤になっている。通電しているみたいにしびれた感じがする。

辺りに降り注ぐ銃弾の数が増している気がした。小屋からは相変わらずぱらぱらと木くずが降ってくる。雪原への弾着は音がなく、ぱっと粉が散るだけだ。

やっぱり戦闘というのは惨めだ、とイリキは思った。

身体を屈めて両手を口元に持ってきては自分の呼気を吹き込む。バレーボールでレシーブをするときのように片一方の手でもう片方の手をくるみ、並行させた二つの親指の隙間から生暖かい呼気を吹き込むと、凍てつく手はいくぶんか温かみを取りもどす。

体温によって、徐々に雪が水気へと変わり航空服に染み入る。すぐに下着から皮膚に到達して体温を奪っていく。銃撃におびえ、寒さにおびえ、鼠みたいに身体を小さくして震えながら両手に吐息を吹き付けるこの姿は、惨め以外の何物でもない。こちらに身を守る武器があって敵の居場所が分かったとしてもその本質は変わらない。戦闘は人間によって駆動されているにも拘わらず人間を疎外する。人間をいとも簡単に飲み込み、燃やし尽くす。ふと、アンナが言っていた

〝アバーフ《悪霊》〟のことを思い出した。

きっとサハで言い伝えられるそれとは全然違うものなのだろうが、イリキには地球上を覆いつくす巨大なアバーフをこういう瞬間に垣間見る思いがするのだった。

イリキは何をどうすればいいのかさっぱり分からなかったけれども、いつまでもこの小屋の下でうずくまっているわけにはいかないということだけは理解しており、ゆっくりと四つん這いの姿勢で這い進む。

積雪下というのも関係してか、双方の射撃は緩慢で不正確だったから危険な状況にも拘わらず、どこか緊迫感を欠いていた。敵からの弾着と応射の間隔がひどく空いており、またその弾着というやつも数メートル先の雪をめくりあげる効果しかない。

イリキが再度階段下にたどり着いて周囲を見渡した時、なぜそのようなことになっているのかなんとなく合点がいった。

散開する民兵らは、当然身を低くしており、射撃をするや否や雪に身体を沈め、それだけでなく後退して雪原に切り開かれた坑道さながらの通路を這いながら別の場所に移動をしていたのだ。そしてこの行動は彼らの専売特許ではもちろんなく、襲撃をしている側も同様の行動をとっているのだから、索敵と正確無比な射撃は望むべくもなかった。

イリキは、雪壁に背を預けアンナを隣に抱きかかえる山縣を見つけると立ち上がり、そちらの方へと駆けだす。駆けだすと同時に、風切り音が無数に巻き起こり、右手の雪壁に穴が空く。遠方からこだまする銃声は遅れてやってきた。襲撃者は馬鹿でも無能でもないことを身をもって知った。

イリキはその場に突っ伏し、両手で後頭部を押さえる。銃弾に対してこの両手が頭を守ることなどほとんど不可能だということは知っているが、身体が反射で動いたのだった。

「立ち上がるなバカ」

山縣もこちらに気が付いたらしく、怒声を寄越す。

這いながら、「森は」と訊く。

周囲の銃声のせいで声を張らざるを得ない。

イリキが山縣の傍まで来た時、山縣は首を左右に振った。

狭い通路の向こうから、ノモトがのそのそと歩いてくるのが見える。はっきりとした足取りだ。弾は、まるでノモトを避けるようにしてその左右に降り注ぐ。

三人のところまでくるとしゃがみ込む。通路の両側に堆く積まれた雪に姿が隠れてしまったからだろう、銃撃は止んだ。

「選べ。犬コロのよしみだ。ここに残るか、旭川まで行くかだ。どっちにしろおれの手伝いをしろ」

ノモトは山縣だけを見ている。

「こいつらも一緒だ」

山縣は、抱えているアンナの肩をさらに引き寄せ、もう一つの手はイリキを指さす。

ノモトは一拍置いてから、「よろしい」と言い、続けて「ついてこい」と二人に命じる。

誰がどこで戦っているのか分からなかった。敵弾は四方八方から飛んできていることから、ノモトの牧場を取り囲む林内全てに敵がいるのかもしれない。

点在する小屋や牛舎や倉庫から民兵がわらわらと出てきてはそこかしこで射撃をしている。

山縣は依然としてアンナに肩を貸しながら歩いている。アンナの背を見つめていると、感傷がやってきた。あまりにひどい終わり方だったからだ。ただ、その感情が何かしらの沸点にまで達することはなく、歩いていく中でその感傷は萎《しぼ》んでいく。

姿勢を低くして歩いているせいで、左右の視界は雪壁でふさがれてしまう。駆けだしたときにすぐさま飛んできた銃弾のことを思い出せば、ひょっこりそこから顔を出す気には到底なれない。圧雪された地面の上に粉雪がまぶしてあるところを通り過ぎるとき、転んだ。そういうことが何度か続きながらも、前を行く三人に必死になってついていった。どこへ行くのかは分からないが、前へ進んでいることだけは確かだった。今はそうするより他はなかった。指先と足先が痛み、両手はしびれた。

緩やかなアップダウンをする牧場内を駆けまわってたどり着いたのは、巨大な倉庫だった。ここへ来るときに見たものだ。シャッターが下りているために中は分からない。それなりの大きさがあることだけは確かで、近くで見ると車庫や倉庫というよりも航空機の格納庫と言う方が適当な大きさである。

倉庫の正面はシャッターのみであったが、その側面には人が出入りするために設置されたドアもあり、四人はそちらから中へと入る。

ドアを抜けて、この建物が格納庫の〝ような〟ものではなくそのものであることを知った。丸みを帯びたヘリコプターが格納庫の中央で鎮座していたのだ。

小銃を背に回した民兵らが、エンジンやメインローターを覆っている黄土色のカバーを外しているところを見るに、この危地を脱するための手段はどうもこれであることが察せられる。

油脂類の交換はされているのだろうか、アビオニクスは問題ないのか、オイルラインや操縦系統のボルトはしっかり締められているのかといったことが脳裏をよぎり、不安に変じる。

駐機する姿勢は、どことなく動物じみている。車輪の位置が後部よりも機首下に取り付けられたそれの方が高い位置にあるから、座って顔を上げているように見えるのだ。

コックピット部分は、一見して良好な視認性を有しているようだ。前方だけでなく、側面、下方にも風防が取り付けられている。第二次大戦中の爆撃機を思わせる機首だ。胴部には丸窓が備え付けられており、その下にはこれまた円筒状のタンクが付けられているが、多分燃料タンクだろう。

機体の上部には巨大なツインエンジンが取り付けられている。一目見てエンジンだと分かるのは、コックピットの直上に乳房みたいな形状の吸気口があるからだ。テール部分は、キャビンやエンジンに比し頼りないほどに細く、短い。

機体は黄土色だった。元々の塗装がそうなのか、はたまた色褪せてしまったがゆえにそうなったのかは不分明である。少なくとも、機体後部にあしらわれた赤い星は剝げて色褪せてしまっていることから、本体の方もやはり経年故にこの色となっていると思われた。

イリキは一通りの観察をしてから、やはり不安に苛《さいな》まれる。

ここにも弾着があり、金属音がこだましている。

シャッターを開けて、外に出した瞬間に蜂の巣にされるのが関の山だ。エンジン始動にもたどり着けまい、というのがイリキの見立てだった。ましてや旭川にまで飛ぶなど、夢のまた夢だ。

そんなイリキの絶望をよそに、ノモトは倉庫にやってくるなり方々へ発破をかけている。レスラーのような風体のスラヴ人民兵が、倉庫内を取り仕切る頭目らしく、ノモトのところと作業に従事する民兵との間を何度も何度も往復していた。他言語でなされる会話の中、何度も出てくる単語――ミーシャ――から、これが彼の名前か愛称なのだろうとイリキは察する。

ＤＩＹ格納庫の割に、中は整頓されている。工具類は金属ラックと合体させたリヤカーに収められており、また壁際にはやはり金網が張られ、そこにはサイズごとに並べられた部品や工具がフックで掛けられていた。

ヘリを支える車輪は、機首下部に一つと、機体後部に二つの合計三つあった。今、小銃を背負った作業員がその車輪を押さえる木製の輪留めを一つ一つ取り除いているところだった。

ロシア語と日本語で器用に指示を飛ばすノモトがぐるりと格納庫内を一巡してから、三人のところへと戻ってくるなり、「挟撃作戦だ」と言った。

「こっちだ」

ノモトに促されるまま、機体の後方へと移動する。

ボートの舳先《へさき》にも似た形状の機体後部は、観音扉の乗降口になっており、開け放たれていた。キャビン内の側壁には折り畳み式のイスが取り付けられており、既に五名ほどの兵士がベルトを締めて座っている。通路には背嚢やボストンバッグが乱雑に並べられていた。その中に見覚えのあるものがあり、横についているマチェットから、山縣のものだと思い出す。

「西進する連中を東と西から挟撃して核を回収する」

ノモトが言いながら、顎でキャビンの方を示す。

山縣がタラップに右足を乗せるも、突然そのままの姿勢で固まる。

「あんたは？」

「おれは残る。あの蛆虫どもを駆除しなきゃならん」

「見届けなくていいのか？」

「信頼してる」

「誰を？」

「全員だ」

山縣は、返事はしないでしばらくノモトの目を覗きこんでいた。

「君たちの荷物はもう積ませた。操縦士がくるまで中で待機してるんだ」

ノモトは、言うなり固まったままでいる山縣の臀部を軽くはたいて中へ入るように促す。

キャビンに収まった山縣は中腰になって振り返り、アンナに手を差し伸べるも、彼女は「もう大丈夫だ」とうつむきながら答え、自ら歩みを進めた。

何人乗りのヘリなのかは分からないが、十人にも満たない人数と荷物とで、すでに相当な圧迫感があった。座席自体は、あと倍の人数分はありそうだったが、その人数が乗ってくるのには少々耐え難いものがある、とイリキは思った。

通路は、機体後部からまっすぐ操縦席まで続いており、コックピットの計器類を垣間見ることができた。

キャビン内に収まっている兵士たちは、全員目出帽《バラクラバ》をつけていて人種は分からない。ただ、先に搭乗していた兵士らは全員が全員、小銃を両脚の間に収め、何も言わずに——時折鼻をすする程度で——天井を眺めていたり目をつむって仮眠をとっていたりと、とにかく落ち着きはらっていることが見て取れた。襲撃の最中、かつしっかりと離陸できるかどうかも定かならぬ棺桶のようなヘリに乗っていてもなお落ち着いていられるのだから、ここに来るまでに見た民兵とは一線を画しているような印象がある。

機内への出入口は後部ハッチの他に、左機側に備えられたドアが一つであった。上下に開閉するタイプで、ドアの内側は段差になっており、開ききるとドアがそのまま階段になるらしい。最初から搭乗している五人は、全員が全員操縦席側から詰めて一列になって着座をしていた。

壁側に折りたたまれている座席を開こうと、留め具のバックルと格闘している山縣の方を見つめていた一人の兵士が、「奥から詰めな」とこちらに向かって声をかけてくる。

三人はそれぞれ視線を交わし、開いたままになっているドアの方へおずおずと進んでいく。それから一番操縦席側にいる兵士が、座面を展開するのを手伝ってくれた。

山縣はすぐに自分の荷物を手に取り、ライフルの点検を始める。

山縣とイリキの間にアンナが座っており、手持ち無沙汰なイリキはもじもじと両腿の上で手指をもてあそんでいた。

ちらとアンナの方を見やると、ピンと背筋を伸ばし、反対側の折りたたまれたイスの裏側を一心に見つめていた。固く結ばれた唇や大きく見開かれた瞳には、何か強い意志が宿っているように見えた。

いつまでも変わらない姿勢と視線から、イリキはつい食い入るように見つめてしまい、すると不意にその視線が自身の方へと向けられた。

「なに」

強い調子でアンナが問う。

狼狽したイリキは返す言葉が見つからず、「あ」とか「いや」とかをぼそぼそ言ったのち、「ごめん」と無意味な謝罪をした。

アンナは眉根を寄せて怪訝《けげん》な表情を作り、また視線を正面へと据える。

機体の後部から、やはり黒のバラクラバとチェストリグをつけた民兵がやってくると、機内に向けて何かを大声でまくしたてる。

イリキはもちろんそのロシア語らしき言語が何を知らせるものなのかはさっぱり分からなかったが、ただならぬ語調から危地にあることを悟った。と同時に、それまでぼんやりと座っていた兵士らが即座に立ち上がり、山縣の横にあるドアから駆け下りていき、山縣もそれに続いた。

イリキは自分が扱えそうな小銃を通路から探しつつ、「どういうこと?」とアンナに問う。

「警察が近くまで来てる。追い払う」

ナイロン製のチェストリグの長さを調整しながらアンナの後を追って、後部ハッチから機外へと飛び出る。いつのまにか、機体の前方にある巨大なシャッターが膝上ほどまで開けられている。風によって、粉雪が運ばれていた。

倉庫の左右にある、人員用のドアからは兵士らがひっきりなしに出たり入ったりを繰り返していた。銃声は、よく響いた。

来た時のドアめがけ、二人は駆けた。その途上、床のコンクリートが内側から爆《は》ぜるようにしてめくれ上がった。

二人は反射的に停止し、周囲を見やる。

なんだろう、と疑問が浮かぶがすぐに敵弾だ、と解答が出てくる。周囲の壁面は、すでにそこかしこに穴が空いていた。銃弾によるものであることは明らかだった。空いた穴から陽光が光線となって倉庫内に陽だまりを作っている。

この壁は自分を守る盾にはならないのか。イリキはそのことに絶望した。倉庫のそこかしこに、傷口を両手で押さえながら呻く兵士がおり、こと切れて動かなくなったかつて人間だったものがあり、大腿部のあたりを緊縛止血する民兵の姿があった。

イリキは、再び駆けるアンナの後ろ姿を見ながら、ふと彼女もまたこういう最中にあっては自分を自分の内側のずっと奥側に押し込めてしまっているのだろうかと疑問に思った。疑問に思っている自分もまた、上がる呼吸と肺を叩く冷気とによって仄暗《ほのぐら》い沼に沈められていくのを感じる。

鉄扉の左右には、それぞれ二人ずつの民兵がすでに陣取っていた。あとわずかというところで突然扉が開かれ、血まみれのノモトが現れた。

首のあたりから腕が生えている、と見えたのは錯覚で、実際のところノモトは一人の男を抱えていて、その腕を自身の首に回していたのだ。

ノモト、怪我人、そしてもう一人別の男という風に扉を抜けてきた。怪我人を間に挟み込み、その両の腕を左右にいる二人の首に回して運んでいた。みぞおちのあたりを撃たれたらしい緑色のつなぎを着ている男は、どす黒い血をとめどなく流し、すでにぴくりとも動いていない。頭はうなだれ、つま先は引きずられるに任され、その跡には血が残っている。

扉を抜けて少し行ってから、ノモトはつなぎの男を仰向けに寝かせた。アンナはわっとそちらに走り出すと両腿で男の後頭部を挟み込む。何をするのかとイリキは一瞬危ぶんだが、脈をとったり呼気を確認したりしている所作から、応急処置に取り掛かろうとしていることを知る。

ノモトとアンナの双方でやりとりがなされるも、アンナは首を左右に振るばかりであった。ノモトは立ち上がっては右へ左へと怒鳴り散らして地団駄を踏んだ。ほとんど発狂と言っていい様だった。彼らのやりとりやノモトの罵詈雑言が理解できなかったのは、無論それが日本語でなされていなかったからだ。

肩で息をするノモトと視線が合った。

かなり長い間、イリキはノモトと視線を交わした。

すると突然ノモトは素早い動作でイリキを指さし、歩きながら倉庫内にいる兵士らに何か指示を出しはじめる。

それまでそこかしこで射撃をしていた連中が次から次へと機内に吸い込まれていく。

ノモトはイリキの肩に手を回し、「お前が飛ばすんだ」と耳元で生暖かい、臭い息を吐きながら命じる。

「無理です」

イリキは即答する。

「もう一人いる。サポートをすればいい」

イリキはその場に留まろうとしたが、ノモトは首に絡めた腕の力を緩めず、半ば引っ張るようにヘリの方へと進んでいく。

一緒に怪我人を運んできたもう一人も、やはり緑色のつなぎを着ていて、彼の方は一足先に機首にたどり着いていた。男は機首下部に取り付けられた、対気速度計の一部と思しきピトー管のカバーを取り外し、それから指さしでメインローターや機体各部の点検を始めていた。

「彼一人でやった方がいい。無理です」

ノモトに連れられて、イリキはもう機側へとやってきていた。

先ほどの男は機体をぐるりと回ってからやはりノモトのところへとやってきて、何かを報告するとタラップを駆け上がり、操縦席へと姿を消した。痩せこけた、若いニキビ面のスラヴ人だった。短く刈り込まれた金髪は、しかしところどころ長さが違っていて、病気の犬のようだった。

「あいつは副操縦士だ」

「私もです」

「管制もGPSもない。サポートがいる」

何かを言い返そうとしたところ、ノモトが「君に選択肢はないはずだ」と念押しをしたところで、イリキは諦めた。

その通りなのだ。旭川へ行くには、この自殺フライトを敢行するか、徒歩でしかない。徒歩で冬の北海道を横断するのはどのみち自殺行為には変わりはない。であれば、せめて少しでも可能性のある方に賭けるしかなかった。

タラップを上って機内に入ると、いつの間にかキャビンには大勢の人間が詰め込まれていた。

改めて、この航空機の粗雑な造りに閉口する。内壁は黄緑のようなカビのような色をした金属で、ところどころ剝げている。壁面の辺々に等間隔で打たれるビスはあちこち緩んで、角の方では壁面自体がめくれていた。

到底飛べない。イリキは思った。

機体後方からキャビンを抜けて伸びる通路は、コックピットへとつながっている。コックピットへの入口は左右が狭まり、さながら洞窟の入口を思わせた。腰を落としながら進むことでようやく中に入ることができた。

先に機内に入っていたスラヴ人パイロットは右席にいて、何やら計器を確かめたり、天井や側壁に取り付けられたPA機材の如きスイッチ類をぱちぱちと操作している。始動の準備なのだろう。

イリキはサイクリックを蹴とばさないよう注意しながらシートに身体を沈める。大腿部の間にサイクリックが収まり、左手にはコレクティブがある。ヨー方向を操作するフットペダルも。ロシア製とはいえ、ヘリはヘリだ。操縦の方法に違いがあるわけではない、と自らを励ます。

奇妙なコックピットだった。イリキの知るサイドバイサイドのヘリは、計器類は通常連なっていて、どちらのパイロットからも同じ計器を見ることができるように設計されていたが、このヘリは、左右の座席の正面に独立した計器パネルが設置されていたのだ。そのため、機首の中心部はぽっかりと開いてそのまま風防とその先の外景を見て取れる良好な視認性というものがあった。一方、天井一杯を埋めつくす計器類は上方の視認性をゼロにしており、どういう設計思想でこうなってしまったのかと疑問を抱かざるを得ない。左右の座席の間にもコンソールがあるにはあったが、これは床面に設置されているもので、視界の妨げになるものではないにせよ、どうにもどちらの操縦席に座っていたとしても操作するに差しさわりがあるように思えた。これのすぐ手前には、例のスラヴ人のものと思われる、パンパンに膨れ上がったビジネスバッグが置かれている。

ファスナーは開かれており、飛行に使うものと思しきフライトチャートやバインダーや登山用GPSといったものが顔を覗かせている。

機内を観察すればするほど絶望した。文字が何一つ読めなかったのだ。「R」とか「N」を鏡写しにしたような文字だとか陰嚢をデフォルメしたような文字だとか、日本語を期待していたわけではもちろんなかったが、せめて英語であれば飛行経験のある多用途ヘリ――UH――や対戦車ヘリ――AH――とも共通の単語があろうとも考えていたのだ。

右席にいるニキビ面がこちらを向きながら、何かをわめきたてていた。

イリキはまさか、と思いながら両手を上げてただ首を左右に振るしかなかった。その仕草をするとニキビ面はさらに激昂して顔を赤くして、イリキの頭上にある操作パネルの一角を指さし、怒鳴った。

「頼む、何を言ってるかわからないんだ」

イリキも負けじと声を張り上げ、すると今度はそれまで喚き散らしていた張本人が目を丸くして口を開けていた。

事ここにきて、機長役、副操縦士役の二人ともが互いに意思疎通を図るための共通言語を持ち得ていないことが発覚したのだった。

二人ともが餌を待つ鯉のように口を開けて見つめあっていたところでエンジンは始動しない。イリキは身体を捩《よ》じりキャビンの方へと顔を差し出すと同時に「アンナ」と声を張り上げた。

バラクラバの目玉どもが一斉にイリキに注がれ、キャビンに鎮座する兵士たちの群れからすっくとアンナは立ち上がった。

「手伝ってくれ」

　イリキは、再び声を張り上げる。

　アンナは通路上の荷物に蹴躓《けつまず》きながら、兵士の膝頭にぶつかりながらコックピットへとやってきた。

「なに？」

「助けてくれ、コイツの言ってることがわからない」

　イリキは、親指を立てて右席に座るニキビ面を指さす。すると何かを察した機長役の方も唾を飛ばしながら何かをわめいている。アンナはイリキを、次いでニキビ面をひとしきり眺めてから再びイリキに視線を戻す。

「お前、機長なのか？」

　アンナに問われて狼狽した。

　ノモトが担いできた男が機長だった。その彼が死んだ今、当然副操縦士たる隣の男が昇格してその職責を果たしているものとばかりイリキは思っていた。しかし違った。このコックピットには自分が副操縦士だと思い込んでいる操縦士が二人ばかりいるだけで機長不在という事実が新たに分かった。

　アンナはイリキの頭上にあるパネルを指さし、「赤いレバー、上げろ」と言った。

　イリキは自席の直上に備えられたパネルを眺めていると、その中に確かに他よりもひときわ大きいレバーがついていた。取っ手のような形状になっているそれは、どうも上下に動くものであるらしい。機内には、電車が動き出して加速して行くときに似た通電音が徐々に大きくなってきている。隣の男が電源か何かを立ち上げたであろうことが察せられる。

イリキは依然躊躇し、レバーに恐る恐る手を伸ばしながらもまだそいつをどうするかについては決めかねていた。まごついていると、隣の男がまた大声を上げ、次いでアンナが「早くしろと言ってる」と訳す。

意を決してレバーに手をかけたところで、また隣の男が騒ぎ出す。

「違う。右は違う。左だ」

指示されるがまま、赤いレバーを手にし、引っ張るようにスライドさせる。眼前にある計器パネルの針が振れ、聞き覚えのある、くぐもった小さな破裂音とともにローターが回転し始める。

イリキの焦りは尋常ではなかった。

「ローターが回ってるぞ」

先ほどまでレバーを操作していた手で以て、風防の外にあるローターブレードがゆっくりと回り始めている様子を大音声とともに示す。

さしものアンナも、さすがに建物の中で離陸準備を始めるヘリに驚きを隠せないようだった。一方、隣のニキビ面はといえば、両手を肩の高さほどに上げては手のひらを上にして、この手順がさも当然であるかのようにして、むしろこちらが騒ぎ立てている理由が分からないというような仕草を見せた。

男は引き続き、座席の真後ろにかかっているヘッドセットを付けると、二人にもこれを付けるように指示を出す。

イリキの座席の真後ろにも同種のヘッドセットがあった。イヤーマフ状のヘッドホンからリップマイクが生えている。イリキはリップマイクの位置を調整し、ジャックはすでに機体と接続されているのを認めた。

付けると、それまで響いていたキャビン内の雑音やローターの回転音や甲高い金属音などが一挙に減じる。

当然といえば当然のことであるが、離陸などできない程度の回転速度であるとはいえ、建物の中でこれほど巨大なヘリが動きだせばどうなるかは推して知るべし、というものだ。ローターから生じる風によって、倉庫内のものは簡単に吹き飛ばされた。兵士たちもその中にいるが、ヘリが始動していること自体に疑問を抱いている風ではない。もっとも、彼らが相変わらず戦闘の渦中にいることを思えば、こんなことすら些事《さじ》なのかもしれない。

ヘッドセットから、直にニキビ面のがなり声が鼓膜に届くようになった。

二つ目の赤いレバーを先ほどと同じようにスライドさせると、また回転数が上がり、イリキもここにきてようやくこのレバーが二基あるエンジンの燃料供給に関するものであることを知った。

エンジン始動は、順調であるといえば順調だった。そしてその間に分かったことは、このヘリは最低二人の操縦士が協力をするか、三メートル級の腕を四本持つ操縦士でなければ動かせないということだった。

エンジン始動に必要不可欠――例えば先の燃料系のレバー――なスイッチ類が、右席からはほど遠いところにある一方、その前段階のものは左席から手の届かないところに備え付けられているのである。加えて、二人いる操縦士のところからわずかにキャビン寄りのところに三つ目の座席――今はアンナがすっぽりと収まっている――がちょうどよくあることにも疑問を抱いていたが、アンナが座ることで、なぜセンターコンソール――多分無線系統のスイッチと思われた――が左右どちらの操縦士からもアクセスがしにくい、配慮に欠けた設計になっているのかの合点がいく。これは、三人目の操縦士のために設置されたものだったのだ。実際は操縦士ではなく、機上整備員かはたまた戦術航空士か航法士かはっきりしたことは分からないけれども、いずれにせよこの航空機は一人では飛ばせず、最低でも二人、設計上は三人も四人も飛行要員が乗らなければならないものであるらしい。

大戦時の戦略爆撃機を彷彿とさせたこのヘリは、外形だけでなく運用の面でも大戦期の爆撃機並みの人員を用いねば動かない代物だったのだ。手順が進めば進むほどに明らかになるこのヘリの特異さ、もしくは異常さがイリキの自信を次々に葬り去っていった。

異常なヘリを建物の中で始動させるという異常な行為を平然とやってのけるニキビ面をよそに、風防の外では相変わらず戦闘が続いていた。目の前のシャッターの隙間から一人の兵士が匍匐《ほふく》で中へ入ってくると、機首の方へ小走りに近づいてくる。

小銃を背負っている彼は、やはりバラクラバにチェストリグという風体である。彼が手に持っているのは、サッカーボール大の巨大なフックを備えたワイヤーで、シャッターの向こう側から伸びてきているものであるらしかった。ワイヤーの始まりがどこで、何に繋がっているのかは、あのわずかな間隙からでは見通すことはできない。

ヘリは、今や完全に準備を終えていていつでも飛び立てる状態にあった。

先ほどの兵士は、機首の目の前まで来たところで突然姿を消した。イリキは座席の下面にまで広がる風防から彼が機首の真下に潜り込んでいるのを見つける。例のフックを、機体のどこかに取り付けているようだった。

暫時彼の作業があって、次に姿を現したときにはワイヤーもフックもなく、背負われていた小銃がその代わりとばかりに両手に収まっている。

イリキにともニキビ面にともなく親指を突き出した握りこぶしをこちらに見せつけると、くるりと反転して再びシャッターの隙間から這い出して倉庫を後にしていく。

完全に状況に呑まれていた。しかしこの状況に呑まれている限り、例の暗黒から離れられる気がした。

シャッターが上がり始める。陽光が差し込み、ローターの風圧で外へとウェスとか小さなプラ箱だとかが飛ばされていく。それまで方々に散っていた兵士たちが一斉にシャッターの前に集まりだす。背をこちらに向けて、どこかに向かって発砲をしていた。

さらにシャッターが上がって、光る雪原が現れた。点在する小屋のいくつかは火の手と黒々とした煙を空に向かって吐き出している。

地平線は、雪の帽子をかぶった針葉樹によって隠されている。

シャッターが開ききると、ワイヤーはホイールローダーとつながっていることが明らかとなった。巨大な車輪を四本持つ、あの黄色い重機は、昨日丘の上から見たものに違いあるまい。

煤煙を上げながらローダーが前進する。徐々にワイヤーが張られていく。

「イリキ、ベルト、イリキ」

アンナが血相を変えて自分の右肩を叩いていた。

はたと我に返ったイリキは、慌ててベルトを締めて操縦桿を保持する。

「どっちが操縦するのか聞いてくれ」

ベルトを着け終わり、後ろを振り向きながら言う。リップマイクは集音性のものであるらしく、一定の声量であれば自動で声を拾ってくれた。

かなりのパワーで引っ張られており、ヘリはその身の半分ほどを倉庫から出していた。

アンナとニキビ面との間でいくつかのやりとりが行われている最中、機体のそこここで、自機が発するのとは違う不気味な金属音が鳴りだした。銃撃だ。

このローター音と防音性に優れたヘッドセットがあるのにこうした音が鼓膜にまで届くということは、つまりこの機体が撃たれているということを意味した。

機体の周囲は、兵士たちが身を挺して守ってくれているが、全ての銃弾を防ぎきることはできない。

どこからともなく現われた兵士が機体の下にもぐりこみ、再び出てくる。風防を叩いてフックが外されたことを知らせる。

「基本はこいつ、困ったとき頼む、だそうだ」

アンナは右席、左席を順に指さした。

ローターの回転数がさらに上がる。

ダウンウォッシュによって、機体の周囲で吹雪が巻き起こる。

三舵――サイクリック、コレクティブ、ペダル――に感覚を沿わせていたイリキは、コレクティブが引き上げられるのを覚知した。

浮遊感が先に訪れる。次に風防の外の景色がゆっくりと下がっていく。ホイールローダーが、機体の離陸を確認したのだろう、煤煙を吐き出しながらヘリの進路から移動する。バケットを地面に這わせ、雪をかき分けていく姿はさながら雄牛である。

ホバリングは、かなり不安定だった。操縦の稚拙さへの不安はそのまま自分の右隣に座る男に対する不安となる。

がくんとサイクリックが前に倒される。ヘリの反応はワンテンポ遅れた。メインローターが五枚もついている航空機であるにも拘わらず、この反応性の悪さはシーソーローター――二枚のメインローターを持つ――のＡＨのそれを彷彿とさせた。

しびれを切らしたニキビ面は、さらにサイクリックを押し込むものだから加速度的に機首は地面につんのめるようになる。重力を感じる。機体が前傾するほどに両肩のベルトが食い込む。外景の地平線はどんどん上方へとずれていき、視界に占める雪煙と雪原の割合が増していく。

イリキは逡巡するよりも先にサイクリックを手前に引くと同時にコレクティブをわずかに上方へと移動させる。

あのまま放置をしていたらローターの回転面は地面をえぐり、機体は地面に転がっていたかもしれない。イリキは、また吐き気を催した。平衡感覚ではなく、緊張が故だった。

右席の男は無邪気に歓声を上げて喚いている。

数秒間、機体が上下左右に揺さぶられる。転移揚力だ。自機のパワーではなく、あたかも地面から押し上げるような空力をシートが伝える。高度をみるみると獲得し、遠くに山々の成す空際線が見える。

「上手だなって、コイツが言ってるぞ」

アンナが、はしゃぐ男の言葉を訳してくれた。うんざりだった。

「計器に異常がないのか訊いてくれ。あと、チャートはあるかも」

イリキは左手の窓から下を見届けていた。二千フィートくらいだろうか。次は落とされないだろうか。あの銃撃で機体にダメージはないだろうか、という疑念が視覚野のバックグラウンドで飛び交っている。白銀の世界には、幾何学的模様の防風林が道路沿いに走っていた。

視線を正面に戻すと同時に、右手の方からすっと航空チャートが差し出される。

「これでいいか？」

どちらが操縦をしているのか分からなかったので、ゆっくりと三舵から手足を離すも、航空機はしっかりと北向き《ノースバウンド》で飛行を続けていたから、ニキビ面が操縦をしていることを認める。多少ふらつくこともあったが、上空なので歩行者の飛び出しがあるわけでもない。

イリキはアンナからチャートを受け取った。縮尺二十五万分の一のチャートは、自衛隊のものだった。すんなりと受け取ってから、どこでこれを手に入れたんだ、と訝しむも彼らに何を訊いても詮無いこととイリキは諦めてチャートを食い入るように見つめる。

新聞紙のように、縦に三つ折りにされたチャートを広げる。まず標茶の市街地を確認し、それから西へ数キロいったあたりを離陸地点と見定めたイリキは、それから北方向に広がる山々から現在地の判定を試みる。

概ね場所の判定ができたところで、はたとこのヘリの目的地がどこなのかを聞いていないことに思い当たる。

「どこに行くんだ？」

チャートと景色を交互に見比べながら問うと、すぐにアンナがニキビ面に短い一言で翻訳して訊く。

返事の方は、だらだらと長かった。ほとんど聞き取れなかったけれども、その発言の中に「タイセツコ」の音が入り混じっていることだけは分かった。

「場所じゃない。人だ。大雪湖に旭川軍がいる。西に向かう敵を探す。東から探す」

イリキは絶句した。上空からも地上からもサポートがない中、ただ漠然と西へ向かう一団を発見するのは不可能だ。燃料も有限だ。

イリキはもはや返す言葉も見つからず両脚の間に広げた地図をぼんやりと眺めた。

視界の端で、黒い防寒手袋をつけた手がひょこひょことちらつき、集中を妨げる。チャートから右の方へと視線を移す。ニキビ面が、一瞬だけコレクティブから離した左手でこちらに何か合図を送っているらしい。

イリキは分からないながらも身体を右側へとわずかに寄せてチャートを差し出す。男の人差し指が〝北見〟のあたりに置かれ、数度そこを叩いたのち、国道39号線沿いに大雪湖まで移動していく。

克之の移動経路ということか。

イリキはそのように理解した。出発地点と移動経路が分かったとしても移動する上空から、これまた移動する集団を見つけるのはなんにしても至難である。

イリキは否定するような、諦めたような頷きを何度かし、景色に目を転じる。

標茶を離陸したヘリは、早くも山間部に近づいていた。一定の高さを持つ、なだらかな稜線の山々が連なっている。

そうした中にあって、ひときわ標高のあるものが進路の左右にそびえていた。チャートと見比べて、それが雌阿寒と雄阿寒と呼ばれる山であることを知った。あまり高度を上げていないということもあり、左右にそびえる二つの山は、さながら門柱だった。

二つの山の間には、巨大な湖があり、ヘリはその上を飛んでいく。視界いっぱいに広がる白に、雪化粧という単語は不適切に思われた。白こそがこの世界のあるべき姿で、そうでないものの方が異物的に感じられるのだ。だからというべきか、眼下にある濃紺の湖が、白に覆われた世界にあってはひときわ目を引く。岸の方では、氷と地上の境目があいまいだ。

噴火によって地面から突き上げられたらしい二つの山の頂上は、少なくとも飛行中の機内からは台状に見えた。

それまで火星なみに遠くに感じられた滝川が、ぐっと近づいた気がした。

7　旭川

　湖を越えると、それまで進路を塞ぐように屹立《きつりつ》していた山々の背丈がぐっと下がっていく。対地高度を二千フィート前後で維持しているらしいが、直下の海抜が高ければ当然自機の高度はもっと高くなる。そして上空は風が強く、気流も乱れがちだったので機体の揺れはオフロードを走る車を思わせる。

　イリキは壮観な景色に引き込まれてはいたけれども、雄大なものを雄大と捉える器官とは別のところはしっかりと操縦に割り振られている。だから自機の高度が徐々に下がっていくことについては安堵した。高度、気流ということにも増して山間部の飛行は、万が一の際の不時着適地が少ないというのも相まって精神的疲労を陰に陽に強いていたからだ。

　緊張の糸が切れたからか、急に寒さと疲労を感じ、イリキはシートにどっと身を預けた。

　実際の操縦は――これまで見たことも触れたこともない航空機であることを考えれば、当然といえば当然のことなのだが――専ら隣の男が行っていたが、それでもコックピットという場所に収まっていると、幾多のスイッチやパネルや操縦桿に囲まれているという物理的な理由によらない圧迫感を強いられる。

あらためて、無機質ではあるけれどもどこか荘厳な印象をも持つ機内を眺める。高度計、速度計、エンジン計器の針が小刻みに振れていた。風防のピラーに見え隠れする山々は、一見穏やかだが、近寄れば山風で頭上をひっぱたかれる。

イリキは、眉間とも鼻筋ともなく、大体そのあたりを指でつまみながら目を閉じてため息をつく。

ローターが空気を叩く音、タービンによって巻き起こる甲高い金属音、ヘッドセットからは常時底流する波の音みたいな空電雑音があるが、そのどれもが今や懐かしさを帯びている。

「よかったな」、と声をかけてくるアンナの声音はしかし一定で、無感情だ。

無事に地上を離れて今もなお飛んでいることに対しての「よかった」なのか、はたまた帰るべき場所に一歩ずつ近づいていることに対してのそれなのか、イリキには分からなかった。

瞼の上から眼球をもみほぐす動作をやめたイリキは、アンナの言葉を後者の意味と捉えた。

「そっちはこの後どうするんだ？」

「さあ」

機体の高度が段々と落ちていく。今や丘陵地帯の合間合間には平地が広がっていた。

会話が途切れたが、イリキにはかけるべき言葉が見つからなかった。

「どうでもいい。全部」

マイクが拾ったアンナの言葉は、自分に向けられた発話なのかは分からない。あまりに小さい音の集まりだったそれは、独り言なのかもしれずまた内容が内容なだけに、イリキは返事をしなかった。

「森は、やるつもりだった。子供が失敗したら。私も分かる。その気持ちが分かる。今は」

イリキは振り返ってアンナの顔を見た。

風防の先に広がる景色——阿寒を抜けて、なだらかな丘陵地帯を抜けて、平地に出た機体の先には今や北見市街を見通すことができた——をじっと見ていたアンナは、ちらと視線だけをイリキに移す。離陸前に見た時と同じ表情だった。表情の硬さは、歯を食いしばっているからだろうか。

無駄だ、とイリキは思った。

「復讐はよくないよ」とか「関係ない人が大勢死んでしまうよ」とアンナを諭したところで、無駄だ。

彼女は多分——そして恐らくノモトに与《くみ》する連中も帰還兵たちも——理性や合理性やロジックの向こう側にいる。

祖国を追い出され、十年を共に過ごした仲間がその人間が本来帰属すべき国の治安組織によって殺されたのだ。全部どうでもよくならない方が不思議だ。観念的に自分のいた世界がばらばらになって、事実的に生きていた場所が焼かれてまともでいられる人間はきっと少ない。おれはそういう人たちにかけるべき言葉を何一つ持たない。

イリキは悲しかった。そして安穏と暮らしていたかつての自分や日常に対して怒りが湧いてきた。誤った矛先であることを理解していても、まったく不条理な怒りであるにも拘わらず、むしろその不条理さ故に日常や生活へ攻撃を加えることの正当性が担保されてしまうような、奇妙な気分だった。

自分を引きずり込もうとしていたあの黒々とした石油のような観念の沼は、今は沸き立つマグマになっている。

呑まれるな。

イリキは自分に向かって呼びかけた。人倫や理性によってではない。ただ自分がそうはしたくないという欲求の発露として自制を促していた。

彼女は彼女であり、おれはおれだ。

そう念じることが、個々人を没却せしめるあの沼から逃れ得る最後の砦に思えた。

アンナは、その機会があれば森の息子がしようとしたことを、そして森が引き継ごうとしたことをなんの躊躇もなく為してしまうだろう。イリキは、彼女からそんな気迫を感じ取った。

イリキは再び進路上に向き直ろうとしたところ、アンナの肩越しにキャビン内が若干あわただしくなっているのを見て取った。

しばらく観察を続けていると、向かい合って座る一団の中から、倉庫内でミーシャと呼ばれていた巨漢が立ち上がるなりこちらの方へと歩き出すのを見つける。左右に揺れる航空機内である、ミーシャの巨体はその度に右へ左へと振られて左右の座席に座る兵士らの脚にぶつかった。ぶつかったことに表情一つ変えず、また通路上に転がる背嚢だのボストンバッグだのを無神経に踏みつけている姿はどこか愚鈍な犬のようでもある。

ミーシャはアンナの真後ろに立つと、彼女の頭を飛び越えてぬっと身体を乗り出し、右席の男の肩を叩く。

イリキははっとして即座に向き直るとともに操縦桿を手にした。

案の定、右席の男はヘッドセットを外してミーシャと何かを話し始める。ミーシャの方はヘッドセットをつけていないから、自然、ローター音に負けじと声を張り上げざるを得ず、その怒声がイリキにも漏れ聞こえてきた。

操縦を代わったイリキはとりあえず現在の針路、高度、速度を維持した。先ほどまで正面に見えていた北見市街は、右手に消えかけている。眼下にはのっぺりとした雪原が広がっていた。

「アリガトウアリガトウ」という片言の日本語が、ヘッドセットを通じて聞こえてくる。操縦桿に、自分の力で加えているのとは別の舵圧を感じた。会話を終えたニキビ面が再び操縦を代わったのだ。イリキは軽く両手を上げて、操縦から離脱したことを示す。

「クネップの先にいる。見つけた。ドロボウ」

こちらが頼むまでもなく、アンナがミーシャとニキビ面の会話を訳す。〝クネップ〟は、訓子府《くんねっぷ》のことだろう。核を奪った森の息子のことを〝ドロボウ〟と訳したことに、イリキは心中苦笑した。

移動する目標の位置が知らされているということは、おそらく標茶や釧路以外にもノモトの配下が潜んでいて適宜通信体制を確保しているということなのだろう。

イリキはもう一度振り返ってキャビン内を見やる。

のそのそと鈍重に行くミーシャの後ろ姿は、やはり動物めいていた。

これまで目標位置の授受が標茶でも機内でもなされていなかったのは、通信環境が脆弱であるからかもしれない、とイリキは推理した。阿寒を越えたあたりですぐさま通信がなされたことを鑑みるに、電波伝搬に山岳地帯が障害となっていることとも整合性がある。航空機の無線とやりとりできないのには疑問があるが、このロシア製のヘリと地上にいるであろうノモトの〝目〟が持っている通信機器とは単に互換性がないだけか。

ヘリの高度がぐっと下げられる。

快感にも似た浮遊感が下腹部のあたりにやってくる。

国道と思しき部分は、積雪下においてもそれらしい一本の筋となって雪原に伸びていた。上空からでは、点在する集落に人がいるのか廃墟なのかは分からない。

イリキはベルトとヘッドセットを外し、ゆっくりと席から立ち上がる。

身体が底冷えしている。機内には、エンジンの排熱を取り込んだヒーターと思しきものもあるにはあったが、外から入り込んでくる冷気とこの航空機特有の気密性の低さのためか、温度があまり変わっていないように思えた。景色や思念や操縦で身体を騙していたが、ついにそれも限界を迎えた。キャビンとコックピットを繫ぐ出入口付近にはアンナが座っていたため、そのままでは通れない。

イリキは中腰になってアンナに顔を近づけ、声を張り上げる。

「こいつにすぐ戻るって伝えてくれ。後ろから何か上着を持ってくる。寒くて死にそうだ」

アンナは頷いてからヘッドセットを外して席を立ち、キャビンまで後退してくれた。アンナが座っていた折り畳み座席をまたぎ、キャビンへと進む。

コックピットを背にしてキャビンを見渡すと、それまで整然と肩を寄せ合って座っていた兵士たちのほとんど全員が席を立ち、小銃の点検をしたりリュックを背負ったり防寒着を脱いだりしていた。そのため、狭い機内がさらに狭くなった。兵士たちは、確かにこれまで目にした連中同様、自由な服装――ある者は上下ジャージでまたある者は一転迷彩服を着用しているかと思えばまた別の者はジーンズにフリースという風に、それだけ見れば休日の電車の中みたいな――をしていた。ただ、黒い目出し帽とこげ茶色の抗弾ベスト、一様に同じ型式のAKを装備しているという点で組織だっている。いつだったか、釧路や標茶《しべちゃ》で問題があった際にはノモトの配下が出てきては問題を解決していくというようなことを山縣が言っていたことを思い出す。ならず者にならず者を対置したところで、傷口は広がるだけだ。猛獣には猛獣の扱いに慣れた猛獣使いが必要で、要するに今このキャビン内にいる彼らがそれなのだろう。ノモトは、空疎な理念だけでかの地を支配しているわけではないのだ。〝信頼している〟というノモトの言葉を思い出しながら、きっと彼らはプロなのだろうとイリキは思った。

そういう騒々しい機内――右列の中ほど――で山縣の姿を見つけるが、山縣だけは座ったまま腕を組んで目を伏せている。寝ているのかもしれない。それでもライフルだけはしっかりと両脚に挟みこんでいた。

見覚えのあるリュックが通路上に転がっており、その隣に乱雑に丸められた迷彩柄のジャケットを見つける。この機内の兵士らも、先の通り決まった服制があるわけではないのでロシア軍のジャケットを身に着けているものもいたが、イリキはジャケットについている血の跡から、今床に打ち捨てられているそれは自分が標茶に来るまでに身に着けていたものだろうと当たりを付けた。

イリキは両膝をついてチェストリグを脱ぎ、ジャケットを羽織る。その折に自分の右胸に異物感を覚える。航空服の両胸部分には取り出し口のファスナーが斜めになったポケットが備わっている。なんとはなしにそのファスナーを開けてポケットに手を突っ込んでみると、ナイロン製のカードケースが出てきた。身分証明書だった。黒のケースの片面はビニールで覆われており、中を透視することができる。緑色の身分証には、制服姿の自分の写真がある。他人のようだった。

イリキは再びそれをポケットにしまい込むと、ジャケットのファスナーを首元まで引き上げた。

突然、機内に津波のような冷気がどっと押し寄せてくる。それまで隔壁で遮られていたローター音の大きさもずっと大きくなった。振り返ってみると、機側のドアが開かれていた。兵士が開けたのだ。一人がドアから外へと半身を乗り出し、後ろに控える二人の兵士が機外を監視する兵士の抗弾ベストの脇あたりに手を突っ込んで外に放り出されないように引っ張っている。

目標が近いということなのだろう。イリキの脇を抜けて機体の後方へ移動する兵士もいた。兵士は機体の一番後ろまでやってくると、自身と機体の天井とをロープでつないだ。ロープの両端はカラビナで繋がっていた。手際のよさが目立つ。天井のカーテンレールみたいな出っ張りに一方を、残りは自身の腰のベルトに装着する。

何が始まるんだ。イリキはにわかに緊張した。

兵士は、側面に続いて後部ドアをも開放しはじめた。

兵士がノブと思しきレバー状のものを垂直に動かすと、機内外の気圧差のためか、後部ドアはひとりでに勢いよく開かれる。丘陵に挟み込まれた、雪に覆われた国道が機体の真下にあった。外景がものすごい速さで後ろへ流されているのを見るにつけ、改めて航空機の速さというものを知った。兵士の機敏さや景色に圧倒されているところを、後ろからやってきた別の兵士に押しのけられる。イリキは慌てて座席に飛びのくと、件《くだん》の兵士はどこからか持ってきたカーゴネットを通路上の荷物にかぶせる。機外に吹き飛ばされないための処置かもしれないが、すでに何着かの衣類とリュックは後部ドアから地上に落下していた。

ドアを開いた兵士は、左右の扉のヒンジ部分を短い金属棒で固定した。するとそれまで風圧でばたついていた扉がぴたりと止まる。兵士は機体と空中すれすれのところに腹ばいになり、あたかもそれが合図であるかのように、その周囲に別の兵士たちが集まってくる。直下を走る国道の偵察をしているに違いない。イリキは丸窓に顔を押し付けて外を見やる。木々が、山が近い。高度がかなり落ちている。対地高度で二百フィート前後だろうか。それに応じて速度もゆるやかになっていた。その一方、速度によって安定していた機体は、次第に山からの吹きおろしや強い北西風に煽られるようになった。いくらツインエンジンの輸送ヘリといえども、山地の気流を前にしては、濁流に浮かぶ笹船に等しい。

イリキは座席から飛びのいてコックピットへ向かって進んだ。

早く操縦席につくべきだ。

アンナはキャビンとコックピットの間で、所在なげに立ちつくしている。風が吹き込むキャビンでは兵士が騒々しく動き回り、かといって航空機の何が分かるわけでもないから再び航空士の座席に座るのも気が引けているといった具合だった。

機体が動揺し、数名の兵士がキャビン内に転がる。イリキも背中を突き飛ばされるような衝撃を受けてカーゴネットに包まれる荷物に身体を叩きつけられた。

なんとか身を起こすと、今度は急に後ろに引っ張られた。起こした身体がさらに後ろへ傾き、今度は仰向けに倒れる羽目になった。投げ出された自分の両脚と機体の天井とが目に入ったとき、ようやく機体が異常なままでの機首上げ姿勢を取っていることが分かった。自身を後ろに引っ張っていた犯人は重力だ。そして急な機首上げをしているということは速度が殺されているということでもあった。機体は水平に戻されたが、その操作も急であったために固定されていない人や物はなすすべがない。

前方ドア付近の兵士のうち一人は、機体の姿勢が水平になってもなお倒れたまま動かなかった。イリキがいぶかしみつつ少しの間観察をしているところで、突如、連続した金属音が鳴った。小石が入ったスチール缶を振ったような感じだ。

前方からも後方からも、ローター音と風切り音を割って銃声が響き渡るに及んで、機内と地上とで撃ち合いをしていることに気が付いた。

通路に転がる兵士は荒い操縦によってではなく、地上からの銃撃によって倒されたのだ。

急げ急げ急げ、とイリキの頭の中で警報が鳴り響く。

あいつは何を考えてるのか知らないが、こんな中で空中に止まるバカがいるか。さっさと離脱すべきだ。駆けだそうとするが、またすぐに通路に突っ伏してしまう。腹ばいのまま足元に視線をやると、カーゴネットに半長靴が引っかかっていた。声を荒らげて網と格闘する。

ようやく足を外したところで、再び凄まじい銃撃が機体を襲う。例の金属音とともに、機内の塗装がおがくずのようにぱらぱらと舞った。また何人かの兵士が倒れる。通路の斜度が加速度的にきつくなっていくのは、やはりまたヘリ自体が機首を上げているからだ。

ただ、今度は加速状態からのそれではなく、ほとんど停止に近い状態であったから、自然テール方向から高度が失われていくことになる。

後部ドアから物が投げ出され、倒れたまま動かない兵士もそれに続いて空中に飛び出す。

イリキもずるずると通路を滑り落ちているところを、山縣に助けてもらった。裸絞めのように、山縣の長く太い腕が首に絡みつく。

早く元に戻せ、とイリキは念じる。

呼吸がしやすくなったのは、山縣の腕の力が緩んだからだ。山縣は依然として椅子に座っていたが、自分を摑むのとは違うもう一方の手で隣の席のベルトを摑んで身体を支えていた。

イリキは再びコックピットへ進み、アンナを押しのけて操縦席に身を収める。上下左右に取り付けられた計器のうち、警報らしきランプがいくつも明滅していた。キリル文字など読めもしないからそれが何を意味するかは分からない。分かりたくもなかった。すぐさまヘッドセットとシートベルトを装着し、外景を確認する。進行方向は一定だったが、ヨー方向が定まらず、機体は右へ左へと振れている。右側は山肌で、左側は急斜面だ。直下の国道は蛇行しながら山頂へと伸びていることから、ここが峠であることを知る。時たま、山頂からの吹きおろしに機体が叩かれて右や左に大きく傾いた。自分が座ったところでどうにかなるわけではないが、自然と人的脅威に対応しながら操縦をするならば一人より二人の方がいいに決まっている。

「高度を上げろ」

イリキは右席に向かって大声を張り上げる。ほとんど憔悴したようなニキビ面の男は食い入るように風防の向こうを見つめ、血管が浮き出るほどに操縦桿を強く握りしめていた。こちらの大声などてんから耳には入っていない様子だった。

イリキは意を決してコレクティブに添えていた左手をゆっくりと上へと引き上げていく。しばらく待ったが、一向に高度が上がらない。

隣から喚き声が聞こえてきた。

イリキはそれを無視してもう一度コレクティブを引き上げようとしたところ、強い力で下へ押し返される。はたと右を見てみれば、鬼のような形相で男がこちらを睨んでいる。

ひょっとすると、まともに出力を上げられないのかもしれない。思うと、イリキの背筋に冷たいものが流れた。落ちるのではないか。

一瞬頭が真っ白になったところで、「山縣が落ちた」とアンナがコックピットに飛び込んできた。

言葉の意味は分かったが今はどうすることもできなかった。

山の気流とは違う、横殴りの衝撃が巨大な破裂音とともにやってきて一瞬意識が遠のく。風防に無数のひび割れが現れていた。焦げ臭さが航空機特有の油臭さと混じって機内に流れてくる。ひび割れた風防が一枚一枚、脱皮するみたいに剝がされていき、操縦席にも空気の津波がなだれ込んでくる。外景を見た時、イリキは言葉を失った。景色が回転していたのだ。手前の計器がどうなっているのかはっきりと見て取ることができる。左右の座席の間にあるスイッチ類も天井に備え付けられたレバーだのも何一つブレてなどいない。だから答えは簡単で、回転しているのは世界ではなく機体の方だ。イリキはペダルを踏み込むも、虚しく空を切るばかりだった。水平方向の操作ができない。次の手を考えようとしたところで、機首の鼻先に巨大な杉の木が見えた。

鮮明に、その幹が見える。

視界が遮られ、平衡感覚を完全に喪失する。耳鳴りがしていた。その間も、身体中を何かに叩きつけられていた。虫かごに投げ入れられて揺さぶられたら、きっとこんな感じがするかもしれない。

落ちたのかもしれない。いや、そうに違いない。未だはっきりとしない五感ではあったが、それでも飛行中に特有の振動が一切なくなっていることだけはわかった。

呻き声が聞こえ、つんとする油脂のにおいがし、全身に鈍痛が走っていることを知覚した。自分の両脚が見える。その間のサイクリックも、床面も。

イリキはゆっくりと両手を目の前へもってきて、握って開く。指は全て揃っている。まだ、生きている。とにかくそのことに安堵した。

風防は全て粉々に割れていて、その下に雪が見えた。最初、風防にこびりついた雪かとも思ったが、いや、そもそも風防は全て割れているのだから雪は付きようがないのだと思い出す。遠くで銃声がこだましている。立ち上がろうと身体を上に持ち上げようとしたがうまくいかない。身体が座席に固定されていた。シートベルトを外して、ようやく自由を得るも、立ち上がる気力は湧かない。

ほんの一瞬の出来事だった気がする。ただ、時たまこだまする銃声を除くと、辺りは不気味なほどに静かで、すでに墜落から相当な時間が経過してしまったような気もする。漏電により、思い出したように火花が上がることがあった。

気を失っていたのか？

イリキは自問するが、誰もその答えを教えてはくれない。頭が痛み、額に手を当てるとぬるくなった血が髪の毛と皮膚とを接着していた。

いや、きっとそうだ。イリキは確信めく思いだった。

墜落から、かなりの時間が経っている。生き残った兵士はすでに脱出をし、そこいらで戦闘を始めているのだ。

機内に、人の気配は一切しなかったが、念のために振り返ってみると、やはりキャビンはもぬけの殻である。右席にいたニキビ面の姿も消えていた。今ここにあるのは、放置された荷物と死体だけだった。

コックピットも、当然めちゃくちゃになっていた。ただ、頑丈な機体ではあるらしい。低高度であったとはいえ、ある程度の高さから斜面に突っ込んだのにも拘わらず、原形をとどめている。だからこそ無事でもあったのだ。コックピットには、フライトチャートなどの紙の他にも風防や計器の破片がそこかしこに飛び散っている。

墜落の直前に感じた横殴りの衝撃と爆発音は、きっと地上からの攻撃に違いあるまい、と徐々に覚醒してくる意識の中でイリキは思い出した。ロケットか誘導弾かは分からないが、それが機体に致命的損傷を与えた。結果的に、雪に覆われた山間部であることがかえって良かった。太い木の枝や雪がクッションの役割を果たしたからだ。

斜面の上方に機首を向けた状態で機体は落ちたらしい。今や外景と機内とを隔てるものはなく、計器パネルのすぐ向こう側は外になっていた。斜面には、機体が雪面を滑り降りてきた跡がついている。丸窓や隔壁やビスやローターの破片がその上に点々と残されている。細い木々はなぎ倒されていた。

斜面に転がっているのだから、言うまでもなく機体の姿勢もそれに沿うことになり、キャビンに向かって通路は斜めになっていた。

イリキはとにかく摑まれる場所を探り探り、ゆっくりとコックピットを後にする。

カーゴネットで固定された荷物の上に、機体の破片と死体が散らばっている。後部ドアのあった場所は、そこからそのまま外になっていた。要するに、ヘリの胴体部分とテール部分が引きちぎられてしまっていたのだ。

搭乗時に見た人の数より死体の数が少ないのは、すでに脱出をしたからかはたまた振り落とされたからか。

山縣が落ちた、というアンナの言葉を思い出し、心拍が速まる。死んでしまったかもしれないという恐れが湧いてくると、すぐに自分は二度も墜落から生き延びたのだから大丈夫だろうという経験則が打ち消しにやってくる。

また、どこからともなく銃声が聞こえてくる。ここは安全なのだろうか。機体を攻撃してきた連中は誰だろうか。そいつらから離れることはできたのだろうか。そいつらは少人数なのか。そういう疑問が次々に浮かんでは消えた。答えは出ない。自分がどうすべきなのかも分からない。

イリキはわけもわからず、機体後部に歩みを進めているところで、座席と荷物との間に、挟まれるみたいにして横たわるアンナの姿を認めた。

振り乱された髪の毛が水死体のようだった。いつも着ていた黒のフリースの背中には、ガラス片の他に雪もまぶされている。

イリキは、確かめるのが怖かった。

滑り落ちないように、ゆっくりと近づき、荷物にまたがってアンナの首筋へと手を伸ばす。髪を除けて首に手を添わせると、まだ温かかった。

脈はどこだ、と焦りながら首の周りをまさぐっていると、もぞもぞと動き出したので死んでいないことに安堵する。

断続的に銃声が聞こえるが、もはや麻痺してしまったのだろう、以前ほどに緊張していない自分を見つけて驚いた。自分の中で死という事象があまりにも軽くなってしまっている。しかし摩訶不思議なことに、死が軽くなればなるほど生の重みは増した。それはあたかも生命の量は一定で、自らその価値の比重を死と生というコップに注ぎ入れて決めることができるような感覚で、であれば従前自分のいた世界では、死に重きが置かれていたということにはなるまいか、と鈍っているはずの思考が瞬時に演算している。この地での脅威はいつだって自分に死を振りかざしてくる。畢竟《ひっきょう》、生きていることそれ自体がそのまま反逆であり反抗であり抗議であり意味になった。自分がこれから帰ろうとしている場所は、権力も社会も経済も何もかもが生かすことを目的にして駆動している。生きることとただそれだけで体制になり奴隷になる、そういう世界だった。反抗は、即ち死だ。

アンナは突如として起き上がり、自分が生きていることに呆然としているようだった。

片膝を立ててそのまま起き上がるのかと思いきや、アンナはその一方の膝を抱きかかえるようにして動きを止める。額に血が滲んでいて、前髪がべったりと額にくっついている。

「落ちたんだ」

まだ状況を把握しきれていないであろうアンナに語りかける。

「動けるか？」

返事の代わりにとでもいうように、アンナはその場に立ち上がる。

イリキも立ち上がると、アンナは突然「山縣っ」と短く叫んで機体後部に駆け出す。今や二度と閉じられることはない後部ドアからアンナが飛び出すと同時に、彼女は足を滑らせて転んだ。

アンナのところに駆ける。機体は、先頭が山頂へ、後部が下方へというように斜面に沿っていたから、アンナは飛び出すと同時に斜面から滑り落ちてしまっていた。四、五メートル下った雪の中で、アンナはもがいていた。イリキはゆっくりと機体から外へと足を踏み出した。雪をかぶった金属板は、確かに滑りやすく、ちょうどその感覚は圧雪された地面の上に振りかけられた粉雪のそれと似ていた。

山は、峠自体が切り開かれているということも関係してか、木々が密集している感じはない。不規則に散らばる木々はどれも禿げていた。イリキはアンナが滑り落ちていった際にできた雪上の跡をたどりながら少しばかり空を見上げる。青い。まぶしかった。間隙が少ないこともあり、陽光は雪面での反射によって、上空よりもむしろ地上でのほうが眩いほどだ。木は、風によって吹き付けられたのだろう、一側面にのみ雪の塊がこびりついている。シラカバは一目みて分かったが、そうでない木も自生していた。イリキは、そうした幹を伝ってゆっくりとアンナの方へと下っていく。

山道は、雪が積もっているせいでなおのこと歩きにくい。ある部分は雪深く、そうかと思えば腐った木が横倒しに埋まっていたり、木の根がつま先をからめとったりするのだが、そのいずれもが雪に隠されている。そして想像以上に斜度がきつい。

アンナの先で一様に斜面が途切れているのは、ひょっとすると国道なのかもしれない。

「大丈夫か」

シラカバに寄り掛かって身体を支えるアンナは、震えていた。血濡れていた箇所は、雪がくっついている。

このままでは二人とも死んでしまう、と思った。機体へ引き返して装備を整えるべきかと逡巡する。

「山縣はどこだ」

震えたまま、自分が先ほどまで落ちていた雪の穴を一心に見つめながらアンナが口を開く。

「知らない。気が付いたらヘリは落ちてて、機内もほとんど空っぽだった」

「山縣を探す」

「死ぬぞ」

アンナは頑なだった。もう一度「山縣を探す」と言うなり、木を伝って下へと降り始める。

「おい」

イリキが声をかけるも、もちろん無視された。

完全に感覚が狂っていた。合理的に考えることができない。十中八九この雪中行軍と山縣捜索は失敗し、それは死という帰結をもたらすに違いないと予測できたのに、イリキはアンナの後を追うことにした。

十数メートル先で区切れている部分は、やはり人工的な傾斜変換線で、道路になっていた。等間隔に設置された、車線標示のものと思われる金属の支柱が木々の間から見えたのである。

イリキは振り返って、機体を今一度見やった。せめて、ここに戻ってきて一夜を明かすことができるように機体の概ねの位置を目に焼き付けておこうと思ったのだ。置き去りにされた荷物の中には、多分暖を取るものや食料だって多少はあるだろう。

しかしイリキはその一方で、こういう推理は合理性に由来する判断ではなく、どちらかといえば祈りとか気休めとか願掛けにも似ているということを自覚してもいた。もうここに戻ってくることはないだろうと思っているからこそ、なぜだかこの場所を覚えていることでそれが望みになるのではないかと、イリキは言語化こそできていなかったが、そういうイメージを抱いていたのだった。

今向かっている斜面の終点が国道であるように、頂上側にもやはり同様に、ぱたりと木々がなくなっている部分が見えた。

反射する陽光が一筋の線となっていて、離れてみてそのことがよくわかる。そこでようやく、今いる場所はスラローム状に形成された道路と道路の間の斜面であることを知る。

国道沿いに飛んでおり、すでに峠に入っていたのだから、その経路上での墜落が即ちこうした結論を導くことは当然といえば当然でもあった。

山中にこだまする銃声が誰によって放たれているものかは相変わらず定かではないものの、機内の相当数の兵士がいなくなっていることからも、やはり彼らと克之ら一行との交戦を想像させる。

イリキはしばらく山頂の頂界線を眺めてから視線をアンナに戻すと、彼女はさらに斜面を下ってしまっていた。イリキは慌てて雪をかき分け、木を頼りに下ろうとしたところで、これから向かおうとする道路上で何かが緩慢に動くのを目にした。

白銀の世界にあって、動いた何かもやはり同様に白であったが、雪ほどに光を照り返さず、のそのそと動くさまは雪の中を動くモグラをイメージさせた。少しばかり観察していると、その何かはゆっくりとではあったが着実にこちらに向かって上ってきていることが分かった。イリキは吐き気にも似た緊張と寒気を感じる。

敵だ。

「伏せろ」、とイリキが大声を上げるのと、それまで支えにしていた灰色と白が混ざったシラカバの幹が爆ぜるのとは同時だった。なぜか銃声はしない。雪に身体を沈めて身を隠すが、応射すべき武器が手元にない。消音器か何かを付けた銃なのだろう、空気の圧搾音《あっさくおん》にも似たそれと槓桿《こうかん》が後退して打ち鳴らす金属音のみがかすかに聞こえる。静かな音だったが破滅的な音だった。敵の銃撃は正確で、自分が盾にしている木に何度も命中させている。

イリキは、とはいえこの雪に身体を沈めている限りは相手からもこちらの姿が見えないことを察知して、雪の中を這いながら地面を下っていく。かき分けると、時折木の枝や笹が顔を覗かせ、露出した頬や手を切り裂いた。

「アンナ、アンナ」と叫ぶと、周囲に不気味な風切り音がやってきた。

恐る恐る、雪面から顔を覗かせるも、敵は見えない。ただ、すぐ手前にアンナを見つけた。彼女もやはり木を背にして身を屈めていた。

イリキはなんとか近くまでたどり着いて身を寄せる。その間も木は火薬とガスとによって発射される鉛で抉《えぐ》られていった。

「大丈夫か」

「問題ない」

アンナは、むくれていた。

その苛立ちは、予期していた到着時刻が電車の遅延によって遅れたときのような、ずいぶん卑近な障害に対して向けられる時に見られる表情だった。彼女にとって、生死に関わる障害は、渋滞とか電車の遅延とかにわか雨とか、そういう日常的なものなのかもしれないと今更になって気が付く。

イリキは鼻で笑ったが、なぜ笑いが漏れてしまったのかは分からなかった。

「撃つな、撃つな」

イリキは声を張り上げる。

こちらの懇願もむなしく、敵はこちらを殺す算段でいるらしく、銃弾がなおも飛んでくる。

イリキははたと航空服のポケットにある身分証のことを思い出し、膝立ちになってジャケットの内側からカード状のそれを引っ張りだした。こんなものに頼らざるを得ないのは不本意だったが、背に腹は代えられないと覚悟を決める。

「派遣隊だ、飛行隊のイリキだ、撃つな」

イリキは、木と自分の間にアンナを挟んで、身分証だけを下方へ向けてひらひらとなびかせる。

ほとんど期待はしていなかったが、銃撃は止んだ。

ため息とともにイリキは頽《くずお》れ、木を背にして腰を下ろす。アンナもそれに続いて二人並んで雪の中で身を寄せ合って座った。アンナの頭が、自分のすぐ肩にある。彼女の髪は焦げ臭かった。

克之を追っていたのは自分たちだけではなかったのではないか、とイリキは不意に考えた。三つ巴の混戦があった、とは標茶で森が語ったことだ。また上空や、地上に置かれていると思しきノモトの〝目〟を潜り抜け、ヘリを撃墜するほどに装備も訓練も充実しているのは警察か自衛隊か、いずれにせよ政府のものである可能性が高い。であれば、自分が誰でどこに所属しているのかということは、そういう手合いにとっては一つの躊躇になり得る。アウトローであれば、そんなことは歯牙にもかけずこちらが死ぬまで射撃を続けるか生け捕りにして熊と決闘でもさせるかもしれないが、今現時点においてそうされないということは、彼らがやはり体系だった組織のメンバーであることの証左でもあろう。

雪を踏みしめる音が段々と大きくなっている。

足音がなくなり、見上げると二人の白い像が左右に出来上がっている。白装束の人間だった。白色の覆いはナイロン製であるようで、二人が近くで動くと特有のかさつく音を鳴らす。二人とも大きなバックパックを背負っており、こちらの方もやはりナイロン製の白色覆いをかぶせている。二人の顔は、バラクラバのために分からない。ヘルメットもやはり白だったが、一般部隊や機動隊とか警備隊が使う丸みを帯びた、いかにも重厚な形状ではなかった。頭頂部に装着するものだから丸みはあるにはあったが、どうも底が浅いのかかなり薄く見える。そして側頭部のあたりにはピカティニーレールも備えられていた。イヤーマフ状のものが両耳にあって、こちらだけはヘルメットと違う、何か柔らかい素材に見える。ヘッドセットかもしれない。蛇腹のコード類がそのヘルメットやバックパックや腰のあたりから出ているが、どこがどうつながっているのかは分からない。ロボットみたいだな、とイリキは思った。

白色でないのは、ポーチ類が所狭しと括り付けられた抗弾ベストと光学系照準機器や射撃補助装置をごちゃごちゃとつけた小銃、といったところか。小銃の銃口には、やはり消音器が付いている。実物を見るのは初めてだった。

見るからにカネの掛かった格好は、この二人が警察か自衛隊のいずれかに属していることをイリキに確信させた。

「身分証を見せろ」

左側に立つ隊員が命じる。有無を言わせぬ調子だった。イリキは、無意識に握りしめていたカードを隊員に渡した。まじまじとカードを確認している。

その間、右に立つ隊員はこちらに注意を向けつつも周囲への警戒を怠っておらず、彼らがよく訓練されていることを印象付ける。

「本物か？」

イリキは首が疲れてきたから、見上げるのをやめて視線を雪に埋まってしまっている脚の方へやった。尻が冷たい。

「そうだよ」

「各人、引き続き全周を警戒、異常があれば直ちに報告」

イリキは、流れにそぐわぬ隊員の発言をいぶかしみ再び顔を上げると、隊員は左手で首元を押さえるような仕草をしていることから、咽頭マイクだろうと推知する。コード類が繋がっていた先の答えが一つ分かった。そしてこの二人以外にも彼らの仲間がいるであろうということも。誰かに命じることができる立場ということは、尋問するこの男こそが指揮官である可能性が高そうだ。

「そっちは」

指揮官風の男は、顎でアンナを指す。

声音から、先ほどの二語のような棘がなくなっている。あるいは、彼は悩んでいるのかもしれない。

イリキは少し考えてから、「助けてもらった」と答えた。

会話がまた止まった。

山頂の方から銃声が聞こえた。数回鳴ったが、ぱたりと止んでから会話が再び始まった。

「答えになってない。こいつは誰なんだ」

「知るかよ」

イリキは吐き捨てるように言う。

再び銃声が響くも、今度は明らかに近いと分かる距離だった。空気が振動している感覚がある。

イリキが腰を浮かせて立ち上がろうとすると、尋問をしていた男はなんのためらいもなくこちらに銃口を向けた。

怖かったが、それにも増して銃口というやつは向けられると不快感を掻き立てた。

「寒いんだ。立たせてくれ」

嘘ではなかった。尻から身体全体に冷えが回っていた。イリキを支えにしていたアンナもつられて横に立つ。

隊員は、何も言わず一歩後ろに下がってこちらを射線に捉え続けている。寒空の下に緩慢と流れていた空気が明らかに変わっていた。響き渡る銃声と空気の振動、自分たちを取り囲む二人がまとう雰囲気が鋭くなっている。

「ヘリのところだ」

隣の隊員が声を上げ、射撃を始めた。消音器を装着していたから金属音だけがけたたましく響く。機体に命中した音は、こちらにも聞こえてきた。

先ほどまで尋問を続けていた男は、何か決意めいたものが目に浮かべるなりイリキの腕を摑んで引き寄せた。

「イリキ」

アンナの呼びかけは、不安げだった。何か言葉が続くような呼び声でもあった。イリキははたと振り返ってその顔を見る。いつもの、どこか不機嫌そうな顔だった。

数に押され始めたことを察した指揮官風の男は、「後退する」、と仲間に命じた。男はイリキの腕を摑んだまま、押し退《の》けるみたいにしてアンナからさらに距離を取らせた。されるがままに従うイリキの真横で、例の発砲音が三度鳴った。

男は銃床を脇に挟んで固定し、当初向けていた射撃方向で引き金を引いたのだった。銃口の先にはアンナがいて、胸元に二発、首元に一発被弾した。血は出なかった。フリースに、瞬時に黒焦げた穴が出現して、アンナは不安に変じた表情のまま後ろに倒れた。

何が起きたのか分からなかった。いや、分かっていたが理解が追い付かなかった。殺された仲間や殺した人間の映像が、瞬間的に浮かんでは消えた。誰かを弔ったり死を悼む贅沢はここでは許されない。またそういう人間らしい心の回路はもうすっかり摩耗して擦り切れてしまっていて、気が付くとイリキは言葉にならない声を上げて隣の男に挑みかかっていた。小競り合いにも取っ組み合いにもならなかった。

すでに腕を摑まれていたイリキは、その場で跳躍するような調子で男にぶつかっていったから、二人とも姿勢を崩して斜面を転げ落ちるより他なかったのだ。

もみくちゃになって転げながら、雪をかぶりながらもイリキは強い意志で男のヘルメットを両手でつかみ、自身の頭に引き寄せた。自分の力によるものなのかはたまた転がっている最中にたまたまそうなったのかは分からない。イリキは男の吐息を感じるほどにまで相手の顔が近づくのを認めてから渾身の力で嚙みついた。平衡感覚も五感も全て狂っていたから頼りになるものは何もない。ただそれが相手の肉体のどこかでありさえすればよかった。布が湿っているのを唇で感じる。その向こう側に、確かに敵の肉がある。手も下顎も身体全体がこいつを捕らえて放すものかと意気込んでいるのがしかと分かる。男が暴れているのか、ただ抱き合いながら転がっているからそう感じるのか分からない。口の中に広がる鉄の味は、この男の血だ。喉につかえる感じがする。他人の血は、不思議とすぐにそれと分かった。

常に雪面か地面か障害物かに身体をぶつけていたのに、唐突にそれがなくなった。全身に風が当たっている。斜面が切り立つ崖に変わっていて、二人とも下へ下へと転がる勢いのまま中空に投げ出されていた。

どこまでも落ちて行ってしまうのではないかと一瞬危ぶむが、存外地面は近かった。隊員を下にして地面に叩きつけられる。

イリキは我に返り、慌てて男から離れた。雪が深く、膝まで沈んでいる。

振り返ると、三、四メートルほどの高さがあるコンクリート擁壁が道路の一方向に連なっていた。峠を走る国道の、山側の部分だ。その上には、例によって雪に覆われた斜面と木々が見える。撫でつけたように均一な雪面の中にあって、一部分だけいびつな跡がついているところが、自分たちが転げてきたところなのだろう。手前にある木の幹が爆ぜ、まだ自分が危地に置かれているのを思い出して飛び退くとともに、擁壁を背にしてしゃがみ込む。すぐ横に、アンナを撃ち殺したあの隊員が倒れている。あくびみたいな呻き声を上げていたが、仰向けになったまま動かない。大の字に倒れているのだが、バックパックのせいで、胴体部分の位置だけが盛り上がった奇妙な姿勢だった。がっくりと首と下半身が雪に沈んでいる。

イリキは、口中に鉄の味がまだ漂っているのを知覚して雪の上に唾を何度も吐き出した。手を伸ばし、倒れている隊員の首元のあたりを摑んで引き寄せる。重かった。雪かきと同じく、隊員を引きずれば引きずるほどに肩口に雪の塊が出来上がり、よりいっそう重みが加わる。

イリキは左右を見渡した。右手は山頂に、左手は麓に向かっている。山縣を探すのであれば左に行くべきだろう、と当たりをつけるもここを生きて出られるとは思えない。最善策は、目の前のガードレールを飛び越えてまた斜面を垂直に下っていくことかもしれない。ガードレールの向こうの視界は開けていた。遠くに、白に染まった山々が見える。空が青い。

それとも、壁面に沿って右手を進んで大雪湖まで抜けるか？　だけど現在地も目的地までの距離も分からないのにこれは無謀だろう、と考えているところで再び男の呻き声がして思考が中断される。

なんとか手近な距離にまで引き寄せてから、倒れている男を見やる。

男は、白いバラクラバの口周りが真っ赤に染まっていた。雪の上に大の字に倒れている男の脇腹の辺りからも血が滲みだして雪を赤く塗りつぶしていた。ベストの隙間からかなり太い木の枝が突き出ている。

顔面の出血の原因は明らかで、これはおれが噛みついたからだ、とイリキは観察を続ける。そのことについて今のところ思うことは何もない。脇腹の方は分からないけれども、多分あちこちぶつかりながら転げていった折、雪に埋まった朽木か何かの枝が突き刺さったのだろう。

イリキは覆いかぶさるようにして隊員の胸元を漁りに漁った。小銃はどうもここに落ちてくるまでの途上でどこかへいってしまったらしく、めぼしいものは自動拳銃一丁きりだった。

イリキは雪の中に手を突っ込んでバックパックの端を摑むなり、男の身体ごと裏返しにする。白いカバーを外すと、緑色の背嚢が現れた。着火剤、板状のバッテリー、小銃の整備工具、エマージェンシーシートといったものが入っていた。手前のものは雪の上へと放っていき、底の方に、赤十字のワッペンが縫い付けられたナイロンポーチが収まっているのを見つける。中を開けると、治療器具の他に銀色のパックに白いキャップがついたゼリー飲料があった。イリキはすぐにキャップを捩《ね》じって吸い口にむしゃぶりつく。中身は、もちろん冷えていた。身体が熱い分、喉から腹へと落ちていくその感覚には一層の異物感が伴う。が、その甘味は名状しがたい幸福感をイリキにもたらした。なんてことはない、スポーツドリンク風の甘味であったが、これが今はなににも代えがたい。

あっという間に空になってしまった容器はもちろんその場に捨て、いくばくかの力と思考力を取りもどしたイリキは、今度は隊員の手袋を剝ぎ取りにかかった。

イリキは男の手首をつかんで、もう一方の手で手袋を取ろうとしたところ、握り返された。

男は、まだ息絶えてはいなかった。

心臓がぴょんと跳ねてイリキの動きが止まる。ただ、うつ伏せのまま倒れている男にそれ以上の動きは見られず、こちらの手を握りしめる男の指を一本一本捩じり剝がしていき、最後に手袋を奪う。もう一方の手も同じようにしてから自分にはめた。サイズはちょうどよかった。まだ温かい。

山中での銃撃は激しさを増している。やはり、墜落から生き延びたのは自分ばかりではないらしい。

自分が背にする壁のすぐ向こうで繰り広げられている戦闘をよそに、イリキは着々と準備を整えるも、自分をどう処すべきかについては未だ結論を得られていなかった。

とにかく今は、後ろで起きているあの最低な行為に凪が訪れたタイミングを見計らってそこから遠ざかっていくことをまず目下の目的にしよう、と決めたところで、聞き慣れない重機の音が風に乗って流れてきた。折り重なるエンジン音が重苦しい。

イリキは奪った背嚢を国道の真ん中の方へと放った。予期していた通り、それはすぐに雪に沈んでくれた。見届けてから、イリキは少し国道を下っていって、同じく雪の中に身体を沈めた。

音は、銃声に紛れてしまっていて、さらには山特有の強風に巻かれてどこからやってきているのか見当がつかないが、とはいえここまでの飛行経路を想起しつつ、やはりそれは麓ではなく山頂からだろうと見積もったのだ。

匍匐《ほふく》の姿勢を取って、そっと頭を上げる。雪面と目線の位置を合わせる。登坂する国道は、十数メートル先で急なカーブを迎え、斜面の内側へと消えていく。

もしこの音の発生源が山頂から下ってくるなんらかの車両なのであれば、必ずあそこから出てくる。望みは薄いが、その様子を見定めてから脱出を試みることを決した。

手袋を着けて、ジャケットの上から羽織った白色覆いのおかげでだいぶ寒さは和らいでいる。ただ、身体的な苦痛から逃れるのに果たす役割のうち、一番大きいのはこの戦闘という予測不可能な環境に投げ出されてそこに没入することの方にあった。余計な観念が戦闘という環境や行為そのものによって締め出される、その感覚が今はありがたかった。

地面を伝ってくる小刻みな振動によって、いよいよその時が近いことを知る。カーブに切り立つ壁面から現れたのは、緑色のホイールローダーだった。車体から伸びる二本のアームはバケットとつながっている。除雪車だ。

速度はかなり遅い。雪を切り開くローダーは、海を割って進む船を思わせる。後続は、あまり見かけない形状の四輪装甲車だった。自衛隊のものとも警察のものとも違う車両だ。天井にはハッチと機関銃が据えられていて、上半身のみをそこから出す兵士が山の斜面に向かって据銃《きょじゅう》している。さらにもう一両、同種の装甲車が続き、最後は見慣れた陸自の三トン半と呼ばれる大型トラックが現れる。

イリキは、ゆっくりとこちらに向かって前進してくるあの車両群が敵なのか味方なのか、まだ判然としかねていた。そうこうしているうちに、ローダーが眼前にまで迫ってもはや動くに動けなくなる。車体から垂直に伸びる運転席に座る男の顔を見極められるほどにまで近い。ただ、イリキは久しく忘れていた安堵を覚えていた。

　なぜならばローダーを操作する男の服装が、見慣れた陸自迷彩だったからである。同じく迷彩柄のヘルメットに旧式のボディーアーマーを着用した彼は、多分旭川から進出してきた第2師団の隊員だ。

　イリキは、雪の中で敵から奪った白色覆いを脱いで、両手をあげながらゆっくりと立ち上がった。

　巨大なバケットのせいで、後ろの様子は分からない。イリキは、ローダーに正対していた。ローダーの左右から小銃を構えながら兵士が前進してくる。こちらはロシア兵だった。今自分が着用しているジャケットと同じ柄の迷彩で、彼らもまた防弾チョッキとヘルメットとを着けている。

　二人ずつに分かれ、計四人の兵士が弧を描いて散開する。イリキを取り囲む四人と全く同じ格好をしたもう一人の兵士が、ローダーの後ろから現れたが、その兵士は丸腰だった。チョッキの胸元にホルスターらしきものが装着されていたものの、少なくとも両手は空いている。

　雪を漕いでイリキの前にやってくるなり、「派遣隊の人間か」と訊かれる。

　イリキは、どうしてすぐさま自分が飛行隊の所属であることを看破できたのかということと同じくらい、まさにそのことを流暢な日本語で問う声が甲高い女性のものだったことに驚いた。

　イリキが頷く。取り囲む兵士の警戒が緩んだ。

「こっちだ」

　きびきびとした動きで反転するなり、彼女はまたもと来た道を引き返し始めた。イリキは、左右に居並ぶ兵士たちの視線を感じながら後に続く。

ボンネットを有する濃緑色の装甲車は、大きい。フロントガラスの中央にはピラーがあり、左右で二分割されていた。ドアが開け放たれたままになっているのは、先ほどの兵士たちが降りたからであろう。車体側面のドアは運転席と助手席のものだけで、残りの部分は長方形の窓が二つ並ぶばかりで出入りできる場所は見当たらない。現金輸送車のようだった。

車体の後部に回り込むと、観音開きの扉があって、兵員室への出入りはそこからできることが分かった。こちらも開け放たれたままだ。

先ほどの女性兵士は再び機敏な所作でもって振り返り、手をひらひらとなびかせる。中へ入れ、という指示なんだろうが、犬や虫を追い払う仕草にも見えた。

装甲車だから仕方がないが、見た目の大きさに比して中は狭かった。地面からの高さもあり、開口部が若干狭いためにイリキは腰を折って中へ入った。

一応三列シートということになるのかもしれないが、二列目、三列目は左右の座席位置が微妙に前後している。また左列最後尾の座席にいたっては、なぜか背もたれが運転席方向についていた。つまり、この席に座る人間だけ進行方向ではなく後ろを向いて座ることになる。どういう設計でこうなったのか理由は分からない。通路と呼べるほどの長さも幅もないが、運転席から後部ドアまで移動のための空間がある。

どこに座るか迷ったが、すぐに「前からつめろ」と先ほどの女兵士に指示されたため、運転席の後ろに陣取った。

全体的に、装甲車であるということを差し引いても粗雑な造りだったし、さらに散らかってもいた。車体のあちこちに何に使うか分からないワイヤーだのバックルだのが取り付けられていたし、ちょっとしたスペースにはリュックや工具箱がすし詰めにされている。また、運転席と今座っている座席との間にはなぜか金属ラックがあり、ここにも背嚢や弾箱らしき緑色の金属箱が詰め込まれている。銃座につく兵士のためか、車両の中ほどに床面に固定された金属製のお立ち台があった。

すぐに出発するものかとイリキは身構えていたが、あの女も含めて兵士たちはいっこうに帰ってくる様子はなかった。

全てのドアが開けっぱなしになっているから寒かった。そしてエンジン音がうるさく、振動もひどい。揮発性の油脂類のにおいが、換気をしているにも拘わらず常に充満していて頭が痛くなってくる。

イリキは、身体を折って膝の上に重ねた自身の両腕へ頭をうずめた。

身体中が痛い。下腹部や背中や膝や足の甲や眉間や側頭部、いたるところが痛い。今までそれを覚知していなかったことが不思議なくらいだ。外傷といえば外傷なんだろうが、しかしそのどれもこれも、もっと自分の内側にその原因がある気がする。さすっても手を当てていても、痛みの元に届かないもどかしさがある。耐えるしかなかった。

身体的苦痛が、それまで押し込めていた自分自身を呼び起こす。

みんな死んでしまった。古在《ふるあり》さんも西村さんも山縣もアンナも、みんなみんな死んでしまった。おれだけがのうのうと生き残っている。実任務部隊への異動は自分の経歴に箔が付くだって？　おれはここにくるまでなんてことを考えていたんだ。もう自分には何も残っちゃいない。空虚に投げ出されてしまった。旭川の連中に保護されたからなんだっていうんだ？　帰ってどうする？　もう何もない、何もないんだ。

イリキは、自身の内側で溢れる何かに溺れてしまいそうだった。滔々と連なる思念とも想起ともいえぬ中で見つけたことといえば、この空っぽな感じは世界の方ではなく自分そのものだということだった。

慌ただしく兵士たちが乗り込んできたとき、イリキは目を覚ました。いつの間にか眠ってしまっていた。その自覚のなさは、むしろ気絶といってもいいほどだった。

例の巻き舌が車内で飛び交い、ドアが閉められる。

すぐに車はゆっくりと前進を始めた。

悪路である。速度は遅いが、車体は左右へ大きく傾いた。イリキは、その度に側壁に取り付けられている取っ手を摑んで身体を支えなければならなかった。

遠心力で身体が一方向に引っ張られるのを感じ、車が大きく旋回していることを知る。

これから、いよいよ旭川へ向かうのだ。

車中では、時たま無線のやりとりがあった。ほとんどがロシア語だったが日本語も聞こえてきた。その返事は専ら件《くだん》の女兵士が行った。無線の相手方は、陸自特有の通信要領――相手の呼び出し符号、自分の符号をほとんど連ねるようにして言ったのち、簡潔明瞭な用件を体言止めで締め、最後に「オクレ」ないしは「オワリ」と交信する感じ――から師団の隊員と思われた。大雪湖で合流する予定だった旭川軍とは、要するにこの混成部隊――第2師団とロシア軍――のことだったのだろう。

峠を越えた、と分かったのはエンジンの唸り方が変わったのと車の傾斜によってだった。

旭川へ行くことは確実にしても、行った先で自分はどうなるのか、果たして本当に日本へ引き渡してくれるのか、はたまたこれまで同様悲惨な目に遭わされるのか、疑問は尽きない。イリキには旭川に対する知識も乏しく、それも国内報道がベースだったために印象はどちらかといえば悪い。隊内での教育は、その土地の風土であるとか産業構造であるとかを明らかにするというよりも、釧路や旭川での自他両軍の配備態勢がどうなっているか、定時定点で観察したものに対して自隊はどう対処すべきかということに主眼が置かれていたため、その知識もやはり自分がどう処されるかということについての手がかりにはなりそうもない。

下りに入ってからというもの、この部隊がすでに往路で除雪をしていたということもあってか、心なしか行進速度が速まった気がする。

車内に差し込む陽光が、山々によって作られる影でなしに、ぐっと減じたのが分かる。陽が落ちてきていた。側面に取り付けられている窓は、若干高い位置にあったために、見通すことができるのは自分の側ではなくむしろ右列に据えられた窓であった。長方形の重厚なガラスは防弾性のためかはたまた整備が行き届いていないのか、透過率が悪く、景色は不鮮明だ。

イリキの後ろに座る兵士たちは、車に乗り込んでからというもの、四六時中喋っていた。緊張のかけらもないのは、極度の緊張を強いられる戦闘から解放されたからか。その感覚は分からないでもなかった。

旭川には選挙がなく、よって民主主義もなく軍隊が力を持っており、諸外国からの税逃れを目的とした金融取引と不法な国際的密輸入と細々とした第一次産業で経済が成り立っているが、その実態は極度の貧困にある、というのが内地――つまりは自分も含めて――における大方の認識だ。

　そういうことを思い出しながら車内にいて感じたことは、自分の悪感情はなぜか侵攻軍には向いていないということだった。それがネットやメディアを通じて外的に注入された認識であることを差し引いても、この発見はちょっと不可解だった。考えられる可能性は、そもそもその認知の発生源も受容体も、どちらもが彼ら侵攻軍を視界の外に押しやっていたということだ。だからこの悪感情は侵攻軍に対してではなく、第2師団や旭川市民に向けられた。この論理的な飛躍は、自分にとっては絡まった糸で、簡単には解きほぐせそうにない。

　こんなことを縷々《るる》考えてしまうのは、やはり自分のこれからを考えたくないからだろう。大なるものを思うとき、自分は存在しなくなる。その大なるものによって自分がどうこうされるのだとしても。

　いつの間にか、窓から人工的な光が不規則に差し込むようになっていた。少しばかりシートから身体を横にずらして運転席方向を見やる。フロントガラスの中央を走るピラーが邪魔だったが、ちらほらと見える建物――背の低い集合住宅、自宅と合体してしまった小さな町工場、民家等々といったものだが、これまで目にしてきたもの同様、その半分ほどは雪に覆われ、時間の波に攫《さら》われていたものの、そうでないところは今も確かに生活を宿していた――から判ずるにどうもこの一団は旭川に入ったらしい。ローダーの無骨な尻が見えるが、その間に、一台の軽トラックが入り込んでいる。荷台を覆うブルーシートは雪をかぶっていた。

　旭川市がどういう造りになっているのかはさっぱり分からなかったが、交通状況はあまりよくないらしく、市内に入ってからは渋滞にはまってしばらく動かないということが続く。

自分の処遇や生き死にというほとんど終末的な恐怖が薄皮一枚隔てたところにあるに違いない、という強迫観念があるにも拘わらず何度か眠りの沼に沈んでは覚醒するというのを繰り返した。眠気を払拭したのは、滑車が打ち鳴らす金属音と外から聞こえる「お疲れ様です」の大声によってだ。

イリキは背筋を伸ばし、今一度外を見てみればそこは駐屯地の営門だった。全国津々浦々にある駐屯地は、それが作られた年代や地域によってばらつきはあれど、そこが〝駐屯地である〟という一種共通した雰囲気――建物の配置であるとか、広大な敷地を走る通りの敷設であるとか、そしてそうしたものが有機的に結合することによって醸し出す何か――を持っている。

先頭のローダーが通過すると、助手席のパワーウィンドウが下げられる。イリキの位置からだと、ちょうど助手席のヘッドレストが視界を遮る形になるために外にどこの誰がいるのかは分からない。

「お疲れ様です。運行指令書をお願いします」、とはきはきした声がすぐ近くから聞こえる。

女兵士は、センターコンソールからバインダーを取る。

しばらく無言が続くうち、ほんのりと冷気が漂ってくる。

「念のため中の確認をします」

また同じ、若そうな男の声が聞こえる。

助手席の女兵士が振り返って、最後列にいる二人の兵士に何かを命じると、ドアが開かれた。

今度は、そっくり中の空気が外の冷気に取って代わった。

イリキは緊張からシートに浅く座って身を正すも、やはり後ろを振り返りたいという誘惑に勝てず、首だけをゆっくりと後ろへ向けた。

久々に外の景色を見た。予期していた通りやはり車列は営門で点検を受けており、さらに後ろにもう一台、今乗っているのと同種のロシア製装甲車が順番待ちをしている。ヘッドライトの輝度は最小に抑えられている。

ぎゅっぎゅっと雪を踏みしめる音が近づいてくる。

現れたのは陸自隊員だった。

今や旧式といっていいような装備一式に身を包んでいるのは、十年前ですべての装備の更新が止まってしまったのだから当然と言えば当然である。

丸みを帯びた鉄帽と迷彩柄の作業服くらいが、内地部隊とのせいぜいの共通点だろうか。隊員は防寒戦闘外被と呼ばれる、茶系の強い陸自の被服の上から、ポーチ類を装着した弾帯をY字サスペンダーで吊っていた。今や懐かしい89式小銃を吊《つ》れ銃《つつ》の体勢で肩に提げている。

隊員は、人差し指で鉄帽のつばをわずかに上げる。それでも中が暗いためか、サスペンダーに装着されているL型ライトを点灯させて中を照らす。光の輪っかが右へ左へと車中を走る。

若干古い装備であるとはいえ同じ服制の隊員を目にして感じたのは、しかしその異質性だった。ドアの向こうで寒風にさらされている隊員は、いつだかに地方の歴史資料館で見た、傷痍軍人のような顔つきをしていた。落ちくぼんだ目とやせこけた頬、鋭い眼光といった、顔面にくっつく部品一つ一つが自分とも内地で見かける隊員とも違っている。若年隊員と見受けられるも、もっとずっと年老いても見える。

ひとしきり中を確認したのか、そのまま「問題ありません」と声を張り上げる。よく通る声だった。

回れ右で隊員が後ろの車両に向かうのを見て取ると、後席のロシア兵二人は再び扉を閉めた。冷気だけが車内に残された。

車が低速で発進し、すぐにまた止まると、助手席の女兵士がおもむろに下車した。何が起きるのだろうかと訝《いぶか》しむうちに、すぐに後方のドアが開かれる。

「降りろ」

日本語で指示が飛ぶ。自分以外に反応すべき人間はどこにもいない。

イリキはおずおずと立ち上がり、身をかがめながら車から降りた。左手には、鉄筋コンクリート造りの隊舎らしきものがあった。イリキが雪面を踏むと同時に、女はドアを乱雑に閉めてから拳で二度、ドアを叩いた。

装甲車は、二人を置いたまままたゆっくりと発進した。

ここが目的地なのだろうか、とイリキは再び隣の隊舎を見上げる。三階建てで、出入口はその中央と左右にあるらしい。外階段もあった。中央の玄関はガラス戸が二重に備えられていて、真ん中の部分には泥落としのマットが敷かれている。入口の左右には除雪で出来上がった雪山がそびえる。隊舎の窓全てに鉄柵が張られているのは、ここが獄舎の代わりでもあるからか。

「こっちだ」

有無を言わさぬ態度で以て、女兵士が先導する。彼女が歩くとがちゃがちゃと装備がぶつかる金属音がした。

建物の中は静かだった。壁が外気とともに音をも遮ることで、外の世界が存外騒々しかったことを知る。風や雪の音、車の走行音、街それ自体の音が振動となって空気を震わせる有様、そういうもののことだ。

建物の中は薄暗い。照明は、どういうわけかほとんど落とされており常夜灯だけが寂しく灯っている。外とは違う寒さがこの中にはあった。

入口を抜けてすぐ右手には受付らしい小窓が設けられており、先を行く彼女は、軽く握った拳でそのガラス戸を叩いた。

イリキは、はたとここがかつて外来宿舎だったのではないかと思い当たる。

その土地に駐屯していない部隊が訓練や要務で出向くに際して宿泊するための施設で、言うなれば駐屯地内のホテルだ。

小窓の向こうで橙色の灯りが灯って、中年の隊員が顔を覗かせる。迷彩柄の作業服は色褪せていた。彼もまた、営門で歩哨に立っていた隊員と同じく痩せこけている。

すでに何かしらの連絡を受け取っていたのだろう、中年の隊員はしゃがみ込んで一瞬窓から姿を消した。小窓の向こうで何かじゃらじゃらと金属をかき鳴らす音がしたかと思うと、再び男が現れ、窓を開けて手を差し出す。ごつごつとした、煎餅のような手だった。それがまた引っ込められると、カウンターには金属リングとつながった鍵が置かれている。

彼女も何も言わずにそれを受け取り、また歩き出した。

建物には、左右に走る廊下があって、その中央には階段が設えられていたが、どうも今我々の用向きはこの一階で済むらしい、とイリキは彼女の後を歩きながら観察をする。

初めてくる場所だったが、先の通り隊舎という特性上そのどれにも既視感を覚える。右手に居室が並び、左手には倉庫や室内乾燥室やトイレ、洗濯室などが並ぶ。ドアの向こうがいかなる用途の部屋であるかを察知するのは、壁に対して垂直に取り付けられたプレートが表札となっているから簡単だった。

廊下の終わりが近づいてくるにつれ、再び外に出るとも思えず、であればこれから自分が向かう先は一番奥――右手側に『一〇一』と印字されたプレートが掲げられている――の部屋なのだろう。

イリキの見立て通り、彼女はそのドアの前で止まって、慣れた手つきで解錠する。ただ、彼女はドアを内側へと押し開くだけで中には入らなかった。

「入れ」、と促され、イリキはあまり気は進まなかったがもはやどうすることもできないことはとっくに承知していたのでその指示に従う。

なんてことはない、全国津々浦々、どこにでもある駐屯地のありふれた営内居室である。幾分広い印象を受けるのは、ものの数が少ないからだろう。廊下側の壁際にベッドが一つと、反対側の角に用途不明の緑色の箱があるくらいだ。暖房はついていないのか、廊下と気温は変わらなかった。

イリキが恐る恐る部屋を観察しながら中へ入ると、それまで廊下に身を置いていた女兵士もその後に続いた。

「今日はひとまず休め」

女は顎をわずかに上向けながら言う。ヘルメットのストラップを外して小脇に抱える。次いでバラクラバを脱ぐと、赤ら顔の女の顔が初めて現れた。明るい茶色の髪の毛は短い。もっとも、頼りになる灯りがせいぜい常夜灯くらいなものだから色味の実際は不分明だ。丸く大きい瞳と厚ぼったい唇、目立つほうれい線、太い眉。年の頃は、四十代半ばといったところか。あまりに流暢な日本語から、あるいは、という思いもないではなかったが、やはりスラヴ人女性だった。異人種の年齢を的確に推定することは、少なくとも自分には極めて困難なことに思われ、実際の年齢は推定と十以上前後したとて驚かない。

迷彩服という記号が表象する兵士という存在は、そのままこの地域に君臨する権力を人に観念させる。地域全体を覆うシステムを体現する彼女は、システムの総体ではもちろんない。彼女もまたシステムを構成する一部分でしかありえない。そうであるのに、ここにいる人々には一種、共通した何かが備わっているように思える。彼女もそうだし、先の受付の男も営門の隊員も、誰もかれもが美醜を問わせない、何かしらの雰囲気、威圧感といってもいいようなものをまとっていた。十年間闘争を続けると、誰もかれもがそういう顔付きになるのかもしれない。今にして思えば、アンナもそんな顔をしていた。

女兵士は一瞬怪訝《けげん》な表情を作ったが、何も言わずに踵《きびす》を返して部屋を後にしようとしたので、イリキは慌てて引き留めた。

「なんだ?」

「〝今日は〟って、じゃあ明日は?」

「明日知らせる」

「滝川に連れていくんじゃ?」

「連れていくが、今日明日の話じゃない」

「おれは捕まってるのか?」

「そうともいえる」

「なんで?」

「こっちもあっちも用があるからと気軽に呼びつけて出かけられるほど身軽にはできていない。手続きがいる。調整会同というのが不定期にあって、そこにお前のことを上げるかどうかを確認する必要がある。しかし釧路から政府の人間がたどり着いた前例はないからそのやり方を考える。類例はあるが、お前の協力を要する。明日以降はそれに従事することになる」

淡々と、機械じみた物言いだった。

「他に質問は」

「自由に出られる?」

「出られない。トイレはそこにしろ。後で必要なものを持ってくる」

彼女はきっぱりと言ってから指をさす。人差し指はイリキからわずかに横に逸れており、その先をたどっていくと、例の緑色の箱がある。プラスチック製と思しき安っぽい造りのあれが、どうやらトイレであるらしい。災害時やアウトドアで使われるような、簡易トイレというやつだろう。

「喫食は朝、晩の二回、正午に一度給水と簡易携行食による間食がある、外には常時二名の歩哨が三交代で立つ、汚水袋はメシ上げの時に歩哨に渡せ、口はしっかり縛れ。着替えはあとで持ってくるから、その時に今着ているものを回収する。身に着けているものは全て外せ。風呂は明後日だ、もう質問は受け付けない」

ぴしゃりと話を切り上げ部屋を後にしたが、ドアを閉める直前に顔だけを中に差し入れて「中からは開かないぞ、変な気も起こすな」と最後の忠告を発して、今度こそ本当にドアが閉められた。錠の落ちる音がして、それから靴音が遠のいていった。

イリキはしばし茫然としてから我に返り、部屋の中を見て回った。ドア横のスイッチは、押してみたけれどうんともすんとも言わない。簡易トイレの反対側の空間には何もなかったが、床面に赤茶けた染みがこびりついており、かつてここに置かれていた何かの錆びがこのリノリウムの床に移ったものと思われた。

全般的に清掃が行き届いているが、古さそれ自体を拭うことはできない。壁や床や天井の変色、凹み、欠損等々は補修されずにいる。

ベッドには、足元側に毛布が四枚と掛布団、枕とシーツが整頓されて置かれていた。暖房も入っていない部屋ですることといえば寝床を作ってその中に入るくらいしかない。そのようにして布団の中で暖を取っていると、廊下から再び靴音が聞こえてきた。

この部屋以外に用があるとも思えず、特にそうする必要もなかったけれども、イリキは一応布団から這い出して靴を履きなおしてベッドの上に腰をかける。

居室の鍵が開けられ、迷彩柄の作業服を着た陸自隊員が入ってくる。武装はしておらず、六角帽に防寒外被という出で立ちだ。

続いてもう一人隊員が入ってくるが、こちらは緑色の折り畳みコンテナを抱えていた。床に置くと、いかにも重量物が入っているというような音と振動がした。

「この中に必要なものは入ってます。先ほどの連絡将校から必要なことは伝えていると思いますので詳しくは述べません。まずは着替えてください」

先に入ってきた方がコンテナを指示しながら言う。

「何かありましたらお声がけください。外にいます」

二人は、引き留める間もなくさっさと部屋を出ていくなり施錠をした。〝外にいる〟という宣言通り、ドアにはめ込まれた長方形の摺りガラスの向こうには歩哨に立つ二人の影が映っている。

イリキは、ひとまずコンテナの中身を検《あらた》めることにした。

重さの原因はポリタンクにあることが分かった。二十リットルサイズの、水の入った白いポリタンクだ。その他、キャップ式の蛇口――このポリタンクに装着しろということだろう――、プロテインバー二本、よくわからない錠剤の入った小瓶、紙袋とその中に入った衣類一式、ステンレス製マグカップ、ハンドタオルや歯ブラシなどの日用品、という具合だ。

イリキは、一旦中身を全てだしてからポリタンクに蛇口を取り付けた。空になった折り畳みコンテナはひっくり返して部屋の角に追いやる。そうしよう、という意図があったわけではないがコンテナが部屋の角にくるとタンクを置くちょうどいい高さのものがそれしかない現状から、自然その角が水回りという風になった。その隣にマグカップと謎の小瓶を置き、カップの中に歯ブラシを立てる。プロテインバーのアルミの包みを破りながら部屋を眺め渡すと、訳の分からない満足感が湧出してきた。

一通り部屋づくりを終え、次いで紙袋の底を摑んでベッドの上に一挙に広げる。グレーのスウェット上下、厚手の靴下二足とＯＤ《オリーブドラブ》色のＴシャツ二枚、下着二枚にダウンのように全体的に膨らみのある、緑色の上着。

女兵士の指示を思い出しながら、プロテインバーのゴミを無造作にポケットに突っ込み、そそくさと着替えを始める。釧路での一件からこの方、一度も着替えていなかったことを思い出す。つなぎ式に上下つながった航空服を今一度眺めてみる。ひどく汚れていたし、袖や裾はすり切れてほつれていた。ところどころ溶けて生地が固く縮こまっている部分もあった。

ほとほと疲れ果てた。ここが終点だ。イリキはそう思うも、しかしなんの感慨も出てこなかった。感情を駆動する機械のようなものが自分の中にあるとして、これまでの行程はそいつを見事に修復不能なまでに痛めつけてしまった。

下着も含め、身に着けていたものの一切を紙袋に詰め込み、ドアをノックする。

「なんです？」

鍵は開けられない。声だけである。

「着替えました」

少し間を置いてから、「ドアの前に置いて、離れてください」との指示があった。

イリキが二、三歩下がったところで鍵が開けられ、先ほどの歩哨が警戒をしながらドアをゆっくりと開く。

イリキと目が合うが、すぐに逸らして紙袋を回収すると、「靴紐もお願いします」と言う。

イリキは自分の半長靴を眺め、靴紐をどうすればいいのか分からずもう一度歩哨の目を見つめる。

「外してください」

歩哨に言われ、ようやく相手の意図が分かってイリキは指示に従う。逃亡防止か自殺防止か、あるいはその両方か。とにかくイリキは、外した靴紐を歩哨が差し出す紙袋の中にねじ込んだ。歩哨は、何も言わずに居室を出ていくとともに後ろ手でドアを閉めた。

自分の荷物が持っていかれてから、自分が何を持っていたのかをちゃんと確認するべきだった、と後悔した。時間を確認することすら忘れてしまっていたことには愕然とした。注意力がひどく損なわれている気がする。まだ自覚できていないショックが自分の内側で起きているのかもしれない、と思うと怖くもあった。

訳の分からない部屋づくりだとかちょっとした軽作業とか流れ作業とかであれば、今後従事できるかもしれないが、多分、事務とか高い注意力を要する操縦とかは無理かもしれない。

日にちの感覚もおぼつかず、何か月も何年も北海道で過ごしたような気もするが、ようやく一日が過ぎ去ったような気もする。とにかく今は、誰かに銃を突きつけられることもなければ目の前で刃物を振り回す狂人も熊もいない、ということに安堵をしたい。けれども、凄まじい出来事の数々に溺れていた自分が、突如としてこの静かな空間に這い上がって感じたのはこれまでに経験したことのない徒労感だった。

いまだ、自分に降りかかった事態の数々、しでかしてしまった行為を処理しきれていないのだろう。正直に言って、混乱している。イリキは思った。

部屋の寒さが身に染みてきたために、イリキは再びベッドに潜り込んだ。布団から頭だけを出すと、耳や鼻頭が冷たくなっていくのが分かった。

なかなか眠りに落ちないことに焦りと苛立ちとを感じたが、杞憂だった。目を開けた時、部屋の中はほんのりと明るくなっており、いつの間にか歩哨と制服姿の陸自隊員がいた。

「起きろ」

あまりに一瞬の出来事だったので、寝ていたという感覚はほとんどなかった。ただ、不思議と身体の疲れはどこかへ消し飛んでしまっている。疲労と緊張が抜けた分だけ、これまでに痛めつけられたあちこちの痛みが際立つ。

イリキは跳ね起き、ベッドの外に躍り出る。

制服の方は中年の、ホームベースみたいな輪郭をした坊主頭の男だった。制服は旧式の、濃緑色のものである。肩章についている金色の階級章に目がいってしまうのは職業的な癖で、イリキは目の前にいるこの中年が3佐であることを知る。

「付いてこい」

ホームベースは無機質に命じると、こちらの返事も待たずに部屋を出た。残った歩哨が後に続くよう促す。イリキは二人に挟まれるようにして廊下を進んだ。

隊舎の外に出ると、やはり夜が明けていた。曇天である。濃い鼠色の空は、雲に覆われているというより、そういう色の霧か靄《もや》が広がっているという印象に近い。どちらも水蒸気ではあるのだが、今上空にあるものの方が、全般的に粒子が細かい気がする。雪雲だ。

隊舎の正面には、陸自の小型車両――部隊ではパジェロの通称で呼ばれる――がアイドリング状態で待機していた。小刻みに震えるマフラーから煤煙が立ち上っていた。泥や煤を巻き込んだまま凍り付く汚い雪の塊が車体下部にこびりついている。

後ろを歩いていた歩哨がイリキを追い越すと、パジェロの後部ドアを開けた。

制服の男は助手席に乗り込み、先ほどの歩哨はといえば、横開きの後部ドアに手をかけたまま中へは入らないでいる。

仕方なくイリキが先に後部座席へと身体を滑り込ませる。後部座席は補助席に過ぎないから狭かった。その後、先ほどの歩哨が乗り込みながら後部ドアを閉める。目の前の隊員と、膝頭がぶつかる。

車がゆっくりと動きだす。タイヤが踏みしめる雪の音は、砂利道のそれと似ていた。強い北西風がパジェロの幌を叩く。ぐるりと弧を描いて車が反転した。

駐屯地内のメインストリートとでも呼ぶべき道を車は走っている。奇妙な空間だった。第2師団が駐屯するこの場所に、この地を侵攻したロシア軍が完全に同居しているのだ。

頬を赤くしながら歩く隊員たちは、みな隊列を保持している。二人以上の自衛官が歩く時は隊列を組め、とは幹部候補生学校時代の助教の指導であるが、実際の部隊でそんなことをしているやつはいない。だからはじめ、この場所でそういう決まりきったことを忠実に行う隊員を見た時、師団が独自にリクルートした新隊員か何かだろうかとも一瞬思ったが、二名以上の隊員たちは、必ず列を組み、指揮者を持っていた。

それはどうやらロシア兵についても同様であるらしく、事案の前も後も軍規の乱れや飲酒や暴力について醜聞の絶えないロシア軍らしからぬ、一糸乱れぬ統制を発揮していた。

隊員たちは、すれ違うに際しては必ず下級者が上級者に敬礼をし、上級者もすぐに答礼をするというように、内地でわざわざ「厳正な敬礼と答礼」などというポスターを張り出して隊員たちに普及啓発を図っているのとは大違いだった。ただ、ロシア兵と自衛官たちは、互いに全くその存在を無視しているのが気になった。同じ空間にいて、これほどまでに規律的であるにも拘わらず互いが互いの存在を意に介していないというのは、かえって両者の緊張感を否が応でも感じざるを得ない。

車が目的地で停車したことで、イリキの観察は中断された。

まず助手席にいた制服の男が降り、次いで正面に座る歩哨が内側から後部ドアを開けて外に出る。

イリキもその後に続く。司令部だった。

パジェロは、正面玄関に付けられていた。〝第2師団司令部〟と筆書きされた縦長の木板がガラス戸の右側に取り付けられている。建物は三階建てで、意外と小ぶりだ。レンガを模した赤茶けた色味の建物である。

制服の男が前を行き、イリキ、歩哨と中へ入っていく。中は恐ろしく静かで寒くて殺風景だった。自分の知っている師旅団司令部はもっと視覚的にも聴覚的にも騒々しいものだったのでかなりのギャップがある。扉は閉ざされ、どこの部屋がどういう目的のものであるかを示すプレートがことごとく外されている。そうと知れたのは、かつてそれがあったであろう壁面のみ、色味が濃ゆくなっているからだ。

入口を抜けるとすぐに左右に伸びる廊下があり、それを越えるとホールらしきところに出る。ホールの先にも廊下らしきものが見える。ただ、制服の男はそこまでは進まず、右手にある階段へと進路を変えた。左側にはエレベーターがあったがこちらはどうも動いていないようだ。

階段を上がりながら、この建物の動線は、四つの辺とその中央を分断するように走る一本の線で形成されているのだな、と見て取る。そして執務スペースは建物の前後に据えられている。

目的のフロアは二階だった。こちらも先ほど同様、どの部屋に何が入っているのかは、意図して伏せられている。隊員の出入りはあったから、使われていないわけではない。今も迷彩柄の作業服に半長靴、六角帽を目深に被った尉官が書類を小脇に抱えて通り過ぎていく。彼にしてもやはり外にいた隊員ら同様、イリキの前を行く制服の男に厳正な敬礼を投げかける。

そうして連れてこられたのは、建物の角にある、窓のない部屋だった。テーブルが二つにイスが三つ。一つのテーブルは部屋の中央に置かれ、それを挟んで二つのイスが向かい合う。もう一対は部屋の角に、壁に向かって設置されていた。そちらの机にのみ、黒いノートPCが閉じられた状態でセットされている。

「掛けろ」

入るなり、制服の男に指示される。後ろを歩いていた歩哨は角の机に陣取ってPCを立ち上げている。

なんとなく、奥に座るべきなのだろうと思ってそちらに腰を下ろす。視界に入るのは、今目の前の席に座りつつある制服の男と、壁に向かってPCを操作する歩哨、右手の奥のドアだけだ。部屋は、先のとおり窓がないために暗い。

「アダチ3佐だ。楽にしてもらっていい」

アダチと名乗った目の前の男は、言いつつ上着の内ポケットからメモ帳とボールペンを取り出す。

「ずいぶん遅い起床のようだが、朝食は摂ったか」

何が始まるのかと身構えていたが、質問はメシのことだった。

「あ、いえ、まだです」

「なに？」

アダチは、にわかに目を剝いてこちらを睨みつけてきた。

「申し訳ありません、ボイラー不調のため今朝の喫食はありません」

慌てて、アダチの後ろにいた歩哨が席を立ちあがって大声で会話に割って入ってくる。

アダチは再び機械じみた無表情に戻って、「そうか」とだけ述べるにとどめた。

「それでもすまないが、仕事は仕事だ。いくつか簡単に質問をさせてもらう」

続けるアダチは、こちらの返事など聞かずにさっそく「入隊はいつだ」と質問を投げかけてきた。

「令」、と口を開きかけると、アダチは目の前に手のひらを差し出し、「和暦は使うな」と命じた。

理由は問わせない、という妙な圧迫感があった。

質問は、どれもこれも履歴書や隊内で使う人事記録《ジャケット》の確認のようだった。

氏名、生年月日、家族構成、出身地、最終学歴、入隊の時期、部隊勤務歴、ＭＯＳ《特技》、保有する資格等々……。

アダチなる佐官は「簡単に」と言っていたが、あまりに長かった。加えて、異動や資格取得日など、手元に資料がなければ正確に答えようもない事も詳しく訊かれた。

「日付は、多分八月の上旬だと思います」、とイリキが答えると「何日だ」、とアダチが詰めた。

イリキはその度に、必死になって前後の出来事と概ねの日付を推定して答えた。

これで終わりか、と思うと、今度は釧路出撃時の空中部隊と地上部隊、支援部隊の編制を事細かに問い詰められ、イリキは閉口した。

「飛行時間が整合的でない」とアダチが強い面持ちで食い下がり、FARP《燃料弾薬再補給点》のことを思い出すという場面もあった。分隊長の西村や、機長の古在《ふるあり》のことも詳しく聞かれた。ただ、こちらの方は知りえる情報は限定的だ。アダチの方もそれほど期待はしていないのか、覚えていないことや分からないことについて突っ込んでくることはなかった。

「次は交友関係についてだ」

イリキは空腹を感じていた。寝起きにすぐここへ連れて来られて何時間も質問攻めにされ、そうでなくても奇跡的に釧路からここまでやってきたというのに、休息らしい休息はほとんど昨夜から今朝にかけての数時間ばかりだったからだ。

「どうしてそんな情報がいるんです?」

若干気も立っていたイリキは、つい問い返してしまう。アダチの方はといえば、思い出したようにメモを取ることの他にはほとんど身じろぎもしないで同じ姿勢のままこちらを一心に見つめている。

「貴様は聞かれたことについてのみ答えよ」、とその返答は取り付く島もない。

イリキは一度大きなため息をついてから、大学時代の友人や入隊同期で特に仲のいい者、整備班に所属する若手の3曹の名を挙げていく。

「時間です」

一心にPCで作業——多分、この聴取に関する記録を取っていたのだろう——をしていた歩哨が唐突にアダチに声をかけた。アダチは時計に視線をくれてから、「一時間の休憩だ」と告げる。

歩哨は席を立って部屋を出ていく。

アダチと机一つ隔てた無音の空間で取り残され、アダチの方は他人と無意味な会話をして時間を稼いで沈黙から逃げることよりも沈黙の方が好みであるらしく、尋問をしていたときと同じ姿勢のまま、ただ頭だけをうなだれるようにして下げるだけだ。

訳が分からなかった。イリキは無性に怒りのような悲しみのような無力感のような、奇妙な感情に全身が支配されているのを感じた。たった今すぐにでも突如としてあの扉が開かれて、薄汚い民兵がどっとなだれ込むや否や、アダチは鉈で切り伏せられ、自分も両腕を掴まれてはらわたを引きずり出される、そういう切迫した緊張感が噴出していて、そして多分全身を貫くこの衝動はきっとそれに反発するための怒りだ。危地は脱したはずなのに、怒りだけが残っている。頭では分かっていても、抑えが利かない。だから訳が分からなかったのだ。

イリキは唐突に立ち上がるなり大声を上げた。叫びでもなければもちろん言葉でもない。ただ吠えちらかしたのだった。

アダチは、なぜか悲しそうな目をしている。

イリキは吠えに吠え、イスを横ざまに投げ捨てて、自分の背後にあるコンクリートの壁に肩からぶつかっていった。痛みはない。ただ押し返されるような衝撃だけがきた。拳を握りしめて何度も壁を打ち付ける。やはり痛みはなかった。息が上がって、肺と拳と顔面が蒸されたように熱く息苦しくなって、一連の爆発はようやく収まった。イリキは膝から崩れ落ち、壁に額を付ける。涙がとめどなく溢れてきた。

ドアが開く音が後ろから聞こえた。視界は涙で滲み、何も見えない。後ろを振り返る気力すらない。

「薬は渡したのか」、とアダチの声。

「はい」

「飲ませたか」

「いえ、確認してません」

「今すぐ持ってこい」

「はい」

アダチの腕が、左脇の下から右の肩へと抜けていく。細いが、硬い腕だった。イリキは抱き起され、いつの間にかもとに戻されているイスの上に座らされた。

すぐに先ほどの歩哨と、迷彩服の上に白衣を羽織った若い隊員がやってきた。

机の上には、アクリル製の安っぽい透明のグラスに水が注がれている。丸い錠剤が包装から出された状態で一粒その隣にあった。

「飲むんだ」

アダチに言われるがまま、水で飲み下す。もはやこれが何なのかすらどうでもよかった。毒だろうが構わない。

白衣の男は、イリキの両手を消毒し、テーピングをすると部屋を後にした。手の甲から第二関節の辺りまでぐるりと巻きつけられた包帯は拘束感がある。

気持ちの昂《たかぶ》りが収まってくるのと反比例するように、手が痛んだ。

「向精神薬だ」

席に戻ったアダチが言う。

「フラッシュバックだ。これから発作的に起きる。殺した人間、殺された仲間、死体、におい、痛みというのが突然鮮明に目の前に現れる。頻度が下がる場合もあるが、永遠に消えないこともある。病気ではない。だから根本的に治ることはない。個々人によって許容できる戦闘の度合がある。超えると、そうなる」

アダチは淡々と説明をした。

「一錠までにせよ。続けて服用する場合は八時間空けろ。フラッシュバックと同じ領域に降りろ。コントロールしようとするな。抑えようとするな。それと対立的な領域に固執するな」

アダチの言っていることには、分かるところと分からないところがあった。理解を伴わないのに、妙な説得力がある。

「午後の聴取は取りやめる」

イリキは、ゆっくりと頷く。思考や感覚は鮮明だが、そのすべてに薄い膜が張られている気がする。何日も眠らずに、それでいてはっきりと覚醒している時の感覚に似ている。心地よいといえば心地よかった。

「居室に戻せ」と歩哨に命じ、アダチは部屋を出ていった。

それからは、今朝と同じルートで居室に戻った。ただし、帰路は歩きだった。司令部を出た時、空からは厚ぼったい雪が絶え間なく降り注いでいた。

昼はまたプロテインバーを食べてひもじくなった腹を満たす。

何もない空間での楽しみといえばメシくらいなものだが、夕食はひどいものだった。冷めた麦ごはんと、同じく冷たくなった薄い味噌汁、ニシンを塩漬けにした缶詰となんの味付けもないふかし芋だけである。米の量も少なく、味噌汁の具はわかめだけだ。山縣と食べた鹿肉が懐かしい。食器と排泄物の袋を歩哨に下げてもらい、すぐさま床に就く。暖房が切れたからだ。じりじりと冷やされる室温が外気とほとんど変わらなくなる前に、布団を温めておくことにした。

首元まで引き上げた布団にくるまり、天井の変色を一心に見つめる。

怖かった。また取り調べの時のような感情が津波のように押し寄せてくるのではないかと思うと、とにかく怖かった。

古在も実は生きていて、ダムの水辺で一人旭川に行ってしまった自分を恨んでいるかもしれない。武装スイッチをうっかり切ってしまっていたから対応が遅れて、だから西村1尉も死んでしまった。自分が生き残りさえしなければ山縣とアンナを標茶に連れていくこともなく、森が死ぬこともなかったのだ。自分の身に何が降りかかったのかも分からず、アンナの瞳からは急速に色が抜けて外界を反射するガラス玉になってしまった。山中だ、きっとヘリの残骸とともに雪に覆われてしまっているだろう。山縣もだ。春になるまで雪に覆われ、暖かくなれば今度は動物や虫についばまれ、誰にも弔われることもなく朽ちていってしまうのだ。交易所のチンピラもそうだ。もう、全部全部取り返しがつかない。

自分だけ、自分だけこうして寒風をしのげる布団の中でぬくぬくとしていられるのは不条理だ。

許してください。

イリキは天井に向かって小さくつぶやいた。

すえたにおいに混じってゴムが焦げたにおい、人間が焼かれるにおい、硝煙の、煤煙の、牛舎の、凍った土のにおいが急速によみがえってくる。

まずい、と思ってイリキは布団から起き上がり、錠剤を口に放り込み、また布団に戻った。

昨日とはすべてが反転した睡眠だった。よく眠ったという意識はあるが、疲労感が残っている。

朝食が運ばれ、歩哨に促されて居室を出て、昨日同様司令部で尋問が始まる。アダチではなく、違う佐官が担当だった。午後は日本語が堪能なロシア兵による尋問だった。

いずれも、無味乾燥な質疑応答に終始した。当然のことながら二日間も一人の男に質問をし続けたところで、毎回違う話題が引き出せるわけもなく、相手方もそれを承知しているのか、何度も同じ質問が出た。その何度目かで、イリキはようやく、むしろ同じ質問の順番を入れ替えることの方に重きが置かれているのではないか、と思い当たる。

質問者は、意図して整合性の取れない答えを無視することもあったし、指摘して直させることもあった。

午後の尋問が終わり、居室に戻されると医官がやってきて両手のテーピングを交換し、その後風呂に連れ出された。

この隊舎には風呂や洗濯室やトイレが備わってはいるが、どうもその機能は喪失してしまっているらしく、二つほど隣の隊舎での入浴となった。自分が詰め込まれている殺風景な隊舎とは違って、こちらの方は随所に生活感があった。サンダルをつっかけたジャージ姿の坊主頭が廊下をうろついていたり、閉め切ったドアの向こう側からは談笑する声が聞こえたりと、要は営内生活をしている隊員たちの日常がそこに確かにあったのだ。

風呂はぬるかったし、濁っていた。念願かなっての風呂だったにも拘わらず、気は進まない。自分の獣じみた臭いや汚れが被膜のように全身を覆い、それらが一体となって鎧のような役目を果たしているような気がしていたからだ。そうと気が付いたのは、お湯の張られた浴槽を前にしたときだった。

風呂は、十人前後が入ることができるほどの大きさだった。壁際に並ぶシャワーもそのくらいの数があったけれども、全てスズランテープで蛇口もシャワーヘッドもきつく縛られていた。壁には、「シャワー使用禁止　桶5杯まで」とラミネート加工された注意書きがなされている。湯船のお湯がかなり減っているのは、元々少なく張っているだけではなく、これを使って洗わなければいけないということもあるようだ。

自分の他に入浴者はいない。

手ぬぐいと石鹼は歩哨からもらい受けていた。

気は進まなかったが、石鹼で頭からつまさきまでを洗って流し、薄汚れた風呂につかると、それでも気持ちよかった。昨日、壁に打ち付けた両手が、火であぶられるようにぴりぴりと痛む。

今日は、薬はまだ飲んでいない。

アダチという3佐が言っていたように、治るとか治らないとかそういうものではないのだろう。フラッシュバックと同じ領域に降りるとは、どういうことなのだろうか。

イリキは諸々考えたが、答えはでない。

浴室の引き戸が開けられ、若い歩哨が「そろそろ上がってください」と顔を出してくる。

鋭い眼光であるとか意志の強そうな顔立ちというのはこれまでの歩哨と共通だったが、明らかに若く見える隊員は、その年頃特有の好奇心のようなものを捨てきれずにいるようにも見えた。

イリキの見立て通りというべきか、身体を拭きながら着替えているところで、「どこ生まれですか?」と若い隊員が訊いてきた。

「東京だよ」

答えつつ、あるいはこれは尋問の続きかもしれない、とも思うも、若い隊員の顔がぱっと明るくなったのを見つけ、どうもそれは思い過ごしであるらしいことを知る。防寒戦闘外被の右胸に「伊東」という名札が縫い付けられている。彼がまだ陸士長であることは、階級章が襟にではなく肩に縫い付けられていることから知っていた。

「実際、どんなところですか」

「どんなところって言われてもなあ。おれもしばらく帰ってないし。わかんないけど、久々に行くと、結構終わってるって感じかな。君は旭川のひと?」

頭を斜めにして、頷くような否定をするようなあいまいな仕草をした。表情も悲しんでいるような、ほほ笑んでいるような、とにかく特定の感情を表しているものでないことだけは確かだった。

イリキが着替え終わると、また促されて外に出た。

伊東は、周囲をざっと見渡してから、歩く速度を落としてイリキと並ぶ。

声音を落とし、「内地、帰れるんですか」と訊いてきた。

どういうルールかは知らないが、おれと話をするのはあまりよくないことなのかもしれない、とイリキは思った。

「さあ、おれが知りたいよ」

苦笑して答える。声のトーンは、彼のためにも落とした。自分のせいで、この若い陸士長が誰かに絞られるのは不憫だ。

会話はそれとなく終わりを告げた。伊東が徐々に距離を空けて、再び先導する形をとったからだ。こういうさりげなさととっさの機転を利かせることのできる隊員が、一体どれほど内地にいるだろうか。ここにいる人々は誰も彼もが手酷く苛め抜かれた犬や猫のような警戒心を絶えず携えている。それがいいことなのか悪いことなのかは分からない。ただ、それらが戦争によってのみ抽出することができる人格であることは間違いない。

居室に戻され、件《くだん》の冷めた夕食と就寝前の服薬、という流れができつつあった。三日目、四日目と続くうちに、自分はずっと旭川に抑留されたままなのではないか、という不安を覚えはじめた。はじめのうちは小さかったそれも、日を追うごとに大きくなっていった。膨張した不安は、内地へ帰ることができないという事象にだけ焦点が当てられているものではなく、簡単に別の事柄へも遷移することがあって参った。仲間と呼んでいいような人たちが大勢死んでしまったこと、人を殺してしまったこと、自分がきっともう壊れてしまったということなどがそれだ。薬の切れ目が一番つらかった。

五日目は、朝食が出されたはいいが、なかなか取り調べが始まらなかった。今まであれが無い日は無かったので、歩哨が中へ入ってきて自分をいつ連れていくのだろうかとそわそわしながら待った。

この居室には何もない。本もテレビもゲームも携帯電話も、何もない。これまで持て余す暇な時間は、夕方から夜までの数時間でよかったが、もし仮に一日何もないこの狭い居室であの駆り立てるような不安と対峙することになったらと考えると恐ろしかった。

イリキが一人ベッドの上で戦々恐々としはじめた時、廊下で話し声が聞こえてきた。会話であるらしい、ということは分かっても内容までは聞き取れない。「困ります」とか「書類」とか「司令部」とかいう単語に混ざって、聞き間違いでなければ「アダチ」や「リーザさん」という名前らしいものも聞こえる。口論のような調子でもある。歩哨と、どうもその音域から女であるらしい誰かが話し相手のようだ。

イリキはおもむろにベッドから立ち上がって、ドアに近づいて耳をそばだてる。

「確認してきます」という男の声を最後に、ぱったりと会話はなくなった。

それなりの時間が経ってから、廊下に靴音が響き、「問題ありません」という男の声がしたかと思うと、ドアの錠が開いた。

再びベッドに戻っていたイリキは立ち上がってそちらに目を向けると、はじめに自分をここへ連れてきた女兵士がいた。ただ、今日は戦闘服ではなく私服だった。スノーシューズにジーパン、黒いダウンジャケットという出で立ちの彼女は、顎を使って〝出てこい〟というジェスチャーをした。

状況が呑み込めないが、女の後に続いて居室を出ていく。廊下には、二人の歩哨が困った顔で立ちすくんでいた。

先を行く女の背中と、空になった居室の前から動けない二人の隊員を交互に見やりながらも、イリキは歩みを進めた。

隊舎の前に、グレーの軽自動車が横付けされている。角ばった形状が特徴的なその車は、どことなく軍用車両のような印象があるが、その大きさは比べるべくもない民用の軽自動車である。

どこへ連れていかれるか定かではないが、外に出た瞬間にこんな薄着で来てしまったことを後悔した。

「乗れ」

すぐに女から指示が飛んできて、助手席に乗り込む。ステアリングには「S」という、メーカーのエンブレムがあしらわれていた。ヒーターがありがたかった。

女は乗り込むと、何も言わずに車を発進させた。

車は、営門に向かっていた。スライド式の柵は閉ざされている。どこへ向かうかは相変わらず分からなかったが、駐屯地の外であることだけは確かだった。

警衛が近づいてくるのを女は認めて、ウィンドウを下げる。身分証を呈示しながら「引率外出だ」、と告げた。

警衛は、腰を落としてこちらの方を確かめる。

居室前の廊下でのひと悶着を思い出しながら、本当に外に出られるのだろうか、と緊張したが、警衛は「どうぞ」と言うだけであっさりと許可が下りた。

点検をした警衛が右手を上げると、二、三メートル先にいる別の隊員が、駐屯地の中と外とを隔てる、いかにも重そうな柵を全身を使って横へとスライドさせていく。

駐屯地を後にした車に揺られながら、イリキはふとこの女が「リーザ」と呼ばれていたのだろうか、と思案した。当人に聞かなければ答えは分からないが、なんとなくそんな気がした。

もはや見慣れていたはずなのに、街路樹も建物も道路も塀も、全てが白く覆われている光景に驚いてしまった。今にしてみれば、自分が見てきたものはスラムや廃墟であって、街ではなかったのだ。そして自分はそもそも雪国というところにきたことがなかったことを思い出す。稀に東京にも降り積もることがあったが、街と雪とは永遠に区別されている。ここは違う。土地全体が、豪雪と肩を並べることが前提に作られている。あまりにも素朴で単純な発見だったけれども、だからこそというべきか、自分が今まで慣れ親しんできた街々はどれも均質化しつつあったのだろうとも思った。

車は国道らしき道をひた走った。車通りは少ない。あっても、商用車らしいバンであるとかトラック、バスがせいぜいで、自家用車は少なかった。

路面状況は極めて悪い。まず除雪が十分に行き届いていなかった。片側二車線か、交差点では三車線くらいはあるであろうこの道も、道路の端にできた雪山のせいでその全てを完全に使うことはできない。歩道はもっとひどく、あたかも坑道のそれである。

駐屯地を出てしばらくは、スタジアムや公園が続いた。それが終わると、地方の国道沿いらしい、巨大な駐車場を備えたファストフード店であるとかドラッグストア、ガソリンスタンドというものが立ち並ぶようになったが、長らく営業はしていないようである。窓やドアにはベニヤが打ち付けられ、駐車場の出入口はトラロープやチェーンが張られている。戸建てよりも、集合住宅の方が稼働している数が多い気がした。民家の方も、やはり人のいないところはそれと分かるように木材とかアルミの足場とかブルーシートとかで囲って標示がなされていた。

棲み分けと集住については釧路や標茶のときと同じだ。人のよりつかない区画は、まず除雪がされておらず、道路も建物も雪に沈むに任されている。生きている居住地区であれば、門扉の左右には雪をかいて作られた雪山がそびえ、屋根から伸びる煙突からは白い煙が漂うなどしていた。活気というものはないが、生きている感じがする、不思議な街並みだった。一番の違いは、そこだった。

行きかう人々がどういう営みをしているのかをその外貌から判断することはできない。誰もかれもが、いかにも機能的というようなアウトドア的服装をしていたからだ。もちろん内地や都心部のように、ファッショナブルなわけはなく、色合いは不協和音を奏でているか、あるいは全身真っ黒だったり真っ青だったり、とにかくそういうことに気を遣っている様子は一切みられない。そもそもそういうマインドがないのだろう。

釧路のような巨大なスラムに陥らずにいられるのは、小さな暴力を圧殺できるだけの巨大な暴力が君臨しているからだ。

交差点や住宅街の路肩に、パトカーだけでなく師団や侵攻軍の車両が止まっていた。それらは非装甲のジープやトラックが主だったけれども、中には装甲車もあった。電気の通っていない信号機がまま現れ、そういう時は交差点のど真ん中で、コートを着た警官が整理にあたっていた。ただ信号が機能しない全ての交差点に警官がいるわけではなく、そういう場所ではドライバーの機転だけが頼りだった。そろそろと交差点に進入して、左右から車がきている場合はどちらかがなんとなく譲るというふうにして通過した。

「本当に帰りたいか？」

女は、正面に視線を向けたまま唐突に訊いてきた。

えっ、とイリキはちょっとまごついてから、「どうなんでしょう」と答えを探す。家族、部隊、友人知人は人並みに心配はしているだろう。でも自分はここで確かに生きているのだから、それはそれでいいじゃないか、とも思っている。身勝手であることは承知の上だったが、なんとなく帰ったあとにどういう顚末をたどるかは大体予想が付いていた。強弱の波こそあれ、たびたびやってくるあのフラッシュバックといつもうまくやっていけるとは思えない。こいつとうまくやっていけないということは、内地でもまたうまくやっていけないということを意味した。この予感は、過去に見聞きしてきたファクトが積み重なったが故に形成された認識でもあった。

事案後、身体的、精神的に傷ついた隊員たちが突如として街中で発狂することがあって、彼らは社会からつまはじきにされた。内地では、傷ついた隊員や負けた北方自衛隊はもはや日本を守るものではないと断罪され、一方、敬われ、好意的に受け入れられる国の守護神は警察と内地の自衛隊だけとなって久しい。多くの日本人は、仮にそういったものが別の何かと戦って敗れた場合も、簡単に見捨てることができるだろう。同胞を足蹴にできる彼らにとっての真の守護者は米軍だと暗々裏に共有されているから。

傷ついたと言えば甘えだ、と反駁される風潮もあった。国のために戦ったといえば、国はそんな命令は出していないのだから私闘をしたに過ぎない、と実態ではなく法文をこそ万物の王とする日本人は助けを請う手を払いのける。それを悪いとは思わない。かつての自分もそうで、どうして決まったことに従わないのかよく理解できなかったからだ。だからこそ、イリキは帰ったあと自分がどういう目に遭うのか、なんとなく想像がついてしまっていた。でも、それを分からせようとは思わない。それはこうなってみないと分からないことだからだ。

イリキは、旭川へ連れてこられる車中において、なぜ侵攻軍よりも道民へ悪感情が向けられたのかはたと分かった気がした。侵攻という直接的な攻撃はむしろ道民の結束を強固にさせるが、統合を究極的な本旨とする法文から逸脱するということは即ち国家からの分離であり、日本の解体に他ならない。国家にとって致命的なのは、国家の論理を内面化しない自立した個人なのだ。それから自分の中に、森の息子——克之——やアンナが抱いていたかもしれない、冷たく尖った感情を見つけるに及び、悪寒が走った。押しつぶそうとするものに対する個人の反抗が、闘争が許されるロジックをそこに見出してしまったからだ。

「どうなんだ?」

続けて問われたところで、イリキはようやく我に返った。

「残りたいなら手配するぞ」

思ってもない申し出だったが、気乗りはしない。結局、どちらにも居場所が無いことは分かりきっている。

「どうしておれに構うんです?」

「ただの手続きだ。明後日移送する。現場で駄々をこねられても困るだろ、そういうことは早めに聞いておいた方がお互いのためだ」

すんなりと彼女の提案が受け入れられないあたり、自分がどちらに傾いているのか推して知るべきかもしれない。しかしイリキは、自分のいるべき場所はここではない、と説得する。

「帰ります」

それは絞り出すような返事だった。

「そうか」

車は市中心部に近づいているらしかった。凍った川に架かる橋を渡り、内地ではあまり見かけない環状交差点をぐるりと回り込んでから、徐々に景色が変わっていく。周囲に立ち並ぶ建物の背が次第に高くなっていったのだ。通りを行く人の数も心なしか増えている気がする。

中心部といえども、やはり駐屯地を出てから目にした景色と同様、稼働しているものとそうでないものは一目で判別ができた。ただ、こちらの方はコンビニらしきものや和風レストランというように店舗がちらほらと開いている。日本語とキリル文字の割合は、前者の方が多いようだ。

車は道を外れ、沿道の空き地に進入していく。そこには野ざらしにされて朽ち果てたトラックが一台と、二台のセダンが停めてあった。その並び方からして駐車場であると思われたが、こちらの方もやはり一面雪に覆われているために本当にそうであるのかは分からない。道路や建物の前面とは違い、誰も雪をかかないものだから当然雪深い。速度を落として進むものの、車は激しく左右に揺れた。

駐車場――らしき場所――は、大通りと路地とが交差する角地にあり、よって隣接する二辺はビルの壁面である。廃車は、開放面の対角線上の角に、他の二台はその横に、やはり乱雑に停めてある。

イリキが乗る車に至っては、敷地のど真ん中に堂々と停車をする。

「上着は後ろにあるのを適当に使って」

イリキは、指示されるがまま半身を乗り出して後部座席を漁る。二列目のシートは倒されて全面が荷台と化しており、そこへリュックやＲＶボックスなどがこれまた乱雑に放り込まれていた。

確かに、ジャケットらしいものがいくつも散らばっていた。いくつかの被服があったが、サイズも分からないので最も大きそうな緑色のダウンを手に取り、車を降りながら羽織る。

女もまた車を降りると、後部ドアを開けて中から六本入りのビールケースを引っ張り出していた。

「これからどこへ？」

「ヒマつぶしだ」

女は、空いている方の手でドアを閉めると、さながらラッセルのようにして先へ行く。

見通しのよい、幅のある広くまっすぐな道を二人は歩く。左右には街路樹とビルがずらりと並ぶも、圧迫感はない。ずっと先には、ガラス張りの横長の建物が見える。その形状からして、なんとなく駅舎であることが窺えた。

時々交差する道路とは直角を成して交わっていることから、市中心部は碁盤の目状に整備されているのかもしれない。今歩いている通りの開放面には、必ず腰の高さほどある金属製のポールが数本雪面から生えており、歩行者専用道路であることを傾き錆びた標識が示している。

かつてこのあたりはきっと繁華街だったであろうことが、もう何年も消えたままになっているネオンやベニヤを打ち付けられて出入口を塞がれたテナントが物語っている。ゴーストタウン、という印象を受けないのはそれでもいくつかの建物は生きており、少なからぬ人が営みを続けていたからだ。通りには、どこからともなく炭火で肉を焼くにおいも漂ってきている。

「リーザ、さん、っていうんですか」

一歩後ろを行くイリキは、なんとなく訊いた。

「〝さん〟はいらないよ」

女は大股で歩きながら答えた。

ロシア人には父称とか愛称とか、いろいろな呼び名があるんだったか。

イリキは、派遣隊で定期的に行われる座学のことを不意に思い出した。ただ、リーザという名前が苗字なのか名前なのか、はたまた愛称なのかはさっぱりわからなかった。そういえば、アンナに至っては他に民族名という本当の名前があるから、アンナという呼び名は名前ですらないとまで言っていたっけ。

通りから逸れてリーザが入っていった場所は、雑居ビル二階の喫茶店らしき空間だった。一階には何をしているのかはよく分からない事務所が入っており、数名の男女がラップトップに向かって仕事をしている。建物の側面に斜度のきついコンクリートの内階段があり、それを上っていく。上っている途中、この建物の構造が、山縣と逃げ込んだ釧路のビルと似通っていたから一瞬緊張が走った。イリキは立ち止まり、両手を握っては開く。本来そこにあるはずの小銃がなく、焦った。後ろからは民兵か警備隊かロシア軍かは分からないが、誰かが自分を殺しにくるはずで、そのためには応戦をしなければならない。応戦をするためには武器がなくてはいけないのに、ない。そういう緊張と焦りだ。

「おい」、とリーザの声がする。

階段の途上にある踊り場らしきところで、リーザがこちらを振り返って呼びかけている。

違う。本来ないはずの小銃をあると思い込んでいるのだ。

イリキは階段を上りながら、またしても自分の傍に誰もいなくなってしまったことについて泣きたい気持ちになった。

リーザに続いて店に入ったイリキは、この空間が備える雰囲気に違和感を覚えた。

テーブルと対になった一人がけのソファやカウンター席、背もたれのない丸椅子といったものが比較的広いフロアに並ぶが、あるものといえばそれくらいで、店員もレジもメニューも、その他本来飲食店であれば備えていなければならないものが他に何もなかったのだ。物理的空間としては店である一方、店としての機能はなさそうで、もしここが電気も何もつかずに放置されているのであれば今の違和感もなかったのだろうが、先客がいるものだから感覚が狂ってしまう。

先客は二人組の中年男で、入口からすぐ左手のところに陣取って中国語らしき言語で話し込んでいる。テーブルの上にはビール瓶が置いてあるも、いずれも空いていた。酒のつまみは、強い刺激臭を伴う魚類の缶詰のようだ。このにおいには覚えがある。旭川駐屯地で出されるニシンの缶詰だ。そしてこれは、釧路のにおいでもあった。

二人は、先ほど歩いていた通りを眺められる窓際の席に腰を下ろした。リーザはテーブルの上に缶ビールのケースを置く。

こういう場所に飲食物を持ち込んでもいいのだろうか、と思えるくらいに自分はまだ壊れきってはいないのだな、と自分の心理的動きを客観的に眺めてイリキは少しばかり安堵した。

「ここは?」

イリキは、ケースから缶ビールを取り出すリーザに向かって問うた。

「なんでもない。ただのフリースペースだ」

差し出された缶ビールを見つめ、一体どれくらい飲んでいなかっただろうか、と考える。それから古在はこの北海道の地名が冠された銘柄が好きだったということも思い出す。

乾杯のあいさつもねぎらいの言葉ももちろんなく、それぞれのタイミングとペースで飲み始める。目の前にいるこの中年女は、当たり前だが自分の仲間でも味方でもなんでもないし、それは向こうから見た時も同じだ。儀式じみた、お互いが安堵するためだけに行われる共通の行事など何一つない。そしてそれはそれで気が楽だった。その気楽さは、緊張とも同居し得るものであった。

改めて、人通りの少ない往来を見下ろすこの中年女が、どうしてこれほどまでに日本語が堪能なのか不思議に思った。真剣に考えていると、そのままにらむような表情になった。

リーザの視線が窓から自分に向かってきたとき、彼女も彼女で何かに気が付いたらしく、「なんだ？」と険しい顔つきになる。

イリキは慌てて、「あ、いや」とか無意味な応答をしばらく続けたのち、「日本語、うまいですね」とバカみたいな感想が口をついて出てしまった。自分で言ってから、ひどく後悔した。ここまで一つの言語を習得した人間に対して投げかけるべき言葉ではなかった。

リーザは大きなため息をつきながら首を左右に振る。

「あのね、日本語の音の数はロシア語とか英語よりずっと少ないんだよ。むしろ簡単な部類だ」

その答えを聞きつつ、バカげた感想を漏らしたことを再び後悔しつつ、でも自分は確かに彼女のあまりに流暢な言葉遣いに違和感を感じていたのだ、と思い返す。十年日本にいたからといって、果たしてここまで至れるかどうか。実際、アンナは流暢だったがかなり環境に左右されていた。そうでなければ、何一つ単語を知らないという者がほとんどだった。

「レポセンって知ってるか」

自己嫌悪に陥っている最中、イリキのそんな心中を知ってか知らずかリーザがぶっきらぼうな感じで問う。

「はい？」

「船のこと、レポート船」

「いや、知らないです」

「オホーツクでのカニ漁と引き換えに、日本とかアメリカの情報をソ連に渡してた漁船のこと」

リーザのピッチは速く、さっそく二本目のビールに手を伸ばした。

「ハバロフスクで適性を見極めて、合格すれば晴れてレポ船の船長だ」

イリキはそんな歴史があることは知らなかった。話の終点も見えず、いかにも分からないという風に小首をかしげる。

「父親がこの担当だった。だから日本のモノが家にたくさんあったんだ」

「合格しなかった漁師はどうなっちゃったんです？」

「知らない。私も父親から聞いただけだ。物心ついたときにはソ連なんて消えてなくなってたからな」

みなまで聞かずとも、レポ船もまたソ連と一緒に消えてしまったことをイリキは察した。

まだ半分ほどしか飲んでいないイリキではあったが、すでに酔っていることを自覚し、驚いた。久しく飲んでいなかったこと、多少の空腹感もあったこと、ちょっとした緊張感というものが作用したのかもしれない。

酔いも手伝ってか、その後は互いに長い自己紹介をした。もっとも、イリキの方はここ数日の間に自己紹介をし続けていたのでリーザにとってみれば既知の情報の方が多かったかもしれない。

驚くべきは、リーザはロシアよりも日本での生活の方が長いということだった。ソ連崩壊後、リーザの父親は軍の縮小改編の波にのまれて失職、中央から極東地域への手厚い補償も当然なくなって社会全体が混乱した。国家も市場も社会も、全てを包摂する巨大な何かというものは存在しない、という一種のニヒリズムに陥るリーザとは一転、軍人の家系ということもあり、身分を失ってもなお父は祖国に忠誠を誓っていたし、厳格であり続けた。そのせいもあってか、三歳年上の兄に続いてリーザもモスクワの幼年学校へと入学することになった。

「反抗とかはしなかったんですか」

イリキの素朴な疑問は、残忍なにおいのする微笑とともに否定された。

「反抗が許されるのは安全が担保されている時だけだ」

社会的混乱は犯罪を多発させたし、経済不安は生活を直撃した。リーザに言わせれば、「幼年学校は、控えめに言ってもサイテーだったけど食べ物もあったし勉強もできた」ので、青春を軍隊に捧げるのには一定の実利もあった、とのことだった。それ故というべきか、軍人や官僚、財閥といったエリートの子どもたちと孤児や貧困にあえぐ子どもというように、生徒のタイプは真っ二つに分かたれていて、リーザは無論後者に属していた。

「おんなじ学校にいておんなじ卒業を目指してキツい課業をこなしてるのに、連中と私たちとでは見えているものが違うんだ。私みたいな社会から爪弾きにされた方は、こんなにリジッドなものもいずれ滅んでしまうんだ、と思うんだけど、出自のいい連中は滅びないからこそこれだけリジッドなものがあるっていう風に感じるんだよ。ルールのとらえ方もそうで、こっちにしてみれば、ルールは破るためにあるんだけど、向こうは守られてこそのルールだ、っていう風にね」

リーザはさらりと言ってのけたが、その感慨は国家というやつが物質的にどこかに存在しているというわけではなく、個々人の内側に現象しているということを如実に物語っていた。

十七歳での卒業後、大半の生徒はそのまま軍大学やエリートの学校へ進んだが、リーザは放浪を選んだ。

「花のセブンティーンよ」、とリーザは心底楽しそうに身振り手振りで話す。イリキもつられて笑った。

ヨーロッパやアジアを巡って、それから日本にやってきた。

イリキは、ただ彼女の見た目から逆算するに、多分まだあと二十年近い空白の時間があるはずだ、と推理していた。

「日本では何を?」

「最初はなんにも」

若干、表情が曇ったように見えた。

「ちょっとしてから軍からまたリクルートがあったの」

給与や道内の大学への進学と引き換えに、軍が運営する調査会社へ入ることが条件だった。

軍隊という武装組織と会社という営利団体の二つが、イリキの中でうまく繋がらず反応に困った。

「それってどういうことです?」

「要するにレポ船みたいなものよ」

「それってスパイってことですか」

「そういう見方もできるかもね」

彼女が属していたのは、ウラジオストクに本社を置く中規模の情報系会社の調査部門だった。

イリキは、スパイという単語からスリリングな国際政治のせめぎあいを勝手に想像したが、話を聞いているうちにそんなことはほとんどないことを知った。

当初、彼女がやっていたのは特定地域の地価や消費傾向や人口分布という基礎資料の地道な提供だった。

本国に帰る必要もなく、命じられた時に所望の書類を送付するだけで生活を続けられるなら割のいい仕事ではある。

「ラッキーですね」

イリキの、素直な感想だ。

「でも当たり前だけどそれだけじゃなかった」

「やっぱり警察に追われたりするようなことを?」、と続けて訊くとリーザはなぜか笑った。

「そういうことはないの。一つも。これは本当。でもグレーね」

リーザは思い出すような、考え込むような風に天井を見上げて、反対に「ポロニウムって知ってる?」と尋ねてきた。

「いいえ」

「暗殺なんかで使われる放射性物質なんだけど」

急に物騒なテーマが飛び出し、イリキは面食らった。彼女がそれを使っていたということだろうか、と思うと彼女に対するニュートラルな評価もあらためなければならないかもしれない。

「強いアルファ線を出してるものなんだけど、ただ服とか皮膚にくっつくくらいじゃ透過することはできなくて、でも身体の中に入ると中からズタズタにしちゃって、で、皮膚を透過できないってことは、中に入っちゃうと外からの検知も難しいの」

あまりに表情が強張っていたためか、リーザは「私だって本物を見たり使ったことは一度もないよ」と大げさなジェスチャーでフォローをした。

「ただこれの作り方を話の入口にしようと思っただけ」

そのポロニウムという猛毒は、ロシアでは専ら核閉鎖都市内で生成をしているとのことだったが、ビスマスに中性子を照射することから生成されるという。

「なんてことはない鉱物に、どんなところにでもある中性子をぶつけて猛毒に変えちゃう。これが私のやっていたグレーな方の仕事」

話の入口にするといったリーザだったが、イリキは門前払いをされた気がした。

「物理学者だったってことですか」

「さっきのはただのたとえ話。こっからは空想のお話」

リーザは一拍置いて、ビールを呷ってから話を再開した。

「ニッポンっていう国について、いいイメージを持ってる人と悪いイメージを持ってる人を想像してみて。この二人に何かしらの行動とか傾向を生じさせるには、やっぱり何か働きかけが必要で、前者にはニッポンの良い部分が徐々に蝕まれてるっていう印象を、後者にはもっと悪くなっていくっていう印象を与えるの」

イリキは、少し考えてから「でも印象って事実ではないですよね」と返した。

「事実に対する認知の傾向を加工すればいいのよ。福祉政策とか給付政策を是としている人からすればその打ち切りは危機的だし、その反対に福祉政策の実行が何かしら〝いいイメージ〟を棄損すると思わせさえすれば。事実の並べ方で印象って変わるのよ」

「いまいちピンとこないんですが」

「つまり、昔私がいた会社では認知領域での戦い方の実験みたいなものをやってたってこと。政治的な振れ幅なんて関係なくて、それ単体では無害だけど、個々人が持ってる思想みたいなものにちょっと違う視座を照射して過激にさせるっていう」

どこにでもいるごくごく平凡な人間の考え方を変えてスパイなりテロリストなりに仕立て上げるということだろうか。でも、そんなことはきっと不可能だ。

「人格を変えるなんてこと、できるとは思えないんですが」

イリキは思ったままのことを口にする。

「人格を変えるなんて言ってない。さっきも言ったみたいに、その社会とか特定の集団における共通認識に対して、ある対象者にだけはそれがおかしなものだと思わせればいいだけ。誰かから何かを奪う人間に仕立てあげるのは簡単よ。その人自身が、実生活上どういう状況にあろうと、奪われていると思わせさえすればいいんだから。人からカネやモノを盗むのは悪いことだと誰でも分かってる。でもそのカネやモノは元々自分のもので、それが奪われたと認識させればいいの」

「できっこないですよね」

「簡単よ。世代間格差とか配分の失敗とかをすり込めばいいんだから。私たちが世代間格差を作るんじゃなくて、その場所でもう起きてる構造的弱点を、どういったらいいのかしら、合気道とでもいうのかな、そういう風に相手の力を利用するっていう。もちろんその人の傾向によってやり方は変わるけど。リアルに接触する必要のある人もいれば、サーチエンジンを少しイジって、あとは自分で数珠繋ぎみたいにして自分の認知傾向を強化していって、こっちが介入する必要もなく過激になる人だっているよ」

イリキは、神妙な面持ちのまま黙り込んだ。ビールをちびちびと飲みながら、名状しがたい嫌悪感を抱いた。

「世の中は複雑だ。でも人は不思議な生き物で、複雑であればあるほど、一番単純なものに導かれるようにできてる。それがカネのときもあれば暴力のときもあるけど、情報の量が増えれば増えるほど、複雑さが増せば増すほどどんどん短絡的なものへの誘惑は強くなるのよ」

しばらく考えたのち、「いや、やっぱりそれで利敵行為に走るのは難しい気がします」と率直な意見を述べる。

「でしょうね」

意外なことに、リーザは否定しなかった。

「利害が絡む行動の選択は難しい。でも私がいた会社は、そういうことを目的としていなかった」

「何が目的だったんですか」

「不安そのものよ。各人が一様に当然だと思ってる何かの正当性を棄損する、予測可能性を破壊する、意思疎通に摩擦を生じさせる、誰かの観念上に占める地位のバランスを崩す、そういうことそのものが目的なの。それで誰がどんな行為をしようと私たちは関知しなかった。過激な思想に染まった人間は、自分が脅威だと認識したものに積極的に攻撃をしかけていく。特定の人種、子ども、ジェンダー、老人、障害者、あるいは特定の行政機関、とかね」

「ひどすぎる」

「勘違いしないで欲しいのは、私たちが行っていたのはあくまで実験だったってこと。そういう出来事のうち、私たちが関わったのはほんの数件。指折り数えることができる程度。結局、認知領域での戦いなんて大仰に言ってみても、さっきも言ったように、ある人間の行動を完全にコントロールするなんて無理なの。でも、人間集団の中には共振性というやつがあって、言語、婚姻制度、慣習や成文法に対する信頼性とかそういうものに対する一体感の強い集団ほど、より強く共振するの。絆とか伝統とかナントカとか言って、結束すればするほどに過激だったり異常な行動は目立つし排斥される。排斥に対する反動はより強く出てきて、あとはこれが無限に続いていくんだよ」

「どうして北海道を選んだんです？」

リーザは一瞬目を丸くして、それから大きな声で笑う。

「北海道だけじゃない。あちこちでやってることよ。自分たちの政府は共産主義者に乗っ取られてしまうかもしれないって素朴なアメリカ人に危機感を植え付けたり。それだって私たちが始めたわけじゃなくて、元々あるそういう考えをちょっと工夫して広めるだけ。飛んでいく種を運ぶ風みたいなものかしらね。ロシアだけじゃなくてアメリカも中国も、それぞれのやり方で認知領域で戦ってるじゃない。大きなプレイヤーだけじゃなくて、イスラム原理主義勢力だってヨーロッパからコーカソイドをリクルートしてるでしょ。でもやっぱりそういうことはどれもゼロからは無理。大きな何かから疎外されてるって思ってる誰かがいないといけないし、その誰かが別の他の大きなものを求めていないと。その何かを私たちは提供しない。元々あるものを使うだけ」

凄まじい戦い方だ。そういうことができるのであれば、彼女は〝難しい〟と言ったが、ある特定の人物に具体的な行動を起こさせるようになるかもしれない、とイリキは思った。実際、そのことをリーザに伝えるとまたしてもあっけなく否定された。

彼女曰く、こういう戦術は積極的に編み出されてきたものではなく、むしろ副産物として生まれたのだという。

軍や情報機関は、確かに情報戦、心理戦、認知戦での戦い方を研究していたが、得られた結論は〝利敵行為に走らせるのは不可能〟というものだった。いかなる民族、国家も危機的状況に陥れば、それこそ数値的には計上しえないナショナリズムというものを発揮して強固な障害になってしまうからだ。また、ハイブリッド戦などと言ってみたところで、その場合もミリタリーの行動、目的を達成するいわば助攻撃の側面が非軍事領域に割り振られており、先のとおり他国の人間集団に対して自国の軍を利するように行動させるのはほとんど不可能で、できる場合も結局その数値化は非常に難しく、効果の測定ができないということは即ちリアルで行動する軍は、むしろ不確実性を自らの内に埋め込む形となってしまう。

そこで出てきたのが、いわばポロニウム戦術とでも呼べるような、先の戦術だった。その国でオーソライズはされておらず、異端視されているにもかかわらず一定の影響力を持つ考え方を利用するという方法だ。これなら陰謀論のような巨大な物語を構築する必要もないし、そういう荒唐無稽な神話を人に信じさせる労力も不要だ。ほんのひと手間加えるだけで容易に社会を分断できる。成員相互に生まれた不信感は、企業、軍、政府、インフォーマル組織、ありとあらゆる人間集団間で増幅し、摩擦を強める。法整備、あるいは鎮圧という方法を取れば、規制される対象――例えば排外主義的思想――に親和的な考えを持っている人物は、かえって世界はより悪い方向に向かってしまっているという認知を強くする。単純に宥和に傾けば良いということでもなく、宥和は一方の陣営の反発を強める。

　この戦術のすぐれている点は多い。ローコストであるということ、対象者が自己強化的に先鋭化していってくれるということ、また自己増殖してくれるということ。

　ただ一番重要なのは、ファクトチェックを骨抜きにできてしまうところかもしれない。それどころか、ファクトチェック自体がこの戦術の部品に組み込まれてしまっているのだ。経済格差や性差、世代間格差や文化資本の差みたいなものを梃《てこ》にして対象者の思想的傾向を先鋭化・過激化させるということに対して、ファクトチェックを行うことはむしろその傾向を強化する役割を果たすことになる。ファクトの開示によって馬鹿げた陰謀論は撃退できるが、ファクトに対する認識とその上に成立する諸個人の世界観は、かえってより強固になるということだ。

　リーザは締めくくりとばかりに、「それとも悪魔がイワン・カラマーゾフに語ったみたいに、少しは悪魔の存在を信じている人間に対してじゃないと、決定的な不信を植えつけて信と不信の間を行ったり来たりさせる目的は達成させられない、って言ったほうがいい？」と言った。

イリキは一通り聞き終わってから、「でもそうなってくると、介入しようがしまいが、元々そういう異分子なり格差なりを抱え込んでいた集団は遅かれ早かれそうなるっていう考え方もできますよね」と素直な感想を述べた。

「まぁね。でもたぶん、この戦術の肝は〝AかBか〟を迫るところにあるんじゃないかな。もっというと、〝A、さもなくば死を〟、とかね。対話の芽を予め摘むこと、敵と味方に二分して戦わせることって言い換えてもいいかな。君の言うように、これが戦術として機能するっていうことは、確かにその社会なり集団が元々そういう傾向を持っていたからなのよね。そうなると、調査会社時代に私がやっていたこともイノセントになるのかしら」

リーザは自嘲的に笑って総括した。

イリキは力なく首を振る。起きてしまったこと、自らの行為に対する罪も、やはり自分が為《な》す自分に対する解釈に他ならない。彼女が彼女自身のことをどう考えているかは、おれの知ったことではないし、おれがこの地でしてきたことを元々そうだったからといって無かったことには、やはりできない。

イリキはそう考え、もう一度首を振った。

「ここでは、じゃあそういう危険性はないわけだ？」

ここでは、無論道北のことだ。

「ないことはないけど、共振とか波及という意味では、その可能性は低いかもね」

その後に続いたリーザの説明は、単純といえば単純だった。

大挙して流入した民族グループ、言語集団を一つに統合するのは事実上不可能で、大多数の日本人にしてみれば日本の施政下に入ることは、たとえ処罰の可能性があったとしても比較的抵抗が少なかったが、そうでない人々には許容しがたい。それはロシアの影響下に置かれることに対する日本人の反応とは鏡像的ということでもあった。そして北海道をフロンティアとして渡ってきた別の集団からは国家としての日本とロシア、どちらの影響力が強まるのも望ましくないとなれば、結論は高度な自治とならざるを得ない。土地と人と物資が基点となり、それぞれがそれぞれのやり方で統治を行う。最大公約数的利益は地域の存立のみ、となれば師団と侵攻軍と協力関係を持つこともできるが、この最大の武装集団もいずれかに傾こうとすれば小集団の協力は取り付けられない。そのため、選挙のような制度はここではあまり意味を持たない。人間集団の統治への参画方法はその地域ごとに異なるからだ。道北全体に関わることは、専ら旭川市と師団、軍による合議体が決定するが、それも基本的には境界の警備や日ロ両政府との連絡調整がメインで、細かなことは各地域に委任している。

内地では、道北のことを選挙がなく師団と軍が全てを決定する軍事独裁、権威主義体制というふうに認識していたが、統治機構の介入の度合については、それこそ東京都下なんかよりもよっぽど低いのかもしれない。

「いいところですね」

イリキは、一通り聞いてから、それまで自分が民主主義と呼んでいたものは選挙主義で、自由で開かれた社会というのはやさしい抑圧とでもいうべきものだったのだ、と思うにつけそのような感想が出てきた。

「ココこそが私たちが本来いるべき場所なんだー、みたいな理想を投射するのはやめなよ。後悔するだけだから」

リーザは、そんなイリキの感慨に即座に冷や水を浴びせる。

イリキはその一言から、以前ノモトが引用したニーチェの話を思い出した。あらゆる人格はそれぞれ一つの牢獄である、といったあの引用のことだ。

「最初の方は、このあたりにもいたよ。マルクスがどうのこうのとかコモンズとか公共とか、そういうことを言ってたのが。みんな帰っちゃったけどね。占有と共有って、多分生産性そのものに内在的なのよ」

イリキは、また難しい話が始まりそうだ、と思って黙って傾聴につとめた。

彼女が持ち出した話は、驚くべきことだが、サハ共和国における馬と牛、それから土地のことだった。

サハでは、ソ連が崩壊してからしばらくの間、市場経済と統制経済と原始的交換経済が並存していたという。畜牛や肥沃な土地では資本主義的専有が、馬肉や痩せた土地では原始的共有が成立していたらしい。

「大規模酪農が推奨されてからはもう市場経済が他を圧倒しちゃったけどね」ともリーザは補足した。

占有は、その空間や対象を維持するコスト以上に高い収益が得られるときに発生し、共有はそこから得られるものがそう多くないからこそ広く利用者に開かれ、それ故維持管理のコストを徴収せずに運営されるのではないか、というのが彼女の解釈だった。その共有地が失われてもなお悲劇にならないものだけが真の共有地たり得るということだ。

夏と冬とで気温差の著しいサハでは、もちろん土地についてもその季節で生産性が大きく変わり、夏は占有的になるが、冬ではコモンとして開かれるようになるのは、ひとえにそれ故だろう、と彼女は言った。

「だからこの土地にコモンを作ろうなんて息巻いてる人たちが一時期来たけど、頭でっかちで理想主義的で、全然ダメ。エネルギー収支比率とか損益分岐点みたいに、あるモノが産出する富の総量と予測可能性、これそのものがコモンと占有とを分かつんだから、全部をコモンにするなんて元々無理なの。紋別とかの方で交換型の社会があるにはあるけど、そういうところはやっぱり管理っていうコストと喪失っていうリスクがトレードオフの関係になってるみたいね。何かあれば、彼らはきっと危機的状況に陥るでしょうけど、同時にそれを受け入れもするでしょうね。だからっていうのも変な話だけど、ここは地球上のどんなところとも一緒で、誰かの理想郷になんかならない。ここはここ、それ以上でも以下でもない」

リーザが言っていた「共振が起きにくい」というのは、多分自分が帰属する集団や言葉や土地が一致しないということなのだろう。

「まずは地に足を着ける。生きてみる。それだけ。私だけじゃなくて、この土地のほとんどの人がそうだけど、私たちが求めていくものは本当にそれだけなの。アイデンティティっていうのは、自分がどうっていうよりも、他者に対してどうあるかってことなんでしょうね。お互いに容認できることとできないことをわきまえていて、それが一種の緊張状態として継続するような」

緊張の代わりに安寧を受け入れようとすれば、誰かを排除する必要がある。理想郷を実現するためには、理想郷と対立的なものは穢《けが》れとして排除していく必要がある。排除されないためには、自分の中でその理想を一層内面化し、自分がその尖兵とならなければならない。

それからも、アルコールの力も手伝ってだろう、二人はかなりの時間話し込んだ。飛行隊が釧路で襲撃を受けたこと、その生き残りである自分が滝川を目指していることなどは、やはりノモトから知らされていたらしいことを、リーザはそれとなくほのめかした。時間が経つほどに、店内の人の数は増え、議論に参加する人間も入れ替わり立ち代わりした。今しがたしたような、気が滅入るような話題もあったが、基本的に誰に対しても開け放たれている空気感がここにはあった。どうしてそうなったのかもよく覚えていないが、酔っぱらった中年男が話に割って入ってきたかと思えば自分の肩をバシバシと叩きながら何か励ましの声をかけるということもあった。

この束の間の交流で、旭川は製造と金融が主な産業であることを知った。金融は意外だったが、釧路が物理的な意味での国際的違法行為が黙認された一種の聖域《サンクチユアリ》だとすれば、旭川はデジタル上でのそれ、ということができた。税制をはじめとする統治機構からの自由は、資金をプールしたり、洗浄したりするのにはうってつけの場所だったのだ。それだけでなく、運用という意味でもルールの外から考えることができるために、相当な利益を上げているグループもあるという。こうした分野で中心的な役割を果たしたのは、香港から渡ってきた集団だった。この土地は、強《したた》かに、地に足を着けて生き抜いていた。

イリキは、このわずかな時間でなんだか救われた気持ちになった。

国家や統合に対する、個人の逆襲は許されるかという問いに対する答えを得た気がしたのだ。一瞬はその誘惑に呑まれかかったが、この問いはそもそも存在しない。これがイリキの得た答えだった。なぜなら、国家は存在しないから。

二人が店を出たのは、夕方になってからだった。空腹を感じないのは、店に出入りしていた客の物が共有されたからだ。

したたかに酔っていた。今はこの寒さが心地よかった。陽が落ちるのが早く、すでにあたりは暗い。この暗さのおかげで、今やこの街でどの建物が生きているのかをはっきりとその明かりから見て取ることができた。およそ半分、というのがイリキの体感だ。

生きている場所とそうでないところは、概ねブロックで分かたれているらしい。道路を挟んだ向かい側は、闇夜に溶け込んでいるが、こちら側のビルからは煌々と明かりが灯っている。

往来の人の数は、五時を過ぎてからどっとあふれた。

「人も街も、使ってないところは腐る」

二人は、再び例の歩道を並んで歩いていた。イリキが興味深くあたりを観察していると、リーザが声をかけてきた。

「電気も水道も、大体区画ごとに整理されてるでしょ、だからダメになったところは一帯がダメになっちゃう。生きてる部分を何とか使ってるっていう感じ」

「まさかとは思うんですが、そんな状態で運転を?」

イリキは、不安げに赤ら顔の中年女にそう問う。

「ビールはお酒のうちには入らないわ」

イリキはその返事に絶句しながらも、三十分後にはしっかりと自分の居室に帰り着くことができていた。

「明後日でお別れね」

リーザは、そう言い残して居室のドアを閉め、施錠した。廊下に響く靴音が遠のいていく。

悪夢はやってきた。ただ、自分一個人として、生身の自分として立ち向かおうとすることで、払いのけることはできなかったけれども、薬に頼らず、眠りに落ちることができた。

フラッシュバックと同じ領域に降りていくというのは、個として存立することを言うのかもしれない。

イリキは、きっとすぐに忘れてしまうまどろみの中でそう思った。

8　札幌

滝川への移送については、インフォーマルな形ではあったがリーザから知らされており、であればあの奇妙な尋問はもう行われないだろうと考えたが甘かった。

最後の一日は、これまで縷々《るる》述べた事柄を書面にしたためる作業が待っていた。いつものように司令部に連れ出され、大量の紙の束と対峙させられた。

とはいえ、作業というのは、それだけで気が紛れたから気楽といえば気楽だ。

担当はアダチ3佐で、ふと作業の合間に「標茶《しべちゃ》から一緒だった兵士とか、核ってどうなったんですか」と訊くも、「答えられない」の一言で片づけられた。移送が決まったのだから、ひょっとしてこちらの疑問にも何かしら答えてくれるような関係ができているのではないかと思ったけれども、当然そんなことはなかった。

移送それ自体やその後自分がどのように取り扱われるのかということに関して不安がないわけではない。しかし旭川へきてからの数日間で分かったことは、外部的な要因による不安よりも、自分が自分であるということに対する不安の方がよっぽど大きいということだった。つまり、〝これから〟という未来の不安よりも、自分が見てきたもの、自分の行為というもはやどうすることもできない過去の方がはるかに自分を苦しめるのだ。

結局、旭川で過ごす最後の一日は忙《せわ》しない事務作業で終わった。

天井のある一点を見つめながら、ふと感じたのは帰ることに関してなんの感慨も湧いてこず、緊張もしていないということだった。

翌朝、いつも通りの貧相な朝食とともに運ばれてきたのは、黒い防弾チョッキと靴紐、段ボールに詰め込まれた私物だった。

「後ほど車両がきます」、と部屋を後にした歩哨は、ついに鍵をかけることをしなかった。

朝食後、イリキは念のため私物を検《あらた》めたが、没収された時のものは全て揃っていたし、さすがに破れやほつれまでは補修されていなかったが、航空服についてはどうも洗濯までしてくれたらしい。

イリキは、結局渡された段ボールはそのままに、初日ここへ運ばれた緑色の奇妙な上着を身に着け、その上からチョッキを装着した。

居室へやってきたリーザは、初めて山中で会った時と同じ戦闘服姿である。

「行くぞ」

イリキは両手で段ボールを抱えてリーザの後に続いて隊舎を後にする。

正面入口に付けられていた車両は自衛隊のものでもロシア軍のものでもなく、黒塗りのＳＵＶだった。屋根の後ろの方からは細長いアンテナが伸びている。窓ガラスにはスモークが張られており、中がどうなっているかは分からない。車高が高く角ばったデザインは、流線形が主だったラインナップの電気自動車を見慣れたイリキには物珍しく映る。

先を行くリーザがドアを開け、車に乗り込む。

イリキは足の間に段ボールを置き、シートに身を収《おさ》めてドアを閉めた。

SUVは三列シートだった。左ハンドルの車両は、一列目と三列目に、武装した師団の隊員が座っていた。折り畳み式の銃床を持つ89式小銃を膝の上に乗せている。弾倉は外されていた。助手席に座っていたのは、戦闘服にボディーアーマーを着用したアダチである。

イリキが乗り込むに際して、周囲に車両は一台も見当たらなかった。途中で合流をするのでなければ、この一台だけで滝川へ向かうのだろう。

もっと豪奢なインテリアを想像したが、センターコンソールは極めて簡素だった。計器類もデジタル表示ではなくアナログだ。車自体が古いのかもしれない。

助手席に収まるアダチの左腿を圧迫するように備え付けられている濃緑色の筐体は無線機か。ダイヤル式のつまみがPA機材さながらに並び、ジャックやケーブルといった配線が蔦のように車体に潜り込んでいる。

アダチは、二人が乗り込むのをバックミラーで認めると、ドライバーへ「出せ」と命じた。

振動はひどかったが、気密性が高いのか音は少ない。営門は既に開かれており、歩哨による点検もなかったので車両はスムーズに国道まで出ることができた。

助手席のダッシュボードには、水平に取り付けられた取っ手が装備されていて、その端の方には無線機とカールコードで繋がったスピーカーマイクがひっかけられている。

車が営門を出ると、アダチはおもむろにそのマイクを手に取り、「キューキュー、〇八三〇《マルハチサンマル》SP通過」とどこかへ報告をした。〝九九〟というのが、この車かアダチ率いるこの車両に乗り込む面々か、はたまた今滝川まで移送されている自分自身に割り振られた無線の符丁なのだろうとイリキは推理した。短い空電雑音が鳴ってから、「九九、リョ」という男の声が、無線特有のかすれた感じで返ってきた。

後ろへと流れていく旭川の街並みを眺めながら、もう二度とここへ来ることはないだろう、とイリキは思った。

「一応」、と車の走行音だけが寂しく聞こえる車内で話しかけてきたのはリーザだった。

「向こうは今ちょっとした騒ぎになってる」

助手席から振り返ったアダチは、「おい」と鬼気迫る表情でリーザに呼びかけるが、その後の言葉は続かない。ただ、明らかに叱責の色が含まれていることは確かだった。

「必要な情報共有だし、お前の指示は受けない。私はお前の部下じゃない」

アダチは大きなため息を一つついて、また向き直った。

「その、騒ぎっていうのは……」

返答をするのに若干気が引けたのは、車内の空気が少しばかりよどんでしまったからだ。

「釧路での一件だ。空港での襲撃もそうだし警備隊との衝突もあったから、向こう側で色々な団体がぶつかってる。こっち側にまでは来ないだろうけど、君の場合は、まぁ、向こうに行くわけだから予《あらかじ》め知っておいた方がいいと思って」

支配地域に対するスタンスが政治的立ち位置を明らかにするもっとも分かりやすい方法となっ

て久しい。転じて、支配地域というのは内地においては一種の政治的記号ですらあった。これは北海道に特有な現象というわけではない。北朝鮮や原発、自衛隊に対する評価軸などで政治的立ち位置を表出できてしまう政治的な風土が元々あったからこうなっただけである。こういう論法は、単純に集団内部を敵と味方の二つに分かつとともに、問題の重心とでもいうべき部分をいつまでも置いてきぼりにする。そこにリアルはない。

リーザが言った〝色々な団体〟というのは、つまるところそういう風——旭川を中心とする支配地域をどのような方法で日本の施政下に復帰させるかという議論において、対立的な意見のいずれか一方に与《くみ》することで敵と味方に分かれるような——にして形成された運動体のことだろう。

あれだけ大規模な地上戦が生起してしまったのだから、それが国内の空気を刺激しないわけがなかった。事案の直後、帰還兵によるテロ事件などの何かしらのきっかけがあると必ずそうした騒ぎが持ち上がった。参加する当人たちは真剣だが、結局のところあれは祭りでしかない。民族主義者だろうがアナーキストだろうが極右だろうが極左だろうが、いずれにしても社会からスポイルされてしまった人々、そうでなくとも現状の制度に不満を持つ層が日ごろの憂さを晴らすハレの日なのだ、ということをイリキは考えて、一昨日リーザが言っていたポロニウム戦術とはこういうことを言っているのかもしれない、と頭ではない部分に理解が染み出してくる感じがした。

「私たちのミッションは、基本的に引き渡しだけだ。こっちもあっちも文書が好きだからその確認で時間はかかるだろうけど、それでもとにかく引き渡しだけだ。向こうに行ってからは気を付けて」

リーザの言う〝気を付けて〟は、別れの挨拶ではない。イリキは、久しく忘れていた日本独特の空気について思い出していた。いや、ひょっとするとあの嫌な熱を帯びた空気が支配する感じは日本に限らずおよそ国民国家というやつに共通の欠陥であるのかもしれない、とも思えてくる。対立、分断、格差という敵と味方に二分するような熱気は、しかしその二つですら多いとでもいうように、ある一つの極めて単純なパワーへ収斂していく。国家だ。あの空気そのものに国家が呑まれてしまうと換言してもいいかもしれない。

注意をしなければならない。今内地はある種の熱を持っている。その熱が支配した社会は私刑《リンチ》への制御が緩む。そして北海道と深く関わった者はその標的にされ得るし、自分はそのうちの一人だ。

〝北海道帰り〟ということで部隊で冷遇を受けるだけならまだマシな方だろう。引き渡しがどのように行われるか定かではないけれども、それこそ臨時入管にでも収容されようものなら最後だ。どんな目に遭わされるかわかったものじゃない。

イリキは縷々《るる》考えながら、ふとこの緊張感は釧路に落ちた直後にも味わったことを思い出す。むき出しの敵意と暴力。ただ自分が自分であるというだけで襲われるかもしれない恐怖。帰ろう、と自分が決めていた場所も結局そういうところであったわけだ。

車は、すぐに市外へと出た。旭川の西側には丘陵地帯が広がっており、ちょうどその境界上からは雪に覆われたのっぺりとした広大な宅地が見渡せた。左右に切り立つ丘には、斜面を切り開いて建造された宿泊施設らしいものがあったが、それは北海道がこうなる前の時代のことで、今そこにいるのは重武装のロシア軍である。この国道が一つの境界線《バンダレイ》になっているのか、反対側の丘には陸自の部隊が展開していた。見晴らしの良い高台、天然の要塞としての丘というのは、防御陣地としては最適だ。一瞬、雪の中に放置された一〇式戦車が見えたが、さにあらず、地面を掘削した中に車体を隠して砲塔のみを敵方――この場合は国道沿いの西方――へ指向していた。

「本隊の進入確認。予定通り〇九三〇から会同開始」

無線から声が届く。内容からして、単なる報告と思われた。

すでに除雪された道路を見るに、やはり会同に向かう別の集団がこの道を通ったのだろう。無線の内容からもそのことは明らかだった。

市外に出た途端、車の数は激減した。ほとんど皆無と言っていいほどである。反対車線は、除雪もされずに一面雪に覆われてしまっている。

窓から見える景色の代わり映えのなさに時間や距離の感覚がおぼつかなくなる。時たま現れる青看板によって今走っている道路が国道12号であることを知った。左右に広がる雪原に、ぽつぽつと隆起している三角形は多分家の屋根だ。日本海側へ出たからだろうか、心なしか積雪量が増した気がする。銀世界とコントラストを成す冬晴れの晴天が壮観だ。

「いつでも出られるようにしておけ」

アダチが振り返り、指示を出した。

イリキは周囲が広大な雪原であることからまだかなりの時間がかかると思っていたが、そうでもないらしい。

実際、雪道であることを除けば、信号も渋滞もないのでかなりスムーズだった。見通しの悪いカーブみたいなものもあまりなく、であれば自然と速度も出た。

市街地に入ったのはそれからすぐで、突如として出現したかのような唐突さがあった。

広い道幅、碁盤状に整備された道路網、比較的低層な建物というどこか見慣れてしまった街並みではあったけれど、この街もまた廃墟群だった。

自動車メーカーの巨大な看板の太い支柱が雪面から空へと伸びている。雪に沈まずに姿を見せているどの建物もかなり状態が悪かった。人の気配もない。

死んだ街だ。

釧路は壊れた街だったが、人はいた。そこここにある標識から今いる場所が滝川であることを知ったイリキは、しかしこの街は完全に捨てられてしまっている、と思った。

車の速度ががくんと落ちたので、シートの中ほどに身体をずらしてフロントガラス越しに正面を見据える。

戦車だ。

路肩に寄せられた戦車が四両ほど一列に並んでいた。他にも、トラックや兵士がせわしなく行きかう姿が見える。市街地のど真ん中に国境ができているのだ。

写真や映像でしか見たことのない光景だったが、実際に目にしてみるとこの空間には異様な殺気が立ち込めているのが分かる。

例の、死地に落ち込んだ旧軍の兵士みたいな顔つきの隊員が方々で除雪をしたり何かの木箱を運んだりしている。コンクリート造りの廃屋を改修して作ったらしい隊舎からは、幾本もの細いアンテナが風にたなびいていた。出入口には、いわゆる自衛隊スキーと呼ばれる、防寒戦闘半長靴のまま装着できるスキー板が雪に突き刺さっている。

久々の渋滞は、検問によって引き起こされたのだった。

「こっから先は君の祖国ね」

リーザはおどけてそんなことを言ったが、表情は硬い。

旭川とは違い、あたりにいる隊員らはみな白色迷彩姿である。防弾チョッキや、腰回りに装着するポーチ類の一部が緑だったり黄土色だったりすることはあるが、基本的には白が基調となっている。

そろそろと進む車両の前面に、蛇腹鉄条網を天辺に備えたフェンスが横一線に連なっているのが見えた。

近づくにつれ、それが川沿いに設置されているのを見つける。

橋へ至る道には、車止めのコンクリートが千鳥状に配置されていたため、車は大きく左右へ旋回して進んだ。橋の方もすんなりと通過できるわけもなく、滑車のついたフェンスによって封鎖されており、こちらが接近するのを認めると隊員がそれを横へスライドさせてようやく道が開かれる。

イリキは昂《たかぶ》っていた。帰郷できることによって惹起《じやつき》されるものなのか、はたまた恐怖なのか緊張なのか、よく区別はできない。

窓に顔を近づけて、さらに食い入るようにして境界を見つめる。

橋の入口の左右には、装甲車が鎮座している。境内に至る通路の左右に鎮座する狛犬のようでもあった。晴天のもと、低高度で光を反射する無数の黒い粒が飛び交っており、目を凝らしてみると四枚のローターを備えたドローンであることが分かった。どちらの陣営のものであるかは不明だったが、このような場所では両陣営ともが飛ばしていると考えるべきだろう。

川幅はそれなりにあったが、水は全て凍っている。その上は一面の白だ。

湾曲する橋梁の中ほどまできたとき、それまでの位置よりも少しだけ高いところに移ったからだろう、対岸の様子を一瞬だけ垣間見ることができた。

あちら側もやはり物々しい布陣ではあったけれども、警備隊だけである。強力な火砲を備えている装備といえばMCVくらいで、ぱっと目についたものは四両前後といったところか。戦力比でいえば、旭川側が圧倒的だ。ただ、それよりも目を引いたのは群衆である。

イリキはあっけにとられてしまった。境界の向こう側も道幅の広い道路の左右に相当な敷地を有する店舗が並び、小路を挟んでその背後に宅地が広がるという国道沿いらしい風景ではあった。しかしそこを埋め尽くすようにプラカードを持った大量の群衆が蠢《うごめ》いていたのだ。

混乱を生じないわけにはいかなかった。まず雪で覆われているのが家々の屋根だけであり、汚いまだら模様の地面が波打っている光景に頭がついてこなかった。SUV型のパトカーや紺色の装甲車が、大河に残される中洲のようだった。少ししてから、ようやくその濁流が蠢く人々であるということに理解が及ぶ。

群衆は、警察を圧倒していた。

車は橋を渡り切るとすぐに左折して川沿いを進んだ。旭川は、今やあちら側になってしまった。後ろから金属音がしてはたと振り返ってみれば、それまで空気のような存在だった二人の隊員がおもむろに小銃に弾倉を込めて、鉄帽の顎紐を締めなおしていた。

目的地は、境界を越えてすぐだった。

川と並行して走る舗装路に面した一角がそれである。黒い鉄柵に囲われたコンクリート造りの建物だ。平面の駐車場は広いが、警備隊や旭川から先発したと思しき師団の装甲車両で埋まっていた。市街地から少し逸れるだけで景色は一変してしまう。実際、この建物の周囲に人工物はほとんどなく、防風林か自然林かは定かではないがそういう木々がゆるやかに周囲を囲っている。

二階建ての、赤レンガを模した建物は浄水場に付随した建物であるらしい。〝管理棟〟と印字されたプレートが壁にはめ込まれている。建物の奥に、錆びついた鉄柵に囲われる無数のタンクらしきものと配管が雪に埋もれているのが見えた。管理棟に事案前の面影はなく、今や要塞と化している。窓という窓に金網が張られ、出入口や屋上には土嚢が壁をなして機関銃座が据えられていた。フェイスシールドをつけた複数の警備隊員がこちらを見下ろす。

ずいぶんと平べったい印象を受ける建物ではあったが、大きさはそれなりにある。

車は、正面玄関前のロータリーをぐるりと回って停止した。

「降りろ。荷物はそのままでいい」、とアダチが促し、ドライバーを残して全員が車の外に出る。雪面は、大勢の人間で踏み固められていたために滑りやすくなっていた。アダチだけはいったん車に戻り、ドライバーに何かを言い含めている。敷地の奥へ向けて走り去っていく車を見届けてから、アダチは小走りで戻ってきた。

駐車場や建物の周囲には、車とは別にコンテナやプレハブが無造作に並べられており、イリキは釧路のスラムを思い出した。至る所に警備隊員や地元警察がにらみを利かせている。心なしか、彼らの瞳には敵愾心《てきがいしん》のようなものが宿っている気がした。風に乗ってやってくる群衆の大音声がそのようなイメージを彼らに宿しているだけかもしれない。

先導するのはアダチで、その左右を武装した隊員が固める。リーザとイリキはその後を追う形だ。建物の入口近くにも、腰ほどの高さに積まれた土嚢で作られた扇形の陣地があった。中に人はいない。短い階段を上って建物の中へ入ると、まず長いリノリウムの廊下が現れた。

廊下の左右には重厚な鉄の扉が備えられているが、どれも閉め切られており、なんのための部屋なのかは分からない。方々から話し声や無線の空電雑音、足音といったものが聞こえてきて、外壁により外の騒音は遮られたけれどもこちらも相当に騒がしかった。

制服警官や警備隊員とすれ違う際は、嫌な緊張が漂った。

突き当たりを右に曲がり、またすぐに右手のドアを抜けると階段が現れる。迷路のような造りだった。

階段は二階で終わりを告げ、再び廊下に出る。先ほど通ってきた一階と全く同じ構造のフロアが現出するに及び、若干混乱した。

一行は、多分建物の中ほどにあるであろう一室に入っていく。

二十畳ほどだろうか、比較的広い部屋の真ん中にはコの字型に設置された長机とパイプ椅子が並んでいる。

「本隊と調整に行くからこの場で待機。お前は来い」

入室と同時にアダチは一同に言い渡すとともに、同行していた隊員の一名の肩を軽く叩く。

リーザは出入口に近いイスに腰を下ろし、防弾チョッキの襟元に手を差し込んで楽な姿勢でいる。

「多分この後は警察の連中が来て、簡単な取り調べをして引き渡しになると思う」

壁際には、長方形の窓が三つ、等間隔に並んでいる。外から見た通り金網が張られており、いくつかの網目は氷と雪で目詰まりを起こしていて見通しは悪い。

「正直、想像以上です」

群衆のことだ。

「あぁ」、と返すリーザの返事はそっけない。

「確かに今回のはすごいね。千人二千人じゃ利かないんじゃない」

「警察の方も、毎回こんなに来てるんですか？」

「全然。もう君は知ってるだろうからいちいち隠したりしないけど、核だよ」

室内全体を見渡すことができる位置に移動していた隊員の鋭い視線がリーザに向けられているが、彼女はそれを無視して膝頭のあたりをぼんやりと眺めている。

「なるほど」

それ以上の言葉が出てこなかった。

釧路のことも核兵器のことも、もはや自分にはなんの関わりもない。引き渡しがうまくいこうがいくまいが、その後旭川がどうなろうが、日本国内の世論が二分されようが自分の知ったことではない。イリキがそのように思ったのは、すでに手に負えない自分の人格を世論や民族にひっかぶせて分裂させる余裕などもうこれっぽっちもなかったからだ。

「帰ったら何するの？」

イリキは、手持無沙汰だったこともあって部屋の中をのそのそと歩き回っていた。この会議室らしい部屋は、先ほど入ってきたものの他に後方にも出入口があったが、こちらは施錠されている。もっとも、室内から簡単に鍵を外すことができるのではあるが。

「さあ、どうですかね。今はまだなんも考えられないです」

率直な感想だった。半ば諦めてもいた帰郷は、振り返ってみればあっさり達成したようにも思える。そうなってみると、帰郷への思いは自分本来のものだったのか、はたまた職務的な義務感からだったのか。

会話が途切れ、室内に沈黙がやってくるも完全な静寂ではない。外から響く重低音の喚声が不気味に建物全体を揺らしているからだ。

なんとはなしにそうした環境音に意識を向けていると、不意にその色味が変じたように感じられた。それまで一定のリズムを伴っていた動きのようなものが、突如として発散したような感じだ。喚声やシュプレヒコールのようなものが、絶叫や雄たけびに変じている。

リーザも異変に気が付いたのか、イスから立ち上がり、チョッキの胸元あたりに装着されているナイロン製ホルスターから拳銃を取り出した。遊底をスライドさせ、薬室へ弾薬を装填する無機質で残酷な金属音が聞こえる。

部屋の角に位置取っていた隊員の方も、それまで力を抜いていた様子からは一変、小銃を引き寄せて警戒感をあらわにする。

遠方からこだまする爆発音が、二度、この部屋にも届く。

「おかしい」

リーザはつぶやくが早いかゆっくりと入口の方へと歩みを進めて顔だけをそっと廊下へ差し出す。

乾いた銃声が方々からしだす。音から判断するに、どうもそれらは建物の外からであるらしい。

間髪入れずに、巨大な爆発音がどこからか轟き、空気を震わせる。心臓を内側から叩くような衝撃がやってきた。これは建物の中だ。建物が左右に揺すられ、天井からは埃が舞った。

呼吸が速まる。今や銃声は途切れることがない。外だ、外では戦闘が起きている。

イリキはそう判断し、ゆっくりと目を閉じて二度、深呼吸をした。

本当にそうか？　これは戦闘なのか？　おれの頭の中で起きていることではなく？　この緊張は、なるほど本物だ。だけど外で起きていることは、本当に存在しているのか？

一昨日、旭川市内のフリースペースに上る階段で感じたあの感覚も確かに本物だったが、脅威は存在しなかった。

おれは壊れているんだ。

イリキは再び目をあけるが、ドアの入口には拳銃に両手をそえるリーザの姿があり、隊員も身を固くしていつでも据銃《きょじゅう》できる姿勢――ローレディ――を取っている。

現実だ、とイリキは判断せざるを得なかった。

死が近づいている。

銃声が次第に大きくなり、誰かの足音と怒鳴り声が聞こえ始めるに及び、イリキはそう感じた。

「後ろを見張れ」

リーザの指示が飛ぶや否や、それまで微動だにしなかった隊員が跳ねるようにして室内を駆けてイリキの近くまでやってきた。ドアノブについている鍵を外してドアを開け、半身を部屋から廊下へとずらす。

再び発砲音が廊下からしたかと思うと、リーザと隊員は二人とも射撃を始める。いよいよここにも戦闘が流れ込んできた。

二人とも、射撃を終えると同時に室内に身体を引っ込める。先ほどまでいたところには、弾雨が降り注ぎ、壁やドアに穴が穿《うが》たれた。

「対岸だ。旭川へ引き返す」

リーザは壁を盾にして廊下と室内の境界から、イリキの方に向かって叫ぶ。

足がすくんでいた。震えが止まらない。

もう二度と巻き込まれたくないと思っていた戦闘が再びそこにやってきていた。アンナが撃ち殺される瞬間、自分が引き落とす引き金の感触と、射線の先で糸が切れた人形のように後ろへ倒れていく民兵の姿、苦しみ呻く警備隊員というものが次々と脳裏に現れては消える。糞尿の悪臭、凍てつく寒さ、肉の焼けるにおいというものが蘇ってきた。

「しっかりしろ、お前はまだ生きてる。そのことだけを考えろ。脚が動いて息が続く限りついてこい。それだけだ」

ほとんど過呼吸といってもいい有様だったイリキは、リーザの声で我に返った。

「お前は後方をたのむ」、とイリキから視線を外して隊員に言う。

「行くぞ」

イリキは大きくうなずき、廊下へ飛び出すリーザの後に続いた。

廊下の先で、二つの身体が血だまりの上でうつ伏せに転がっている。一つは迷彩柄にボディーアーマーを着た旭川の隊員で、今一つは紺色の出動服姿の警備隊員である。

風船が破裂する音に似た発砲音が後ろで鳴る。耳を直接叩かれたような衝撃に身体が震える。

耳鳴りがして、それからほんのりと甘い硝煙のにおいが流れてくる。振り返ると、後ろにいた隊員が反対側の廊下の角に向かって射撃をしていた。警備隊員が射撃に驚き、慌てて引き下がるのが見える。

リーザは死体を飛び越え、突き当たりを右へ曲がっていく。

イリキも走りながら後を追い、角を曲がる折に再び後ろの方を視界の隅に収める。そこには、ちょうど後ろへ倒れていく隊員の姿があった。その軌跡をなぞるように血の跡が見える。銃声は遅れてやってきた。

一階もそこかしこに師団と警察、それぞれの死体があった。壁には、銃撃によってできたクレーターが無数にある。

こちらの方は、さらに異様に煙たくもあった。天井にはもうもうと白煙が滞留している。

「出口まで走れ」

リーザは、言うなり駆け出す。

外に出ると、それまで視界を覆っていた膜のような煙からも鼻腔を突く鋭いにおいからも解放された。

「姿勢を低く」

解放感を堪能していたイリキは、その注意によって現実に引き戻される。数段しかない階段の先には土嚢があり、リーザはそこにほとんど寝そべるみたいな姿勢で隠れている。イリキは少し助走をつけてから一気に階段を飛び越えて、リーザの横に同じく身を伏せる。

「通れない」

激しい銃撃戦のせいで、声を張らないと相手には伝わらない。

リーザに言われるまでもなく、イリキも一目見て状況を察する。

警察と師団が、左右に分かれて激しく撃ち合っていたのだ。師団側は、施設の出入口付近にまで引き下がって二両の装輪装甲車を横一線に並べて盾にしている。そのうちの一両は、片側についた四輪のうち真ん中の二つのタイヤのゴムがずたずたに引き裂かれてほとんどホイールだけになっていた。二両とも、まるで車体自体が発火しているみたいに火花を飛び散らしている。その背後に、応戦する旭川の隊員がいた。

対する警察のほうも、装甲化されている警察車両や点在するコンテナ、プレハブといったものに身を隠しながら応戦している。

両陣営とも、一挙に距離を置いたこともあって、広い駐車場の大部分は来た時とは一転、かなり空間が開けていた。時折現出する赤い筋は、曳光弾と思われた。肉眼でとらえることができる銃弾はその程度だが、実際はもっとすさまじい数の鉛が高速で行き来しているのだろうと思うと恐怖を禁じ得ない。通り抜けることは不可能だろう。そのことは、そこに取り残された非装甲の車両――パトカーやパジェロ、人員輸送のためのマイクロバス等々――がどうなっているかを見れば一目瞭然だった。粉砕されたガラス、いびつな形に捻じ曲げられ、あるいは破断したフレーム、無数の弾痕とはがれた塗装。それらは流れ弾によって今もなお形を変形させており、自分たちの身を守るものにはなりそうもない。実際、駐車場内のそこここに出動服や迷彩服姿の死体が転がっていた。

言うまでもなく、イリキが盾にしている土嚢にも弾は流れてきていて、その度にぶつぶつと布を千切るような嫌な音を鳴らした。

「戻るぞ」

リーザは土嚢の内側で姿勢を低く保ったまま器用に身体を捩《よ》じって体勢を整える。猫のような所作だった。

立ち上がるなり駆け出した彼女は、無事に屋内にたどり着くことができた。イリキは、ただそれを見届けることしかできない。四方八方から響く銃声と爆発音、寒さと不気味に音を立てる土嚢、焦げくささ、そういったものが一挙に押し寄せてきたために思考がショートしていたのだ。

「早く来い」

リーザの声は聞こえるが、姿が見えない。ドアの内側に身を隠しているのかもしれない。はやまる呼吸を意識して整える。次いで目を閉じ、彼らからおれは見えない、と奇妙な呪文がふと浮かんできたのでそれを何度か心中で唱えた。彼らは体制に没入している、個々人としては存在しない、彼らが捉えられるのは体制と同じ座標軸にあるものだけだ、おれは違う、だから彼らからおれは見えない。極度の緊張と興奮が、イリキの内側に奇妙な観念を萌芽させた。

ぱっと目を見開き、半ば跳ねるようにして立ち上がって走り出す。階段を上り切って建物の中に入ってもなお恐怖はやまず、廊下の中ほどまで一気に走り抜けた。

後ろから追いついてきたリーザは何もいわずにイリキを追い越すと、来た時と同じ経路で角を曲がる。

二階へ至る階段室のドアを通り過ぎ、直進していく先は鉄扉で閉ざされている。廊下の長さからなんとなく、あの扉の向こうは外である気がした。

ドアを挟んで左右に分かれ、右側にいるリーザがドアノブに手をかけるも動きが止まる。

「多分私たちは今建物の裏側にいる」

言いつつ、じっと視線をこちらに据える。イリキは頷いた。

「しかも敵方側だ。だから速やかにこの建物を回り込んで川まで走る。フェンスを越えられれば越える。無理なら今渡河してる部隊と合流する」

彼女が一拍間を持たせたのは、こちらに覚悟を促すためもあったのかもしれない。

鉄扉を開け、リーザを先にして建物を出る。

建物のちょうど後ろ側に出た形だ。ここへ至って、ようやく建物の全景を捉えた感がある。はじめ、この建物を一つの独立したものであるように思っていたが違った。この建物の背後には、渡り廊下でつながった別の建造物があったのだ。後ろの建物は、道路側のものと並行ではなく千鳥状に配置されていたため、積雪下ということも相まって一つのものと錯覚したらしい。

渡り廊下は長さも幅もあった。巨大なコンクリート製の円柱がそれを支えている。

二つの建物の間にある空間もまた駐車場であったが、こちらには数台の廃車が雪に埋まっているだけだ。

二人は、今しがた抜けてきた扉を出てすぐ左へと折れる。施設を取り囲む鉄柵はところどころにほころびが見えるが、新たに警備隊が敷設したであろう蛇腹鉄条網がその外側には広がっていた。

イリキは、危地にあるにも拘わらずふと足を止めて右の方を見やる。違和感だ。壊れた鉄柵と蛇腹鉄条網は並行するように設置され、その前後に吹き溜まりができているため二メートルほどある高さのうち半分ほどしか地表には出ていない。そういうことで、柵の向こう側についても見通せるのは雪面より上の部分となる。イリキの注意を惹いたのは、その雪面の上を、無数の突起を備えた巨大な黒い生き物が右から左へと動いているのを捉えたからだった。もちろんそんな巨大な生き物があるはずもない。だからこそ立ち止まったのだった。

すぐに一つの生き物に見えていたものが、群衆であることが明らかとなった。市街の方からこちらまで流れてきたものらしい。歩くにあわせて上下する頭が、遠目から見た時にミミズか何かが移動するときのように伸縮する奇怪な無足生物と錯覚してしまったのだ。

連中が何をしたいのかは定かではない。ただ、誤ってこちらに進路を取ったとも思えない。というのも、鉄条網や柵に取り付いてそれをこじあけようとしている人々の手には鉄パイプや警察から奪ったに違いない短機関銃などがあったからだ。

「急げ」

リーザに呼びかけられ、イリキは慌ててその場から足を動かす。

二人は、今ちょうど建物の裏側に回ってその壁沿いを歩いていた。向かう先も、やはり囲いが張り巡らされており突破は容易ではなさそうである。しかし進路はこれ以外にはありえない。後方は警察の陣地、右側には暴徒の集団、左側では警察と師団との戦闘という状況である。他に選択肢はない。

リーザの足が止まる。川まではまだ遠い。

彼女は、突然拳銃を正面に向かって構えた。イリキがその構えた先を目で追うと、柵や鉄条網に布をかぶせて乗り越えてくる人間がいた。

先ほど目にした群衆を先頭だとばかり思い込んでいたが、雪に隠れて見えなかった小集団がさらにその先にいたのだ。そちらの方はすでに柵を乗り越えて中に侵入を始めている。

乗り越えてきた一人は、体格からして男だと思われた。シャベルを手にし、口元にはタオルを巻きつけている。

向こうの方でもこちらの存在に気が付いたのか、一瞬双方の動きが止まった。男の後ろでは、やはりスカーフで顔を覆った暴徒が一人また一人と柵を乗り越えてきている。

数を恃《たの》みにしていることは明らかで、こちらが二人しかいない上に、貧弱な拳銃が一丁ばかりなのを見て取ったか、男は雄たけびを上げた。

「撃てるもんなら撃ってみろこのクソが」

ものすごい剣幕でこちらに走りよってくる男ではあったが、リーザは容赦なく射撃した。

銃声の直後、男は走り出した勢いのまま転倒するも絶命したわけではなく、膝のあたりを押さえて絶叫している。

柵を越えてきた一団は、銃声と絶叫に一瞬たじろいだ。

「後ろだ。もう運だ」

リーザは銃を下ろすと、くるりとこちらを振り返ってそう言った。

向こう側に走れ、ということなのだとイリキは理解した。今や、最初に見つけた集団もかなりの数が敷地内に侵入しており、その一部は先ほどの銃声でこちらの存在に気が付いてもいるようだった。

連なる壁のごとく圧を発する暴徒の目的はただ破壊だけだ。彼らに敵も味方もない。熱気にとらわれた集団は、組織的戦闘に必要な暴力の比較衡量という微妙な作業に従事できない。破壊と破滅が目的と化してしまうのだ。今ここに殺到する連中がいくら数を恃みにしているとはいえ、その衝撃力はたかが知れている。警察や旭川の二勢力と比べるべくもない。徒党を組む暴徒ごときに付け入る隙を与えてしまったのは、ひとえにこの地域で有力な二つの集団が相互にぶつかっているからにすぎず、いずれ方《かた》がついた暁には、傍若無人に暴れまわる彼らもまたすぐに鎮圧されることは火を見るより明らかだ。参加者個々人の心中はともかく、集団が一旦どす黒い熱気に呑まれてしまえば、そういった個は滅却されてただただ死地へひた走る鼠の群れへと変じる。

イリキは走った。この駐車場を走り切り、でき得ればもう一つの建物の中へ入る。その先のことはそれから考える。とにかく今は、あいつらに捕まらないことが一番重要だ。

背後と側面から迫る暴徒の群れはその大きさを増している。

進路上の雪面が断続的にめくれ上がり、どこからか連続した射撃音が聞こえてくる。近い。誰かがこちらに向かって撃っている。怒りが湧いてきた。

あと少しで反対側の建物へたどり着ける、というところで背後から立て続けに銃声がした。イリキは足を止めようとするも、雪上ということもあってバランスを崩して転倒した。すぐさま起き上がって走ってきた方を振り返ると、リーザが暴徒に摑み倒され、もみくちゃにされていた。次から次へと湧いてくる連中は蛆《うじ》のようだった。

「行け」

姿は見えず、声だけがした。

向かう先の建物よりも、群衆の方が近い。諦めたくないが、終わりが目前に迫っている気がした。

再び駆け出そうとしたところ、すぐそこまで迫っていた暴徒の何人かが突然雪面に頽《くずお》れた。自分も含め、集団の動きが一瞬止まる。さらに何人かが血潮を上げて倒れ、その中の何人かは絶命せずに呻き声を上げている。銃声が聞こえたのは、それからすぐ後だった。イリキはとっさに地面に突っ伏し、両手で頭を押さえつつも脇の隙間から群衆と反対の方向に視線をやった。渡り廊下を支える柱の左右から、十数名の警備隊員がこちらに前進してきているのが見えた。短機関銃を据銃《きよじゆう》し、時折橙色の火炎がぱっぱっと銃口で煌めく。

誰かの返り血を浴びた暴徒は度を失って踵《きびす》を返し、群れの中へと身体を割り込ませようとしている。その恐慌が伝染病のように広がっていき、それまで一つの塊を成していた暴徒はあっという間に散りはじめた。その間も、警備隊はその逃げる背中へ向かって容赦なく射撃を加えた。

砂利を踏みしめるのにも似た複数の足音が近づいてくる。降り積もった雪が冷気で固く引き締まっているときにその上を歩くとそんな音がする。

足音が消え、「手を頭に乗せたままだ。ゆっくり立ち上がれ」と命ずる男の声がする。自分に向けられたものだろう。

イリキは指示されるがまま立ち上がり、辺りを見渡す。

横一線に展開していた警備隊員たちは、自分を取り囲む三人を残して敷地内に転がる死体の確認を始めていた。銃を構えながら、足で以てうつ伏せになっている死体をひっくり返して検《あらた》めている。雪面に転がる死体の周りは赤く染まっている。負傷したが死なずに済んだ者の中には、あぐらをかいて両手で腹の辺りを押さえて身体を前後に揺すっている者もいた。

リーザだけがロシア軍のドット柄の迷彩服とボディーアーマーを着用していたからすぐに見つけることができた。生死は分からない。こめかみのあたりが陥没していて、顔全体が赤黒く変色している。目の周り、鼻、口の周りは血で赤くなっていた。髪の毛が顔にかかると血のせいで接着され、より一層悲惨な感じがする。

「おい」

リーザから視線を外し、呼びかける隊員の方へと向き直る。

真ん中に立っている隊員は、いつの間にか一〇インチ前後のタブレットをどこからか取り出して、スワイプしている。シリコン樹脂製のカバーにはストラップがついており、先ほどは気が付かなかったが初めから肩掛けしていたのかもしれない。

「貴様はだれだ」

「イリキです。派遣隊の。会同に参加するためにきました」

隊員は黙ったままタブレットの操作を続ける。頭に乗せたままの腕が疲れてきた。質問をしてきた隊員とは別の二人は、はじめはこちらを注視していたが、次第にその割合が減じていき後方を見据えるようになっていた。警戒している体勢を取ってはいるものの、何か動揺のようなものを彼らから感じ取る。

イリキは、ゆっくりと後ろを振り返った。

ただそこには警備隊員と死体、怪我で動けない暴徒くらいしか見当たらない。しかし、確かに違和感を覚える光景ではあった。専ら敷地内に転がる死体を検《たしか》める数名とは別に、ただ立ちすくんでこちらの方を見やっている隊員が四人ほど点在しているのだ。違和感の正体はすぐに明らかとなった。統制である。

自分の近くにいる隊員も、敷地を見回る隊員も統制の取れた動きをしている。暴徒を追い払うときもそうだったし、簡易ながら取り調べらしき作業に取り組む、近くにいる三人もそうだ。残りの隊員たちも、概ね左右の間隔を均等にして横隊で前進している。とにかく彼らは一種の体系らしきものによって動いていることを人に感じさせるが、件《くだん》の注意をひく警備隊員らにはそれがないのだ。出動服にフェイスシールドを装着したヘルメット、防弾チョッキに短機関銃という出で立ち自体は違わないが、見た目ではない部分において決定的といってもいいような逸脱が垣間見えてしまう。立ち姿は、さながら幽霊のようだった。

一帯を制圧した警備隊員の方も何か異変に気が付いたらしく、イリキから見て左手の隊員が「おい」と声をあげた。

一度呼びかけても幽霊たちは動ぜず、一線になって死体の確認をしていた隊員たちの方が動きを止めてこちらを振り返る。

正門の方ではまだ銃撃戦が続いているらしいが、散発的になっている。市街地からのどよめく喚声はやまない。

取り調べをしていた方も、タブレットをくるりと背中に回してストラップを調整し、短機関銃に持ち替える。

幽霊たちがゆっくりと歩き始めたところで、再び前に居並ぶ三人は「止まれ、どこの所属だ」と制止するとともに銃を構える。

はじめ、左端にいた隊員のフェイスシールドが突然粉々に砕け散った。その様子は一瞬だったけれども、なぜか動きはひどく緩慢だった。透明なシールドにまず穴が空き、次いで蜘蛛の巣状のヒビが現れるが早いか一挙に割れる。フェイスシールドを打ち破った何かが衝撃力を落とさず頭部に食い込む。後ろに引っ張られるようにして倒れる隊員からこぼれる血は、しかし少ない。

狙撃だ。銃声はしない。それとも周囲の騒音に飲み込まれてしまったのだろうか。

頭でそう判じるよりも身体の反応はいつだって遅れる。それは警備隊員たちにしても同じなのか、判断から対応を取ろうとする一瞬の隙を突くようにもう一発がどこからともなく飛んでくる。

今度は右にいた隊員が撃ち倒された。凄まじく正確な射撃だ。

ようやく自分たちが攻撃にさらされていることに気が付いた警備隊員たちではあったが、一歩遅かった。

幽霊たちがどういう連中であるのかは依然分からないけれども、敵対者であることには間違いなく、一斉に銃撃を始めた。同じ服制、同じ装備の集団が相互に撃ち合う様は異様だった。数に差があったにも拘わらず、判断が後手に回った警備隊側は瞬時に屠《ほふ》られた。

イリキはただその様子を茫然と眺めるより他なかった。

タブレットを持っていた隊員は、反転するなり元来た道を駆け出し、その場からの脱出を試みる。

円柱の辺りにまできたとき、走っているときの勢いのまま、もんどりうって地面に倒れ込んだ。

間延びした一発の銃声が、今度は聞こえた。

あいつらは誰なんだ、どうしておれは殺されない、という疑問が時間の経過とともにあふれてくる。訳がわからず、本当はここから逃げ出したかったにも拘わらず、なぜか足は根を張ったように重い。

そうこうするうちに、柵の向こう側からターコイズブルーに白の横線が入った、警察の装甲トラックが猛然とこちらに向かってくるのが見える。雪山を砕き、蛇腹鉄条網と鉄柵を踏みつぶして敷地に侵入してきた。

フロントガラスには、やはり車体と同色の鋼板が張られ、運転席部分にのみ十字の切り込みが入っており辛うじて視界を確保している。側面についている窓も、車体の大きさの割には小さい。その下には銃眼が設けられていた。

死体を踏みつけにすると、粘土細工のように踏まれたところからいとも簡単に肉体がねじ切られた。雪上に赤黒い臓物が引きずられる様は凄惨というよりも嫌悪感を催させた。

トラックは、つんのめるように急ブレーキをして停止する。車体の中ほどにある扉が開くと、狙撃銃を背に回す男が現れるなり先ほどの幽霊たちに乗車を急き立てる。

「あっ」と、イリキは思わず声を漏らした。
四、五メートルほど先だろうか、とにかく距離もあったからはっきりとその顔を見たわけではなかったが、その声とシルエットには覚えがあった。
山縣だ。

「イリキ、お前もだ」

案の定というべきか、幽霊が全員乗り込むと、車体から半身を乗り出す山縣はこちらに大声で呼ばわるとともに大振りに手招きをしている。イリキは、考えるよりも先に走りだした。

トラックの方は、イリキが乗り込む前からゆっくりと発進しだし前輪が大きく旋回してUターンを試みていた。十メートルほどトラックと並走し、ドアの枠に手をかけて身体を車内へ滑り込ませる。イリキが乗り込むと、山縣はすぐさまスライドドアを閉め切った。

トラックは猛然と速度を上げて走り出した。

先の通り、この車両はさながら鋼鉄の箱となっているためにどこに向かって走っているのかはもちろん、外景も満足に見通すことはできない。

運転席の方も、鋼板を下ろしているために外からの光は十字の切り込みから差す、わずかな陽光しかない。ただ、ドライバーと助手席の直上にはそれぞれ液晶モニターがついており、完全に外景が見えないわけではない。反対側――兵員室――の方へ視線を転じると、左右で向かい合うようにして座席が備えられており、先ほどの幽霊隊員たちが席についていた。早速ヘルメットとバラクラバを外している。こちらの方は、天井で灯るLEDライトがあるために白みがかった明るさがある。イリキが乗り込んだ部分のみがデッキ状の、比較的開けた空間になっている。

「大丈夫か」

車内のそこかしこに、パイプの手すりがついている。山縣はそのうちの一本を摑みながら、イリキを見下ろしている。

「死んだかと思った」

感情が、再び爆発しそうだった。

「みんな、みんな死んじゃったんだ」

イリキは続けて言うと、喉に異物感がこみあげてくるのを知覚して動揺した。意図していないのに、涙が溢れていた。

山縣は頷くだけで、何も言わなかった。イリキは、そっと差し出された手を掴んで引き起こしてもらう。

イリキの腰のあたりを二、三度はたいて、「あっちで座って休んでろ」と山縣は言った。

ああ、こいつらは警官じゃない。

シートに腰を下ろし、兵員室にいる隊員たちを一目見てすぐに分かった。

ヘルメットとバラクラバを外した彼らの顔は、どれも薄汚いものだった。脂で光る黒々とした髪を後頭部のあたりで結わえている者や頬から顎までひげに覆われている者、ケロイド状の生傷を目がしらに残している者。帯広や内地で見かけた警官の顔ぶれにこういう者は一切いなかった。しかし一番の違いはその見た目ではなく、何か業《ごう》のようなものが揮発して漂う彼らの雰囲気である。死臭といってもいいかもしれない。帰属する組織がどうこう以前の問題だ。彼らのように淀んだ、何をも照り返さない黒く沈んだ穴倉みたいな目をした人間は内地にはいない。

この車両にしてもそうだが、鹵獲《ろかく》して集められたであろう武器や装備が、車内のそこかしこに散乱していた。特に目を引いたのはCBRN対処のために全部隊に配備されている防護服一式だった。個人装具の中の一つではあるが、ちょっとした登山リュックほどの大きさもあろうこの装備は、ただただ重いうえに動作を制約するし呼吸もしづらく、熱もこもるので部隊では忌み嫌われていた。そもそも、化学兵器に対する実感というものがいまいち湧かないこともあって、演習中は専ら枕の役割に重きが置かれているという有様ですらあった。

そういうものが、ぱっと見ただけでも十個近く転がっているのだから、この集団が何かとてつもないことをしでかすのではないかという連想に繋がったのはなんら不思議な事ではなかった。

すぐに、核のことに思い至った。山縣も含め、ここにいる誰かにそれを訊ける気軽さはない。

比較的まっすぐな道を一定の速度で走っていた車の速度が緩やかになる。次いで、錯雑した山道らしいところへ入り込んだのを、車体の揺れや傾きから知る。

どれほどその道を走ったのかは分からない。確かなのは、それなりの時間が経ったということだけだ。

車が停止すると、誰に指示されるでもなくそれぞれが下車を始めた。ドアが開き、陽光が車内に差し込む。

ここが目的地だろうか。

イリキは、隊員たちに続いて後方のドアから地面に降り立つ。

建築会社か建材会社かは分からないが、四周を防音壁で囲われた広大な敷地にいた。壁の向こう側にはすっかり葉を落とした木々が見える。さらにその奥に広がる雪山を見るに、今いる場所はどこかの山中なのだろう。

壁の内側は、左手にプレハブと木造の倉庫があるが、人手を離れて久しいことがその荒廃具合からうかがえる。

隊員たちは車の前方へ向かって歩きだし、イリキはその最後尾についた。

放置をされていたにも拘わらず、この場所がそこまで雪深くないのは、先客がいるからだ。

パトカーとサイレンとクレーンが付いた警察のトラック、他には二台のバンと二トンサイズほどの白い冷蔵車が一列に並んで停車している。三十人ほどの男たちがリュックやボストンバッグを積み替えたり、雪面の上に広げた毛布の上で小銃の分解をしたりしている。全員が何かしらの作業をしているわけではなく、スマートフォンをぼんやりと眺めているだけの兵士も何人かいた。

いずれにせよ自分たちより先にここにいる彼らの方は全員てんでばらばらの服装をしており、もはや見慣れてしまった民兵風と言ってよかった。

「山縣ァ、貴様ァ」という怒号が、正面の集団から立ち上がる。その中から痩身の中年男が飛び出してくるなりこちらに駆け寄ってきた。凄まじい形相だった。

激昂する男は、イリキたちの方ではなく、トラックの反対側面の方に向かっていったことから、山縣は側面に取り付けられたドアから降車したのだろう。

前を歩く出動服姿の隊員たちは、そんないざこざは端《はな》から存在しないかのように歩みを緩めることなく、雪を踏みしめながら集団の方へと進んでいく。

イリキは、集団から少し離れた端《はし》の方に所在なく立った。

今しがた乗ってきたトラックの方を見るともなく見ていると、その陰から山縣たちの姿が現れた。

怒鳴り散らしていた男を先頭に、少し遅れて山縣が歩いてくる。山縣は右足を引きずるような、いたわるようなぎこちない歩き方をしていた。

男の方は、こちらに歩みを進めてくる折、睨むような視線を一瞬投げかけてきた。イリキは、目を逸らさずにそれと向き合った。

「全員出発だ」

男はイリキから視線を外すなり、再びの大音声でもって集団に命じる。

それまではある種緩慢ささえ感じさせる所作で、それぞれがそれぞれの作業を行っていたのに、男の一声で弾かれるように兵士たちは動き始めた。

ほとんどの兵士は二台あるバンに分乗し、出動服姿の隊員たちは乱雑に捨て置かれた背嚢やRVボックスから弾薬らしいケースを手に取るや否や、元々乗ってきた装甲トラックへと引き返していく。

イリキはその光景をあっけにとられてみるより他なかった。いつの間にか隣にやってきていた山縣は、「お前はおれと来い」と小さく言うだけだ。

残されたのは、山縣とイリキ、それから若い兵士とあのリーダー格の男だけである。

一通り手筈が整ったのを見届けると、男は再びこちらへとやってきた。

頬がこけて、黒いビー玉みたいな巨大な目玉を持つ男だった。異相である。

「本当に大丈夫なんだろうな？」

男は山縣に問いかけるに際して、イリキの方に一瞥をくれた。

「問題ない」

山縣が答えると、男はその言葉を確かめるように大きくうなずく。

「二時間後だ」

そう言い残し、男は踵を返してバンの助手席に乗り込む。

雪を踏みしめながら、二台のバンと装甲トラックが消えていく。

「悪かった」

山縣は誰もいなくなった、雪に覆われる山道を見据えたまままず謝罪をした。

イリキはその意図が読み取れず、山縣の方を眺めることしかできない。

「余計なことをした。あのままあそこにお前を置いておくべきだった」

山縣に言われ、ようやく自分が微妙な立場に陥っていることを認める。ただ、驚くほどにそのことに対する絶望みたいなものはない。

山縣や先ほどの男たちが何をしでかすのかは未だ分からないけれども、炊き出しとかフリーマーケットとかではないことは確かだ。きっと人が死ぬ。そんな連中に付いて回れば、第三者から不信の念を持たれたとてなんの不思議もない。

「いや、もういいんです」

考えながら出てきたのは、そんな無意味な言葉だった。

何が〝もういい〟んだろうか。言ってからその意味について突き詰めてみるも、うまい答えは出てこない。

支配地域から脱出するということについていえば、もうその目的は達した。じゃあ原隊に復帰したかったのだろうか。それとも実家のある東京にでも帰りたかったのか。どれもこれも違う。自分がこれまで見聞きしてきたこと、立っていた場所が時間とともに瓦解してしまっているのが分かる。自分がいかにちっぽけな存在か、寄る辺ない、大海に浮かぶ木の葉の如き存在かを知ってしまった。よしんば生き残り、警察に捕まったところでせいぜいが鉄の檻に閉じ込められる程度のことであると思えば、ここまでのこのこと山縣と一緒に来てしまったことに未練はない。

「あの人たちは誰なんです？」

自分のことについては考えたくなかった。だから話題を変えた。

「旅団のメンバーだ。ほぼ全員だ」

それから小一時間ほど、山縣はヘリから投げ出されて今に至るまでのことを話した。

イリキがコックピットへ移動してすぐ、山縣も兵士たちに加勢すべく席を立って機体後方に向かった。目の前にいる兵士が撃たれ、機外へ落下していくに際して外被を摑まれて一緒に地上へ投げ出されるも、木の枝と雪がクッションになり、一命をとりとめた。

墜ちゆくヘリを地上から発見し、そちらへ向かったが警察特殊部隊の抵抗もあって前進はままならなかったとのことだ。

「あそこにいたのはやっぱり警察の部隊だったんですか？」

自分が嚙み殺した白装束を想起すると、喉につかえるような鉄の味が蘇ってきた。

「旅団の連中が言うところではな」

標茶《しべちゃ》でのことが遠い昔のように感じられる。森が話していたとおり、核の引き渡し時に警察の特殊部隊の襲撃があり、なんとか核を奪取した旅団の一行は西進しつつ、小部隊ないしは個人を経路上に残置して追跡を遅滞させていた。

それが叶わなくなったのが、例の山中だったということらしい。ヘリは旅団と警察部隊が衝突している中に飛び込んでいった形となる。

「とにかく」、と山縣はいったん区切って話を続けた。

「あいつらに拾ってもらったんだ」

「敵じゃないんですか？」

「おれはノモトの味方でもない」

「狂信的な連中じゃ？」

「どっちも変わらんさ。もっと言えば、おれとお前もあいつらも、もう何も違わないところにいる」

イリキには、山縣の言っている〝何も違わないところ〟のイメージを計りかねたために黙っていた。

その後は旭川軍の介入によって旅団、警察部隊ともに壊滅状態となり、核は回収されてしまった。山縣は旅団の残党と合流し、ひたすら雪中行軍を続けて滝川を目指した。

「さっきのあいつ、同期なんだ」

あいつとは、あのリーダー格の中年男のことだ。

「足を怪我して」

山縣はそう言って引きずっていた方の脚を叩く。

「動けなくなったところを拾ってもらった。本当にたまたまだ。入隊もレンジャーも同期で、同じ東北県人のよしみでよくつるんでた。あとは野となれ山となれ、だ」

元々、奪取した核を札幌へ運搬する計画だったため、経路上には補給物資、スノーモービルといった機材を点々と配置していたということである。

また、滝川や砂川近傍にも潜伏している旅団のメンバーがおり、常にコンタクトを取ってもいて、あの警察車両や装備類も予め支援用に用意していたものであったという。そして滝川での暴動もまた彼らの仕組んだことであることが山縣の口から語られた。群衆と警察の中に潜り込んでいた旅団のメンバーが、師団との戦闘の端緒を作ったらしい。

「核は？　奪い返したんですか？　これからどうするんです？」

山縣はその質問には答えず、腕時計に視線を落とすだけだ。

「そっちの準備はどうだ」

イリキを飛び越え、同じく居残った若い兵士に呼びかける。彼は、二人が雑談している間も冷蔵車の周囲をせわしなく動き回っていた。

「いつでも大丈夫です」

今まさに運転席のタラップに足をかけ、窓枠に手をかけて乗り込もうとする若い兵士は答えた。

「お前は来なくていい」

山縣は言いつつ、イリキの肩をぽんと叩く。

諦めに浸った森の力ない笑いとアンナの決意めいた瞳が途端に思い出され、気候によらない寒気が背中を突き抜ける。雷にでも打たれたような衝撃だった。

山縣は、一歩また一歩と冷蔵車の方へと進んでいく。

「まさかあんたもやるつもりなのか？」

イリキは、その背中――いつものようにM24狙撃銃を右肩にかけていた――に問いかける。

山縣はぴたりと止まった。動物の唸り声にも似たエンジン始動音が一瞬し、次いで冷蔵車が小刻みに震えだす。なんとなく、核はあの中にある気がした。

「おれを止めるか？」

振り返る山縣の顔はしかし横を向いて止まり、身体ごとこちらに向くことはなかった。

イリキは、いつだかに感じた怒りを感じていた。つま先から頭のてっぺんまで、湯気が出るほどまでに沸き立つ何かが駆け回っている。

「武器ならそこら中、どこにでもあるぞ。止めるならおれを殺せ」

今度こそ、山縣は回れ右をしてイリキと正対した。それまで肩にかけていたライフルを滑らかな所作で胸の前にまで持ってくると、ボルトを引いて弾丸を薬室へ送り込んだ。

「だが、おれを撃つつもりならおれはお前を撃つ」

あの顔だ。釧路に落ちてからというもの、何度も目にしたあの顔だ。森羅万象、身の回りの有象無象、全てに不感症を引き起こし、それでいて憎悪だけが黒々とした目玉の奥底に宿っている、無表情のようだが決してそうではない、あの顔だ。彼の地にいた誰しもが持っているそれは、人によってはふとした瞬間に現れるも、たいていは別のものに溶けていく。しかし、旅団の連中や旭川の隊員やノモトの配下の人間には、常時それがべっとりと顔面にぶら下がっているのだ。山縣の顔を覆っているのは、それだった。

二人がにらみ合う中、冷蔵車のエンジン音だけがむなしく流れた。

「ほっとけ」、と若い兵士が運転席から身を乗り出して叫ぶ。山縣の注意が一瞬そちらの方へ傾いたのを見計らい、イリキは残ったクレーントラックとパトカーの間へ飛びすさった。

直後、銃声が山間にこだまする。トラックのガラスが割れ、砕け散った破片が背中に降り注ぐ。イリキは車の間を這いながら、パトカーの後部座席を開ける。山縣が言っていた通り、積み替えられた装備が詰め込まれていた。イリキはその中から不気味に黒光りする短機関銃を引っ張りだす。伸縮式の銃床、前方握把、細長く湾曲した弾倉に光学機器という、警察の警備部が保有する一般的な短機関銃である。見たことはあったが、使い方は分からない。銃を検《あらた》めていると、山縣が放つ次弾が再び襲い掛かってくる。今度は間延びした金属音が鳴る。トラックの車体に当たったのだ。ＡＫと違い、こちらの銃は分かりやすかった。涙型の弾丸の記号が機能を表示していたからだ。弾の上にバツ印がついているのは安全装置、四角に囲われた弾の絵は単発で、連結するように連なっている弾丸は連発を意味しているに違いない。

機関部の右側面についている出っ張りは槓桿《こうかん》と判断した。手前に引っ張ると、ほどよいバネの反発があり、手を離すとひとりでに元の位置に戻った。これで装弾ができたはずである。

イリキは切り替え軸部を連発にし、トラックの陰から銃口だけを差し出して引き金を引いた。銃声が耳の奥に残る。反動で手が痺れた。

狙いは付けなかった。殺す気がなかったからだ。

「お前ももう分かっただろ」

応射の代わりに、山縣の叫び声が向こう側からやってくる。イリキはトラック前方のタイヤを盾にして身を隠していた。じりじりと身体を横にずらして車体の際まで進んで、顔だけをそっと出す。

バンが止まっていたところには、轍だけが残っている。山縣の姿は見えない。

「おい、聞いてるのか」

再び呼び声がやってくる。冷蔵車の向こう側からだ。若い兵士の姿は、運転席から消えていた。

イリキは返事はせずに、再び頭を引っ込める。

「いいか、おれは国のために戦ったんだ！　国のために戦った！」

こちらの反応にも構わず、山縣は我を失ったみたいに叫んだ。それでいて、その中身は演説みたいに滑らかだった。

「同期同僚が大勢死んだ。親兄弟をなくしたやつもいる。戦ったんだよ。それで負けた。だからなんだっていうんだ？　もっと戦えた。死ぬまで戦えたんだよ。やめさせたのはあいつらだ。わけのわからねえ理念とか理想とか主義主張でやめさせられたんだよ。戦い続けている限り、おれたちは負けないんだ。他の同盟国に対する配慮だかなんだか知らねえがアメリカ人に言われるままに戦うのを投げ出して、そのことになんの疑問も持ちゃしねえでおれたちに石をぶつけやがるクズどもが。規則や法律の文字をこねくり回すことを国防と勘違いしてる市ヶ谷のクソ将官どもも政治家連中も背広どもも同罪だ。おれたちはこいつらも、ロシア人もアメリカ人もまとめて皆殺しにしてやる。戦うことを穢《けが》れだと思ってる内地の蛆虫どもも同じ目に遭わせてやる。全員まとめておれたちのいるところに引きずり下ろしてやる。夢から覚まさせてやるんだ」

「無意味だ！」

イリキは、顔を上向けて空へ向かって返事をした。

この声は届いただろうか。しばらく沈黙が続いた。

「お前だってもう分かっただろ。人間をぶっ殺して、殺意を浴びた自分がどうなったのかをよく見てみろよ。もうおれたちには何も効かねえ。成功もカネも賞賛も何も効かねえんだよ、分かってんだろ。夢から覚めちまったんだよ。何もないんだ、何も！　意味がないだって？　分かってるよ、分かってんだよそんなことは！　ちげえよ、そんなことじゃねえ、おれたちを見ようとしないあいつらなんだ、あいつらなんだよ！　自分は違うって思ってるあいつらの夢をぶっ壊してやる」

山縣の言っていることは支離滅裂だ。でも、言わんとしていることは痛いほどよくわかる。しかしなお、核テロなんてするべきではない。善意からでも道徳からでもない。日本人に対して攻撃をしても意味がなさすぎるともう分かってしまったのだ。

大多数の日本人は自分たちの純潔を守るためならどんなものでも犠牲にするし、してきた。道民や山縣が所属していた連隊は、戦ったから穢れにされたのではない。ただ多くの日本人が共有する法理や予測可能性の向こう側に渡ってしまったことがいけなかったんだ。今ならなんとなく分かる気がする。ジャーナリストだろうが傭兵だろうが、中東に渡って死んでいった日本人に対して自己責任という言葉をぶつける多くの日本人は、捉えどころのない、輪郭のぼやけたニッポンから抽出された法文――危険なところに行ってはいけない――にのみ忠実であり、この服従と盲従こそが彼らの倫理観であり国体であり純潔なのだ。想定外という言葉は、もはや自分たちマジョリティの想像の及ばない穢れの領域を柔らかに言い換えたものに過ぎない。原発事故だってそうだし、大昔の原爆投下もきっと同じだ。アメリカに対して屈辱的な無条件降伏をしたにも拘わらず嬉々としてその軍門に下ることができたのは、敗戦は軍部の敗戦であり、軍部の暴走による当然の帰結とその認識を作り替えたからだ。だからあれほどまでの重大事を簡単に終戦と言ってしまえるし、被害を忘れ去ることができるからこそ加害も無化される。変化を迫る問題に対しては主体性を捨て去り、その当事者を排除しさえできれば自分たちの生活を当面の間は守ることができる。

だから核テロを行ったところで、新たに生まれた被爆者は新しい穢れの一種に数え上げられるに過ぎない。

イリキは、言語ではない部分でこういうことを瞬時に知覚した。驚きはない。ただ、喉に刺さった魚の小骨が取れたような気がしただけだった。

「おれたちが何をしても日本人には届かないぞ。地に足をつけて生きていくしかねえんだよ。おれたちは。そうやって抗《あらが》っていくしかねえんだよ！」

イリキは、もっと山縣に言いたいことがあった。伝えたいことがあったがその数が多すぎて、喉元でつっかえる。

返事は、しかし銃弾によってなされた。続けてもう一発、背にしたトラックから金属音が聞こえてきた。

暫時の後、冷蔵車は高回転に唸るエンジン音とともに発進しだした。

イリキはその場に腹ばいになり、短機関銃を構えた。機関部の上に取り付けられた光学サイトは、強化ガラスの中に赤いドットが打たれていた。この赤い点と冷蔵車とを重ね合わせようと試みたが、冷蔵車はみるみる小さくなり、巻きあがる雪煙だけが周囲には残された。

思考よりも先に身体が動く。気が付くと、すっぽりとパトカーの運転席に収まっている自分がいた。ハンドル右側にあるカップホルダーに鍵は収まっている。短機関銃を助手席に放り、カップホルダーとハンドルの真ん中にあるプッシュスタートスイッチを押し込む。

電気自動車特有の甲高い電子音がし、車が小刻みに振動する。コンソールや計器類は全て電光式である。バッテリーはまだ十分にあった。

山縣がどこへ向かったかは知らない。だけど何かをしていないと気が済まなかった。

アクセルを一気に踏み込み、車を発進させる。が、右へ右へと傾き、うまく運転ができない。ハンドルも重かった。

イリキはブレーキに踏みかえて車を止めると、ドアを開けて外へ降りた。開け放したドアを回り込み、ボンネットの横にしゃがみ込む。

右前輪のタイヤが撃ち抜かれていた。

とはいえ緊急車両だ、スペアのタイヤくらいは積んでいるだろうという勘は正しかった。トランクを開けると、黒い無骨なホイールを装着した、いかにもスペアですといわんばかりのタイヤがジャッキや工具類の下に埋もれていた。

雪面ということもあり、作業は手間取った。ボルトがうまく締められたかも不安だ。そうした一連の手作業が一種の鎮静剤の効用を果たしたのか、心なしか衝動のようなものは収まってもいる。

ジャッキや工具をそのままに、イリキは運転席に座り込むも、すぐに発進させる気にはまだならなかった。

なんとなく、バックミラーに映る後部座席を見ると、先ほどは気が付かなかったが前と後ろのシートはアクリルパーテーションで分断されていた。被疑者が暴れた場合の備えと思われた。後ろのシートには、旅団の連中がどこからか盗んできたに違いない警備隊の装具や防護衣が転がっている。

イリキはおもむろに席を立って再び外に出ると、後部座席から防護衣が入っている袋を引っ張りだしてきた。

部隊で使用しているものと同じだったが、色は迷彩ではなく出動服と同じ紺色だった。

おれは何をしているんだ、と自問しながらもまず旭川で着用させられた防弾チョッキと防寒着を脱ぎ捨て、次いで袋から防護衣を一式地面に広げる。

山縣は、きっとやり遂げてしまう。

考えたくはなかったが、この思いはかなり確信に近かった。巻き込まれればただではすまない。防護服を着ていようが無意味だ。でも、今こうして身を守ろうとしているのは心のどこかで生に執着しているからなのだろう。

もし万が一核攻撃から生き残ったときのことを考え、下着は装備の中に入っていたオムツに穿《は》き替えた。訓練であれば、人目のない草むらにでも分け入ればいつでも防護マスクを脱いで熱を逃がしてやることも排尿もできるが、現実にはそうはいかない。

雪面の上には緑色のインナー手袋と分厚いゴム手袋だけが残された。

再び後部座席に半身を差し入れて物色をしていると、防護マスクケースが見つかった。念のためケースの中を確認する。やはりというべきか、部隊で使っていたものと同型のマスクが収められている。

スキーゴーグルにも似たレンズと一体化したマスク部分は、SF映画のコスチュームを思わせる。そのマスク部分の左右には、キャンプで使うガス缶——半量のOD《アウトドア》缶ほどの大きさだろうか——のような形状のろ過装置が装着されている。

防護衣は、汚染から身を守るという性質上仕方のないことではあるが、ひどく熱がこもる。さながらサウナスーツであるが、寒さのために今はその不便さがかえってありがたかった。

警備隊のボディーアーマーには、今の自分にとっては余計なもの——ショルダーアーマーや股間を覆う防弾繊維の前かけや手錠の入ったポーチ類——が数多ついていたために、外した。残ったのは、腹部の前面に連なる弾倉入れと樹脂製の拳銃ホルスターだけだ。

　他にも使えるものがないかと旅団の兵士が残していった黒く重いボストンバッグを開けると、粘土のような爆薬や手榴弾がごろごろと出てきたが、さすがに自分の手に負えるものではなかったのでそのままにしておいた。ペットボトルからキャンティーンに水を移し替えて、アーマーの腰のあたりに装着した。

　予備弾倉や拳銃をアーマーに仕舞い込みながら、本気の山縣を止めるのに感傷は無用だ、と自分に言い聞かせた。

　装備を整え、最後に防護マスクケースを肩から斜めにかける。未だ雪面に残る手袋をケースにねじ込んで車に乗り込んだ。かなり圧迫感があった。シートを目一杯後ろに下げ、背もたれも少しばかり倒してようやく運転に支障ない姿勢を取ることができた。

　イリキは、ハンドルを持ってアクセルを踏み込む。車は徐々に加速していく。行先は自分でも分からない。

　山道はセダンタイプの電気自動車には苦しかったが、舗装路に出てからはだいぶ速度を出すことができた。有機ELや計器パネルの現代性とは一転、助手席のダッシュボードに取り付けられた警察無線はいかにも前近代的な異物に見えた。そしてその無線は絶望的なラジオを演出していた。滝川での暴動は依然として収まっておらず、被害が拡大しているとのことだった。その一方、北広島の方では重武装のテロリストがアウトレットで人質を取って道警と交戦しているという知らせも入り、警察は混乱しているようだった。

　実感が湧かないのは、閑散とした国道をひた走っているからかもしれない。時折すれ違うダンプや民間車は、しかしそんな危機がそこかしこで繰り広げられているとは思わせないほどに平穏だった。

国道は市街地をかすめるように南西へと伸びている。時折出現する青看板は、この275号線をそのまま進めば札幌に到達することを教えてくれている。

道東や道北と違い、道はよく除雪されていた。場所によってはヒーターもついているのか、全く凍結もしていない区画もあった。とはいえ日本海側であるから、積雪量は少なくない。走りやすいとはいっても、ヒーターがなければ必ず路面は圧雪状態だったし、歩道と車道の境界には分厚い雪壁が築かれている。

代わり映えのしない景色ではあるが、ナビの矢印は順調に移動している。

おれは、いつも決定的な時期と場所に居合わせることができない。だからきっと今回も、山縣を止めることはもちろん、その近くにいることもできないだろう。

雪原の中をひた走りながら、ふとそんなことを思った。それから、あまりにも現実離れした出来事が立て続けに起こったことで、むしろそのリアリティが損なわれている気もした。

混線する無線を切りたかったが、操作方法が分からず、叩き壊してしまいたい誘惑にかられる。

石狩川を渡ってさらにしばらく進むと、景色がそれまでのなだらかな起伏のある雪原から、市街地に変わった。地方の、国道沿いらしい景色である。道路の左右には広大な平面駐車場を備えたホームセンターやパチンコ店が並び、その後ろにはぽつぽつと宅地がある。等間隔に停められた車が斜めに整列させられているのは駐車場ではなく、中古車販売店だ。手書きのポップで車種と値段が記されたボードがフロントガラスの内側に貼り付けられている。雪かきが追い付いておらず、そのうちの何台かはこんもりと積もった雪に埋もれていた。

当たり前だが信号にも電気が通っており、車通りも人も目に見えて増えた。除雪によってできた天然のガードレールは相当に高さがあり、車道からは歩行者の胸元より上しか見えない。不規則に出現する雪壁の切れ目は、大体が店舗か何かへの入口だ。

帰ってきた。本当に自分は帰ってきたのだ。

イリキが感じたのは、しかし興奮や感動よりもむしろ眩暈《めまい》に近いものだった。電光掲示板、道路標識、人、電柱の広告というように、郊外の乏しい情報量ですら今のイリキにとっては処理しきれないものだった。

信号待ちの車列のただ中で、ぼんやりと前に止まるワンボックスカーのブレーキランプを眺めるともなく眺めた。平穏無事な市内の様子と切迫した状況を実況し続ける警察無線の落差のせいで発狂しそうだった。

もういいんじゃないか。おれの知ったことじゃない。そういう無力感がまた鎌首をもたげてきたとき、ちょうど無線から「武装した男二名を乗せたトラックが２３１号線を南へ、札幌方向へ逃走中。車種は白の冷蔵車。麻生《あさぶ》付近のＰＣは至急現場へ急行」という知らせが届く。

続報を待つも、滝川や北広島での件もあり、錯綜する交信の波にかき消されてしまう。

イリキは、ナビの液晶を操作しながら自分が今いる場所と国道２３１号線を探した。

山縣が乗っているであろう車は、麻生付近の２３１号線上におり、南進しているという。であれば目的地はその先ということになるのか。イリキは考えつつ、液晶に指を這わせていく。東西に伸びる高速をくぐると、今度は5号線というふうに名前が変わる。さらに進むと札幌駅、大通というような中心部がナビ上に表示された。

この直線上のどこかで核を爆破するつもりだ。直感だった。

一方の自分は275号線におり、こちらの方も道なりに進めば、進路をそのままにして12号線へと進入、次いで5号線と交わる交差点へと出ることが分かった。

意気込んで視線を上げると、信号待ちをしていた車列はすでにいなくなっており、信号が変わったことを知る。クラクションを鳴らされもしなかったのは、今乗っている車がパトカーであることもあったかもしれない。

ハンドルを握り直し、ミラーを確認して車を発進させようとしたところ、不意に助手席側の窓がノックされた。

制服警官だ。

屋根に片手をのせ、覗きこむようにして腰を折っている。鋭い視線がこちらに刺さる。

「ちょっと車降りて」

いつまでもこんな交差点で停車していたのがまずかった。周りの様子に全く気が付けなかったのは山縣らしき情報をキャッチしたことによる興奮か、はたまた戦闘以来注意力が異常に散漫になってしまったからか。

歩道には、五、六人の通行人が野次馬根性丸出しでこの様子を窺っていた。全員が全員手に携帯電話を持って撮影をしていた。その中の一人、二十代前半と思しき男は、警官がパトカーを検問するといういかにも異様な事態に邂逅《かいこう》できたことに興奮を隠しきれないらしく、車道に身を乗り出してまで撮影をしていた。その顔には、下品な薄ら笑いが浮かんでいる。

車外の警官が男を注意する声が聞こえる。

とにかく窮地であることに変わりはない。

再びミラーを見ると、真後ろにパトランプを点灯させたパトカーが一台止まっている。今乗っているものと同型だ。

もう一人の警官は開いたドアの真横に立ち、カールコードで車内と繋がった無線のマイクを手に持っていた。

「おい、降りろ」

先ほどよりも声のトーンが厳しく、かつ大きくなる。

イリキはミラーで周囲の状況を今一度確認してからゆっくりと視線を正面に戻し、アクセルを踏み込んだ。信号は黄色に変じ、反対車線を行く何台かはすでに速度を減じて停止線の前で止まり始めていた。

こちらの車線はといえば、少なくともイリキが占有していた左車線は、自らが通行止めを演じていたために目の前には一台もいない。

アクセルを踏み込むと、ワンテンポ遅れて車は急加速した。ミラーの中で、慌てふためく先ほどの警官がパトカーへ駆け戻るのが見えたが、あっという間に小さくなっていく。

イリキは、センターコンソール上――ナビの直下――に付けられたいくつかのボタンのうち、ひときわ目立つ赤色のものを押した。サイレンを期待したのだ。押してみると、予想通りけたたましい音とともに回転灯が明滅しだした。

もう悠長にナビを確認している暇はない。とにかく5号線だ。5号線とぶつかる交差点までこの道をひたすらに進む。ただそれだけだ。サイレンに反応した車は左右へ幅寄せをしてくれるため、走行に支障はない。幸い、車通りはそこまで多くはなかった。バックミラーに気を取られるのは、先ほどのパトカーが追跡してくるのではないかという想像からだ。

二百メートル先の交差点で信号待ちの車列ができていた。数は多くはないが、通り抜けは難しそうである。右折レーンに止まる大型トラックのせいで見通しはさらに悪い。その交差点には今走っている道路と直角に交わるように、札樽道の高架が架かっている。

どうするか逡巡しているうちに、対向車線から二台のパトカーがこちらに向かっているのが見えた。二台は、今まさにその交差点に進入し、赤信号であるからだろう、そろそろと進んでいる。

イリキは速度を落とすことなく前進した。みるみるうちに二台と距離が縮まっていく。

信号待ちをする車列の手前で、ハンドルを大きく左に切る。圧雪状態であったため、車体は想像よりもずっと横滑りをし、車列の最後尾に付くセダンと接触することでようやく止まった。

イリキの車は、道路を塞ぐような形で止まっている。先ほどの二台は信号を渡り切り、今や自分の真後ろに付いていた。

イリキは、雪壁が切れている部分めがけて車を発進させた。交差点の角にはラーメン屋とその駐車場があった。駐車場を横切って車列を回り込む頃には、ちょうど信号が変わっていたために存外スムーズに脱出することができた。

あらぬ方向へ進路を取ったためだろう、追尾するパトカーはそのまま後を追うべきか車道に沿って進路を取るべきか逡巡しているようで、前輪が右や左へ動くばかりで一向に速度は上がらない。

イリキはその隙に駐車場を通り抜けて交差点へと躍り出る。リアが右へ左へと振られた。高架を潜ってから、区画が変わったらしい。辺りは工業地帯と思しきエリアに変じている。イリキは、走行している車の間を千鳥に縫うようにして進んだ。

後続のパトカーは、最初のものとは違って簡単には振り切れなかった。あの後すぐに立て直した二台はすぐ後ろにまで迫っている。

通り過ぎる青看板が、札幌駅までの距離が残り四キロであることを告げている。

しつこく追尾するパトカーは、「ただちに路肩に寄せて停止しなさい」とスピーカーをとおして呼びかけている。

いつの間にか、左手には国道と並走する形で土手が連なっている。片側二車線はあったが、心なしか幅が狭まったような気がする。

再び高架橋が現れたとき、橋梁の支柱が上下の車線を二つに分かつのを捉えた。傾斜を成す道路の中ほどで車が滞留している。あるいは、渋滞かもしれない。あれに捕まるわけにはいかない。

イリキは唇を固く結んで、意を決してハンドルを大きく右へと切る。中央分離帯は、排気ガスによって煤けた雪の壁ができていた。ボンネットがその塊に突っ込んだ時、かなりの衝撃がハンドルを通じてもたらされ、シートベルトもそのためにロックされた。雪は、寒さのせいであたかも氷のように固くなっていたのだ。フロントガラスにぶつかってきたその塊の一つは石にも見紛う質感で、助手席側にこぶし大の亀裂を生じさせた。

反対車線に入ると、こちらに向かってくる多くの車両が慌ててブレーキを踏んで右へ左へと旋回していった。そのうちの何台かは、高架を支える柱にボンネットをめり込ませた。

こちらの方は、幸い渋滞はしていなかった。車を避けながら高架を潜ると、二つに分かれていた道路が再び合流するが、相変わらず元の車線は混雑をしていて戻ることができない。

一帯は、周囲の土地よりも若干高さがあるようで視界が開けた。右前方に、札幌の中心市街が見える。そのさらに向こう側には、この土地自体を取り囲むような山々がどこまでも連なっている。青々としている空の一部は、ほんのわずかだが褐色を帯びているように見えた。

おれでさえこの騒ぎを引き起こしているのだから、山縣の近くに行けばきっとそれと分かるに違いない。

再び相まみえることができるかどうかという不安に対して、そのように言い聞かせた。

大きな交差点が渋滞の原因だったようで、それを越えたところでようやく流れがよくなり、元の車線へと復帰することができた。しかし振り切った二台とは別のパトカーが野良猫みたいにしてそこここの小路から顔を突き出しては通りに飛び出して行く手を塞ごうと試み、また追いすがってきた。

緊張を強いる警報音と機械じみた女の声が障害物への接近を知らせたのはまさにそのパトカーのことで、徐行をしながら豊平川に架かる橋を抜けてこちらの進路を塞ごうとしていた。

イリキはすんでのところでかわしそこね、相手のバンパーと衝突した。エアバッグがハンドルから飛び出して視界を覆う。周囲の景色はまだ流れている。停止はしないですんだ。イリキは助手席側に身をよじって視界を確保する。左手でハンドルを保持しつつ、膨らんだエアバッグを右手で押し込んでいく。

さらに何本かの通りを横切ると、国道が土手から逸れていった。左右にはマンションや商業ビルが立ち並び、人と車がより垢抜けた感じになる。再び現出する青看板の印字は、この道の名前がいまや国道12号線に変わっていることを示している。けたたましく鳴り響くサイレンは、すでに相当数に膨れ上がった警察車両のせいだ。無線が何を叫んでいるのかはもはや聞き取れない。標識が告げるように、次の信号を右へ曲がればそこは5号線だ。そしてその通りのどこかに山縣がいる。

萎《しぼ》んだエアバッグをぶら下げるハンドルにそえた両手に力が入る。

赤色灯を明滅させた緊急車両が、自分を追うのではなく方々を走り回っているのは、山縣やその仲間もあちこちで暴れているからだろう。

ビルの切れ目から、巨大な赤い鉄塔が現れた。テレビ塔だ。タワーの中ほどにはデジタル時計が付いている。時刻はまもなく十五時になろうとしていた。

イリキは、信号が青であることを確認し、速度を維持したまま交差点に進入して大きくハンドルを切る。車体後方が左に振られ、そのまま圧雪路面の上を横滑りして歩道と車道を隔てる雪壁にぶつかる。タックルを受けたような衝撃が襲ってきた。

寒さと汚れで固められた雪はコンクリートのように固く、前へ進むと車体が金切り声を上げた。路肩や交差点に、道警のバンが赤色灯を点灯させて、三角コーンや発煙筒で迂回をするように誘導をしていた。

旅団の連中に対応をしているものと思われた。

イリキは、猛スピードでそうした検問所を通り過ぎていく。オレンジ色の誘導灯を持った制服警官は、ただ茫然とその光景を眺めていた。

札幌駅方向へ進むほどに、検問や交通規制の影響もあってか交通量は目に見えて減ったが、人は多かった。

歩道にあふれる人を見ながら、今日は何曜日だろうか、とどうでもいい疑問が浮かぶ。

疾走するこの車に向かって携帯のカメラを差し向ける者も少なくない。そのフラッシュのせいで歩道は眩《まばゆ》いほどだった。

自分は、山縣や旅団の連中を直に見たから行動を起こしているのだろうか。もしもこの街に全く何も知らずにいたら、明らかに起こりつつある何かをうっかり見落としてしまっていたのではないか。眼前で起きる異常事態は、自分となんの関わりもないリアリティショーの一つに過ぎない？

分からない。でも、なんとなく生暖かい、捉えどころのないあの空気の中に身を置いていたらどんな危険もその兆候も見過ごしてしまう気がした。

アクセルを踏み込んで疾走するも、札幌駅から伸びる高架の下に、警察車両がずらりと列をなして車道を塞いでいるのが見えた。先ほどのようにその横をすり抜けていくのは無理だ。

イリキはハンドルを左に切って西へと進路を変える。後ろからは、どこから現れたのかも分からない数台のパトカーが追尾してくる。

山縣はどこだ。

目を皿にして辺りを見回すも、それらしい車は見当たらず、そこかしこで築かれる道警の規制線があるばかりだ。

山縣もまたこの網にからめとられているのであれば、近づくのは容易ではない。

ミラーの中で徐々に大きさを増すパトカーを見ながら、そして自分もまた追い詰められつつあることを悟る。

曲がった先の道路にもやはり民間車はほとんどなく、ビルとビルの間の小路にも警官や金属製の車止め柵が設置されており通り抜けもかなわない。

焦りが募る。

逃れる手段を思案しようとするも、車の速度に追いつかない。停まることも引き返すこともできない。

ただ前へ進むしかなく、ついに札幌駅前のロータリーにまで出てきてしまった。

数百メートル先にずらりと居並ぶのは、ジュラルミンの盾を手にした出動服姿の機動隊員である。明滅する赤色灯は、駅前のイルミネーションと混じり合ってきらきらと輝いている。

何も思い浮かばぬまま、距離はみるみるうちに縮まっていく。

すると、それまで一定の距離を保って追尾していた後方のパトカーの何台かが猛然と追い上げを始め、並走をするまでになった。運転席で、鬼のような形相でハンドルを握る警官の顔がはっきりと見て取れる。ゆっくりと車を寄せてきているのは、体当たりで停止をさせるためだろう。

道路を塞ぐ機動隊のバス、盾の壁がさらに大きくなってくる。左に逃げることもできず、右手には巨大な駅ビルである。こちらの方にも制服警官が散在して事態の帰趨を見守っている。規制線が中途半端なのは、展開してからまだ時間が経っていないからか。駅ビルや歩道には、警官に交じって多くの買い物客がいた。どこか別の店に行くのか、はたまた電車に乗るためかは知らないが、この騒ぎの中でも通り抜けをしようとする買い物客らしい市民と制服警官が規制線の境界で小競り合いをしていた。

金属がこすり合わさる甲高い、耳障りな音がする。次いで、後ろから突き飛ばされるような衝撃がやってきた。ミラーに目をやれば、こちらにも別のパトカーがいっぱいに映っている。

もう一度、後方からぶつかってきた拍子にタイヤを掬《すく》われ、車は大きく右へと旋回していった。路面が凍っていたのも手伝い、かなり滑らかにビルの方へ流れていく。

ガラスでできた、巨大な切り株のようなドームがフロントガラスの向こう側に広がっている。もはやブレーキは間に合わない。

イリキは手足を突っ張り、衝撃に備えた。

この速度で衝突すればまず命はない。

覚悟し、目を閉じる。衝突と同時にシートベルトが張られ、腹部が締め付けられる。が、その後にやってきたのは奇妙な浮遊感だった。

今しがたぶつかったガラスのドームは、ただ地表に建造されたわけではなく、ぽっかりと吹き抜け状に口を開けた地下街に蓋をするような形でできたものだったのだ。浮遊感は錯覚でもなんでもなく、実際に地下街と地表の境界にできた虚空を飛んでいるからこそやってきたものだった。

側壁にぶつかり、覚悟していた衝撃が今更になってやってくる。壁に撥ね返された拍子に、車は上下が入れ替わって屋根から地面へと落下していく。

けたたましく鳴っていたサイレンの音が苦しそうに萎《しぼ》んでいく。パトランプは、車の自重によって押しつぶされて完全に破砕されて消灯した。たすき掛けになったシートベルトが身体を圧迫する。

一瞬、意識が遠のいたが、外から届く怒号をきっかけにして覚醒する。世界がひっくり返ってしまっている。シートベルトを外すと同時に、身体は天井へと落下した。

姿勢を立て直し、助手席側に転がる短機関銃のスリングを手繰り寄せる。

ドアノブに手をかけるも、変形してしまっているのかうまく開かなかった。再び姿勢を変えて座ったままの姿勢でドアを数度蹴とばし、ようやく開いた。

車から這い出すと、「大丈夫ですか」と呑気な声が聞こえてくる。

立ち上がりながらそちらの方を見やってみれば、大学生風の若い男が階段の一番下のあたりからイリキを見上げていた。

パトカーは、地下から地上へと伸びる階段にすっぽりとはまっていた。タイヤは、虚しく空転を続ける。

学生らしき男は、遠慮がちに好奇の視線を向けている。

ドームの直下はホールになっており、その円周上には今目の前にいる学生同様、通行人らが人垣をなして見物をしている。道内各地でただならぬことが起きており、地上では警官隊がせわしなく誘導をしているというのに、ここにいる彼らは誰一人としてその危害が自分に及ぶとは微塵《みじん》も考えていないようだった。

一定の距離を保ってはいるが、誰も逃げようとはせず、ただぼんやりとこちらを眺めたり撮影をしたりしている。

「離れてください、離れてください」、と地上から怒号が飛んでくるに及び、ようやく先ほどの若い男は慌ててホールの円に沿うようにしてできた人垣の中へ引き返していく。

イリキが振り返ると、車によって塞がれた階段の頂上に警官が大挙して押し寄せているのが見えた。街中で見かけるような制服警官ばかりではなく、出動服姿の機動隊員も盾を手に、今まさに階段を降り始めている。

「武器を捨てなさい」

先頭の制服警官は、言いつつ、まだ銃を引き抜くことはしないでホルスターに手をかけているだけである。その脇を抜けて何名かの警官が階段を駆け下りてきた。

「すみません、どいてください、どいて、離れて」

ホールの外周に集まる群衆の向こう側でも、警官らしい物言いの怒声が聞こえてくる。

階段の上にいる警官の一人が、ついにしびれを切らしたようにホルスターから拳銃を引き抜き、こちらに向けてきた。

自分がどう振る舞うべきかなど考えていなかったが、身体は違った。この数週間で身につけてしまった抜き身の刃物のような精神は、その状況に即座に反応をしてしまい、気が付くと短機関銃を両手で保持している。

次の瞬間には、機関部の上部に装着された光学照準器――その強化ガラスの内に標示される赤い光点――を覗きこみ、瞬き一つにも満たない間を挟んで引き金を引いていた。地下ということもあり、銃声がよく響いた。耳障りな絶叫が方々から聞こえてくる。階段上にいる何人かは応射をしようとしていたので、イリキは牽制のために、照準もそこそこにさらに数発放ってその場を離れた。

幅の広い地下道には、液晶パネルが埋め込まれた柱が等間隔に並んでいる。地下特有の反響が寄越すのは人々の悲鳴だ。どこかで人の流れが滞留してしまっているのか、慌てふためきながら逃げる群衆がまだ通路の先の方に見えた。先ほどのところからそう進んでいないが、通路上には点々と人間の身体が横たわっている。必死に這うものもあれば、ぴくりとも動かないものもいた。緑色のコートを着た子供の背中には無数の足跡がついている。

銃声と同時に、右前方にあった柱に穴が空く。液晶パネルの内側は不動産の広告だ。青空のもとに三人家族が北欧風の一戸建ての前に立って笑っている、そういう映像だ。銃撃によって生じた亀裂は、そこに映し出されていた被写体を二重にも三重にもぼかし、ある時にふっとブラックアウトした。

さすがにもう警告はないのか。

イリキは足を止めて別の柱の方に身を隠した。遠のいていく群衆の足音、悲鳴がまだ聞こえるがかなり小さくなっている。がらんどうとなってしまった地下街に、それらとは別の、固い靴音が重なっている。

さっき撃ってきたやつはどこだ。

イリキは柱から顔を半分ほど出して反対側の様子を窺う。

ファーがついた紺色のジャケットを羽織り、制帽を被った制服姿の二人組は警官である。両手でしっかりと保持された拳銃が地面に向けられているのは、逃げ遅れた市民に配慮しているからか。

イリキはそのまま柱から飛び出し、こちらに向かって前進してくる二人に銃弾を浴びせた。今更ながらこの短機関銃の集弾性のよさに舌を巻く。

一人を倒したが、一人は隠れた。倒れた方も絶命したわけではなく、床を這いながら物陰に隠れようとしている。

「あっちから聞こえたぞ」「急げ」という声が風に乗って後ろからも聞こえるに及び、いよいよ最期の時が近づいているのを認めざるを得ない。

おれはこんなところで、どうして警察相手に無謀な戦いを演じているんだ。山縣はどうした？いや、おれはもう多分会えないんだ。だからこうするしかなかった。

そういう自問自答を繰り返しながら地下街を逃げ回っている時に思ったことは、しかし自分は今、とてつもなく落ち着いているということだった。

驚くべきことだった。

極度の緊張状態であることは確かだ。常に視界の中に浮かんでは消える情報を取捨選択して脅威の判定をして排除していく。そうした操作に自分を落ち着かせる何かがあるとは到底思えなかったが、事実としてこの緊迫感と安息は両立してしまっていた。

前後から凄まじい数の射撃が始まり、イリキはすんでのところで右の通路へ逃げた。床のリノリウムが爆《は》ぜ、通路の両脇に入る化粧品店や土産物屋のショーケースが割れる。

ＬＥＤ照明の下に照らし出される地下空間はどこまでも明るい。曇りや暗さが恥か何かのように、その存在すら許されていないようだった。通路はもちろん、左右に並ぶテナントにもちょっとした搬入口にも、必ず灯りが落ちるスポットがあった。だから、この通路はどこまでも見通しが利く。曲がってからすぐに、一番奥まで見通せてしまうのだ。

イリキはあてもなく走るしかなかった。段々と息が上がってくる。防護服なんて着てくるんじゃなかったか、と後悔した。ましてや、半長靴の上からさらにゴム製のオーバーシューズを履いているものだから動きにくい事このうえない。

奥の方からも、わらわらと警官が出てきた。通路が見切れた部分からジュラルミンの盾が一枚現出したかと思うと、その隣にさらにもう一枚、というふうにプログラミングを思わせる動きで銀色の壁が構築されていく。

その後ろ側には、出動服に短機関銃を持った重武装の警官隊がわらわらと蠢《うごめ》いている。ついさっきまで対していた警官たちとは、火力が違う。

イリキが危険を察知するのと弾雨が降り注いできたのは同時だった。

もはや逃げ道はなく、イリキは手近な店に身を投げ出すより他なかった。

すぐさま立ち上がってみると、逃げ込んだ場所はどうも喫茶店らしかった。店内に充満するパンの香ばしいにおいが、今自分の置かれている状況とあまりにも対照的で皮肉に思えた。細長い店内は、幸いにして別の通路にも通じているらしい。

イリキは諦めかけていた気持ちを今一度奮い立たせて駆け出そうとしたところ、その向かう先で左から右へと疾走する警官の姿を捉える。一人、二人、と店先を通り過ぎていくも、三人目でついにこちらの存在に気が付いたらしく慌てて姿を消して方々に応援を呼ばわる。

イリキは店内を見渡した。

右手にはレジカウンターと併設されたショーケースが並び、その向こうにはコーヒーマシーンやオーブン、カップといったものが並んでいる。

左手にはボックス席やカウンター席があったが、もちろん客は逃げ去っている。テーブルの上にはラップトップや何かの問題集、文庫本といったものがそのままにされ、イスは背もたれから倒れていた。なんとなく、彼らが残していった温度のようなものを感じた。

イリキは気が付くとレジカウンターの内側に入り込み、しゃがんでいた。

ここで終わりだ、と思う自分は、やはりどこか落ち着いている。

短機関銃の安全装置を確認してから弾倉を引き抜き、新しいものと交換する。

興奮した声音と重なり合うブーツの音が聞こえるに及び、その時を覚悟した。

カウンターすれすれのところまで頭を上げ、左右を確認する。右側の通路から、短機関銃を持った重武装の警官が二人、ゆっくりとこちらに向かってくるのが見えた。

セレクターを連発に変更して、カウンターから銃口を差し出すなり撃った。フルオートでの射撃は、すぐに弾切れを起こした。

再び身を隠して弾倉を交換しているところで、空き缶が転がるような間抜けな音がした。

疑念よりも先に身体が動く。それまで背に回していた防護マスクケースをくるりと反転させて腹の前まで持ってくるが早いか、中から取り出した面体を装着する。上がった呼吸がさらにしづらくなったが仕方ない。案の定、店内には一挙に白煙が充満する。催涙ガスだ。

イリキは、今一度立ち上がって左右の出入口に射撃を行った。牽制のためだった。

次に巻き起こった爆発は、催涙弾の比にならなかった。凄まじい閃光と音響で耳目を奪われる。目の前が真っ白になっている。耳鳴りすらしない。突然深海に引きずり込まれたような、そんな感じだ。

閃光発音筒か、と気が付いたときにはもう遅い。感覚が戻ってくるのにもう少し時間が要るし、その頃にはもう自分は捕まるか殺されるかしている。

突然奪われた視覚と聴覚は、方向感覚をすら失わせてしまったようで、立ちあがろうにもすぐに床に転がってしまう。それにしたって、どの方向に倒れ込んだのかすら分からないという有様だった。

続けて、上下左右に揺さぶられる衝撃が少し遅れてやってきた。催涙弾、閃光発音筒の二種類よりも圧倒的な衝撃であることだけは確かだった。ただ、どういった種類の爆発物なのかは感覚が当てにならないために分からない。空気までが一挙に吸引されるような、不気味な爆発だった。

息苦しさが襲ってきたかと思えば、再び上下左右に身体を振られる。イリキは、墜落した機内のことを思い出した。

視界が、それまでの真っ白から一変、いつの間にか暗転している。自由に飛び回るのは意識ばかりで、実体が伴わない。肉感みたいなものがごっそりと剝がされている感じがする。

一体全体、今はどうなっているんだ、捕まったのか、はたまた撃ち殺されたのか。死ぬと意識だけになるのか？　だけどこの胸糞悪い、薄い空気は防護マスクのものじゃないのか。目の前が暗いのか、目を開けていないのか分からない。

混乱に溺れたイリキは、ようやくはっきりと目を開けた。それでもなお目の前は真っ暗だった。閃光発音筒によって引き起こされた白も、煌々と照り付けるＬＥＤもない。そういう中にあっても〝目を開くことができた〟と自覚できたのは、視界の四隅には防護マスクのゴムの縁が映っており、埃や擦り傷が防護マスクのガラス部分についていたからだ。今度こそ、目の前の暗闇は自身によって引き起こされたものではなく、正真正銘外界のものと断言することができた。自分がうつ伏せに倒れていることも分かった。

徐々に明らかになる状況と精神ではあったが、それでも混乱はやまない。

レジカウンターの背後に起立していた食器棚が倒れ掛かっており、辺りは恐ろしいほどに静かだったからだ。銃声も怒鳴り声も悲鳴も何も聞こえない。自身の聴覚を喪失したのではないかと危ぶんだが、身体を動かして這い出そうとすると、その耳にはガラスを踏みしめる音がしっかりと届いた。

カウンターが床面に固定されているおかげで、棚の下敷きにはならずに済んだようだった。ただ、背中で押し戻そうとしてもびくともせず、やむなく這って前へと進み、ようやく間隙を見つけて冬眠を終えた小動物よろしく緩慢な所作でカウンターから這い出る。

棚の下にいたから暗かったのではない。地下全体が闇に飲み込まれていたのだ。

イリキは、たすき掛けにしていた短機関銃をスリングで以て引き寄せる。

銃口の真下に、ハンドガードと一体となった小型のライトが取り付けられていたのを思い出したのだ。暗闇である、手探りでそのスイッチを探しながら押し込むと、ぱっと明かりが点く。

ボタンを押すのにまごついたのは、装面する際に、防護用のゴム手袋までをも身体に染みついた習性で装着してしまっていたからだった。

伸縮式の銃床を脇に挟んで、この馬鹿みたいな装備を一切合切《いっさいがっさい》捨て去ろうと思ったが、やめた。辺りの様子のおかしさが、イリキにそう判断させた。

再び両手で短機関銃を保持し、四方八方へ銃口を振り向けたのは光線と銃線が一致しているためだ。

光の輪は、何かただならぬ事態が一帯に生起したことを明らかにした。

ところどころで崩落した天井からは鉄筋や配管がぶら下がり、店内にあった調度品はことごとく粉砕され、テーブル上に放置されていたラップトップや書籍類も床に転げ落ちている。

自分が入ってきたのとは反対側の出入口は、完全に瓦礫に塞がれていた。

警察が爆破でもしたのかとも考えるが、すぐさま否定する。

そんなことをする必要が無い。それにこの状況は手榴弾や閃光弾程度では作れない。

イリキは時間を確認しようとしたが、時計はアダチと乗ってきた車に置いてきてしまったことを今になって思い出した。

ゆっくりと店の外へ出ようとしたところで、警官が五、六人、店内と通路の境目のところで倒れているのを見つけた。心臓が高鳴る。引き金に人差し指を乗せて銃を構えた。緊張で動くことができなかった。

ライトに照らされる彼らを観察しながら、そこでやっと〝ああ、山縣はやったんだな〟と理解した。

倒れている警官たちは、飛び交う破片に身体をずたずたに引き裂かれていた。歩くと必ず何かに足をぶつけた。

巨獣が暴れまわったか、この地下街をとてつもない台風が通っていったとか巨大地震が襲ったとか、とにかく名状しがたい凄惨さであった。ただ、転がる警官らの死体の、わずかに露出している皮膚にへばりつく血液は凝固をはじめており、それなりの時間が経過していることを示していた。

気を失っていたのか？

そんな気はしなかったが、周囲の状況を見ると多分そうなのだろう。襲い来る閃光と音響と銃弾でパニックの極致にいるところで核爆発に巻き込まれたのだ。

結局、止めることはできなかった。

通路に出てみると、当然こちらも荒廃している。左右に並ぶテナントのいくつかは瓦礫によって押しつぶされてすらいた。天井の崩落はそこかしこで起きたらしく、小ぎれいな地下街は今や炭鉱の如くむき出しの瓦礫がいたるところにある。

辺りを取り囲んでいた警官たちはそうしたものの下敷きになって絶命していた。リノリウムの床面には、夥《おびただ》しい量の血の跡が続いていることから、生き残った者はとっくにこの場を離れていったらしい。

瓦礫で塞がる場所を避けて進むと、結局自分が逃げてきた経路を戻っていく形となった。

『ウエストアベニュー』と印字されたプレートが天井から斜めにぶら下がっている。どちらに行けば大通駅なのか札幌駅なのかといった案内図も、一変してしまったこの空間では役に立たない。光源が短機関銃に備えられたライトだけだったために心もとない。ガラスを踏みしめる音と自分の呼吸音だけが聞こえる。

自分以外の全員が核によって焼き尽くされてしまったのではないか、と思えるほどの静寂だった。

さらに進むと、『太陽の広場』と名の付くホールに出てきた。

ホールの中ほどにはエレベーターがあって、四周を囲う金属が地上まで伸びている。その隣には、やはり地上に至るための階段があった。そこに裏返ったパトカーがあるのを見つけて、スタート地点に戻ってきたことを知った。

ホールの中ほどまで進み、上を見上げる。夜空が広がっていた。ドームが備えていたガラスは全て割れていた。外と繋がっていることもあるのだろう、ようやく外界の音がこちらにも聞こえてきた。

ホールにも相当数の死体が転がっていたが、こちらの方は地下道とは違って、後からここへ降りてきて絶命したものらしい。そうでなければ、誰かが移動させたのだろう。というのも、ホールに並ぶ遺体は、どれも壁に沿って腰を下ろす形になっていたからだ。警官の数も少なくなかったが、そこに交じる形で市民のものも並んでいる。

外がどうなっているのか確認したかった。

階段の方へと歩みを進めながら、どこか遠くでサイレンが響いているのを耳にし、足を止める。いったん自分が発する音を止めて耳を澄ましてみると、それは遠くではなく、四周からもたらされる大勢の呻き声であることが分かって怖気《おぞけ》が走る。

とっくに死んだと思っていたホールの人々は、まだ生きていたのだった。壁にもたれかかって座っていた何人かが顔を上げてイリキを見つけると、ゆっくりと立ち上がって両手を前へと伸ばす。

銃口を向けて現れたのは、警官だった。どういう状況だったのかは定かではない。右半身が真っ黒に焦げ付いていた。顔面のバランスに異常をきたしており、火傷《やけど》を負った部分に赤黒い無数の瘤ができている。焦げた制服は、いつか釧路で見た民兵の死体と同じく皮膚と分かちがたく結合されてしまっている。腰回りの装具や無線のカールコードが溶けて服とも皮膚ともいえぬ部分と接着されていた。

「戻れ。来るな」

イリキは、これまで感じたことのない嫌悪感に見舞われた。目の前にいる男は、死んでいる。生きながら死んでいたのだ。

ぶつぶつと喉を鳴らし、焼けた足を引きずりながら歩く様はあまりにも惨《むご》い。一歩後ろに下がり、再び「来るな」と警告をするも、男は止まらない。

右肩に何かが触れるのを感じ、反射的に腕を大げさなまでに振るうとともにその場から飛び退《しさ》った。振り返ると、かつて女だった物体がそこには立っていた。胸の膨らみからそう判断したのだが、この物体もまた死してなお歩いていた。

女が着ていた衣服もまた黒焦げていて、それがどのようなものだったのかは最早見当もつかない。ただ、土埃にまみれた白いパンプスだけが原形をとどめている。

イリキが振り払った女の腕は、撥ねのけられると黒い何かをぱっと巻き上げた。焼けた衣服が散ったのかとも思ったが、違った。その黒い何かは、皮膚だった。腐った果物みたいに皮がずるりと剝けると、脂らしき白と血肉の赤とピンクが混じった異様なものが現れた。

「みず、みず」としゃがれた声でつぶやく女は、振り払われた衝撃を御すことすらできず、ぺたりと尻をつくと同時に仰向けに倒れた。直後、ぐーんと誰かに引っ張られるように身体をのけぞらせると痰を吐き出すときみたいないがらっぽい音を鳴らしてぐったりと横たわったきり動かなくなる。

壁際に座って、まだ力を残していた死体が次々と立ち上がっては「みず」とつぶやきながらこちらに寄ってくる。あまりにも遅い歩みだったが、イリキは恐怖にかられ、その場から跳ねるようにして駆けた。ひっくり返ったパトカーによじのぼり、地上に向かう階段をひたすらに走る。

階段を上りながら、このドームの全面に張られていたガラスは粉砕されるばかりでなく、熱で溶かされてもいることを知った。

地上に出てみて、はじめてその衝撃の大きさが分かった。一帯にあるビルのガラスはことごとく砕け、中には衝撃に耐えきれずに倒壊しているものもあった。街路樹は焼かれ、道路標識、車両などは爆風で吹き飛ばされているため、それこそ風に運ばれる雪が吹き溜まるように一方向に押しのけられている。

そこかしこで上がる火の手はいまだ収まっていない。

除雪でできたはずの雪壁や雪山がほとんど見当たらなくなっているのは、爆風によって破砕され、熱によって溶かされたからか。燃え盛る車やビルの炎を、融雪して再び氷に変じた路面が妖しく照り返す。

救助活動が行われている様子はなく、あてどもなくさまよう人々の中には警察官や消防士と思しき者の姿もあった。

駅周辺のインフラはことごとく破壊されていたために照明などはもちろん無くなっていたが、暗い感じはしない。方々で起きる火災や、生存者が放つライトの明かりなどがあったのに加え、街全体が暗くなったことでかえって爆心地から離れた地域の街の明かりがバックライトのようにほんのりと空と地上の境界を白く塗っていたのだ。

一定のリズムで赤と白のランプを明滅させる浮遊物が、街のいたるところを飛び回っており、よくよく目を凝らしてみるとそれがドローンであることが分かった。

イリキは、駅ビルを背にして前へ進み始める。左側には、通りから分岐するように駅前のタクシーロータリーに繋がる道があった。

警察に追い立てられ、突っ切った場所だ。その時の名残か、何台かの警察車両が停止している。破壊されているものもあれば、無傷のものもある。この惨状から逃れる術《すべ》があろうはずもないから、無傷のものは別の場所から来たことの証左となる。

蠢《うごめ》く人々がライトかスマートフォンを持っているのだろう、そこかしこで白い光の輪がふわふわと浮かんでいる。時折、徐行をしながら車道を行くバンや軽トラックも見かけた。

街を出よう。もう終わりだ。

朽ち果てた街を見ながら、アンナの故郷の話を思い出す。

アバーフがやってくるから滅ぶのではなく、滅んだところにアバーフはやってくる。口頭伝承なのか何なのかは知らないけれども、これは結構合理的かもしれない、と今更になって思う。集住していた地域が破壊され、捨てられるのには理由がある。洪水、雪崩《なだれ》、疫病、あるいは核爆発と降り注ぐ放射性物質というように。カタストロフの根本原因を誰もが忘れ去っても、アバーフがアバーフとして人々に受け止められている限り、その危難は避け得る。知恵だ。そういう知恵を踏みつけにした人々のところに、再びアバーフはやってくるのだ。

縷々《るる》取り留めのない観念を巡らせながら、ひょっとすると、どこからかやってきて放置された無傷の車ならまだ動けるかもしれない、と左手にあったパトカーに近づいていく。

雪とも粉塵ともつかぬものが車体全体にうっすらと積もっている。

イリキは、ゴム手袋をつけた手で以てその窓ガラスを拭う。屈みこんで中をのぞいてみると、四人の制服警官が前後に座っているが、微動だにしていないところから事切れているのかもしれない。

死体なら下ろせばいい。

イリキがそんな判断を即座に下せたのは、地下からここに至るまでの光景がありとあらゆる感覚を麻痺させてしまっていたからだ。

運転席のドアを開く。そこには倒したシートの上で動かなくなった警官の死体があった。制帽は顔を覆うようにしてかぶせてある。

イリキはその肩に手を乗せて車外に引きずりだそうとしたところ、死体の両手が機敏に動き、腕を摑んできた。下腹部にすっと寒気が走って、足元から力が抜けた。

腕を振り払って後ろに下がったところで、車道と歩道との段差に足を引っかけて尻もちをついた。

「救援か?」

警官はそう訊きながらむくりと上体を起こす。起こすと同時に、顔の上にあった制帽が大腿部にぶつかり、それから車体の横に落下した。

警官は、なぜか顎を上向きにしながら両手を左右に広げている。泳いでいるようにも見えた。

別の車を当たろうとイリキは立ち上がる。

「待ってくれ」

再び男の声がパトカーからして、何も言わずにただそちらの方を眺めた。

「今降りる」

男は、フロントガラスのピラーと屋根にそれぞれの手を乗せて、ゆっくりと右足から外に出てくる。

「まだそこにいるのか？」

地上に降り立つ警官は、膝を曲げて前へ進めずにいる。両手を広げてバランスを取る様子は、はじめてスケートリンクに立った子供に似ていた。

「何してんだ？」

たまらずイリキが訊くと、「目が見えないんだ」という答えが返ってきた。

短機関銃の銃口を警官の足元から顔の方へとゆっくりと持っていく。もちろん殺すためではなく、光をあてるためだ。

「感じる。ライトだろ？　白くなってるのは分かるんだ。良くなると思う。大丈夫だ」

警官は、自分に言い聞かせるみたいに、どこか陽気な声音で言う。

悲惨だった。

光を照り返さない瞳は白濁しており、腐った魚の目玉のようだった。紺色の制服は汚れている。胸元から股間にかけて、吐物《とぶつ》がかかって乾いた跡がついていた。

手や顔という、露出した部分は、地下にいた連中ほどではないにせよ火ぶくれしているところがあって赤黒く変色している。

「だろ？　なんともないだろ？」

同意を求めてくる警官に、かけるべき言葉が見当たらない。警官は、片一方の手を車に預けてバランスを取ると、前髪をかきあげた。髪の毛が、わっと抜けて風に流されていった。

「座った方がいい」

イリキが言うと、「そうだな、そうだな」と素直に応じた。

「で、あんたは救助か何かの人か？　なあ、一緒に乗ってる他の三人は大丈夫か？　早く助けてやってくれ」

警官は、再び尻を突き出して運転席に収まるも、ドアから足を出す形で横向きに座った。

イリキは銃口を助手席と後部座席に向けるが、生きている感じはしない。顔は、目の前にいる男と同じように変色していたし、それに付け加えて目や鼻から夥しい量の血を流している。

「爆発からどれくらい経った？」

男の質問には答えず、まず一番知りたいことをイリキは訊いた。

「さあ。おれがここいらに来たのは爆発から四時間近く経った夜になってからかな。今日、ホントは非番だったんだよ。でも滝川とかキタヒロで色々あっただろ。呼び出されて出てきて、最初はテレビ塔の方で検問を作れって言われて、そしたらあの爆発だろ」

男は堰を切ったようにまくしたて、不意に黙り込むと再び「なあ、他の三人は大丈夫なのか？」と訊いてきた。

「ダメだよ。それより、その四時間で何をしてたんだ？」

男は、うつむき、「そうか、だめか、そうか」とぶつぶつ言った。

「おい」

イリキが呼びかける。

「ああ、救援だよ、救援活動。すごい爆発だった。テレビ塔の方まですごい風がきてさ。無線も全然使えなくなって。現場の方で、とにかく救援を優先しようってことで爆心地の方に向かったんだよ。晴れてたのにな、雪が降ったんだ。雪もあったんだけど、そうじゃなくて破片とか塵とかそういうのがわっと降ってきて。核だったんだろ？　あの爆発。建物の下敷きになってる人とかそういう人を助けながらさ、でも急に気持ち悪くなってきて、吐き気がすごいんだ。頭も痛いし。すごいひどい風邪をこじらせたみたいになって。無線が通じるようになったら、患者集合点を示されてさ。本部から。地下街に、トリアージして要救助者をまとめろって。でもそっからぷっつり。動けるやつだけでもここから病院に運んだ方がいいだろ？　いいよな？　だからおれたち運んだんだ。最初は手稲の方に行ったんだけど、ダースベイダーみたいなマスクをつけた連中が道を塞いでて、安全確認ができるまでは現地で対応しろって。真駒内の方にも行ったんだけどそっちも同じだったよ。その頃にはもうとっくに陽は暮れてて。とにかくあちこちすごい数の死体なんだ。生き残ってるやつもさ、めちゃくちゃ具合悪そうで」

今この街は、きっとひどいにおいに包まれているだろう、とイリキは思った。

男の話を一通り聞いてから、この街がやはり捨てられたことが分かった。そして自分が地下で生き埋めにされたまま、爆発から数時間以上経ってしまったということも。

「ちょっと待って」

男は、前かがみになって唾を吐き、一拍置いてからガマガエルそっくりの鳴き声とともに嘔吐をした。吐物はしかしほとんど透明で粘性の高い液体だった。少しだけ血が混じっている。

「水、持ってない?」

イリキは、アーマーに装着した水筒のことを思い出したが、「ない」と答えた。

この男は、もうすぐ死ぬ。

「そっか。喉が渇いて死にそうなんだ。今もずっと気持ち悪い。おれ、目、だいじょうぶだよな?」

「知らないよ。もう行くぞ」

イリキは、この男の死を見たくない、と思った。

「待ってくれよ。助けにきたんじゃないのか? カチャカチャって、なんか装具みたいな音したしさ。今は見えないけど、音は聞こえるし感触は分かるんだぜ。そのごわごわした服、そうだろ? なんか防護服みたいなやつじゃないの? 救助にきたんじゃないのかよ? なあ」

「動かない方がいい。身体も冷やすな。車の中にいろ」

イリキはそう言い残してその場を離れた。

行く当てはない。ただ歩道を進んだ。はじめ、雪かと思った粉状のものは灰だった。雪や氷に混じって、そこら中に灰と破片が降り積もっている。振り返ってみると、駅と直結したビルは土砂崩れを起こした山のように片面だけが崩れていた。

死んでしまった街の中で、ビルの一階部分にのみひときわ目立つ光源が目につく。イリキは通りを横断して引き寄せられるように近づいていく。

オフィスビルの一区画に入ったコンビニだった。店の中でライトが発する明かりが飛び回っている。

イリキの接近に気が付いた何人かは、哀願するような目つきでその動きを見守った。火傷を負った人間、一見無傷の者、ぱんぱんに膨れ上がった顔面の母親と抱っこ紐の中で息絶えた赤ん坊、そういった人々が一斉にイリキににじり寄ってきたのだった。

イリキは無感情に、ボディーアーマーに装着されたホルスターから拳銃を引き抜いて上空に発砲する。

怯えた犬みたいな動きでイリキから離れるも、一定の距離を保って観察を続けられて不愉快だった。中には、こんな状況になってもなお自分だけはなんとかなるのではなかろうかという歪んだ優越感らしきものを湛《たた》えた不気味な薄ら笑いを浮かべているやつもいた。

イリキが店の中に入ると、すでにかなりの物が持ち去られており、ラックには空きが日立った。拳銃をホルスターに戻して、短機関銃のライトを頼りに、店の奥側のガラスショーケースの方へと進んでいく。とはいえ、ここも今残るのはその枠だけである。ガラスの破片でできた山の中から、ペットボトルを見つけた。手に取ってみると、ラベルはずたずたになっていたけれども未開封であることが分かった。水だった。

イリキは、商品棚の中にまばらに残るものの中から五個入りのクリームパンを取って、店を後にした。

「助けてくれ」

背中で声を聞き、振り返るとぼろぼろのスーツとコートを着た男が震えながら立っていた。予め申し合わせでもしたかのように一列に並ぶ人々は、それを合図に口々に窮状を訴えた。あそこが痛い、ここが痒い、寒い、腹が減った、身内が死んだ、そういったことの大合唱だ。

イリキは、短機関銃を脇に挟んで人々の足元めがけて銃弾を放つ。不愉快な声は水を打ったように静かになる。

「なんでおれがお前らを助けなきゃいけねえんだよ。誰もお前らのことなんか気にかけねえんだよ。お前らはおれの家族か何かかよ？　ちげえだろ、ムカつくんだよ。近づくんじゃねえクズども」

人垣の中から誰かのすすり泣きが聞こえてくるも、誰のものかは分からない。

イリキは再び回れ右をして通りを横断し、元来た道を戻っていく。

どうして彼らは、こうなってもなお誰かに助けの手を差し伸べてもらえると思っているのだろうか。誰かが辛苦の陳情を上げれば、オークションみたいにその高値を上回る苦痛を訴えて救いを求める。弱ければ弱いほどに強いという奇妙な倒錯を引き起こしている。イリキはもううんざりだった。ここは見捨てられた。誰も助けには来ない。今も方々で飛び回るドローンがその様子をつぶさに見届けるだけだ。

「生きてるか？」

イリキは、自分でどうしてそんなことをしているのかは分からなかったが、パトカーに戻ってきていた。

「さっきの人？　戻ってきたのか？」

警官は、しわがれた声を上げて倒したシートから身を起こした。

「水と食い物だ」

イリキは言いながら、そっと下腹部のあたりに置いてやる。

なんとも幸せそうに頬をほころばせながらパンと水を交互に口に含む男を見ながら、どうしておれたちがこんな目に遭わなければならないんだ、という言い知れぬ怒りが湧いてくる。

山縣はあまりに身勝手だ。もう殺すこともできない。夢から覚まさせるだって？　夢の本体はここを穢《けが》れとして切り離してまんまと逃げおおせているぞ。そんなことも分からなかったのか？跡形もなく死にやがって。

「うまいうまい」と、きっと放射性物質を含んだ灰すらも口に含む男を見て、また怒りがぶり返してきた。

「お前、もう死ぬぞ」

リスみたいに頬を膨らませる男の動きが止まる。

「お前だけじゃない。おれも、この街にいる連中も全員だ。ここにいたら死ぬ」

男は、嚥下《えんげ》してから「でも」と反駁《はんばく》を試みる。

「でも、境界の方じゃ、時機を見て救援を行うって。だから建物の中に避難して、あんまり外に出るなって。あと情報を取れるようにして、デマに騙されるなって」

「お前の隣にいるやつも後ろにいる奴ももう死んでるぞ。知ってるだろ」

「おれはどうすればいい？」

「なあ、なんでおれに訊くんだ？　もう分かってるだろ。行くしかねえだろ、向こう側に」

「おれじゃないよ、おれじゃないけどさ、千歳の方に向かった奴の中には撃たれたってやつもいたんだぜ」

「このままここにいても死ぬぞ。ここを封鎖した連中はさ、どのみちおれたちには死んでほしいんだよ。自分の手を汚したくないだけだ。勝手に死んでほしいだけだよ。殴られてまでへらへら笑って喜んで従ってるようなやつは死んだほうがマシだけどな」

男はうつむき、黙っていた。

「千歳がいい」

長い沈黙を経て、男が言う。

「千歳なら空港もあるし、自衛隊もいる。おっきい病院もある。手伝って欲しい。おれ、多分このまま目が見えないままだと思うから」

イリキは何も言わずに、運転席の反対側に回り込んでドアを開ける。シートに横たわる死体を引きずり出し、後部座席に残る二つも外に出す。

「隣に移動しろ」

警官は、ダッシュボードやヘッドレストを頼りにして助手席へ移動し、空いた運転席にイリキは乗り込んだ。

「スピーカーか何か、ついてるんだろ?」

「ああ、あるよ、ある」

「呼びかけろ」

「何を?」

「この死んだ街から出るんだよ」

「うん、うん、いいと思う」

イリキはプッシュスタートを押し、車を始動させた。

「全員だ。全員連れていく」

参考文献

『ミハイル・バフチン著作集④　言語と文化の記号論』（ミハイル・バフチン、北岡誠司訳、新時代社）
『ロシア極東　秘境を歩く　北千島・サハリン・オホーツク』（相原秀起、北海道大学出版会）
『歴史の意味』（ベルジャーエフ、氷上英廣訳、白水社イデー選書）
『極北の牧畜民サハ　進化とミクロ適応をめぐるシベリア民族誌』（高倉浩樹、昭和堂）
『アイヌ歳時記　二風谷のくらしと心』（萱野茂、ちくま学芸文庫）
『サカナとヤクザ　暴力団の巨大資金源「密漁ビジネス」を追う』（鈴木智彦、小学館文庫）
『羆撃ち』（久保俊治、小学館文庫）
『現代ロシア文化』（望月哲男、沼野充義、亀山郁夫、井桁貞義ほか、国書刊行会）
『帰還兵はなぜ自殺するのか』（デイヴィッド・フィンケル、古屋美登里訳、亜紀書房）
『兵士は戦場で何を見たのか』（デイヴィッド・フィンケル、古屋美登里訳、亜紀書房）
『失敗の本質　日本軍の組織論的研究』（戸部良一、寺本義也、鎌田伸一、杉之尾孝生、村井友秀、野中郁次郎、ダイヤモンド社）
「ながさきの平和　被爆証言」（https://nagasakipeace.jp/search/listen/talk/）
「プーシキンの『コーカサスの捕虜』再考」（後藤正憲　https://src-h.slav.hokudai.ac.jp/publictn/slavic-studies/47/pdf/Goto.pdf）
『なぜ世界は存在しないのか』（マルクス・ガブリエル、清水一浩訳、講談社選書メチエ）

『カラマーゾフの兄弟（下）』（ドストエフスキー、原卓也訳、新潮文庫）
『善悪の彼岸』（ニーチェ、木場深定訳、岩波文庫）

初出「文學界」2023年1月号〜2024年3月号

砂川文次（すなかわ・ぶんじ）

1990年大阪府生まれ。元自衛官。2016年「市街戦」で第121回文學界新人賞、2022年「ブラックボックス」で第166回芥川賞を受賞。著書に『戦場のレビヤタン』『臆病な都市』『小隊』『ブラックボックス』がある。

越境《えっきょう》

2024年7月30日　第1刷発行

著　者　砂川文次《すなかわぶんじ》
発行者　花田朋子
発行所　株式会社 文藝春秋
〒102-8008 東京都千代田区紀尾井町3-23
電話　03-3265-1211

印刷所　大日本印刷
製本所　大口製本
DTP制作　ローヤル企画

Printed in Japan　ISBN978-4-16-391876-1

砂川文次の本

『小隊』

ロシア軍が北海道に上陸。自衛隊の3尉・安達は小隊を率いて任務につく。淡々と命令をこなすぬるい日常は、姿を現した敵軍によって地獄と化す。芥川賞作家による新世代の戦争小説。

単行本・文春文庫・電子書籍